이
여름에
별을
보다

KONO NATSU NO HOSHI O MIRU

ⓒ Mizuki Tsujimura 2023

First published in Japan in 2023 by KADOKAWA CORPORATION, Tokyo.

Korean translation rights arranged with KADOKAWA CORPORATION, Tokyo

through JM Contents Agency Co.

이 여름에 별을 보다

Catching The Stars of
This Summer

츠지무라 미즈키 장편소설

강영혜 옮김

내 친구의 서재

등장인물

✳ 이바라키 현 - 스나우라 제3고등학교

다니모토 아사 고등학교 2학년, 천문부

이이즈카 리쿠 아사의 동급생, 천문부

야마자키 하루나 3학년, 천문부 부장

와타비키 구니히로 천문부 고문 선생님

후카노 고노미 1학년, 중학교 때 관악부 소속이었다

히로세 아야카 1학년, 어렸을 때부터 발레를 해왔다

✳ 도쿄 도 - 히바리모리 중학교

안도 마히로 중학교 1학년, 유일한 남자 신입생

가마타 준키 중학교 2학년, 과학부

나카이 아마네 마히로와 같은 반, 과학부

모리무라 나오야 마히로와 아마네의 담임 선생님

야나기 가즈미 마히로의 축구 클럽 선배, 미사키다이 고등학교 2학년

이치노 하루카 미사키다이 고등학교 물리부 고문 선생님

✳ 나가사키 현 – 이즈미 고등학교

사사노 마도카 고등학교 3학년, 관악부

무토 슈 야구부, 후쿠오카에서 온 유학생이다

고야마 유고 요코하마에서 온 유학생으로, 버섯을 좋아한다

후쿠다 고하루 마도카의 소꿉친구

고시 료지 무토와 고야마의 친구,

　　　　　　 학교가 휴교한 동안 도쿄의 집에 돌아가 있다

사이쓰 유사쿠 고토 천문대 관장

차례

프롤로그

밤이 따스하다고 느낀 건 처음이었다.

언제나 머리 위에 펼쳐진 밤하늘. 당연히 별이 빛나는 밤하늘.

전 같으면 밤길은 좀 무서웠을 테고, 어두운 곳도 싫다. 태양이 없는 시간은 싸늘하고 재미없다.

하지만 오늘은 다르다.

오늘만이 아니다. 이렇게 모두 함께 하늘을 바라보는 밤은 늘 처음 발을 들여놓는 별세계 같다.

"아, 이제 금방이야."

학교 옥상, 북쪽 난간에 같은 간격으로 나란히 서 있는 학생들 사이에서 목소리가 들렸다. 긴장된 목소리다. 옥상에 펼쳐놓은 랩톱 컴퓨터 속 참가 학교 수만큼 나뉜 화면이 꼭 불 켜진 아파트나 빌딩 창문 같다. 그곳에 비친 얼굴들도 하나같이 진지한 데다 살짝 상기되어 있다.

온라인으로 연결된 화면 중 하나에서 목소리가 들렸다.

"왔어요! 지금, 우리 위를 지나고 있어요."

일몰에서 한 시간 반 지난 시각, 머리 위 밤의 세계에는 모래알을 흩뿌린 듯 별이 반짝였다.

함성이 울렸다. 드디어. 마음이 들뜬다.

'아…….'

한층 더 선명하게 빛나는 빛의 점이 하늘을 오른다.

2020년.

봄까지만 해도 이런 일이 벌어질 줄은 상상도 못 했다. 여기에 있는 그 누구도. 온라인으로 이어진 아이들 또한 그랬으리라.

"온다, 준비해!"

친구의 목소리가 들렸다.

일상 사라진

1 장

"콩쿠르, 취소됐대."

전화 너머로 들은 미코토의 말에 뭐라고 대답하는 것이 정답이었을까.

다니모토 아사는 통화를 끝낸 지금도 여전히 고민이다.

정답은…… 아마도 없다. 하지만 그 순간 미코토가 원했던 말, 마음에 와닿는 말이 분명히 있었을 것이다. 그렇지만 전화는 갑작스러웠고 순간적으로 대답하기에는 마음의 준비가 되어 있지 않았다.

"어? 그래?"

"응."

아사가 반사적으로 되묻자 미코토가 대답했다. 목소리는 차분했다. 울거나 화내거나 짜증 내지 않는 것이 오히려 미코토답지 않았다.

"어쩔 수 없겠지. 요즘 같은 때 합창은…… 가장 어려운 일일 테니까."

"하지만."

"각오하고 있었어. 인터하이(매년 여름에 개최되는 일본의 고등학교 체육대회-옮긴이)도 취소돼서 나나가 울었잖아. 복식조를 짰던 선배는 올해가 마지막 기회였고."

"그래, 그랬지."

아사와 미코토, 그리고 나나코는 초등학생 때부터 친한 소꿉친구다. 고등학교에 올라와서 반은 갈렸지만, 작년까지는 교정이나 음악실에 모여서 같이 점심을 먹었다.

'작년까지'라는 말은 '올해'는 아직 같이 점심을 먹은 적이 없기 때문이다.

올해, 즉 2020년.

3월, 신종 코로나바이러스 감염증(COVID-19)이 세계 곳곳을 덮치고 팬데믹이 선포되자 전국의 초, 중, 고등학교도 일제히 문을 닫았다. 신종 코로나바이러스 감염증의 주요 증상은 발열과 기침, 인후통, 급성 호흡기 질환 등이다. 정부는 해외에서 중증화되어 사망한 사례도 많이 보고되었다며 노인과 지병이 있는 사람은 특히 주의하라고 했다.

감염 예방을 위한 휴교 탓에 아사의 학교는 '3월'과 '4월'이 완전히 사라졌다. 그러는 와중에 아사는 이바라키 현립 스나우라 제3고등학교 2학년이 되었다. 5월이 되었지만 정해진 등교일에만 학교에 가니 2학년이 되었다는 실감도 거의 나지 않았다.

"우리 학교 배드민턴부는 강한 팀이잖아. 특히 나나는 작년에 1학년인데도 현縣 대회에서 꽤 좋은 성적을 올렸고. 그러니까 속상할 만도 하지. 그런데 우리 동아리는 딱히 강하지도 않고 콩쿠르에 나가도 상위권에는 오르지 못할 테니 이런 일로 우울해하는 건 좀 염치없겠지?"

"그렇지 않아. 말도 안 돼!"

"아, 그리고 조금 전에 우리 선배가 반 단톡방에 콩쿠르가 취소되었다고 썼더니 방송부 친구가 쌀쌀맞게 말했대. '난 또 방송 콩쿠르 얘긴 줄 알았네. 합창은 특별 대우라 좋겠어'라고."

"뭐? 그건 쌀쌀맞다기보다……."

"방송 콩쿠르는 지난달에 벌써 취소가 결정되었대."

"그렇구나."

전화 너머에서 미코토가 작게 한숨을 쉬는 소리가 들렸다.

"어쩔 수 없지. 방송 콩쿠르와 합창 콩쿠르는 주최측이 같으니까. 방송 쪽은 벌써 취소 결정이 나왔는데 합창만 특별할 게 뭐냐고 생각한 거 아닐까? 고시엔(전국 고교 야구 대회-옮긴이)을 두고도 그러잖아. 인터하이는 취소되었는데 야구만 특별하냐면서……."

"우리는 야구부가 없지만."

"응. 그치만 있었다면 그런 이야기가 나왔을 거야."

아사와 미코토가 다니는 스나우라 제3고등학교는 5년 전까지 여자고등학교였다. 5년 전에 현에서 실시한 학군 재편성 이후 남녀공학으로 바뀌어 남학생도 입학할 수 있게 되었다. 하지만 여자고등학교 이미지가 강해서인지 남학생은 전교에 고작 열두 명뿐이고, 아사의 학년에도 세 명밖에 없다. 당연히 고시엔을 목표로 하는 야구부도 없다.

"언제쯤 돼야 평소처럼 매일 학교에 가게 될까."

무심결에 아사가 그렇게 말하자 계속 말이 없던 미코토가 깔깔 웃었다.

"TV에서 훗날 우리를 '코로나 세대'라고 부를 거라고 그러더라. 코로나로 인한 휴교 탓에 학습이 부족한 세대가 될 거라나."

"훗날이라니……."

"앞으로 어떤 역사로 남든 알 게 뭐야. 우리에겐 지금밖에 없는데."

말문이 막혔다. 미코토가 가볍게 "아 ㅡ, 아 ㅡ" 하고 중얼거렸다.

"왜 하필 우리일까."

미코토는 알까. 미코토가 길게 내는 "아 ㅡ, 아 ㅡ" 소리는 단지 두 음뿐인데도 아사나 나나코, 또는 다른 아이들과 다르다. 계속 발성 연습을 해와서 그런지 복식호흡으로 소리를 내는 것 같다. 노래하는 듯한 느낌이 들어 아사는 좋다고 느꼈다. 그 목소리가 얼마나 좋은지 이제야 알았다.

"천문부는 어때? 등교 시작되면 활동할 것 같아?"

"모르겠어. 새 학기 들어서 아직 와타비키 선생님을 한 번도 못 뵈었어. 여름 합숙 전에 코로나가 사라지면 좋을 텐데."

말하면서 어쩐지 미안했다. 콩쿠르 기회를 잃은 미코토 입장에서 천문부 합숙은 그저 놀이라고 생각할지도 모른다.

그러나 미코토가 말했다.

"할 수 있으면 좋겠다. 천문부는 야외 활동이니까."

아사는 또 말이 막혔다. 생각지도 못한 말이었기 때문이다. 뭐라고 대답해야 하나 머뭇거리는데 전화 너머에서 누가 미코토를 부르는 듯하더니 "네" 하고 미코토가 대답했다.

"미안, 엄마야. 아사, 갑자기 전화해서 미안해. 또 연락할게."

"아, 응."

"다음 등교일에 또 이야기하자. 아, 만나도 말 많이 하면 안 되는 거였나. 뭐, 어때."

전화 너머로 미코토가 웃는 소리가 들리더니 LINE 음성 통화가 끊어졌다. 통, 하는 소리가 울렸다.

통화가 끝난 뒤 아사는 스마트폰을 침대에 던지고 드러누웠다. 천장을 바라보며 생각했다. 아까 상황에 적절한 대답은 무엇이었을까.

아사는 원래 말이 바로바로 나오는 타입이 아니다. 그 자리에서 재치 있게 말하는 순발력이 뛰어난 아이들도 많지만, 아사는 LINE으로 답장할 때도 천천히 시간을 들이곤 했다. 만약 문자로 연락을 받았다면 미코토를 위로할 말을 찾을 수 있지 않았을까.

하지만······.

크림색 천장을 바라보다가 깨달았다.

평소에는 주로 문자로 대화하고, 통화해도 되냐고 LINE으로 먼저 묻던 미코토가 갑자기 전화부터 걸었다. 그 사실 자체가 지금 미코토의 기분을 대변하는 게 아닐까.

방금 전화로 들은 친구의 말이 귓가에 맴돌았다.

"어쩔 수 없겠지."

"각오하고 있었어."

"이런 일로 우울해하는 건 좀 염치없겠지?"

그랬구나. 중요한 건, 염치없다는 말보다 그 앞에 한 말이었으리라. 지금 미코토는 엄청 우울한 것이다.

혼잣말하듯 늘어놓은 이야기들은 합창부 부원들과 대화하면서 들은 말일지도 모른다. 상대방의 말을 마음에 새기고, 그렇게 해서라도 받아들이려고 한 것일 텐데.

합창만 특별한가, 고시엔만 특별한가. 그런 화제가 나온 이유도 그래서일지도 모른다. 특별한 것은 없다고들 말한다. 그러나 미코토도, 지금 우리 학교에는 없지만 어딘가에 있는 전국의 야구부원 그 누구도 자신들이 특별한지 아닌지는 중요하지 않을 것이다. 3월 이후로는 그런 생각을 할 겨를도 없이 그저 정해진 대로 따를 수밖에 없었다.

"거리두기가 계속되네……."

입이 제멋대로 움직였다. 거리두기. 이 역시 3월 이후 TV나 인터넷을 통해 아사의 일상에 들어온 단어였다. 학교가 휴교한 것과 같은 시기에 세계 여기저기에서 대규모 봉쇄가 이뤄지고, 수많은 행사들이 취소되거나 연기되었다. 국가들이 입국을 제한하고 사람들이 집 안에만 머무는 나날이라니, 지금까지 아무도 경험하지 못한 전대미문의 사태였다. 즉, 지금 인류 중 그 누구도 어떻게 해야 좋을지 알지 못한다. 정답 없는 문제 앞에 갖가지 의견과 대립이 난무했다.

가슴이 아려왔다. 아사는 천문부 합숙을 줄곧 기대해왔다. 여름과 겨울, 1년에 두 번 이바라키 현 북쪽에 있는 천문대의 연구센터에서 실시하는 합숙이다. 아사의 집 주변과 학교 옥상에서도 별을 볼 수 있지만 산 위의 연구센터에서 보는 별은 유난히 멋져서 작년에 처음 참가했을 때 천문부에 들어오길 잘했다고 진심으로 생각했다.

침대에 누운 채 고개를 옆으로 돌리니 책상이 보였다. 앉으면 시선이 닿는 높이에 망원경 설계도가 붙어 있다. 아사와 부원들이 작년부터 매달리고 있는 망원경 제작 프로젝트는 순조로우면 올해 안에 완료될 예정이다. 천문부는 분명 야외 활동이기는 하나, 망원경 제작은 지구과학실에서 하는 실내 작업이기에 앞으로 어떻게 될지 알 수 없다.

실내에서 밀폐 상태가 되어서는 안 된다, 비말이 날릴 수 있는 활동은 삼가라……. 올 초까지는 아무도 몰랐던 '상식'이 몸에 단단히 새겨졌다. 거리를 두라는 둥 마스크를 쓰라는 둥 사람을 만나지 말라는 둥, 처음에는 '거짓말'인 줄 알았을 정도로 말도 안 되는 대책이라고 생각했다. 그도 그럴 것이 감염되었는지 아닌지도 모르면서 거리부터 두라니, 이상하지 않은가 말이다.

하지만 우리가 할 수 있는 거라고는 그 정도밖에 없는 모양이다. 그리고 소독제로 바지런히 소독하고 손 씻기. 우스워 보일 수 있지만 스스로도 감염되었는지 아닌지 모르는 병에 대항하려면 이런 수수하고 현실적인 방법밖에 없는 모양이다.

모이지 않는다든가, 노래하지 않는 것도 이런 상황에서는 중요해진다. 일어나지 않을지도 모르지만, 일어날지도 모른다는 가능성을 처음부터 없앨 수 있다면 그보다 나은 것은 없으니까.

한참 생각한 뒤 벌떡 일어났다.

콩쿠르가 취소되었다는 친구에게 하고 싶은 말.

전화할까도 생각했지만 글로 남기고 싶어서 미코토에게 LINE 메시지를 보냈다.

"슬픔과 분함에는 크고 작음도, 특별함도 없어."

바로 답은 하지 못했지만 이런 말을 하고 싶었다. 강팀이니까 아쉬워할 권리가 있다느니 없다느니 그런 이야기가 아니다. 그런 것을 누가 판단할 수 있단 말인가.

바로 말해주지 못해서 미안하다는 생각을 하는데 바로 미코토가 읽었다는 표시가 떴다. 답이 왔다.

"고마워."

그리고 이어지는 문장.

"아사랑 만나고 싶다."

만나고 싶다는 말이 이렇게나 의미가 있다니. 아사는 스마트폰을 쥐고 심호흡했다.

학교에 가고 싶다는 마음이 간절해질 줄은 꿈에도 생각하지 못했다.

휴교가 시작된 3월 무렵에는 뉴스에서 아무리 호들갑을 떨어도 휴교는 정말로 만일을 위한 대책으로만 보였다. 불성실해 보일지도 모르지만 아사는 살짝 신이 났다. 졸업식을 앞둔 선배들은 큰일이겠지만 기말시험은 아마도 없어지겠지. 게다가 혹시 갑작스러운 방학이 주어진다면 이런저런 일을 하고 싶다고 상상한 적도 많았다. 그 책을 읽고 싶어, 그 게임을 깨고 싶어, 시간만 있다면 그 드라마도 끝까지 다 볼 수 있겠지…….

그렇게 한껏 두근거렸다. 그런데…….

'친구와도 만나지 않기.'

학교에서 이런 통지가 와도 LINE도 전화도 있으니 그 정도야 별일 아니라고 생각했다. 게임도 인터넷으로 연결해서 할 수 있고.

하지만 4월이 끝날 무렵, 아사는 잠을 이룰 수 없었다.

이불 속에서 잠이 들려다가도 갑자기 눈이 번쩍 떠진다. 그러고는 돌풍이 불어서 입은 옷이 한 장씩 벗겨지는 이미지가 머릿속에 떠오른다.

이 나날은 언젠가는 반드시 '일상'으로 돌아간다.

그렇게 생각하면서도 도무지 잠이 오지 않았다. 혼자서 아무리 발버둥질해도 무엇 하나 변하지 않는데 초조하다. 어째서일까. 생각하고 고민해도 변하는 것은 아무것도 없다.

어제 집 뒤쪽 공원에서 초등학생 남자아이들이 노는 것을 보았다. 이 아이들의 초등학교는 휴교 중에 친구를 만나도 되나. 축구를 하고 있어서 서로 거리도 가까웠다. 한 명은 마스크도 쓰지 않았다. 어쩐지 화가 나기도 하고 얌체 같다는 생각이 들었다.

괴롭다. 너무나도 괴롭다.

"아사, 왜 그러니?"

평소에는 아사가 침대에 들어가면 절대로 보러 오지 않는 엄마가 어쩐 일인지 그날은 방문을 살짝 열고 말을 걸었다.

"어쩐지 잠이 안 와서."

몸을 뒤척이면서 대답하자 엄마가 방 안으로 들어왔다.

"그렇구나." 중얼거리듯 말하고 평소보다 천천히 말했다.

"불안하니?"

"음."

뭐든 부모에게 기대는 나이는 지났다고 생각했고, 그때까지 왜 잠을 못 이루는지 아사 자신도 몰랐다. 저도 모르게 대답했다.

"나, 학교에 가고 싶어." 말하고도 스스로 놀랐다. 말이 술술 나왔다. "친구랑 만나고 싶어."

말도 안 돼. 학교에 가고 싶다, 친구와 만나고 싶다, 이런 말을 할 만큼 순수하고 솔직한 성격도 아닌데. 그런 생각을 하더라도 실수로라도 부모에게 털어놓는 성격도 아니고.

한순간 놀란 듯 엄마 얼굴이 굳어졌다. 하지만 바로 아사를 따뜻하게 안아주었다.

"만나러 가렴. 내일 미코토와 나나코에게 연락해. 공원이나 강가, 어디든 좋으니까."

"괜찮아. 안 만나."

"왜?"

"그야…… 지금은 자가 격리를 해야 하니까."

말과 동시에 주르륵 눈물이 흘렀다. 멈추려 해도 이미 늦었다. 방송에서는 '불요불급不要不急한 외출을 자제하라'고 말했다. 그렇다면 '이건 불요불급이 아니야'라는 말은 그러니까 급할 때 쓰는 건가? 아니면 급하지 않을 때?

"아사."

엄마가 숨을 삼켰다. "괜찮아." 순식간에 딸꾹질이 날 만큼 울음이 터진 아사의 어깨를 쓰다듬으며 엄마는 큰 소리로 말했다.

"자가 격리는 스스로 조절하면 돼. 누가 시켜서 하는 게 아니라 스스로 정하는 거야."

"그치만."

"아사는 참을성이 많은 데다 혼자서 쌓아두는 편이잖아."

엄마가 아사의 손등을 어루만졌다. 엄마의 손이 아사 손을 폭 감쌌다.

"학교, 가고 싶지?"

엄마가 말했다. 아사의 얼굴 바로 옆에서 고개를 끄덕였다. 그러자 아사도 따라서 고개를 끄덕였다.

딱히 공부를 좋아하지도 않고 동아리 활동도 그리 열심히 한 적 없는 아사였다. 집에 있는 것을 좋아한다고 생각해왔는데 갑자기 한계를 느꼈다.

"다들 보고 싶어."

아사가 말했다.

결국 엄마의 권유로 다음 날 미코토와 나나코에게 연락해서 만나기로 약속했다. 작년에는 두 사람과 같은 반이었던 천문부 부원 이이즈카 리쿠까지 만나기로 한 천변에 나타나서 놀랐다. 학교에서는 드문 남학생 중 한 명이고 아사에게는 유일한 같은 학년 천문부 부원이다.

2월까지 동아리실에서 자주 보던 반가운 얼굴 앞에서 엉겁결에 외쳤다.

"앗, 리쿠! 웬일이야?"

"아니…… 부르기에." 익숙한 눈 아래에는 마스크. 하지만 마스크 외에 시선을 빼앗은 것이…….

"어? 뭐야, 그 머리. 앗, 귀걸이도 했어?"

"그게, 심심해서 이미지를 좀 바꿔봤지."

"뭐야. 이 비상시국에."

휴교 전에는 검은색이었던 머리를 갈색으로 물들이고 귀에는 귀걸이를 했다. 중학생 때도 개학 날 그런 아이가 있었지만 설마 코로나 휴교 때 머리 색을 바꾸는 녀석이 있다니, 어이없으면서도 어쩐지 힘이 빠지면서 긴장이 풀렸다.

리쿠는 나나코가 부른 모양이다. "다행이다." 조금 떨어진 곳에서 나나코와 미코토가 웃었다.

"아사가 기운 없어 보여서 리쿠를 불렀는데 다행이야. 두 사람 여전히 사이좋네."

부원이 남녀 한 사람씩이라 꼭 커플처럼 보인다고 학교에서 놀림받곤 해서 '사이좋다'는 말을 들을 때마다 짜증이 났지만, 이때만은 반가움과 다시 만난 기쁨이 더 컸다. 미코토와 나나코에게는 선뜻 연락할 수 있었지만 리쿠는 남자라서 조심스러웠는데, 사실은 연락하고 싶었다는 것을 처음 깨달았다. 반짝반짝 빛나는 수면 옆에서 네 명 모두 쑥스러움을 참고 서로를 바라보는 시선은 평소와 달랐다. 눈을 반짝거리며 '아, 드디어 만났다'라는 들뜬 얼굴. 마스크를 썼지만 다들 아드레날린이 훅 솟은 것이 느껴졌다.

"와, 정말 오랜만이야."

"아! 진짜 아사랑 미코토다. 너무 기뻐."

"만나고 싶었어."

"나도."

누가 무슨 말을 하는지 모를 정도로 다들 같은 말만 되풀이했다. 와, 만났다. ○○다, 진짜 ○○다, 하고 그저 이름을 불렀다. 평소에 살짝 냉소적인 리쿠조차 "아, 그런데 오늘 모인 목적은 뭐야?"라고 물으면서도 즐거워 보였다.

손을 잡을 수도 없고 거리두기를 해야 하며 마스크까지 썼지만 다들 한껏 들떴다.

그렇게 모두와 만나지 못한 기간이 끝나고 드디어 이번 달, 즉 5월에 들어서자 등교일이 주 1회 정도 생겼다.

주 1회, 반나절만 가는 학교는 각 반을 세 그룹으로 나눈 분산 등교라서 미코토나 리쿠와는 시간대가 달랐지만 그래도 기뻤다. 지난주는 시간이 조금 길어져서 점심시간이 될 때까지 학교에 있을 수 있었다.

조만간 긴급 사태 선언이 끝날 거라고 뉴스에서 말했다.

선언 전에 이미 인터하이, 합창 콩쿠르 등 여러 가지가 취소되었지만.

"빨리 평소처럼 학교 다닐 수 있음 좋을 텐데."

아사는 중얼거렸다.

하지만 그 "평소처럼" 속에 미코토의 콩쿠르와 나나코의 대회는 더 이상 포함되지 않는다. 개인의 힘으로는 어쩔 수 없는 일이다. 그래서 생각하고 만다. 지금은 평범해져버린 이 상황, 실은 굉장히 이상한 거지?

❉❉❉

하늘이 무너지면 좋을 텐데.

안도 마히로는 중학교 교문 밖으로 나와 온통 엷은 구름이 낀 하늘을 노려보며 간절히 바랐다.

해는 보이지 않는다. 구름 너머 어슴푸레 밝은 부분에 분명히 있을 텐데 안 보인다. 구름에 완전히 뒤덮인 하늘이 아니라서 어쩐지 어중간하다. 이럴 거면 비라도 한바탕 내리든가, 구름이 짙게 깔려서 어두워지든가…… 차라리 그러는 편이 상쾌할 텐데.

"그럼 다음 주에 봐!" 귀가하려는 마히로 뒤에서 목소리가 들렸다.

모르는 여자 목소리다. 돌아보지 않자 다른 목소리가 대답했다.

"응, 다음 주까지 못 본다니 섭섭하다. 전화해도 돼?"

"당연하지."

"하지만 드디어 학교 와서 기뻐."

멈춰 서서 길게 이야기하지 말라고 선생님들이 강조해서인지 대화는 더 이어지지 않았다. 마히로는 내심 안심했다.

그들의 말과 반대로 마히로는 대체 왜, 하고 저주하는 마음이 가득했다. 왜 다시 등교하는 건데.

이번 등교는 오늘뿐이고 바로 끝나서 괜찮지만 이대로 영원히 시작하지 않으면 좋을 텐데……. 오늘 아침부터, 아니 어제부터, 아니 그보다 훨씬 전부터 마히로는 그렇게 줄곧 바랐다. 학교가 이대로 없어지기를. 그렇게만 된다면 지금 눈앞에 있는 하늘이 천재지변으로 무너져도 상관없다.

고개를 드니 고층 빌딩들이 죽 늘어선 익숙한 풍경이 펼쳐져 있다.

도쿄 도 시부야 구립 히바리모리 중학교.

"이런 곳에 중학교가 다 있네."

고층 빌딩을 배경으로 카페와 부티크가 나란히 있는 상업지구의 옆길을 빠져나가자 불쑥 앞에 나타난 학교 건물과 운동장을 보고 야마가타에 사는 마히로의 할머니가 신기해했다. 아직 마히로가 입학하기 전의 이야기다.

"이런 도시에도 아이가 자라는구나."

그렇게 이야기하는 할아버지, 할머니에게 마히로의 엄마가 웃으며 말했다.

"엄마도 참. 당연하지. 우리 아이들도 여기서 자라는걸."

내가 사는 곳이 '도시'나 '도심'으로 불린다고 처음 깨달은 게 언제였을까. 하지만 그곳에서 나고 자란 마히로는 신기하다는 말을 들어도 그저 그런가 싶을 뿐이었다.

땅에 늘어선 빌딩과 빌딩 사이에 있는 맨션이 마히로와 누나 릿카, 그리고 부모님이 사는 집이다. 집 바로 앞에는 넓은 고속도로가 있고 그 고가도로 아래의 건널목을 건너면 마히로가 다닌 초등학교가 나타난다.

도시나 도심이라고 하면 빽빽한 빌딩숲부터 떠오르지만 한 걸음만 안으로 들어오면 커다란 공원이며, 넓은 잔디 정원을 갖춘 대사관 건물들도 있어서 생각보다 녹지가 많다. 경비가 엄중한 대사관 문 앞을 지나는 길이 마히로와 누나를 비롯한 가족의 생활 구역이고 통학로다. 엄마 말대로다. 우리는 여기서 자란다.

마히로는 그것을 아무런 의심도 하지 않았다. 올해 중학교에 입학가기 전까지는.

이 주변은 비탈이 많다. 특히 히바리모리 중학교는 언덕으로 둘러싸인 절구 같은 지형의 아랫부분에 있어서 학생들은 저마다 집으로 향하는 비탈길을 올라가야 한다.

기온은 그리 높지 않았지만 조금 걸으니 마스크를 쓴 채로 숨을 쉬기가 힘들어졌다. 오랜만에 입은 새 교복 때문에 더 더웠다. 어차피 금방 클 거라며 큰 치수로 산 교복이 원망스럽다.

영원히 학교가 시작되지 않으면 얼마나 좋을까.

오늘 몇 번째인지 모를 마음의 외침이 또 가슴속에서 소용돌이친다. 다음 등교일까지 해오라는 과제가 든 가방이 유난히 무거운 이유는 마음이 무거워서일 것이다. 고개가 저절로 떨어져 발밑을 노려본 그때였다.

"저기, 혹시 너 마히로니?"

갑자기 들려온 목소리에 내디뎠던 마히로의 발이 멈춘다. 얼굴을 드니 히바리모리 중학교 교복을 입은 여학생 한 무리가 있었다. 한눈에 선배라는 걸 알았다. 입고 있는 세일러복이 입학했을 때 본 1학년 것과 전혀 다르니까. 릿카 누나와 분위기가 닮았다.

"……심까."

중학교에 들어가면 선배들에게 예의 바르게 행동해야 한다고 예전에 어디선가 읽었다. 동아리 활동이며 각종 모임에서 함께 활동할 선배들에게 찍혔다가는 큰일이라고 했다. 초등학교와 중학교의 선후배 관계는 전혀 다르다면서.

분명 인사를 하려고 했는데, 해본 적도 없는 안녕하심까, 하는 이상한 말이 튀어나왔다. 게다가 앞부분의 발음이 뭉

개져서 부자연스럽게 목소리가 잠겼다. "어머, 귀여워!" 금세 선배들이 호들갑을 떨었다. 어깨에 쓸데없이 힘이 들어 갔다.

"갑자기 미안. 우리, 릿카의 동아리 선배야. 육상부."

네, 하고 대답할 생각이었는데 역시 불분명한 대답만 나왔다. 선배들이 마히로의 얼굴을 관찰하듯 들여다봤다.

지금은 마스크를 쓴 것이 다행스러웠다. 그 시선을 마스크 없이 견딜 자신이 없다.

"듣던 대로 귀엽잖아."

한 명이 말했다. "그렇지?" 묘하게 어른스러운 말투로 옆에 있는 여학생에게 눈짓했다. "그러게." 옆에 있는 선배도 웃었다.

"릿카에게 들었어. 동생 잘생겼다고. 말 그대로 정말 귀엽다."

"소매가 좀 긴데? 덥지 않아?"

"가방, 안 무거워? 마스크 답답하지?"

온몸에 훅 열이 올랐다. 기뻐서가 아니라 굴욕적이어서다.

왜 여자들은 여럿이 있으면 혼자서는 안 할 것 같은, 배려라고는 눈곱만큼도 없는 이런 말을 하는 걸까? 누나랑 친한 사람들은 특히 심한 것 같았다.

마히로는 키가 작다.

초등학교 때부터 키대로 줄을 서면 언제나 맨 앞은 마히로 차지였다. 6학년 때는 그룹 체조나 연극에서 어린아이 역할처럼 몸집 작은 남자아이가 필요해지면 거의 반드시 마히로가 선택되었다.

아빠도 엄마도 딱히 키가 작지 않고 누나도 표준인데 어째서인지 마히로만 작다. 주위 어른들은 중학교에 들어가면 분명히 클 거라고 했지만 전혀 상상이 되지 않는다. 제발 그렇게 되기를, 하고 오래전부터 바라왔다.

마히로 입장에서 '귀엽다'는 결코 칭찬이 아니다.

'으, 누나 가만 안 둬!' 속으로 악담을 퍼부었다. 분산 등교로 1학년과 3학년이 같은 날 등교하고 2학년은 다른 날 등교한다. 2학년인 릿카는 오늘은 없다. 누나가 선배들에게 연년생 동생을 어떻게 소개했을지 생각하니 머릿속이 끓어오른다.

"괜찮아요."

이번에는 가라앉은 목소리가 아니고 제대로 말했다.

그럼, 하고 짧게 마무리하고 지나가려는데 선배들이 계속 따라온다. 내버려두면 좋겠는데 또 말을 건다.

"동아리 활동, 정했어? 괜찮으면 육상부도 생각해봐. 릿카에게 들었어. 날쌔다며?"

날쌔다니. 생쥐나 조그만 동물한테 쓰는 표현 같잖아.

속으로 말대답하고 무시하자 "유감이네" 하는 목소리가 또 따라온다.

"축구부는 인원이 모이지 않아서 없어질 것 같은데. 마히로, 축구하고 싶었지?"

숨을 들이쉬고 그대로 멈췄다. 절대로 쓸데없는 말 하지 않고 이대로 끝내려고 길게 숨을 내쉬었다. 가방을 든 손에 힘이 꾹 들어갔다.

누나가 그런 것까지 말했나? 입을 꾹 다문 마히로에게 다른 선배가 말했다.

"그거 안됐네."

"올해 1학년 남자는 한 명이라는데. 괜찮아?"

마히로는 아무 대꾸 없이 그 말을 들었다.

"반 여자아이들이 안 괴롭혀? 아, 맞다. 아직 수업은 시작 안 했지."

"무슨 일 있으면 릿카에게 말해."

말대꾸하려고 했다. 더는 참을 수 없으니까. 그런데 목소리가 나오지 않는다. 아래를 보며 "네"라는 대답만 간신히 끄집어냈다.

그렇게 대답하는 자신이 울고 싶을 정도로 비참했다. 그렇지만 결국 이게 정답이었나 보다. 선배들이 고개를 끄덕이며 "우리도 힘이 돼줄게" 어쩌고 하더니 드디어 떨어졌다.

다시 혼자가 된 마히로의 곁을 한 여자아이가 지나갔다. 가는 금테 안경에 엷은 분홍빛이 감도는 부직포 마스크를 쓴 아이는 아마도 1학년이리라. 조금 전까지 따라오던 3학년과 비교하면 교복에 아직 풀이 남아서 빳빳했고, 무엇보다 마히로를 걱정하는 시선으로 보는 듯했다.

마히로도 아무 말 하지 않았고 그 아이도 말없이 지나갔다. 그렇게 해줘서 고마웠다.

1학년이라는 건 같은 반이라는 뜻이다. 그 뒷모습을 보며 생각했다.

히바리모리 중학교의 올해 신입생은 스물일곱 명. 반은 하나뿐이다. 2학년, 3학년도 마찬가지이다.

오피스 빌딩과 상업 빌딩이 빼곡한 이곳 도심은 오래전에는 서민 동네였다고 한다. 하지만 지금은 아이를 찾아보기 힘들다. 마히로가 다녔던 초등학교도 학생 수가 적었다.

게다가.

공립 학교인 히바리모리 중학교의 올해 신입생 중 남자는 마히로 한 명뿐이다. 마히로는 그 사실을 휴교 중이던 3월, 최소 인원만이 참석한 초등학교 졸업식에서 들었다.

"뭐어어?"

이렇게 길게 외친 기억이 난다. 놀랐다기보다 뭔가 잘못된 게 아닌가 하는 생각이 들었다. 지금도 그렇다. 뭔가 잘못되었습니다, 당연히 다른 남학생도 있죠. 누가 그런 말을 해주지 않을까. 지금도 마히로는 바라고 있다.

구립 히바리모리 중학교는 마히로가 다닌 초등학교를 포함한 근처 세 개 초등학교 학생이 모이는 학군이다. 하지만

이 주변 아이들은 좀처럼 공립 중학교에 진학하지 않는다. 다들 사립 중학교나 국공립 중고 일관교(중·고를 통합하여 6년제로 운영하는 교육 시스템-옮긴이)에 시험을 치르고 입학한다.

중학교 입시가 매년 치열해진다는 뉴스를 본 적도 있다. 초등학생 4학년 무렵부터 동급생들이 모두 학원에 다니기 시작해서, 입시 준비를 하는 모양이라고 어렴풋이 짐작했다.

마히로의 부모님도 주변 아이들은 다들 시험 공부를 하는데 너는 어떻게 할 거냐고 물어온 적이 있다.

깊이 생각하지 않고 그 자리에서 안 해도 된다고 대답했다. 입시를 치를 필요 없는 구립 중학교에 다니는 한 살 위의 누나가 즐거워 보였고, 무엇보다도 집에서 가까워서 걸어서 통학할 수 있을 것 같았다. 같은 축구팀에 소속된 아이들이 입시 준비로 한 명, 두 명 떠나는 건 아쉬웠다. 마히로는 축구를 계속하고 싶었고 공부를 그리 잘하는 편도 아니었으니 결론은 곧바로 나왔다.

주변에 중학교 입시를 준비하는 아이가 많다고 느끼긴 했지만, 설마 나를 제외한 '모두'였을 줄이야.

휴교가 실시되기 전인 2월, 누가 어느 학교에 간다는 이야기가 들려오기 시작했다. 그래도 마히로는 몇 명은 자신과 같은 동네 중학교에 가겠지 싶었다.

그 생각은 오산이었다.

졸업식 날 아침, 담임 선생님이 말했다. "올해 히바리모리 중학교에 가는 남학생은 마히로 혼자구나."

여학생은 몇 명인가가 구립에 진학하는 모양이었다. 마히로처럼 시험을 치르지 않은 아이도 있고, 지망한 학교에서 떨어진 아이도 있다. 하지만 남학생은 없다. 시험을 치르지 않은 남학생도 없진 않지만, 공교롭게도 부모의 전근이나 이사 때문에 중학교 입학을 계기로 다른 곳으로 가버렸다. 히바리모리 중학교에 진학하지 않는다.

"네?" 졸업식 날, 그 사실을 알고 아빠가 외쳤다. 그러고는 믿을 수 없는 말을 덧붙였다.

"히바리모리 중학교가 인기가 없다고는 들었습니다만, 그 정도였나요?"

마히로는 귀를 의심했다. 인기가 없다고? 누나는 그렇게 즐겁게 다니는데? "아, 그게 말이다⋯⋯." 마히로의 눈길을 느낀, 졸업식이라 모처럼 큰맘 먹고 정장을 차려입은 아빠가 어색하게 넥타이를 만지며 말했다.

"아이가 적어서 학생 수가 부족해 동아리 활동이 제대로 돌아가지 않는다고들 하더라고."

마히로는 처음 듣는 이야기였다. 게다가 아빠가 억지 미소를 지으며 "그렇지만 마히로는 이제 축구 안 할 거니까!"라고 덧붙였을 때는 숨이 멎는 줄 알았다.

아닌 게 아니라 마히로는 그동안 다녔던 지역 축구 클럽을 6학년 여름에 그만두었다. 수준이 너무 높아져서 도저히 따라갈 수가 없었다. 유치원 방과 후 수업으로 시작했을 때만 해도 축구가 정말 재미있었다. 당시에 축구 교실이며 팀이 많이 있었는데, 아빠와 엄마는 이왕이면 강한 팀에서 경기하는 게 좋을 거라며 지역 대회에서 우승한 경험도 있는 본격적인 팀에 마히로를 넣었다.

아빠가 프로팀 축구선수였다는 아이도 몇 명 있었고, 연습은 힘들어도 팀 활동은 재미있고 알찼다. 사실 마히로가 클럽에서 두각을 발휘하지는 못했지만, 밖으로 한발 나와 초등학교 반 친구들과 경기를 하면 압도적으로 잘했다. 이대로 계속 축구를 할 거라고 마히로는 굳게 믿었다.

재미없어. 4학년 후반 무렵, 그런 생각이 들었다.

우선 마히로는 키가 전혀 크지 않았다. 매일 아침 우유를 마시고, 규칙적으로 일찍 자고 일찍 일어나는데도 몸은 자랄 생각을 하지 않았다. 축구는 신체 조건이 중요한 스포츠다. 동급생들은 점점 실력이 늘고 키도 커졌다. 경기 중 강하게 부딪히기라도 하면 마히로는 체격적인 핸디캡 때문에 움츠러들 수밖에 없었다. 혹독한 연습을 열심히 따라갔지만 다른 아이들이 흡수하는 것과는 차원이 달랐다. 부쩍부쩍 실력이 느는 친구들을 보고 깨달았다. 이런 아이들이 프로 선수가 되는 거구나.

축구를 그만두고 싶다고 말했을 때 아빠도 엄마도, 누나조차도 굉장히 놀랐다. 엄마가 그래도 되느냐고 물을 정도였다.

"지금까지 계속해왔잖니. 축구에 전념한다고 학원도 다른 공부도 안 했는데, 그래도 괜찮겠어? 그러면 뭐가 남는데?"

그렇지만 마히로는 깨달았다. 아무리 열심히 해도 클럽의 다른 아이들을 이길 수 없다. 열정과 연습량으로는 이길 수 없는 압도적인 재능이 그들에게는 있고 마히로에게는 없다.

강한 팀에서 좌절한 뒤 한 걸음 물러나 쉬는 시간에 초등학교 친구들과 축구를 했다. 역시 재미가 있었다. 모두가 프로 선수가 되지 않아도 괜찮은 거 아닐까. 지금까지 열심히 해왔으니 중학교에 들어가면 축구부에 들어가서 즐겁게 경기하고 싶다고 내심 생각했다.

하지만 우연에 우연이 겹치고 말았다.

마히로가 다닌 초등학교에서 히바리모리 중학교에 진학하는 남학생은 마히로 혼자. 게다가 어쩌다 보니 다른 학교에서 온 남학생도 없었다. 누가 그렇게 만든 것도 아니고 바란 것도 아닌데, 공교롭게도 올해 입학한 남학생은 마히로 한 명뿐이다.

그 사실이 확실해졌을 때 엄마가 사과했다.

"미안하구나. 엄마가 좀 더 알아봤어야 했는데. 지금이라도 다른 중학교에 갈래?"

하지만 이미 입시는 끝났다. 마히로가 바란다고 다른 중학교에 다닐 수 있을까. 엄마도 혼란스러워서 그냥 생각난 대로 말한 것 같았다. 이사해서 다른 지역으로 가면 다른 중학교에 다닐 수 있을지 모르지만, 누나는 이미 히바리모리 중학교에 다니고 있으니 전학을 반기지 않을 것이다.

앞으로 3년 동안 남자 신입생이 들어오지 않는 한, 마히로는 남학생 없는 중학생 시절을 보내게 된다.

더구나 1학년 남학생이 한 명밖에 들어오지 않는다고 확정된 히바리모리 중학교의 남자 축구부는 2, 3학년을 합쳐서 일곱 명뿐이다. 올해부터는 공식전에 출전하지 못하니 동아리 활동을 할 수 있을지 없을지조차 알 수 없는 모양이다.

4월, 긴급 사태 선언이 내려지기 전에 아슬아슬하게 열린 입학식(일본은 4월에 새 학기가 시작된다-옮긴이)에서 마스크를 쓴 선생님들은 마히로에게 무척 신경을 써주었다. "남학생은 한 명이지만 힘내자. 어느 동아리에 들어가고 싶어?" 담임이 된 모리무라 나오야 선생님은 젊은 남자 선생님으로, "선생님도 남자니까 1학년 1반 남자는 나와 마히로 둘이네"라며 한껏 격려해주었다.

하지만 마히로는 같은 반 여학생 얼굴도, 단 한 명인 남학생을 신기하게 보는 선배들도(감염 방지를 위해 일부 학생회 임원만 참석했지만) 마음껏 바라볼 수 없었다. 그저 집에 가고 싶었다. 집에 가면 다행히도 이 세상은 휴교다.

긴급 사태가 선언된 뒤 휴교가 당분간 계속될 거라는 뉴스를 봤다. 아마도 지금 전국에 있는 중학교 1학년 중 내가 제일 불행하겠지. 마히로는 간절히 빌고 또 빌었다.

코로나, 길어져라!

학교, 계속 쉬었으면 좋겠다!

코로나는 심각한 병이고 마스크를 쓰고 생활하기는 싫지만 그래도 바라게 된다. 내가 바랐기에 지금 이런 상황이 된 게 아닐까. 그런 생각을 할 정도로 학교에 가기 싫었다.

등교가 재개된 5월. 슬슬 긴급 사태 선언이 해제될 거라는 소문이 떠돌자 마히로는 한없이 우울해졌다. 휴교가 좋은데. 이대로가 좋은데. 일상아, 돌아오지 마.

눈 앞에 펼쳐진 흐린 하늘을 바라보며 기도했다. 하늘이 무너지면 좋겠다.

천재지변, 제발 일어나라.

✻✻✻

하늘에 빨려 들어가고 싶어.

사사노 마도카는 회색 제방에 앉아서 하늘을 올려다봤다.

여기에 앉아 바라보는 세계는 온통 하늘과 바다뿐이다. 두 개의 파란색이 만난 세계다.

목이 아플 정도로 고개를 들어 하늘을 응시한다. 태양이 노란색을 넘어 하얗게 보일 정도가 되면 계절이 봄에서 여름으로 향할 준비를 시작한 것이다.

그러고 보니 앉아 있는 제방의 콘크리트도 지난달보다 확실히 뜨겁다. 교복 치마를 입은 마도카는 다리를 아무렇게나 뻗은 채 아까부터 혼자서 바다와 하늘을 보고 있다.

나가사키 현, 고토 열도. 140여 개의 크고 작은 섬으로 이루어진 이 지역에서도 비교적 크다고 알려진 이 섬이 마도카가 나고 자란 곳이다. 고토 관광업의 거점이라고도 불리는데, 마도카의 집은 3대째 료칸(일본 전통 여관-옮긴이)을 운영하고 있다.

눈이 시릴 정도로 노려보니 눈물이 나올 것 같다.

어차피 아무도 안 본다고 생각하며 등을 제방에 찰싹 붙이고 누워 뒤를 바라보니 뒤집힌 경치 속에서 천주당 건물이 보였다. 이 섬에서 마도카가 제일 좋아하는 건물이다.

고토 열도는 기도의 섬이라고 불린다.

기독교가 심하게 탄압받던 에도 시대(1603~1868-옮긴이)에 많은 사람이 고토로 이주해 수많은 촌락을 만들었다. 신앙을 지키기 위해 기독교도들은 숨어 지내게 되었고, 메마른 토지와 비탈진 땅을 개간했다. 초등학교 때 '내가 사는 마을의 역사'라는 수업에서 배운 내용이지만, 배우지 않아도 이 근처 아이들은 다들 아는 이야기이다.

섬에는 천주당과 교회당이라고 불리는 교회가 많이 있다. 햇살을 받아 부드러운 빛이 감도는 스테인드글라스와 높은 첨탑, 종탑 위에 우뚝 솟은 십자가는 어릴 때부터 익숙한 풍경이다.

마도카가 좋아하는 이 천주당은 그다지 큰 건물은 아니다. 섬에는 벽돌이나 돌로 만들어져 더욱 운치 있는 큰 교회도 많고, 스테인드글라스에 공을 들인 천주당이나 루르드라고 불리는 성모상이 서 있는 동굴, 샘이 있는 교회당이 관광객에게도 인기 있다. 그럼에도 마도카가 이 천주당을 특히 좋아하는 건 동백꽃 모양 스테인드글라스가 끼워진 둥근 창이 있어서이다.

이 제방에서 돌아보면 그 창이 곧바로 보인다. 목조 건물 지붕에 툭 튀어나온 첨탑 가운데 둥근 나무 창틀에 다섯 장의 빨간 유리 꽃잎을 펼친 동백꽃이 있다.

동백은 고토를 상징하는 꽃이다. 섬 여기저기에 군생하며 이곳의 특산물 중 하나다. 마도카네 료칸에도 특산물 매대에 동백기름이 놓여 있다.

마도카의 이름도 바로 그 동백꽃에서 따왔다. 마침 천주당의 스테인드글라스를 보던 부모님이 그 이름을 떠올렸다고 한다. 창틀에 끼워진 둥근 꽃잎을 활짝 피운 꽃 모양 스테인드글라스. 동그란 꽃. 그래서 이름이 마도카円華다.

하지만 오늘은 천주당의 동백을 보아도 마음이 가라앉지 않았다.

옛날부터 마도카는 혼자 있고 싶을 때나 생각하고 싶을 때 자주 이곳을 찾았다.

료칸 뒤, 이 제방이 있는 해변은 통학로에서 떨어져 있어서 또래 아이들이 별로 오지 않는 곳이다. 여기에 있으면 천주당의 동백도, 바다와 하늘도, 전부 마도카 혼자 독차지한 듯한 기분이 들었다.

하지만.

"안녕."

바로 옆에서 목소리가 들려서 숨이 멎는 줄 알았다. 허둥대며 일어났다.

그러고는 숨을 삼켰다. 햇볕에 그을린 스포츠 머리를 한 남자가 마도카 바로 옆에 서 있었다. 언제 왔는지 전혀 눈치채지 못했는데.

"여기서 뭐 해?"

그가 물었다. 가슴에 고등학교 이름이 들어간 체육복 상의, 아래에는 야구부 연습복 반바지. 음악을 듣고 있는지 귀에는 이어폰을 꼈다.

"무토……."

제방에 아무렇게나 뻗어두었던 다리를 급히 당기고 치마를 매만졌다.

같은 반인 무토 슈. 그와 대화를 나누는 건 처음이다.

마도카는 치마 주머니에 넣어두었던 마스크를 서둘러 꺼내 썼다.

"무토야말로 왜 여기 있어?"

"런닝 중이야. 매일 달리는데, 이쪽으로는 처음 와봤어."

"그렇구나."

혼자 연습하는 것일까. 무토는 마도카가 다니는 고등학교 야구부의 기둥 같은 존재다. 무토를 바로 알아보지 못한 이유는 머리 모양도 있을 것이다. 짧게 깎았던 머리가 휴교 중에 자랐는지 조금 길어졌다.

이번 주부터 다시 등교하게 된 학교는 수업만 받을 수 있고 당분간 동아리 활동은 중지다. 올해 신종 코로나의 영향으로 인터하이가 취소되어서 현_県 대회와 관련해 이런저런 협의가 진행되고 있다고 했다. 야구 대회인 고시엔도 올해는 어떻게 될지 모른다고 뉴스에서 이야기했다.

무토와 마도카 둘 다 3학년이다. 고등학생 마지막 해가 이렇게 될 거라고는 2월까지는 정말이지 상상도 못 했다.

무토가 운동화 앞코를 지면에 박고 발목 돌리기를 하면서 마도카를 봤다.

"마도카는? 뭐 해?"

"아, 집이 바로 요 뒤라서. 전부터 자주 왔어. 혼자 있고 싶을 때라든가."

대답하면서 내심 엄청 놀랐다.

'무토 슈가 내 이름을 알고 있다니!'

간단히 말해 무토는 상당히 눈에 띄는 학생이다. 키가 크고 얼굴이 작아서 비율이 정말 좋다. 체격 좋은 야구부 부원

사이에서도 그의 존재감이 남다른 이유는, '크다'는 인상을 주는 다른 남학생에 비해 무토가 '탄탄하다'는 분위기를 풍겨서인지도 모른다. 단련한 몸인데 마른 듯 보인다. 교복을 입었을 때는 그렇게까지 표 나지 않지만 지금처럼 체육복 차림이면 다부진 팔이 더욱 도드라진다.

게다가 무토는 얼굴도 단정하게 생겼다. 속눈썹이 길고 처진 듯한 쌍꺼풀 있는 눈매와 높은 콧날은 1학년 때부터 여학생들 입에 자주 오르내렸다.

무토가 세련된 느낌이 드는 것은 역시 그가 섬 밖, 후쿠오카에서 왔기 때문일까. 그렇게 말하는 아이들도 많았다.

고토 열도의 현립 고등학교에는 낙도落島 스테이라는 유학 제도가 있다. 섬 밖에서 유학 오는 학생이 매년 열 명 정도 있는데, 무토도 그중 한 명이다.

아이들은 스포츠나 공부에 전념하고 싶다거나 뭍에서 다니던 중학교에 적응하지 못해 환경을 바꿔보고 싶다는 등 다양한 이유로 섬으로 유학을 온다. 재학 동안 가족이 함께 섬으로 이사 오는 아이도 있지만, 대부분 기숙사에 들어가 부모와 떨어져 생활한다. 유학생들이 사는 기숙사는 마도카네 료칸 바로 뒤에 있다. 하지만 무토는 달랐다. 기숙사에 들어가지 않고 어부 일을 하는 노부부 집에서 하숙하는 별난 아이다. 섬에 올 때 이곳 주민의 집에서 홈스테이하는 쪽을 선택했다는 소문을 들었다.

스포츠 만능에 잘생기고 야구부에서도 에이스. 마도카는 당연히 그런 무토를 잘 알지만 설마 무토가 자신에 대해 알고 있을 거라고는 꿈에도 생각 못 했다. 낙도라고 들으면 작은 분교 같은 학교가 떠오른다. 하지만 이 섬은 아이도 많고, 커다란 슈퍼가 있으며, 미용실, 전자제품 쇼핑몰, 병원 등도 몇 개나 있어서 생활하기에 부족함이 없다. 마도카가 다니는 나가사키 현립 이즈미 고등학교는 학년당 반이 네 개씩 있다. 학생 수도 많다. 무토 같은 학생이라면 같은 반이어도 마도카의 이름은 물론이고 존재조차 의식하지 않을 줄 알았는데.

"흠."

무토가 눈을 가늘게 뜨고 제방 너머의 태양을 올려다본다. 귀에서 이어폰을 빼서 주머니에 넣고 턱까지 내렸던 마스크를 올려 새삼스럽게 코와 입을 가렸다.

3월 초순까지는 신종 코로나바이러스를 조심하라는 말을 들어도 어쩐지 멀기만 한 딴 세상 이야기처럼 느껴졌다. 하지만 3월 중순에 다른 섬에서 처음으로 감염자가 나온 후로 단숨에 긴장감이 감돌았다. 그때까지는 섬이니까 밖에서 들어오지 않는 한 괜찮다고 생각했지만, 생활 환경이 폐쇄적인 만큼 일단 바이러스가 유입되면 정말로 큰일이라며 다들 날을 세웠다.

달리던 도중 잠시 쉬려고 말을 걸었을 테니 바로 돌아가

겠지 싶었는데, 무토는 그늘이라곤 없는 해변에서 "더워"라
고 말하며 목둘레를 잡고 부채질을 할 뿐 가지 않는다. 할
말은 없지만 둘만 있는 것이 어색해서 그만 마도카 입에서
말이 튀어나왔다.

"무토는 안 돌아갔네?"

중얼거리듯 말하자 무토가 아무 말 없이 마도카를 돌아봤
다. 크고 선명한 눈동자에 압도되어 마도카가 다시 물었다.

"유학 온 아이들 상당수가 집으로 돌아갔다고 들었거든.
다음 달에 돌아오는 아이도 있는 것 같지만."

"아, 그거." 무토가 무심히 고개를 끄덕였다.

"한번 돌아가면 이곳에 다시 오기가 힘들 거 같아서."

"아……."

이번에는 마도카가 수긍할 차례였다. 일단 섬 밖으로 나가
면 다시 오는 것이 또 큰일이다. 그것은 지금 기숙사에 사는
다른 유학생들의 고민거리이기도 했다. 기숙사가 료칸 바로
뒤에 있다 보니 마도카의 엄마는 기숙사 관리인과 자주 이
야기를 나눈다. 그래서 엄마에게 들었다.

기숙사 아이들은 여러 지역에서 이곳으로 왔다. 도쿄 같은
대도시나 TV에서 감염 확산 지역으로 불리는 지역으로 돌
아간 아이들은 마음이 편치 않을 것이다. 섬 주민들도, 그곳
에서 돌아오는 학생도 모두 불안하리라.

"더워." 무토가 또 중얼거렸다. 이마의 땀을 닦고 덧붙이듯

말을 이었다.

"그런데 나도 지금 있는 할아버지 댁을 나와서 기숙사로 갈지도 몰라. 학교 수업도 다시 시작됐고 할아버지, 할머니는 연세가 있으니까 걱정이 돼서. 그래서 요즘 집에서도 마스크 쓰고 있어."

"그렇구나."

"응."

맞장구치는 게 고작이었다. 하지만 엄청 신경 쓰였다. 무토는 아마 야구에 전념하려고 멀리 이곳까지 유학 온 것일 텐데 동아리 활동도 못 하고 여름 대회도 어떻게 될지 알 수 없는 상황이라니. 무토는 추천을 받아 대학에 진학하는 게 목표라고 했다. 그런데 고등학교 마지막 대회가 없어져버리면 대입은 어떻게 될까. 우리 고등학교 야구부는 고시엔에 나갈 만큼 강하지도 않고 학교도 휴교되어 친구들도 못 만날 텐데, 고령인 할아버지, 할머니와의 생활은 심심하지 않을까, 왜 돌아가지 않을까······.

"마도카는 관악부지?"

"아, 응."

놀랐다. 이름에 이어 동아리까지 알고 있다니, 정말 예상도 못 했다.

"관악부도 올해는 대회 같은 거 없어?"

"응."

"그런데 말야······."

"응?"

"혹시 울었어요? 마도카 씨."

무토의 얼굴을 응시한 채 얼어붙었다.

어째서 존댓말? 그 생각부터 들었다. 조금 전까지 아무렇지도 않게 반말을 하더니, 갑자기.

말문이 막힌 마도카 앞에서 무토가 다시 말했다.

"조금 전에 그렇게 보였거든."

알아챘다고 해도 그걸 대놓고 묻나? 그래서 말을 걸었나. 묘하게 이해되면서도 어딘지 거북했다. 혼자 있고 싶어서 이곳에 왔다고 의미 있는 듯 대답한 것도 새삼스럽게 후회되었다.

"관악부의 마지막 대회가 없어졌다고 감상에 빠진 건 아니야. 분명 아쉽고 분하지만, 그런 게 아니라."

"응. 그냥 누가 뭐라고 했나 싶어서."

얼굴이 화끈거렸다. 망설임 없는 무토의 눈빛은 어디까지나 솔직했다.

"그걸 어떻게······."

가냘픈 목소리가 나왔다. 무토가 마도카에게서 시선을 돌려 동백 스테인드글라스가 있는 천주당 바로 아래, 료칸과 나란한 기숙사 건물 부근을 바라봤다.

"기숙사에 사는 고야마라고 알아? 궁도부 활동하는. 녀석도 나처럼 휴교 때 집에 돌아가지 않고 남았는데, 고야마가 어제 학교에 갔더니 누가 묻더래. 쓰바키 료칸, 섬 밖에서 오는 손님들이 묵는 모양인데, 그 근처에 사는 거 괜찮냐고."

가슴이 미어졌다. 아, 역시 그런 말이 나오는구나. 알고 있었지만 그래도 충격이다. "근데……." 무심코 말이 나왔다.

"그거 본인에게 할 말이야? 내가 몰랐으면 어쩌려고? 지금 처음 들었다면 엄청 슬펐을 거야."

"그게……. 그럼, 사실은 어떤데?"

무토의 목소리에 웃음기가 없다. 마도카는 조금이라도 웃어넘기려고 어이없다는 듯 싱긋 웃으며 말했지만 무토는 진지한 얼굴로 가만히 마도카를 보고 있다.

"알아? 그런 말 하는 거."

"……알아."

단념하고 수긍하자 하늘의 푸른빛이 스며들며 눈이 또다시 시렸다. 서둘러 입을 꾹 다물고 고개를 저었다.

"알고 있어. 이런 시국에 아직도 손님을 받고 있냐며 주변에서 우리 집을 엄청 주시하는 거. 설마 고야마와 기숙사 학생들에게까지 불똥이 튈 줄은 몰랐지만."

위치가 가깝다는 이유로 기숙사생들까지 그런 말을 듣는다면 친구 고하루가 한 말도 역시…… 어쩔 수 없는 이야기겠지.

등교가 재개되어 마도카는 평소처럼 소꿉친구인 후쿠다

고하루와 함께 하교하려고 했다. 그리 먼 거리는 아니지만 나란히 교문을 나와 고하루 집 근처의 갈림길까지 언제나 함께 걸어갔다.

그런데 방과 후에 고하루가 말했다.

"미안, 마도카. 잠깐 따로 다녀도 될까?"

처음에는 어리둥절했다. "뭐?" 아무 생각 없이 되묻자 고하루의 말투가 조금 빨라졌다.

"마도카랑 같이 하교하는 거 보고 우리 할아버지와 할머니가 좀 걱정하는 것 같아서. 우리, 이야기를 나누면서 걷잖아. 마스크를 써도 거리가 가까워서 걱정이래. 우리 언니가 시설에서 일하니까 엄마도 신경 쓰는 것 같아."

걱정한다, 신경 쓴다. 무얼 '신경 쓰는' 것인지 마도카도 알 것 같았다. 하지만 믿을 수 없었다. 부탁이니 그런 이유가 아니라고 부정했으면 좋겠다. 하지만 고하루는 할 말을 마쳤다는 듯 그저 마도카를 바라보았다. 그 눈을 보고 순간 뼛속까지 오싹해졌다.

고하루와는 초등학교 때부터 계속 함께였다. 중학교 때부터 관악부도 같이 했다.

고하루네 부모님과도 어릴 때부터 알고 지냈고, 할아버지와 할머니도 만나면 인사했다. 몇 번이나 놀러 갔고 밥도 먹은 적 있는 고하루 집의 식탁과 거실을 떠올려보았다. 나를, 우리 가족과 료칸을 두고 무슨 이야기를 했을지 생생히 떠올라 아무 말도 할 수 없었다.

"응, 알았어."

왜 그렇게 말했는지 모른다. 상처 입은 걸 들키지 않으려 그랬다는 걸 깨닫자 마음이 아팠다.

고하루는 몇 번이나 미안하다고 사과했다.

"정말 미안. 함께 하교하는 모습만 보이지 않으면 학교에서 이야기하는 건 괜찮아. 잠시 동안만. 정말 미안해."

"아, 응."

"그럼 먼저 갈게."

멀어져가는 고하루에게 관악부의 다른 여학생이 다가간다. 두 사람이 어깨를 나란히 하고 속삭이면서 발걸음을 맞춰 걸어가는 걸 본 순간 마도카는 아무렇지도 않은 척하며 근처의 화장실로 향했다. 두 사람이 이쪽을 돌아보지 않고 간 것도 가슴 아프지만 이쪽을 의식하는 건 더욱 싫었다.

고하루 언니가 일하는 '시설'은 노인들이 입주하는 요양원이다. 섬에는 의료와 간호에 종사하는 사람의 비율이 상당히 높다. TV에서 요즘 자주 언급하는 '의료 종사자'라는 단어가 이제 와서 가슴을 옥죈다. 그러고 보니 고하루의 언니가 신경을 많이 써서 지금은 식사 시간에 커다란 접시에 요리를 담아 함께 먹는 것조차 하지 않는다고 얼마 전에 들었다.

그런가. 나, 미움받는구나. 정말 좋아하는 고하루네 엄마와 언니, 가족들이 날 경계하는구나.

그런 모습을 아무에게도 보이고 싶지 않았다. 고개를 숙이고 교문을 나와 발끝을 노려보며 서둘러 집으로 향했다. 아무도 마도카를 보지 않고 신경 쓰지 않는다 해도 심장이 마구 뛰어서 다리에 어색하게 힘이 실렸다.

고하루의 말이 귀에서 끊임없이 되풀이된다.

"함께 하교하는 모습만 보이지 않으면 학교에서 이야기하는 건 괜찮아."

그게 뭐야.

'학교에서는 괜찮아도 같이 하교는 못 해. 가족과 이웃의 눈이 신경 쓰이니까.' 그런 말을 들었는데 내일부터 아무렇지 않게 교실에서 고하루와 웃는 얼굴로 지낼 수 있을까. 다른 아이와 함께 집에 가는 고하루의 뒷모습. 다른 아이와는 괜찮아도 마도카는 안 된다는 건······.

차별이잖아.

차별이라는 단어가 가진 무게감이 느껴지자마자 몸이 움츠러든다. 높은 장소에서 갑자기 아래를 내려다보는 것처럼 다리가 후들거렸다.

마도카의 집이 경영하는 쓰바키 료칸은 3대째 이어져 내려온, 작지만 오래된 료칸이다. 코로나로 이것저것 어수선해지면서 수가 줄었지만, 지금도 여전히 손님이 묵는다. 손님은 주로 섬 밖에서 오는 사람들이다. 나가사키 시내와 후쿠오카 등 규슈 본토에서 오는 사람이 대부분이지만, 도쿄와 오사카에서 찾아오는 사람도 있다. 쓰바키 료칸이 마음에 들어서 도쿄에서 매년 찾아오는 단골손님 한 명은 재택근무라 출근하지 않아도 된다며 장기 투숙 중이다.

휴업을 해야 할지 손님 예약을 계속 받아도 될지 할아버지, 할머니와 부모님도 고민했다. 마도카가 모르게 하려고 했지만, 마도카가 방에 들어가면 어른들이 이야기하는 기척이 느껴졌다. 손소독제를 좀처럼 구할 수 없어서 어딘가 판매하는 사이트가 없는지 마도카도 부모님과 함께 찾았다. 손님이 안심하고 올 수 있도록.

마도카는 그런 노력을 전부 지켜봤다.

휴업을 선택하지 않고 영업을 계속하기로 한 가족을 마도카도 가능한 한 응원하려고 했지만, 가족들 사이에서도 말하지 않고 묻지 않는 것들이 점점 늘었다. 이를테면 손님이 어디에서 온 사람인가 같은 것. 지금까지는 아무렇지도 않게 부모님에게 물었지만 지금은 일부러 묻지 않는다. 부모님도 필요 이상으로 이야기하지 않는다.

고하루의 말이 되살아났다.

"잠시 동안만. 정말 미안해."

그 '잠시'는 도대체 언제까지일까.

정부가 내린 긴급 사태 선언은 월말에는 해제될 예정이라고 했다. 마도카는 어서 원래대로 돌아가면 좋겠다고 생각했다. 가족들 또한 손님이 줄어도 "지금은 참아야 해", "지금은 어쩔 수 없어"라고 입버릇처럼 말했다. 하지만 얼마 전 방송에서 "이 새로운 생활 방식이 어쩌면 이삼 년 이어질지도 모릅니다"라고 말하는 걸 듣고 몹시 놀랐다. 당연히 그렇게 오래 기다릴 수는 없다. 이제 고작 1학기인데 내 2학기는, 3학기(일본의 학교는 대부분 3학기제를 체택하고 있다-옮긴이)는 또 어떻게 될까? 졸업할 때까지 고하루와 함께 하교 못 하는 걸까. 마스크 없이 생활하는 것도 고등학교를 다니는 동안은 무리일까.

마도카는 관악부에서 호른을 연주한다. 숨을 불어넣어 소리를 낼 뿐인데, 지금은 그것도 위험하단다.

특별활동 고문인 우라카와 선생님이 당분간 악기 연주는 어려울 것 같으니 대신 어떤 활동을 할 수 있는지 생각해보자고 모두에게 말했다. 하지만 활동이 재개되어도 마도카는 더는 참가할 수 있을 것 같지 않다. 하굣길, 자신을 두고 간 고하루와 다른 아이의 뒷모습이 뇌리에서 사라지지 않았다. 고하루마저 저러는데 마도카가 참가하는 걸 싫어하는 아이가 더 있을지 모른다. 다들 무서워하고 있으리라. 그래서 '잠시 동안' 멀어진다. 일상이 돌아오면 다시 예전처럼 지낼 수도 있겠지만, 남겨진 마도카의 기분은 어떻게 하면 좋을까.

이것저것 생각하노라니 기분이 엉망진창이었다.

어른들이 너무 쉽게 결정하는 거 아니야? 마도카는 그 사실에도 화가 났다. 다들 너무나 포기가 빠르다.

여름부터 시작되는 관악합주단 콩쿠르며 인터하이 등 여러 대회를 이렇게 간단하게, 빠르게 취소해도 되는 걸까. 그 무렵이 되면 상황이 달라질지도 모르잖아. 그런데도 어른들은 앞일을 일사천리로 결정해버렸다.

작년 콩쿠르가 떠올랐다. 부원 모두 여객선을 타고 본토로 건너가 사세보 홀에서 연주했다. 규슈 각지에서 모인 수많은 관악부 중에서 전국대회에 출전할 수 있는 학교는 단 세 곳뿐. 출전할 수 있을지 없을지 모르지만, 열심히 연습한 이 곡을 이 멤버와 함께 연주하고 싶다는 한마음으로 우승을 기원했다. 그 순간, 우리 마음은 확실히 하나였다. 그런데…….

내 미래는 대체 어디로 향하고 있을까.

고개를 숙인 채 집으로 돌아와 가방을 놓고 뛰쳐나오듯 제방에 오니 한계가 온 듯 순식간에 눈물이 넘쳐흘렀다. 바다와 하늘, 두 푸른빛이 눈물에 녹아 번져갔다. 분하다. 억울하다. 이렇게 억울하고 불합리하다고 생각하면서도 고하루에게 아무 말도 하지 못한 게 제일 분했다. 뭐든 말할 수 있는 친구라고 여겼는데, 지금은 친구이기에 절대로 진심을 보일 수 없다니.

울고 있는 모습을 남에게 보이다니 너무나 조심성이 없었다. 게다가 그 상대가 무토라니.

"미안." 마도카의 입에서 끊어질 듯 가냘픈 목소리가 새어 나왔다. "내가 울었다는 거 아무에게도 말하지 말아줘."

무심결에 그런 말이 나왔다. 이런 부탁도 어쩐지 비참하게 느껴져서 말끝이 조금 뭉개졌다. 무토가 난처해할지도 모른다고 생각하면서도 순순히 "알았어"라는 대답을 듣고 안심했다.

"방해해서 미안."

그렇게 말하더니 무토는 다시 이어폰을 귀에 꽂고 성큼성큼 달려 나갔다. 마도카는 그 뒷모습이 어쩐지 웃겨서 미소 지었다.

'방해해서 미안하다는 건 또 뭐야. 울고 싶은 만큼 계속 울어도 된다는 건가?'

가볍게 웃고 왜인지 다시 솟는 눈물을 훔쳤다.

작아지는 무토 슈의 모습을 보면서 저 아이가 왜 인기가 있는지 알 것 같다고 속으로 가만히 중얼거렸다.

2장
답을
알고
싶어

"아사는 왜 천문부에 들어갔어?"

미코토와 나나코가 그렇게 물은 적이 있다.

막 고등학교에 입학했을 때였다. 같은 중학교를 졸업한 친구들과 어느 동아리를 견학할지 이야기하는데, 아사가 "난 천문부로 정했어"라고 잘라 말했다. 다들 놀란 듯 질문이 연달아 쏟아졌다.

전부터 별 같은 거 좋아했어?

천문부는 뭐 하는 동아리야?

사실 아사는 입학하기 전부터 스나우라 제3고등학교에 천문부가 있다는 사실을 알고 있었다. 다들 '3고'라고 줄여서 부르는 스나우라 제3고등학교. 애초부터 3고 천문부에 들어가려고 입학시험을 봤다고 하자 다들 눈이 동그래졌다. 자기들은 그런 이야기를 들은 적이 없다며.

"아사는 그런 부분이 있지. 친구들과 상의하지 않고 혼자

속으로 굳게 결심하는…….”

미코토가 한 말이 왠지 가슴에 남았다. '속으로 굳게 결심'이라는 말이 만화와 소설 속에 등장하는 주인공처럼 들려서 미코토의 말이 칭찬인지 아닌지 모르지만 마음에 들었다.

숨길 생각은 없었다. 그저 말하지 않았을 뿐. 아무래도 '속으로 굳게 결심'하는 타입인 모양이었다.

아사가 천문에 관심을 가진 건 초등학교 때부터다.

아마도 5학년 무렵이었던 것 같은데, 엄마의 권유로 태블릿을 통한 온라인 학습을 했다. 아사의 부모님은 맞벌이를 해서 좀처럼 공부를 봐줄 시간이 없었다. 그래서 시작한 온라인 학습은 매달 한 번 그달에 배운 내용을 정리하는 시험을 봤다. '집에서처럼 무엇이든 물어볼 수 있는 학습'을 캐치프레이즈로 내건 과정이었는데, 시험지를 제출할 때 '선생님에게 편지를 써보세요'라는 항목이 있었다. 공부하다가 모르는 부분이든 요즘 고민거리든 '무엇이든 물어보세요'라고 적혀 있었다. 시험지와 함께 제출하면 2주 정도 지나서 채점 결과와 함께 답변해준다고 했다.

처음에는 문제와 관련해 모르는 점을 묻거나 '학교에서 운동회 연습이 시작되었어요' 등 간단한 근황을 쓰곤 했다.

그러던 어느 날.

문득 쓰고 싶은 게 떠올랐다. 학습 내용과 연관된 건 아니지만, 평소에 아사가 정말로 알고 싶었던 점을 물어봐도 괜찮지 않을까 생각했다.

가슴이 두근거렸다. 과학 시험지를 내며 선생님께 보내는 편지 코너에 이렇게 썼다.

"선생님께 물어보고 싶어요. 바닷물은 왜 짜요?"

바닷물에 소금 성분이 들어 있다는 사실은 어릴 때부터 알고 있었다. 다들 알고 있는 사실이다. 실제로 해수욕하러 갔을 때 헤엄친 후 입을 손등으로 훔쳤는데 엄청나게 짰다.

배운 내용이니까 상식으로 알고는 있지만, 도대체 왜 그런 걸까. 어떤 일이 있었기에 바다에 소금이 섞인 걸까. 그 소금 은 어디에서 왔을까?

평소에는 딱히 기대하지 않던 채점 결과가 너무나 기다려 졌다. 물론 채점 결과보다 선생님이 어떤 답을 썼는지 알고 싶었다.

2주 후, 기다리던 답이 도착했다. 하지만 그걸 읽은 아사 는 어리둥절했다. 질문에 대한 답은 이랬다.

"아사, 질문 고마워. 바다는 지금부터 44억 년 전에 탄생 했단다. 그때부터 바닷물에는 많은 것이 녹아 있었다고 전 해지지. 우리 인간의 기원이 되는 태초의 생명도 그 바닷속 에서 생겨났다고 알려져 있단다."

그것뿐이었다.

애초에 문답을 주고받는 칸이 크지도 않고, 선생님의 답 변도 평상시와 비교해서 그리 짧지 않았다. 그래도 5학년인 아사는 찜찜했다. 질문에 대한 답을 시원하게 듣지 못한 기분이었다.

그것을 '답'이라고 여기지 않는 내가 문제인 걸까. 처음에는 그렇게 생각했지만 여러 번 읽으면서 깨달았다. 아사가 한 질문에 그 답은 전혀 맞지 않았다. 바다에 '많은 것이 녹아 있는' 건 안다. 하지만 아사는 '많은 것'의 중심은 무엇이고, 무엇이 어느 단계에서 어떻게 녹았는지 알고 싶었다. 탄생했을 때부터 있었다니, 태초의 생명도 거기에서 생겨났다니. 공간을 메우기 위해 그저 나열한 문장 같았다.

그때의 석연치 않은 기분을 초등학생인 아사가 말로 제대로 표현할 수 있을 리 없었다. 아무튼 아사는 실망했다. 그것은 아사가 태어나서 처음으로 어른에게 실망한 순간이었을 것이다.

짧은 내용의 문답이었지만 아사는 깨달았다. 이 시험지를 채점하는 '선생님'은 분명 바다에 흥미가 없구나. 과학 시험지를 채점하는 '선생님'이라면 뭐든 대답해줄 거라 믿었지만, 이걸 쓴 사람은 그렇지 않았구나. 인터넷이나 어딘가에서 그럴듯한 지식을 찾아 적당히 칸을 메웠을 뿐이리라. 초등학생인 아사는 그날 깨달았다. 상대가 어린이니까 그래도 된다고 아사를 업신여기고 있는 거라고 생각했다.

화가 나진 않았고 어쩔 수 없다고 생각했다. 이 시험지를 담당하는 '선생님'은 애초부터 학교 교과서 내용을 가르쳐주는 게 일이니 그 범위에 포함되어 있지 않은 이런 '생활 속의 일'에 일일이 관여할 시간은 없으리라. 그 무렵 아사는 학교와 온라인 학습으로 배우는 '과학' 공부와 생활 속에서 아사가 궁금해하는 영역은 다르다고 구분 짓게 되었다. 아사가 신기하게 생각하는 것, 정말로 알고 싶은 건 학교 공부에는 도움이 되지 않는다.

하지만 그렇기 때문에 기대하며 물어본 건데.

그 후에 부모님에게 '바닷물'에 관해 인터넷 검색을 부탁하고 도서관에 가서 책도 찾아보았다. 하지만 내용을 접한 아사는 더 크게 실망했다.

거기에는 바다의 염분에 관해 아사가 궁금해하는 내용이 나와 있었다.

지구가 탄생했을 때 있던 원시 대기가 지표地表 온도가 낮아지면서 비가 되어 쏟아진 게 바닷물의 시초라고 한다. 그 비는 대기 중의 염소를 함유한 강한 산성이었다. 오랜 세월이 흐르며 그것에 지표의 나트륨과 칼슘, 철 등 '많은 것'이 녹아 중화되어 염화나트륨이 되었고, 지금의 짠 바다가 되었다. 그렇게 그림과 함께 설명되어 있었다. 열심히 조사해 다양한 설명을 찾았지만 아사는 역시 조금 실망했다.

바닷물은 어째서 짤까.

아이가 품은 그 의문에 알기 쉽게 답하려고 해도 답은 단순하지 않다. 복잡한 설명이 필요하다.

염화나트륨이라는 단어만 보아도 그랬다. 당시 아사는 그것이 소금이라는 사실을 바로 알아차리지 못했다. 문답란의 작은 칸에 초등학교 5학년생이 이해하기 쉽게 설명하기란 처음부터 무리였다.

세상의 복잡함에 압도되는 듯했지만 아사는 생각했다. 그래도 나는 이해하고 싶다고, 반드시 그렇게 될 거라고.

설마 딸이 그렇게까지 생각하고 있는 줄은 몰랐겠지만 부모님은 '바다'에 관해 열심히 조사하는 아사에게 "지금은 알지 못해도 중학생이나 고등학생이 되면 반드시 이해하게 될 거야"라고 격려했다. "아직 네가 배우기는 일러"라고도 덧붙였다.

아사는 그런 점이 서운했다. 정말로 알고 싶을 때 '아직 이르다'니. 그 구조와 이유는 분명히 이 세상에 있을 텐데 지금은 이해할 수 없다고 말하는 것, 아사가 제일 서운하고 실망한 점은 바로 그것이었다.

그래서.

그 여름, '전화 상담'을 했을 때 엄청나게 충격받았다.

여름방학 때 아사는 숙제하면서 라디오를 들었다. 부모님이 집에 없을 때 한자 공부 같은 단순한 숙제를 할 때면 어쩐지 쓸쓸해서 무엇이든 소리가 있으면 했다. 하지만 TV를 보면서 숙제에 집중하기는 힘들었다. 아사가 그렇게 말하자 엄마는 라디오를 추천했다. "엄마도 TV보다 라디오가 좋아." 그러면서 엄마의 오래된 라디오를 빌려주었다.

그 여름, 이바라키 방송국에서 '어린이의 여름, 전화 질문 상자'라는 프로그램이 기획되었다. 여름방학 동안 평일 낮에 지역 내의 대학 등에서 전문가 선생님을 몇 명 초빙하여 전화와 이메일로 어린이의 고민과 질문을 받는 방송이었다.

아사는 그 방송이 좋아서 매일 들었다. 초등학교 저학년 아이들이 질문을 많이 했는데 "왜 배가 고픈가요?", "사마귀를 좋아하는데 어디서 잡을 수 있나요?" 등 천진난만한 질문이 많았다. 그중에는 "어째서 친구가 있어야 하나요?", "사람은 왜 자신이 아니고 남의 일에도 기뻐하나요?" 등 친구와 마음에 관한 것도 있었다.

그저 듣는 게 좋았을 뿐 질문할 용기는 없었다. 그런데 한자 공부를 하다가 문득 떠올랐다. 만약 전에 궁금했던 '바닷물은 왜 짠가' 같은 질문을 여기 보내면 방송국 어른들은 어떤 답을 할까. 방송국의 어른들도 아사가 전에 조사했을 때처럼 한마디로는 설명할 수 없다고 말을 꺼낸 뒤 어린이가 이해하든 말든 일단 답이 되는 설명을 그저 나열할까.

그 무렵에도 아사는 궁금한 게 무척 많았다. 과연 아사가 이해할 수 있을지 어떨지를 떠나, 그 답에 설득이 될지 어떨지를 떠나 궁금한 거라면 어쨌든 잔뜩 있었다.

전화를 걸 용기가 없어서 집에 있는 컴퓨터를 이용해 가족이 사용하는 포털 사이트 아이디로 이메일을 보냈다.

"왜 달은 나를 따라오나요? 밤에 걸을 때도 차나 기차를 탔을 때도 하늘에 떠 있는 달이 계속 따라오는 것 같아요. 왜 그래요?"

가슴이 콩닥콩닥 뛰었다. 집 전화번호도 적은 후 메일을 보냈다. 많은 어린이가 질문하니까 아마도 내 건 안 읽을 거야. 그렇게 생각했는데 기적이 일어났다.

아나운서가 방송 후반에 "그럼 메일로 온 질문도 확인해보죠"라고 하더니 아사의 질문을 읽었다.

"왜 달은 나를 따라오나요? 이건 '지학' 분야네요. 와타비키 선생님, 부탁드립니다."

지학? 처음 듣는 단어에 귀가 쫑긋했다. 그러더니 그날 방송에서는 한 번도 말하지 않았던 남자 선생님 목소리가 라디오에서 흘러나왔다.

"우리 친구, 전화번호도 적었네요. 전화 연결을 해볼까요? 연결될지도 모르겠네요."

따르륵, 따르륵, 다이얼을 돌리는 오래된 전화 같은 효과음이 들리고…… 그 소리가 아사 집에 놓인 전화의 벨소리와 연결되었을 때는 심장이 멎는 줄 알았다.

"……여보세요?"

"안녕? 방송 듣고 있나요?"

"네, 듣고 있어요."

이름을 물어서 얌전히 대답했다. 떨어진 거실에서 들리는 라디오 목소리와 전화 목소리가 시차를 두고 겹쳐서 들렸다. 수화기에서 조금 전 선생님의 목소리가 말했다.

"이 질문을 보니 정말 반갑네. 내가 어릴 때 아주 신기해한 것이거든. 지금 방송을 진행하는 언니가 '지학'이라고 말했는데, 엄밀히 말하면 약간 달라. 다르지만 서비스 대방출! 반가운 질문이니까 내가 이대로 답을 할게."

"네."

분위기에 압도되었다. 전화 너머의 '선생님'은 어른인데도 아이처럼 신이 나 있다. 아이에게 맞춰주려고 연기하는 게 아니라 그저 기뻐할 뿐이었다.

"아사는 '별'을 아니? 별이 뭐라고 생각해?"

"달이나 태양, 화성, 토성 같은 거 말이에요?"

"그래, 맞아! 잘 아는구나. 요즘 주변에 물으면 다들 별은 하늘에 보이는 거와 똑같다든가 돌이나 먼지라고 말하는 아이도 있더라고. 에이, 그건 아니지 않아? 하고 실망한 적 있는데, 달도 별이라고 말해주니 너무 기뻐. '달과 별'이라며 많이들 한 쌍의 단어처럼 사용해서 그런지 초등학생 정도 되면 달과 별은 다르다고 이야기하는 아이도 있거든."

"네."

대답하면서 속으로 한숨을 쉬었다. 이 선생님은 조금 전까지 조용했다고는 상상할 수 없을 정도로 말을 시작하면 멈추지 않는 사람인 모양이다.

"맞아. 달도 별이란다. 지구에 비하면 작지만 태양계에서라면 명왕성보다도 크지."

"네."

"아사는 달과 지구가 얼마나 떨어져 있는지 아니? 달은 지구 주위를 항상 돌아서 위성이라고 불리는데, 지구와 가장 가까운 별이지만, 그래도 약 38만 킬로미터나 떨어져 있단다. 보름달일 때는 마치 잡을 수 있을 만큼 가까이 보여도 쉽사리 갈 수 없을 정도로 멀지. 달에 인류가 언제 도착했는지 아니?"

"……아폴로 11호를 타고 1969년에요."

관심이 있어서 전에 책을 읽을 때 기억해두었다. 그러자 그 선생님이 더욱더 신이 난 목소리로 말했다.

"맞아, 맞아! 그럼 인류가 마지막으로 언제 달에 갔는지는 알아?"

"……모르겠어요."

하지만 지금도 뉴스에서 미국 항공우주국, 즉 NASA를 수시로 언급하니 자주 가지 않을까? 그렇게 생각하며 아사가 대답하자 그 선생님은 기쁜 듯 대답해주었다.

"무려 1972년이란다. 이미 40년 넘게 인류는 그렇게 가까운 달에 가지 않았어. 그 정도로 달은 가깝고도 먼 별이야."

깜짝 놀랐다. 너무 긴장해서 소리는 내지 않았지만 속으로 감탄했다. 달이 멀다는 이미지가 머릿속에 단숨에 새겨졌다.

선생님은 그 후 자세한 설명을 해주었다. 달은 지구에 사는 아사와 사람들이 땅 위에서 아무리 움직여도 너무나도 멀고 크기 때문에 보이는 방향이 변하지 않는다. 하지만 밤길을 걸을 때 주변에 있는 건물이나 차창 너머로 보이는 경치는 달에 비하면 아사와 아주 가까우니 이동하는 속도에 맞춰서 보이는 위치가 달라진다. 같은 경치를 지나는데 위치가 바뀌는 것과 바뀌지 않는 것이 있기에 '달이 따라온다'고 뇌가 착각한다고 설명했다.

바다의 염분을 조사했을 때처럼 이번에도 설명은 복잡했다. 설명 한 번으로 완전히 이해할 수는 없었지만 선생님이 구체적인 예를 들어가며 달의 크기와 달까지의 거리를 설명해준 덕에 이미지를 잡기 쉬웠다.

무엇보다도 선생님의 목소리가 계속 들떠 있었다.

"말이 좀 빨랐는데 이해했니?"

"네."

"음. 정말일까. 방송이라서 그렇게 말하는 건 아니고?"

그래도 생방송 중이니 "몰라요"라고 말하기는 꺼려진다.

그때 "선생님, 이제 슬슬……" 하고 아나운서가 끼어들었다. 아사에게 물었다.

"아사, 이해했나요?"

"네. 근데…… '지학'이 뭔가요?"

방송의 흐름을 막으면 안 된다고 생각했지만 아무래도 신경 쓰여서 물었다. 전화 너머에서 하하, 하고 가볍게 웃는 소리가 났다. 조금 전의 남자 선생님이 대답했다.

"지구할 때 지地에 학문의 학學을 써. 지구과학이라고도 부르는데, 지구를 대상으로 하는 학문이란다. 나는 고등학교 선생님인데, 고등학교라면 지금 아사와 이야기한 달이라든가 천문학도 그 범위에 들어가지."(일본은 교과 과정에서 '지학'을 정식 명칭으로 쓴다-옮긴이)

고등학교 선생님이구나. 그때 처음으로 알았다.

"달이 따라온다는 생각은 정말 좋구나. 사람은 정말로 자기 위주로 사물을 보는데, 그것도 뭐랄까, 좋지 않니?"

방송 흐름을 신경 쓰지 않는지 선생님은 혼잣말처럼 중얼거렸다. "감사합니다." 아사는 인사를 하고 전화를 끊었다.

그날 밤, 더욱 놀랐다.

아사가 질문을 보낸 메일 주소로 방송국에서 메일이 도착한 것이다.

"오늘, 질문에 대답한 와타비키 선생님입니다"라고 적혀 있었다. 그 아래에 '달이 따라온다'라는 착각이 왜 일어나는지 보충해서 답을 적어주었다. 지학 선생님은 그림도 잘 그리는 모양이다. 걷는 여자아이와 밤하늘의 달, 걷는 방향과 주위의 길들을 만화처럼 그려서 설명해주었다.

가슴이 감동으로 떨렸다.

그것은 감사함과 조금 달랐다. 이렇게 진지하게 적어준 것도 물론 고마웠지만, 아사는 직감적으로 이 일이 자신만을 위한 게 아님을 알아챘다. 꼭 아사를 위해서가 아니라 그 선생님은 아마도 설명하는 걸 '좋아하는 것'이다. 누가 부탁하지 않고 필요로 하지 않더라도 설명을 원하는 상대가 있으면 좋아하는 설명을 신나게 하는 것이다.

전화 너머로 들린 목소리가 떠올라 아사는 감동했다. 그 사람은 아이든 어른이든 상관없이, 아직 이르다든가 하는 것도 신경 쓰지 않고 아사가 이해할 거라 여기고 이 설명을 적어주었다. 이렇게 자신이 좋아하고 즐거워하니 분명 다른 사람도 그럴 것이라고 아이처럼 무조건 믿고 있다.

어린이인데도 자신을 진지하게 상대해준 것 이상으로 그런 어린이 같은 어른이 있다는 사실 자체가 그 당시의 아사는 너무나 기뻤다.

메일 말미에 선생님이 근무하는 고등학교 이름과 '지학과 교사'라는 단어가 있었다.

'지학'은 지구에 관한 학문. 아사는 그 단어를 가슴에 새기듯 외웠다.

그 후로 시간이 흘러, 2020년 6월.

아사는 스나우라 제3고등학교 지학 준비실 문 앞에 서 있다. 천문부 부장 야마자키 하루나 선배, 동급생 이이즈카 리쿠와 함께 문을 노크하자, 안에서 "네, 열려 있어요" 하는 느긋한 목소리가 들렸다.

문을 열자 컴퓨터를 마주보고 있던 와타비키 선생님이 벗어두었던 마스크를 다시 쓰고 있었다.

"어서 오렴."

코 아래는 보이지 않지만 그래도 세 사람을 보고 미소 지었다는 사실을 알 수 있었다.

"천문부, 오랜만이네. 밀폐 상태가 되지 않게 문을 열어두자."

"선생님, 여름 합숙이 취소되었다는 거, 정말이에요?"

"응, 정말이야. 정보가 빠르네. 누구에게 들었니?"

"담임 선생님요. 올해는 모든 동아리의 합숙 등의 활동이 취소된다고 조금 전 종례 시간에 말씀하셨어요."

하루나 선배가 말하자, 선생님은 동요하는 기색 없이 "응" 하고 무뚝뚝하게 수긍했다.

"그런 것 같아. 어쩔 수 없지."

"선생님."

하루나 선배가 와타비키 선생님을 똑바로 보고 말했다.

"반대하지 않으셨나요?"

"반대?"

"네. 천문부는 야외 활동이니까 괜찮다든가 하는 의견을 윗선에 내볼 수도 있을 것 같아서요."

"뭐? 설마 교장 선생님 말하는 거야? 말도 안 돼. 천문부만 특별 대우를 받을 수도 없고."

"하지만 야외에서 별을 볼 뿐이니까 괜찮잖아요. 운동부처럼 서로 몸이 부딪치거나 2인 1조로 딱 붙어서 스트레칭이나 근육 운동을 하는 것도 아니고요."

"운동부 사람들 화내겠는데. 그렇게 따지면 테니스부는? 네트를 가운데에 두고 나뉘어서 하고, 육상부나 궁도부도 각각 개인이 하는 것이니 문제없다고 모두 일제히 항의해서 큰일이 날 텐데."

하루나 선배의 말에 동요하지 않고 여유롭게 대답하는 와타비키 선생님 얼굴을 아사는 새삼스레 바라봤다.

길었던 봄의 긴급 사태 선언이 해제되어 6월부터는 매일 등교하게 되었다.

오늘에야 드디어 동아리 활동이 재개되었다. 그럼에도 재개되지 못한 동아리도 있고, 실기가 필요한 활동은 실질적으로 전부 금지되었다. 재개되었다는 건 허울뿐, 허용된 활동은 미팅이 고작이다. 그것도 열 명 이내의 소수정예로, 충분히 사회적 거리두기를 한 상태에서 앞으로의 활동에 관해 이야기하는 것만 허용되었다.

천문부 부원은 이 세 명이 전부다.

운동부와 달리 매일 연습과 활동을 하지 않으니 부원 수는 적지만, 대형 망원경을 조립해 천체를 관측할 때는 다른 동아리 학생들도 모여서 도와준다. 그래서 천체관측 때에는 동아리 인원에 비해 활기가 넘친다.

하지만 그 천체관측도 얼마간 무리일 것 같다. 방과 후, 지학실에 모여서 이런저런 이야기를 하다가 아무래도 합숙이 취소될 것 같다는 말에 안절부절못한 나머지 바로 옆 지학 준비실에 있는 고문 선생님을 만나러 온 것이다.

그리고 이 와타비키 선생님은 아사가 초등학교 5학년 때 이야기를 나누었던 '어린이의 여름, 전화 질문 상자'의 바로 그 선생님이다.

당시에는 다른 학교에서 근무하고 있었지만 그 후 고등학교 입시를 준비하며 다시 알아보니 와타비키 선생님은 이 스나우라 제3고등학교로 이동해 있었다. 놀랍게도 와타비키 선생님이 부임했던 고등학교는 어느 학교든 '천문부'와 '지학부' 활동이 어떤 식으로든 기록으로 남아 있었다. 그때까지 그런 동아리가 없던 학교라도 선생님이 가면 동아리가 생겼다. 덕분에 잠깐 조사한 것만으로도 와타비키 선생님의 '과거'와 '현재'를 인터넷과 지역신문 기사 등에서 쉽게 찾아볼 수 있었다.

와타비키 선생님이 스나우라 제3고등학교에 부임한 지 어느덧 5년 정도가 되었다. 도중에 학교 건물을 개축했는데 특별히 요청한 것인지 3고에는 '생물실'과 '물리 실험실' 외에 '지학실'이 존재한다. 아사가 속한 천문부 활동 장소가 그

곳이다.

"왜 천문부에 들어가려고 해?" 전에 미코토와 나나코 등 같은 중학교 출신 친구들이 그렇게 물었다. 아사가 라디오 전화 상담을 포함해 와타비키 선생님의 천문부에 들어가려고 이 학교에 왔다는 사실을 전부 이야기하자 다들 엄청 놀랐다. 드라마 같다는 둥 소설이나 만화 같다는 둥. 그런 말을 들어도 아사는 "그런가?" 싶을 뿐이었다. 고등학교를 고른 이유는 사람마다 다를 것이고 3고는 집에서도 비교적 가까웠다. 와타비키 선생님이 엄청나게 먼 고등학교에 있을 가능성도 있었기에 그저 운이 좋았을 뿐이다.

"와타비키 선생님은 아사의 그런 마음 알아?"

미코토와 나나코가 물었다.

'아사의 그런 마음'이라고 하니 자신이 마치 선생님을 짝사랑하는 듯 들려서 불편했지만, "선생님도 알아"라고 대답하자 친구들은 "꺄!" 하고 새된 소리를 질렀다. 그런 거 아니라고 아사가 즉시 부정했다. 선생님도 아사와 마찬가지로 그것에 그다지 '드라마 같은' 감회는 품고 있지 않다.

처음 지학실을 방문했을 때 아사는 "그때 전화 상담했던 학생입니다"라고 자기소개를 했다.

그 방송에서 얼마나 많은 질문에 답을 했는지는 모르지만, 와타비키 선생님은 아사를 기억 못 할지도 모른다. "어?" 그렇게 대답한 선생님은 아니나 다를까 기억을 더듬듯 눈을 가늘게 뜨더니 둑이 터진 듯 말을 시작했다.

"아, 맞아. 그런 일이 있었지. 그래, 그 방송에 나갔어. 지학 분야가 사람이 적다고 부탁하기에 도쿄든 어디든 전문가 아무나 부르면 되지 않냐고 했었지. 그랬더니 어떻게든 이 지역 선생님이 나왔으면 한다고 머리를 숙여서. 뭐 전화 통화니까 정말로 머리를 숙였는지는 모르지만 말이야. 어쨌든 지학을 좋아하는 아이가 늘면 다행이라는 마음으로 받아들였지. 그렇지만 초반에는 지학과 천문에 관한 질문이 없었어. '달'에 관한 아사의 질문을 본 담당자가 뒤에서 이거다! 하고 좋아하지 않았을까. 이걸로 억지를 부려 나와달라고 한 와타비키 선생님에게 체면이 서겠다고 말이야."

"라디오 끝나고 메일을 받았어요. 제가 그 전화만으로는 완전히 이해 못 했다고 생각하셨는지 그림까지 그려서 설명해주셨어요."

"그랬던가? 아무튼 기쁘구나. 그 일을 계기로 천문에 관심이 생겼니?"

"이유는 그것만이 아니지만, 네, 맞아요."

"정말 기쁘다. 역시 그런 것도 가끔은 해볼 만하네."

미코토와 나나코는 선생님이 "그랬던가?" 하고 시치미를 뗀 건 부끄러워서 그런 것 아니냐고 했지만 아사는 아닌 것 같았다. 질문 하나에 10개 아니 100개, 200개나 되는 말로 대답하는 사람은 분명 자신이 어디서 누구에게 어떤 말을 했는지 정말로 기억하지 못한다. 제일 중요한 건 어디까지나 본인의 흥미일 테니. 재미있으니까 설명할 뿐이고, 이를 계기로 천문에 관심을 가지는 아이가 생길지 아닐지는 아무래도 좋을지도 모른다고.

그렇지만 그래서 좋았다. 거기서 과장되게 기뻐하거나 감격했다면 아사는 틀림없이 곤란해졌을 것이다.

와타비키 선생님은 이미 정년에 가까운 50대 후반으로, 부인과 자녀가 있고 자녀는 아마도 아사보다 연상일 것이다. 3고를 마지막 부임지라고 여기는 듯 "그래서 포상으로 지학실 정도 요구해도 벌 안 받을 것 같았지" 하고 웃었던 적이 있다.

학교 선생님보다는 TV에서 본 학자나 중년 아나운서 같은 분위기가 있어서 멋있다고 말할 수도 있다. 머리가 굉장히 부스스하고 수면 부족으로 눈이 게슴츠레해도 셔츠는 빳빳하게 다림질되어 있다. 그것에 맞춰 착용하는 루프타이도 하나가 아니라 몇 종류 가지고 있는 모양이다. 와타비키 선생님 본인은 "아직 그런 나이가 아니야"라며 싫어하지만 외모만 보면 노신사 같은 관록도 느껴진다. 다만 한번 입을 열면 그런 인상은 순식간에 사라져버린다.

아이 같은 어른. 그날의 전화 상담을 통해 아사가 받은 충격은 조금도 사그라지지 않았다. 생각한 대로의 사람이었지만 아사에게는 의외라고 할까, 오산이었던 면모도 있었다.

그것은 와타비키 선생님이 고문으로서 상상 이상으로 '불성실'하다는 점이다.

'불성실'하다고 하기에는 약간 어폐가 있을지 모르지만, 선생님은 예상했던 것처럼 열정적으로 학생을 힘차게 이끌거나 활동 과제를 척척 내주는 지도를 하지 않는다.

그래서 이렇게 부장과 자주 옥신각신한다. 하루나 선배가 길고 예쁜 눈을 가늘게 뜨고 선생님을 노려보듯 바라봤다.

"그랬다가 다들 들고일어나면 곤란하다는 이유로는 절 설득할 수 없어요. 실망했어요, 선생님. 그런 천편일률적인 사고를 선생님은 싫어하는 줄 알았는데."

"아니, 싫고 좋고의 문제가 아니야. 다들 코로나 때문에 똑같이 자유롭지 못하잖니."

"천문부만 특별하면 안 된다고요? 선생님은 천문부를 각별히 사랑하시는 거 아니었어요?"

와타비키 선생님도 와타비키 선생님이지만 한 살 위의 이하루나 부장도 대단하다고 아사는 늘 생각했다. 윤기가 흐르는 검은 머리를 눈썹 위에 가지런히 자르고, 메이크업을 한 것 같지 않은데도 아이라인을 그린 듯 쌍꺼풀이 선명한 선배는 처음 만났을 때 어쩐지 고대의 공주님 같았다. 히미코(고대 일본의 야마타이국을 다스리던 여왕—옮긴이)나 클레오파트라를 만나본 적은 없지만, 그런 심지가 굳은 미녀 같은 느낌이다. 말투도 외모처럼 똑 부러지는데, 와타비키 선생님이 다 받아주기도 해서 가차 없이 말한다.

부장으로서는 믿음직스러운 존재로, 고문인 와타비키 선생님과 균형이 잘 맞는다.

"그나저나 너희, 그렇게나 합숙을 기대했어? 의외네."

와타비키 선생님이 하루나 선배 뒤에 서 있는 부부장 두 사람—한 사람으로 정하면 불평등하니까 둘이 함께 맡고 있다—에게 눈길을 주었다. 아사와 옆에 서 있는 리쿠.

"기대했다고요."

"타교와 합동으로 할 때 딱히 타교 학생들과 잘 어울리는 것 같지 같던데."

"그렇지 않아요. 그래도 우리 동아리가 편하니까 이쪽 사람들과 더 많은 시간을 보내게 되지만요."

아사 옆에 있는 리쿠가 대답했다.

그 모습에 아사는 아직도 조금 저항감을 느꼈다. 휴교 중 천변에서 만났을 때는 등교가 시작되면 없앨 줄 알았는데, 그는 여전히 갈색 머리에 귀걸이를 한 채다.

리쿠도 아사와 마찬가지로 와타비키 선생님의 천문부가 망원경을 만든다는 걸 알고 입학한 학생이었다. 원래 여자 고등학교였기에 남자가 극히 적은 이 학교에 천문부를 목적으로 일부러 왔다니, 꽤 별난 아이다. 이야기해보니 와타비키 선생님과는 또 다른 의미로 제멋대로다. 할 말만 하고 불필요한 말을 하지 않아서 무슨 생각을 하는지 모르겠는데 갑자기 이렇게 머리를 염색하거나 "우리 동아리가 편하다"는 등 묘하게 붙임성 있는 모습도 보인다.

"어." 와타비키 선생님이 처음으로 리쿠 머리를 본 듯 새삼스럽게 놀랐다.

"리쿠, 무슨 일이야? 머리가 빨간데?"

"네, 오렌지색 계열로 하려고 했는데요. 감사합니다."

아니, 지금이 감사 인사를 할 때인가? 하지만 와타비키 선생님은 뭐라 타박하지 않고 음음, 하고 고개를 끄덕였다. 오렌지색 계열 머리를 한 리쿠의 마스크는 검은색이라 갑자기 다른 세상에 사는 불량 학생이 된 듯하다.

그런 리쿠도 합숙을 기대했다니.

"하루 묵는 게 무리라는 건 알아요. 당연하겠죠. 지금은 타인과 같은 방에 있으면 위험하고 다른 학교와 합동으로 모이는 것도 분명 어려울 테니까요."

매년 있는 여름 합숙은 다른 학교와 합동으로 1박 2일로 실시된다. 산 위에 있는 연수원 옆 넓은 초원 같은 장소에서 모두 함께 관측을 한다. 겨울에도 합숙이 있어서 학생들은 서로 "내년에 또 봐" 하고 인사한다.

내년에 또 봐. 당연했던 '내년'의 합숙이었다.

학생들이 강력하게 호소해도 와타비키 선생님은 냉정했다. "음." 깊숙이 고개를 끄덕이더니 학생들에게 물었다.

"그것 말고도 관측회가 왜 힘들까?"

"망원경의 접안렌즈 때문일까요? 같은 렌즈를 여러 사람이 들여다보는 건 위험하겠죠. 신종 코로나는 눈을 통한 감염도 주의해야 한다니까요."

하루나 선배가 말하면서 한숨을 쉬었다.

"눈이 밀착되지 않도록 조심하면서 접안렌즈를 들여다보고 소독제로 바로바로 소독한다는 대책을 세울 수 있지만, 문제는 바로 그런 이미지겠지요. 그래서 위험하다, 관측은 할 수 없다고 어른들이 일괄적으로 판단한다면 아마도 관측회 허가는 안 내주겠죠. 하지만!"

말을 잇는 하루나 선배의 눈빛이 날카로워졌다.

"관측회를 못 하면 천문부는 정말 아무 활동도 못 해요. 지금 만드는 망원경을 완성하려고 노력 중이지만, 정작 중요한 관측을 할 수 없으면 신입생이 들어와줄지 어떨지도 알 수 없다고요."

"아, 맞다. 올해 1학년이 동아리 활동을 정하는 시기네요."

"응." 아사가 말하자 하루나 선배가 대답했다.

"운동부는 중학교 때까지 해당 운동을 해온 학생이 많으니까 순조롭게 부원이 모이지만 천문부는 그런 점에서 불리해요. 천문부가 있는 중학교는 별로 없으니까요. 어떻게 권유할지 방법을 고민해야 해요."

"혹시나 해서 하는 이야기인데, 외부인을 초대하는 관측회는 불가능해. 외부인은 학교에 들어올 수 없거든."

와타비키 선생님 말에 하루나 선배의 표정이 눈에 띄게 우울해졌다.

"알아요."

부루퉁한 목소리다.

와타비키 선생님이 고문이라서 그런지 작년까지 3고 천문부는 정기적으로 지역 주민들과 보호자, 근처의 중학교와 초등학교에서 아이들을 초대해 누구나 자유롭게 참가할 수 있는 천체관측회를 실시했다. 장소는 주로 3고 옥상을 사용했지만, 다른 초등학교나 중학교 또는 지역 주민회관으로 출장을 나가기도 했다. 그때마다 천문부는 순식간에 전문가가 되어서 망원경의 구조며 보이는 별자리를 해설하는 역할을 맡았다.

하지만 지금은 못 한다. 아무리 야외라도 사람들과 접촉하는 건 피해야 한다. 분하지만 아사, 리쿠, 하루나 선배도 절실히 이해하고 있다.

"생각해보렴."

와타비키 선생님이 말했다. 하루나 선배가 화를 내는데도 선생님은 웃고 있다. 어쩐지 싸움을 거는 듯한 미소다.

"평상시의 관측회도 생각대로 되지만은 않았지? 비가 내리면 별이 보이지 않고, 하늘이 흐려서 계속 날씨가 맑기를 기다렸지만 결국 구름이 개지 않아 모인 사람들이 실망한 적도 있어. 독감이 유행한 해는 참가자가 아주 적거나, 취소되기도 했고."

"지금이 흐린 하늘이 맑기를 기다리는 중이라는 말씀이세요?"

아사가 말했다. 흐린 날 관측회에서 구름이 걷히기를 기다리며 하늘을 바라보던 때를 떠올렸다. 그리고 보니 작년 여름 합숙도 그랬다. 이제는 그것조차 그리운 추억이다. 그러나 지금은 상황이 확실히 다르다.

"하늘은, 그날은 무리라도 다시 맑아져요. 하지만 코로나는 완전히 다르잖아요. 언제 끝날지 모르니까요."

"글쎄다." 아사의 말에 와타비키 선생님이 가만히 고개를 저었다.

"코로나는 뭘까. 왜 지구에 나타났을까."

무심히 하는 혼잣말 같지만 선생님도 뭔가 궁리하고 있을지 모른다. 지학은 지구에 관한 학문. 선생님은 반드시 생각이 있으리라.

"다들 생각해보렴. 천문부는 뭘 하고 싶은지."

선생님이 말했다.

그렇다. 와타비키 선생님은 적극적으로 이끌지 않지만 대신 우리에게 생각하라고 한다. 학생에게 맡기고 내버려둔다.

"지금 이 상황에서 무엇을 할 수 있을까. 너희가 뭐든 아이디어를 내놓으면 나도 최대한 응원하지. 조력은 아끼지 않으마."

"할 수 있는 것과 없는 것이 당연히 있으니 그중에서 찾으라는 말이네요."

하루나 선배가 빈정거리듯 말했다. "그렇지." 와타비키 선생님은 더욱 기뻐하는 듯 웃는 얼굴로 대답했다.

"어떤 거라면 할 수 있을까. 그런 걸 너희가 생각해야지. 올해는 아무것도 안 한다면 그래도 상관없어. ……자, 어떻게 될까."

놀랄 정도로 무책임한 말투로 선생님은 노래하듯 중얼거렸다.

❊❊❊

중학생은 1학년 때 활동할 동아리를 정해야 한다.

등교가 재개된 6월, 마히로는 그 사실을 알고 절망했다. 축구부가 없어진 지금의 히바리모리 중학교에는 마히로가 들어가고 싶은 동아리가 하나도 없는데 어떤 동아리든 들어가야 한다는 말에 깜짝 놀랐다.

"……그게 무슨 말이야. 웃기지 마. 들어가고 싶은 동아리가 없는 사람은 어떻게 하라고!"

무심결에 그렇게 중얼거렸다. 하지만 일주일에 한 번 정도만 활동하는 동아리도 많아서 다들 일단 어디든 당연한 듯 이름을 올려놓는 모양이다. 굳이 동아리에 안 들어가도 되겠지만 그랬다가는 별난 녀석이라고 찍히겠지.

인원수가 적어져서 없어진다던 축구부는 폐부는 아니고 '구기부'로 이름을 바꾸었다. 원래부터 여자 부원이 없어서 마찬가지로 인원수가 적어진 야구부와 합쳤다. 공식전에도 다른 한쪽에서 조력자로 사람을 빌려 인원을 맞춰 출전한다고 한다. 그렇지만 올해는 코로나 때문에 시합이나 대회가 개최될지조차 알 수 없다.

선생님들이 여러 가지로 고민한 결과겠지만 축구만이 아닌 구기부에 선뜻 입부하기가 꺼려졌다. 연습을 견학하러 가보니 잘하는 선배도 몇 명 있고 그때까지 관심 없던 야구도 나름대로 재미있어 보였다. 하지만 어쩐지 떨떠름하다.

"축구 말고 다른 동아리도 다양하게 견학해보면 어떨까?"

담임인 모리무라 선생님이 권했지만 그것도 썩 내키지 않았다.

동아리를 한다면 반드시 운동부일 거라고 생각했지만, 히바리모리 중학교에 있는 운동부 중 비교적 열심히 활동하는 동아리는 육상부와 수영부 그리고 궁도부와 테니스부 등 개인 경기라서 그다지 와닿지 않았다. 왠지 육상부라면 활동하는 모습이 머릿속에 그려졌지만, 거기에는 누나가 있다. 요전에 하굣길에서 누나의 동아리 선배들에 둘러싸여 쓸데없는 참견을 들은 일이 떠올랐다. 그런 사람들이 있는 동아리는 절대로 들어가고 싶지 않아졌다.

축구를 할 생각이었는데 상황이 바뀌었다고 문화 계열 동아리에 들어가는 것도…… 어쩐지 '진' 것 같다. 일단 견학하긴 했지만 역시 단 한 명뿐인 남자 신입생은 눈에 띈다. 여자뿐인 교실과 달리 견학한 동아리에 남자 선배도 있어서 그 점은 안심되었다.

어느 날 방과 후에 이런 일이 있었다. 복도를 걷고 있는데 문득 말소리가 들렸다.

"그 1학년 남자애 말이야. 아무래도 우리 동아리는 안 들어오겠지?"

그날 마히로는 '컴퓨터부'에 두 번째 견학을 가던 참이었다.

실은 그때까지 마히로는 문화 계열 동아리 중 고른다면 컴퓨터부에 들어가려고 했다. 말소리는 그 컴퓨터부가 활동 중인 컴퓨터실에서 들려왔다. '1학년 남자애'는 이 학교에서 마히로뿐이다.

남자 선배들이 이야기를 나누는 모양이다. 다른 한 명이 말했다.

"그럴까? 아직 모르지."

"아니, 어디서 들었는데, 초등학교 때까지 축구를 했대. 그러니까 역시 구기부나 운동 계열로 가지 않을까? 문화 계열은 별로라고 얼굴에 쓰여 있었어. 분명 안 올 거야."

"그런가……. 그럼 올해는 남자 부원이 없는 건가."

"뭐, 어쩔 수 없지."

마히로는 거기까지 듣고 걷던 복도를 되돌아가 빠른 걸음으로 계단을 내려갔다. 걸어가는데 얼굴이 달아오르고 주위 소리가 점점 멀어졌다. 다리가 엉켜서 계단을 헛디딜 뻔했지만 아슬아슬한 순간에 다시 중심을 잡고 그대로 성큼성큼 내려왔다.

이게 뭐야. 속으로 중얼거렸다. 뭐야, 뭐야, 뭐냐고!

머릿속으로는 자신이 아니라 오히려 뒷말처럼 후배 이야기를 하는 선배들이 나쁜 거라고 생각했지만 그때는 거북하고 창피해서 그 자리에서 멀어지고 싶은 마음뿐이었다. 선배의 목소리가 귓가에서 맴돌았다.

"문화 계열은 별로라고 얼굴에 쓰여 있었어."

그랬나. 생각할수록 울고 싶어진다. 그럴 생각은 없었는데. 그러나 사실은 마히로가 가장 뼈저리게 알고 있다.

어쩌지. 바보 취급했다고 느낀 걸까.

하지만 아니다. 말로 표현할 순 없지만 축구와 운동부에 미련이 있는 건 마히로의 문제일 뿐, 다른 동아리와 운동부를 비교하지는 않았다. 조금 전에 들은 선배의 말투는 마히로가 컴퓨터부를 운동부보다 못하다고, 업신여긴다고 말하려는 것 같은 느낌이었다.

그럴 생각은 없었다. 그렇지만 마히로의 본심은 어땠나. 문화 계열 동아리에 들어가는 게 '진' 것 같다고 생각하지 않았던가.

컴퓨터부 부원들이 만들었다는 동아리 홈페이지는 훌륭했고 이런 걸 만들 수 있으면 좋을 것 같았다. 졸업한 선배가 프로그래밍했다는 미니 게임도 멋졌다.

그러나 이제 절대로 갈 수 없다. 어느 동아리에도 들어갈 수 없다. 생각이 너무 많아서 머리가 터질 것 같았다.

다음 날 마히로는 학교를 쉬었다.

"머리가 아파." 아침에 깨우러 온 엄마에게 불쑥 말하니 엄마가 "뭐?" 하고 놀란 듯 소리 질렀다.

코로나 이후 다들 몸이 조금이라도 안 좋으면 예민해진다. 열을 쟀는데 체온이 평상시와 다름없자 부모님이 상냥하게 물었다. "몸이 어떻게 아파?"

쉬고 싶지만 코로나라고 오해받기는 싫었다. "어지러워"라고 대답하자 엄마가 알았다는 듯 고개를 끄덕였다.

"환절기인 데다 이렇게 더운데 마스크를 쓰고 생활해서 그래. 혹시 모르니까 오늘은 쉴까?" 그러고는 학교에 전화를 걸어 "네, 그래요. 열은 없는데 몸에 기운이 없대요"라고 열이 없는 점을 특히 강조하면서 결석하겠다고 했다.

작년까지는 학교를 쉬면 맞벌이인 부모님은 점심으로 죽을 마련해두고 마히로를 남겨둔 채 일하러 갔다. 낮에 집에 혼자 있으면 게임도 할 수 있지만, 지금은 부모님이 평일에도 집에 있다. 올봄부터 재택근무가 완전히 일반화되어서 방에 누워 있어도 다른 방에서 아빠가 컴퓨터를 통해 화상 회의를 하는 목소리가 들린다. 모처럼 학교를 쉬는데 자유 시간을 즐길 수 없다니.

그런데…… 쉬는 게 이렇게 간단한 일이었나.

마음이 점점 안정되자 얼마 전 학교에서 나누어준 가정통 신문 내용이 떠올랐다.

'신종 코로나바이러스 감염 방지에 따른 결석 처리'라는 문서에는 등교가 재개되어도 바이러스 감염이 불안한 가정 과 학생은 결석 신청을 해도 되는데, 그 경우 온라인 학습 등 의 방법으로 학교도 가능한 한 준비하겠다고, 자주적 결석 은 결석으로 처리하지 않겠다고 정중하게 쓰여 있었다. 코로 나로 불안해하는 아이들을 우선으로 판단하겠다는 뜻이다.

그 가정통신문을 받은 날, 마히로는 한참 생각했다. 바이 러스 감염이 불안하다고 이야기하면 어른들은 분명히 얼마 든지 학교를 쉬게 해줄 것이다. 진심으로 불안하다고 호소 하는 척 연기하면 지금은 통한다. 마음이 크게 흔들렸지만 지금까지 그런 방법으로 학교를 쉰 적은 없었다.

마히로는 다른 아이와 비교할 때 그다지 불안하지 않았다. 불안하지 않은 건 아니지만, 좀 더 심각하게 불안해하는 아 이가 있을 거라는 생각에 그 방법은 머릿속에서 지웠다.

야마가타에 사는 마히로의 할아버지와 할머니도 코로나

를 두려워하는 사람 중 한 명이다. 할아버지는 몇 년 전에 폐병을 앓았다. 그때는 수술해서 괜찮았는데, 지금 혹시 코로나에 걸리면 큰일이라고 엄마가 말했다. 그래서 올해는 오봉(매년 8월 15일 무렵의 일본 명절 - 옮긴이) 연휴에 야마가타에 갈 수 없다. 마히로 가족이 바이러스를 옮길지도 모르니까.

"마히로를 보고 싶은데 못 보네."

영상 통화를 통해 이야기하는 할아버지, 할머니의 표정이 너무나 서운해 보였다. 장도 근처에 사는 이모가 대신 봐오는 데다 산책도 마음껏 못 한다고 했다.

할아버지, 할머니 얼굴을 떠올리니 심각하게 불안해하는 척을 할 수는 없었다. 그랬다가는 이제 정말로 야마가타에 갈 수 없고, 할아버지, 할머니를 만날 자격도 잃을 것 같았다.

침대에 누워 천장을 바라봤다.

방을 따로 쓰고 싶었지만 마히로와 릿카는 같은 방을 사용한다. 간단한 칸막이로 나눈 누나의 공간으로 얼굴을 돌렸다. 책상 주변에 중학교 친구와 찍은 사진과 편지 등이 많이 있는데 그걸 슬쩍 보고 바로 시선을 돌렸다. 자못 학교생활이 재미있다는 그 느낌이 전에는 아무렇지도 않았는데 지금은 보기가 괴로웠다.

학교가 끝났는지 창밖에서 초등학생 정도 되는 아이 목소리가 들렸다. 웃고 장난치는 듯한 그 목소리가 머릿속에 울렸다. 얼마 전까지 자신도 친구들과 저렇게 놀았는데. 같은 반이었던 친구들은 모두 새로운 중학교에서 잘 지내고 있을까.

뜨거운 눈물이 핑그르르 돌아서 마히로는 서둘러 눈을 감았다. 이건 하품이야. 누구에게 하는지 모를 변명을 하며 눈을 비볐다.

"안도."

다음 날 하굣길에 누군가 말을 걸었다.

아무래도 이틀 연속으로 쉬면 안 좋을 것 같아서 억지로 등교했지만 마히로의 마음은 여전히 무거웠다. 수업 중에는 그래도 괜찮지만 교실 이동 때도 쉬는 시간에도 혼자다. 제일 거북한 건 체육 수업이다. 그룹으로 나뉘어 뭔가 할 때면 마히로가 어디에 들어갈지 선생님과 주위에 있는 반 친구들이 고심해서 결정한다.

온종일 카운트다운하듯 시간을 보내고 기다리던 방과 후, 교문을 나와 집에 가려고 언덕길을 오르던 참이었다.

가냘픈 여자아이 목소리였다. 마히로는 뒤를 돌아봤다. 본 적 있는, 같은 반 여학생이다. "아." 순간 대답을 하려고 했지만 이름을 모른다. 학기는 이제 막 시작했고 반 여학생 한 명 한 명의 얼굴과 이름을 외우는 노력을 마히로는 전혀 하지 않았다.

"아, 저기, 난 나카이 아마네야."

얇은 금테 안경과 엷은 분홍색 부직포 마스크. 생각났다.

전에 누나 선배들에게 둘러싸인 날에 스쳐 지나갔다. 걱정하는 듯한 눈빛으로 자신을 보던 그 아이. 긴장한 목소리로 말했다. "어, 그러니까."

문득 두 사람의 키가 비슷하다는 걸 깨달았다.

마히로는 남자, 여자를 막론하고 동년배보다 키가 작다. 그러다 보니 자신과 같거나 작은 아이를 보면 어쩐지 안심이 되었는데, 나카이 아마네는 그야말로 마히로와 비슷했다.

"안도, 어제 학교 쉬었더라. 이제 괜찮아?"

"……코로나는 아니야."

마히로는 별 뜻 없이 말했다. "앗!" 아마네는 당황한 듯 큰 소리를 내며 고개를 저었다.

"아니, 그걸 물은 게 아니야. 그냥, 그러니까…… 정말 괜찮은가 싶어서."

난처한 듯 변명하는 얼굴을 보면서 마히로는 기억을 더듬었다. 아마네는 학급 회장이다. 자신과는 상관없는 일이라며 무심히 있던 학급 회의에서 누가 "회장으로 나카이를 추천합니다. 초등학교 때도 학교에서 회장이었거든요"라고 추천했고, 다른 추천도 입후보자도 없어서 일사천리로 정해졌다. "저보다 더 알맞은 사람이 있을 거예요." 아마네 본인은 난처한 듯 거절했지만 결국 떠밀리듯 받아들였다. 거침없이 입후보해서 회장이 되는 사람이라기보다 주변에서 그런 식으로 선택하는 아이인 모양이라고 마히로는 생각했다.

"그럼 왜?"

혹시 회장이라는 책임감과 정의감으로 마히로가 결석한 게 걱정되어서 말을 걸었나. 그렇다면 짜증 나는데. 그렇게 생각하면서 되물었다. "아, 그게." 아마네는 얼굴을 들었다. 그리고 놀라운 말을 했다.

"저기, 안도는 과학부에 관심 없어?"

"과학부?"

"응. 과학부."

두 번이나 대답을 들은 끝에 과학 관련 동아리를 말하는 것임을 알았다. 그제야 아마네의 긴장이 풀린 모양이다.

"아직 들어갈 동아리 안 정했으면 견학 한번 안 올래? 선배들도 권유해보라고 해서."

"나카이, 과학부야?"

"응."

왜 들어갔어? 입에서 그 말이 나올 뻔했다. 어느 동아리에도 들어가고 싶지 않은 마히로는 어딘가에 들어가겠다고 마음 먹은 아이들이 정말로 부러웠다. 과학부라니, 지금까지 생각조차 안 했다.

"아, 과학부는 이름처럼 실험 같은 걸 주로 하는데, 그거 말고도 비누를 만들거나 설탕을 녹여서 캐러멜이나 달고나를 만들기도 해. 그럴 때는 과학실에 냄새가 너무 나서 다른 부원들이 구경하러 오기도 해서 재미있대. 그리고 프로그래밍해서 로봇을 만들고 천체관측 합숙도 하고."

"흠."

"올해는 합숙 못 할지도 모른다고 선배들이 말했지만." 관심 없냐고 말하듯 아마네가 마히로 얼굴을 들여다봤다. "그런 거 관심 없어?"

"혹시 생물이나 식물을 관측하기도 해? 산에 가거나 키우거나."

"아! 아마 할걸? 지금까지 안 했어도 혹시 하고 싶다면 분명 하게 해줄 거야."

아마네의 얼굴이 확 밝아졌다. 설마 마히로가 적극적으로 반응해줄 거라고는 생각지 못한 것 같다. 신이 난 목소리다.

"생물과 식물 쪽이라면 관심 있어?"

"……뭐."

사실은 옛날부터 식물 관측을 좋아했다. 특히 산나물이나 버섯. 야마가타에 있는 조부모 집 뒷산에서 먹을 수 있는 식물을 채취하거나 관찰을 했기 때문이다. 할머니, 할아버지가 옛날이야기에 나오는 것처럼 고사리와 머윗대를 손수 따서 요리하는 걸 보고 아, 슈퍼나 채소 가게에서 사지 않아도 자연에서 음식을 얻을 수 있구나, 하고 감탄했다.

버섯은 식용버섯과 닮은 독버섯도 많아서 어른들이 비전문가는 구분이 어려우니 절대로 손대지 말라고 했다. 어린 마히로는 조부모가 실수로 독버섯을 먹지 않도록 버섯 박사가 되겠다고 단언하고 도감을 되풀이해 읽었다. 마히로의 초등학교 때 취미는 대부분 축구와 버섯이었다. 야마가타의 조부모 집에 못 가서 속상한 이유 중에 그것도 있었다.

"그렇구나!"

아마네는 기쁜 듯 말했다.

교문 바로 앞에서 계속 이야기하는 그들을 흘낏거리는 다른 학생들의 시선을 마히로가 깨닫고 걷기 시작하자 방향이 같은지 아마네도 따라왔다.

"……과학부 선배들이 그랬어? 나한테 말 걸어보라고?"

"응."

바로 수긍해서 스스로도 놀랄 정도로 기뻤다. 컴퓨터부 선배들이 뒷말하듯 이야기하는 걸 들은 후라서 더욱 그랬다.

"내가 1학년의 유일한 남자라서?"

"음. 그것도 있지만 남자, 여자 상관없이 우리는 신입 부원 자체가 적거든."

"1학년은 아직 나카이뿐이야?"

"응."

아무래도 좋지만 마히로는 자신이 아까부터 나카이 아마네를 '나카이'라고 부르는 게 은근히 계속 걸렸다. 초등학생 때는 같은 반 여자아이를 이름으로 부르는 일이 많았다. 이름으로 부르거나 '짱'을 붙이거나. 하지만 중학교에 올라오니 남자 선배들이 여학생을 성으로만 불렀다. 그래서 흉내를 내봤는데 영 어색했다.

"과학부는 과학실에서 매주 월요일과 목요일에 활동을 해. 혹시 관심 있으면 다음 목요일이라도……."

그렇게 말을 하던 아마네의 시선이 뭔가에 꽂혔다. 궁금해서 마히로도 그녀의 시선을 눈으로 좇았다.

근처에 있는 고등학교 앞이었다.

히바리모리 중학교처럼 흙으로 된 운동장이 아니고 경기장처럼 부드러운 소재가 깔린 육상 트랙 같은 운동장. 펜스 너머로 보이는 운동장에 학생 몇 명이 있었다. 그 모습이 눈에 들어온 듯했다.

고등학생들이 이동식 선반에 뭔지 모를 정육면체 기계를 올려놓고 근처에서 랩톱 컴퓨터를 펼쳐놓았다. 모두 마스크를 쓰고 있지만 그중 한 명이 스마트폰을 손에 들고 학교 건물 옥상을 올려다보며 누군가와 통화 중이었다.

"저 사람들……."

아마네가 거의 부딪힐 것처럼 다가가서 펜스에 얼굴을 딱 붙이기에 마히로는 놀랐다. 이상한 사람으로 보일 것 같은데, 신경도 안 쓰는 모양이다.

할 수 없이 가까이 가서 옆에 나란히 섰다. 고등학생들이 보고 있는 기계에 모니터 화면 같은 게 붙어 있었다. 의학 드라마에 나오는, 심전도 물결이 보이는 모니터와 닮았다.

아마네가 너무나도 궁금해하는 듯해서 잠시 함께 서서 고등학생들의 모습을 바라봤다. 남학생도 있고 여학생도 있다. 다들 티셔츠에 청바지와 치마 등 사복을 입었다.

그리고.

"앗."

마히로 입에서 무심결에 소리가 새어 나왔다. "왜?" 아마네가 돌아보며 물었다. 마히로는 주저하다가 대답했다.

"아니, 축구했을 때 친구……였던 것 같은 사람이 있어서."

"어, 정말?"

"응."

기계를 올려놓은 선반을 밀며 위치를 바꾸던 학생이 친구들과 떨어져서 한숨 돌리려는 듯 마스크를 벗었다. 그때 마스크 아래의 얼굴이 확실히 보였다.

야나기 가즈미 형.

친구라고 단언하지 않은 이유는 그가 네 살이나 연상인데다 그 당시 축구를 정말 잘해서 마히로와 또래 친구들이 동경하던 구름 위의 존재였기 때문이다. 마히로와 친구들은 애정을 담아서 '야나기 형'이라고 불렀다.

마히로가 소속된 팀은 초등학생만 뛸 수 있었다. 야나기는 팀을 졸업한 후 중학생으로 구성된 강팀에서 잠시 뛰었지만 그 이후 빠른 발을 높이 산 학교 육상부에 스카우트되었다는 소문을 들었다.

야나기 형은 이 학교에 다니는 걸까. 마히로와 네 살 차이가 나니 지금 고등학교 2학년일 것이다.

그런데 이상하다. 야나기는 마히로가 알던 때보다 키도 컸지만 머리카락도 꽤 길었다. 저러면 육상이나 축구에 방해될 텐데?

닮았을 뿐 야나기 형이 아닐지도…….

그런 생각을 하는데 기계를 올린 선반을 옮기던 고등학생들이 두 사람 바로 앞에서 발을 멈췄다. "역시 여기로 하자", "그러면 높낮이가 틀어지지 않아?", "아니, 그래도 관측 환경을 볼 때……" 등 마히로와 아마네는 알 수 없는 이야기를 했다. "야나기는 어떻게 생각해?" 그러다 한 사람이 이름을 불렀다. 그러자 그 사람이 대답했다. "음……." 틀림없다. 야나기 형이다.

너무나도 뚫어지게 바라봐서 그런가. 야나기로 생각되는 남자가 문득 이쪽을 봤다. 마히로와 눈이 마주쳤다.

그쪽도 뭔가 떠올리는 듯했다. 마히로는 고개를 끄덕하며 인사했다. 같은 팀에서 뛴 건 꽤 오래전 일이고 후배는 많이 있었으니 기억 못 할지도 모른다. 그러나 야나기는 무리에서 빠져나와 마히로 쪽으로 왔다.

"혹시 축구 같이 했지? 아니야?"

가까이서 보니 옛날보다 키가 훌쩍 커졌다는 걸 알 수 있었다.

옆에 있는 아마네가 마히로와 키가 비슷해서 다행이다. 마히로의 키가 특별히 작은 게 아니라 이 나이 아이들은 대부분 이 정도라고 생각할지도 모른다.

"맞아요. 안도 마히로예요. 야나기 형, 맞죠?"

"그래. 맞아, 맞아. 기억났어, 마히로. 잘 지내? 엇, 교복인 걸 보니 중학생? 우와, 시간 정말 빠르다. 그 교복, 엄청 오랜만이네."

그 말은 야나기 형도 히바리모리 중학교에 다녔다는 뜻이리라. 단숨에 친근감이 느껴졌다.

"야나기 형, 이 학교 다녀?"

"응. 집에서 가까우니까. 여기 꼭 다니고 싶어서 공부했어."

학교 건물 위쪽을 보니 학교 이름이 적혀 있다. '도쿄 도립 미사키다이 고등학교'.

"저기, 죄송합니다!"

그때까지 아무 말 없던 아마네가 옆에서 불쑥 끼어들었다.

"다들 뭐 하시는 거예요?"

"뭐?" 갑자기 큰 소리로 묻는 어린 여학생에게 야나기 형이 반문했다. 그러자 대답을 기다리지 못하고 아마네가 불쑥 물었다.

"혹시 우주선 관측인가요?"

'뭐?' 이번에는 마히로가 속으로 되물었다. 우주선이라니…… 머릿속에 '우주선'이라는 단어와 함께 UFO와 애니메이션과 만화에서 본, 비행선처럼 가늘고 긴 기체가 떠올랐다.

아마네가 갑자기 무슨 말을 하는 건지 당혹스러워서 무심
코 하늘을 올려다봤다. 하지만 아무것도 보이지 않는다. 그
뒤엔 더 놀랐다. 펜스 너머로 우리를 보고 있던 야나기 형이
"웅!"하고 기쁜 듯 탄성을 질렀다.

"맞아. 우주선宇宙線 클럽. 알아?"

"알아요. 그럼 저게 검출기예요?"

"웅, 맞아. 센다이에 있는 대학교에서 빌려왔지."

"굉장해요! 처음 봤어요. 엄청 크네요?"

"우리는 빌렸지만, 자신들이 만든 기계로 관측하는 학교도
있어. 대학교가 만드는 방법을 공개했으니까."

대화에 폭 빠진 두 사람을 바라보면서 마히로는 어리둥절
했다. "저기……." 찬물을 끼얹는 듯했지만 두 사람의 대화에
끼어들었다.

"우주선 클럽이 뭐예요?"

"아, 혹시 우주선宇宙船을 생각한 거야? 그럼 나랑 똑같네."

야나기 형이 경쾌하게 말했다. "네에." 마히로가 대답하자,
야나기 형이 여전히 작업 중인 동료들 쪽을 돌아봤다.

"그 한자가 아니고 라인을 뜻하는 줄 선線을 써서 우주선.
우주를 돌아다니는 입자를 그렇게 불러. 빛과 비슷한 속도
로 지구에도 많이 내려오는데, 그런 게 있대. 혹시 들어본 적
있어?"

"아니, 몰라."

예전부터 알고 지내던 야나기 형을 앞에 두니 존댓말과 반말이 섞인다. "그렇지?" 야나기 형은 그다지 신경 쓰지 않는 듯 가볍게 수긍했다.

"눈에는 보이지 않지만 존재한대. 그래서 전용 검출기로만 검출되는데, 거기에서 여러 가지 데이터를 얻을 수 있지. 센다이에 있는 대학교가 그 분석에 특히 몰두해서 그곳 교수님이 우주선 클럽이라는 공동 활동을 만든 거야. 다양한 데이터를 모으고 싶어서 여러 학교에 연락을 돌렸어. 부탁하면 검출기도 빌려주고. 그렇게 우주선을 조사하고, 관측 데이터를 기반으로 한 연구 결과를 의논하는 게 우주선 클럽의 활동이야."

야나기 형이 마치 우주선이 보이는 듯 허공을 올려다봤다.

"우주선은 단 한 번의 관측으로 정말 많은 데이터를 얻을 수 있는데, 그걸 직접 프로그래밍한 분석 코드를 통해 저마다 원하는 분야를 연구해. 학교마다 다른 걸 조사해서 연구하고 있어."

"저, 아케노 여학원의 연구라면 읽은 적 있어요. 우주선에서 구름의 모양과 날씨를 예측할 수 있는지 없는지 관측한 거요."

"아, 태양과의 관계를 조사한 거?"

"네. 다는 이해 못 했지만 읽었어요."

마스크 속 아마네 얼굴이 상기되어 있다. 아마네가 작은 목소리로 덧붙였다.

"저…… 아케노 여학원, 떨어졌지만…… 가고 싶었어요."

무심코 홀린 듯 중얼거렸다. 그렇구나, 마히로는 생각했다.

그 학교의 이름을 마히로도 어디선가 들어서 알고 있다. 중고교 일관의 사립 여학교다. 인기가 많아서 들어가기 어려운 학교라고 들었다. 그 중학교의 입학시험을 보고…… 떨어져서 히바리모리 중학교에 다니는구나.

아마네의 고백에 야나기 형은 당황하지 않았다. "그렇구나"라고 담백하게 대답할 뿐이다.

"아케노 여학원은 우주선 관측 같은 물리 계열 활동을 열심히 하지."

"네."

"야나기 형은 그 우주선을 관측해서 뭘 연구해?"

이번에는 마히로가 물었다. 이제 막 들은 우주선에 대한 건 잘 모르고 연구에도 그다지 흥미는 없지만 아마네의 비밀을 일방적으로 듣고 있기가 어쩐지 미안해서 화제를 바꾸었다.

하지만 슬쩍 물었을 뿐인데 야나기 형의 표정이 명확하게 바뀌었다.

"뭐? 그게……."

자못 만화 등장인물처럼 팔짱을 끼고 한참 생각하더니

"그러니까"라고 먼저 서두를 깔고 설명을 시작했다.

"이렇게 설명하면 고문 선생님이나 선배들이 엄밀히 따지면 다르다면서 화낼지도 모르지만, 우주선이 건물 사이에서 받는 영향에 대해 조사하고 있어. 이를테면 높은 건물과 낮은 건물은 데이터가 어떻게 다른지, 목조와 콘크리트는 어떤지. 지금 옥상팀과 운동장팀으로 나눠서 데이터를 수집 중이야."

"그렇군요……."

그래서 스마트폰으로 통화하면서 교사 옥상을 바라보던 사람이 있었나.

"좀 더 쉽게 말하면……. 음, 어떻게 말해야 좋을까……."

"미안해요. 이해도 못 하면서 물어서."

"아니야. 쉽게 설명 못 하는 내가 부족한 거지. 미안."

마히로는 놀랐다. 자신이 부족하다고 말하는 야나기 형이 그 말과는 반대로 너무나도 어른스럽게 보였다.

아마네가 물었다.

"고등학교 동아리 활동이에요? 과학부라든가."

"물리부야."

야나기 형이 대답했다. 마히로는 깜짝 놀라 눈이 휘둥그레졌다. 야나기 형은 감추는 기색도 없이 담담하게 말을 이었다.

"우리 학교에는 과학 관련 동아리가 세 개 있어. 생물부와 화학부와 물리부. 우리 물리부는 주로 물리와 우주에 관한 활동을 하지.”

“야나기 형.”

“응?”

“육상부는?”

무심코 물었다. 야나기 형은 깜짝 놀란 듯 마히로를 바라봤다. 마히로는 온몸이 차가워지는 듯했다.

“아⋯⋯.”

야나기 형이 입을 열었다. 말투는 여전히 차분했다.

“클럽 코치 선생님에게 들었어? 내가 축구 그만두고 중학교에서 육상했다는 거.”

“발이 빨라서 스카우트되었다고⋯⋯.”

“뭐, 좋게 말하면 그렇지. 사실은 중학생 때 들어간 축구 클럽팀이 엄청 강했거든. 도저히 주전이 될 수 있을 것 같지 않아서 방향을 바꾸었다고 말하는 게 정확하겠지.”

마히로는 충격을 받았다. 눈앞에 있는 야나기 형의 얼굴을 바라보는데 시야의 한 부분이 깜빡거리는 듯했다.

초등학교 시절밖에 모르지만 야나기 형은 축구를 정말 잘했다. 야나기 형의 플레이를 보고 얼마나 동경했던가. 마히로가 클럽팀을 그만둔 계기인 ‘잘하고 연습을 즐기는 선수’의 대표격인 존재가 바로 형이었다.

그러나 그런 야나기 형의 실력이 중학교에서는 통하지 않았다니. 마히로가 동요한 걸 눈치채지 못한 듯 야나기 형이 말을 이었다.

"육상부도 그렇고, 우리 학교 운동부는 전국 체전에 나가는 녀석들이 우글거릴 정도로 수준이 높거든. 중학교에서는 운동을 했다가도 고등학교에 올라와보니 도저히 시합에 출전할 수 있을 것 같지 않아서 그만둔 녀석들도 제법 있어. 그래도 계속하는 녀석도 있고. 사람마다 다르겠지만."

"야나기 형은?"

"응?"

"왜 물리부에 들어갔어?"

육상에서도 야나기 형은 좌절했던 걸까. 마히로가 아는 세상 속 최고 스타인데. 마히로 정도 실력으로는 축구를 그만둘 수밖에 없지만, 야나기 형이 스포츠와 멀어지다니 상상도 할 수 없었다.

왜 내가 충격을 받았을까. 나는 야나기 형에게 무엇을 기대했을까. 야나기 형이 고등학교에서 문화 계열 동아리에 소속되었다는 사실이 왜 이렇게 충격인지 모르겠다. 야나기 형은 정말 포기한 걸까.

"나 말야?" 야나기 형은 자신의 얼굴을 가리켰다. 그러고는 태연하게 말했다. "재미있으니까!"

말문이 막혔다. 야나기 형이 너무나 자연스럽게 말해서.

"중학교 때까지 운동밖에 안 했고 지금까지 다른 분야에 관심이 없었으니 이런 것도 좋을 것 같았어. 우리 동아리는 해마다 인공위성을 만들고 있거든."

"학생이 인공위성을 만들 수 있다고요?"

아마네가 흥분한 듯 펜스에 손을 대자 철조망에서 잘그락 소리가 났다. 야나기 형이 웃었다.

"놀랍지? 너도 만들 수 있어. 인터넷으로 검색하면 해외에서는 인공위성 DIY 키트를 흔하게 팔아. 미국이나 외국학생들이 만든 인공위성이 궤도에 올라가 있기도 하고, 일본에서도 우주선 클럽 멤버가 있는 학교 중 만드는 곳이 있어."

"부러워요!"

아마네의 말에 야나기 형이 더욱 기쁜 듯이 미소 지었다.

"흥미가 없다면서 안 만든 기수도 있어. 우리 기수는 선배에게 물려받은 걸 10년 정도 시간을 들여 완성해보자고 목표를 세웠지."

"물리는 0점 아니면 100점인 세계라고 들었어요."

아마네가 말했다. 지금까지 아마네를 그저 곧잘 떠밀리고 눈에 띄지 않는 여자아이라고만 여겼는데, 관심 분야에는 상당히 적극적인 모양이었다.

"저는 아직 중학생이라 물리는 배우지 않았는데요, 잘하는 사람은 곧잘 정답을 맞히지만 이해가 떨어지는 사람은 한 문제도 못 맞히는, 대적할 수 없는 세계가 물리라고 들었거든요. 다들 대단하네요."

"어? 그렇지도 않아. 내 경우 물리가 선택 과목도 아닌걸."

마히로와 아마네, 두 사람 모두 놀랐다.

"공부와 동아리 활동은 또 다르니까." 겸연쩍은 듯 야나기 형이 말을 이었다. "우리 학교는 물리를 2학년부터 배워. 동아리를 정하는 1학년 때 물리 이해력이 있는지 없는지는 알 수 없겠지. 그냥 연구나 관측이 재미있으니까 하는 거야."

"재미있다……."

마히로는 중얼거렸다. 지금 막 들었던 우주선 이야기도, 10년 계획이라 자신의 기수에서 완성할 수 있을지 없을지 모르는 인공위성도, 뭐가 즐거운지 아직 선명하게 그림이 그려지지 않는다. 마히로가 멍하니 중얼거리는 걸 들었는지 야나기 형이 "응" 하고 대답했다.

"물리 연구나 관측은 어떤 점이 재미있어요?"

아마네가 물었다. 과학 활동을 열심히 하는 사립학교에 들어가려고 했다는 아마네의 목소리는 진지했다. "음." 야나기 형이 또다시 생각에 잠겼다. 이윽고 대답했다.

"답이 없다는 거 아닐까."

"답이, 없어요?"

"응. 답이 없다고나 할까, 정확히 말하자면 존재하는 답을 확인하는 실험이나 관측이 아니라 아직 없는 답을 찾는다는 거. 그게 재미있는 걸지도 몰라. 데이터 수집은 엄청 지루하지만."

야나기 형이 말하면서 손목시계를 봤다. "그만 가야겠다."
친구 쪽을 돌아보며 말했다.

"그러니까, 거기 여학생, 흥미가 있다면 이번에 하는 우주
선 클럽 화상회의에 참석해볼래?"

"앗! 그래도 돼요?"

"응. 화면으로 견학하는 정도라면 괜찮지 않을까 싶은데.
코로나 시국이라지만 다른 학교와 온라인 정보 교환은 그전
보다 활발해졌거든. 잠깐 들어보고 재미없으면 바로 퇴장해
도 괜찮아. 마히로 통해서 연락할게."

"감사합니다!"

"그럼 또 보자."

마히로를 통해서 연락한다는 건 예전 축구팀 명단을 보고
연락한다는 의미일까. 그건 엄마 메일 주소와 휴대전화 번
호일 텐데. 엄마가 꼬치꼬치 물어보면 귀찮은데…… 하지만
마히로는 아마네와 함께 트랙을 달려가는 야나기 형의 뒷모
습을 그저 바라만 보았다.

야나기 형의 대답에 충격을 받았기 때문이다.

운동부를 포기한 게 아니라 단순히 재미있어서 과학 동아
리에 들었다니.

답이 없어서 재미있다. 그 말이 마히로의 마음에 남았다.

✿ ✿ ✿

지금만은 코로나 대책에 감사한다.

마도카는 매일 점심시간이 돌아올 때마다 그렇게 생각했다.

코로나로 좋은 점은 없고, 예방 수칙으로 집이며 학교, 료칸 일, 동아리 활동 등 여러 가지가 성가신 방향으로 바뀌었지만, 도시락을 먹는 점심시간만은 그 '대책'이 고맙다.

원래는 서로 책상을 붙여서 마주 보고 도시락을 먹었다. 이제 그것이 금지되어 마도카와 학생들은 책상을 그대로 둔 채 대화 없이 앞을 보며 묵묵히 도시락을 먹는다. 동아리실이나 교정의 잔디밭 등 교실이 아닌 곳으로 이동해 먹는 것도 금지되었다. 재미라곤 없는 시간이지만 지금 마도카는 그것이 진심으로 고마웠다.

함께 도시락을 먹을 사람이 아무도 없다는 걸 숨길 수 있기 때문이다.

이제까지 마도카는 관악부 부원들과 함께 점심을 먹었다. 고하루를 비롯해 같은 반 부원들 몇 명과 교실에서 책상을 붙이고 먹기도 하고, 동아리 활동을 하는 음악실에 가서 선후배와 함께 점심을 먹으며 동아리 이야기를 하기도 했다. 하지만 마스크를 벗고 입가를 보이는 '식사'는 지금 가장 조심해야 하는 일일 터. 다들 신경이 쓰이리라.

교실 안에서 다들 아무 말 없이 앞을 보고 앉아 있고, 책상

위에 펼친 도시락 옆에는 커다란 손수건으로 감싼 마스크가 놓였다. 마도카는 젓가락을 꼭 잡았다. 앞에 보이는 고하루의 등을 슬쩍 보니 고하루 역시 말없이 손을 움직이며 도시락을 먹고 있다.

점심시간에는 다 먹은 학생부터 차례로 마스크를 쓰고 밖으로 나간다. 빨리 먹는 축에 드는 고하루도 금세 어딘가로 가버린다. 말없이 밥만 먹는 교실은 갑갑하다. 하지만 마도카는 나가지 않는다. 갈 곳이 없기 때문이다.

"당분간 동아리 활동 쉴게요."

어제 관악부 고문인 우라카와 요코 선생님에게 말했다. 교무실에서 주변에 다른 부원이 없는 걸 확인하고 말을 꺼내자 우라카와 선생님은 놀란 얼굴로 마도카를 봤다.

우라카와 선생님은 마도카가 1학년 때부터 이즈미 고등학교 관악부 고문을 맡고 있는 40대 중반의 베테랑 여자 선생님이다. 뒤에서는 '요코 샘'으로 불린다. 열정적이고 지도가 엄격한 편인데, 너무 엄하게 하니 다들 힘들어서 농담 삼아 "요코 샘, 열받았어", "요코 샘 오늘 기분 나쁜가?" 하고 투덜거린다. 눈앞에서 별명으로 불러도 괜찮은 허물없는 젊은 선생님도 몇 명 있지만, 우라카와 선생님은 그야말로 '선생님' 인상이라 학생들끼리만 그렇게 부른다.

엄격한 고문이지만 마도카는 우라카와 선생님을 좋아한다. 작년 사세보 대회를 치르고, 결국 전국대회에 진출하지 못했음에도 우라카와 선생님은 "잘했다" 하고 칭찬해주었다. 금세라도 울 것 같은 얼굴이었는데, 평소 말수가 적고 표정도 한결같은 선생님의 그런 반응을 보고 더욱 기뻤다.

"무슨 일 있니?"

우라카와 선생님이 눈을 똑바로 바라보고 물었다. 평상시와 같은 연주와 연습을 할 수 없는 관악부가 대신 무엇을 할 수 있는지를 두고 논의가 막 시작된 참이었다.

선생님의 시선을 피하듯 마도카가 대답했다.

"저…… 저희 집 료칸이잖아요. 외부에서 손님이 오니까 코로나 가라앉을 때까지 거리를 좀 둘까 하고요. 엄마에게 말했더니 당분간은 그것도 괜찮을 것 같대요."

거짓말이다. 우라카와 선생님은 마도카를 지그시 바라봤다.

이상한 표정을 짓지 않으려고 조심했지만 저도 모르게 얼굴이 굳어져 마도카는 싱긋 웃었다. 지금 웃는 게 맞는지는 모르겠지만.

"저도 그러는 편이 마음 편해서요."

말하는데 목이 멘다. 이게 내 본심이구나, 하고 확실히 깨달았다. 나는 지금, 동아리 활동이 괴롭다.

고하루도 다른 아이들도 마도카를 따돌리지 않는다. '잠시 동안만', '상황이 안정될 때까지'라면서 아침에 교실에서 만나면 "마도카, 안녕!" 하고 밝은 목소리로 인사하고 집에 갈 때도 "그럼 내일 봐!"라고 한다. 우리는 싸우지 않았고 사이도 나빠지지 않았다. 마도카가 잘못한 게 아니니까, 이 상황은 마도카 탓이 아니다.

코로나 때문에 어쩔 수 없는 것이다.

친구 사이가 완전히 틀어진 것도 괴롭힘도 아니다. 언젠가 '원래대로' 돌아갈 때를 위해 마도카는 고하루에게 화를 내지 않고 계속 인사한다.

그런데도 괴롭다면, 그게 싫다면 지나친 욕심일까? 공공연히 따돌리지 않고 다투지 않겠다는 태도는 너무나 고맙다. 하지만 괴롭다. 서로 인사를 한 뒤 바로 고하루가 다른 아이에게 가버리는 것이.

그런 속마음을 입에 담을 수는 없었다. 그러면 '싸운 것'이 될 것이다. 고하루가 하는 행동이 '괴롭힘'이나 '차별'이 될 것이다.

그래서 내가 먼저 '거리두기'를 하는 쪽이 훨씬 편하다.

"마도카는 그래도 괜찮아?"

"네."

마도카는 고개를 끄덕였다. "어쩔 수 없으니까요." 또다시 싱긋 웃었다. 하지만 선생님은 웃지 않았다.

"그만 가볼게요." 선생님이 뭔가 말하려는 것 같아서 마도카는 인사하고 고개를 숙였다.

"상황이 안정될 때까지만요. 그럼, 잘 부탁드립니다."

상황이 안정될 때까지. 지금까지 너무나 애매해서 싫어했던 말을 스스로 입에 담다니 믿을 수 없었다. 사람은 거짓말을 하거나 초조해지면 정말로 생각지도 않은 말을 해버리는구나. 마치 남 일마냥 그런 생각을 했다.

다음 날 방과 후, 무토 슈가 말을 걸었다.

집 근처 제방에서 마주친 후로 무토와 제대로 대화를 나누는 건 처음이었다.

"여어." 우연히 현관에서 마주친 무토는 운동장으로 향하던 모양인지 눈이 마주치자 인사를 건넸다. 마도카만 '일방적으로' 아는 게 아니라 확실하게 '서로' 아는 사이라는 느낌으로. "안녕." 마도카도 순간적으로 인사를 건넸다.

"야구부 연습, 재개했구나."

무토가 어깨에 멘 커다란 야구부 가방을 보고 물었다. 지난번 무토와 이야기한 직후 고시엔 취소가 발표되어 조금 걱정이 되었다. 그러나 그 후 나가사키 현에서 대체 대회를 열기로 결정되었다. 연습할 수 있어서 다행이라며 살짝 안도했다.

마도카의 말에 무토가 고개를 끄덕였다.

"응. 나도 현 대회까지 동아리 활동을 이어가려고."

"대회가 열려서 다행이야. 올해는 응원하러 못 가겠지만."

"마도카는?"

"응?"

"동아리 활동은?"

"아, 나는 지금 쉬고 있어."

주변에는 아무도 없다. 대답하면서 마도카는 생각했다. 사실 얼마 전에 우는 모습을 들킨 후 무토를 대하는 게 조심스러워졌다. 역시 그때 일이 마음에 걸려서 이렇게 말을 거는 걸까.

쓸데없는 말은 안 했으면 좋겠다, 묻지 않았으면 좋겠다. 그런 마음으로 인사하고 돌아서는 마도카에게 무토가 다시 말을 걸었다.

"마도카, 천문대 안 갈래?"

"엥?" 얼빠진 대답을 하며 무심결에 돌아보았다. 무토는 걱정이나 동정하는 기색 없이 그저 담담한 표정으로 말을 이었다.

"이번 금요일 밤에 오랜만에 관측회가 있대."

"천문대라면 저 산 위에 있는? 고토 천문대?"

"응."

마도카가 사는 섬에 있는 산은 섬 풍경의 상징 같은 존재로, 고도가 낮고 밥그릇을 뒤집어놓은 듯 봉긋하고 예쁘다. 화산이긴 하지만, 험난한 느낌은 전혀 없고 완만한 능선이 초록색 잔디로 덮여 있다. 산 위에는 전망대와 레스토랑 등이 있고 가까이에 고토 천문대가 있다.

마도카가 어리둥절해하자 무토가 다시 물었다.

"그 천문대, 가본 적 있어?"

"없어."

"한 번도?"

"응. 천문대 앞 전망대와 주차장까지라면 가봤지만, 안에 들어가본 적은 없어."

고토는 별이 잘 보인다고 알려져서 별 관측과 촬영을 하려는 사람들이 전국에서 몰려든다. 고토 천문대는 연구자뿐만 아니라 일반인에게도 별을 보는 기회를 주려고 관측회 등을 실시한다고 들었다.

마도카는 무토와 천문대가 무슨 관계가 있는지 감이 잡히지 않아서 무슨 대답을 해야 하나 망설였다. 뒤에서 누가 그를 불렀다. "무토!" 무토와 같은 야구부 가방을 어깨에 멘 남학생이 이쪽을 향해 손을 흔들고 있었다. "응." 무토도 마주 손을 흔들었다. 그러고는 마코토에게 말했다.

"금요일 밤, 8시부터. 밤이라서 혹시 힘들까?"

"아, 밤이구나."

"그야 별을 볼 거니까."

무토가 웃었다. 마스크 너머지만 웃는 얼굴을 이렇게 가까이서 보기는 처음인 것 같다. 무토가 물었다.

"오는 길, 괜찮겠어?"

"응……. 료칸 손님들도 자주 천문대에 가니까. 투어 예약하고 근처 관광센터 앞에 모여서 천문대에서 보내주는 버스를 타기도 하고."

"아, 맞다. 코로나 전에는 투어했었지."

"응."

료칸 저녁식사 시간이 끝나면 손님 몇 명이 별을 보러 천문대에 가기도 했다. 간혹 마도카도 배웅했다. 개인 망원경과 카메라를 가지고 렌터카로 산을 오르는 사람도 있지만, 천문대 투어에 참가하는 손님도 많아서 셔틀버스가 근처 호텔 숙박객을 집합 장소까지 데리러 오곤 했다. 작년까지는 천문대에 가려고 아이와 함께 섬을 찾는 가족도 많았다.

아까부터 야구부 부원이 무토를 기다리고 있다. 무심결에 반사적으로 고개를 끄덕였지만 밤인 데다가 천문대는 가본 적 없고 무엇보다 무토가 왜 가자고 하는지 몰라서 당황스러웠다. "그럼." 무토가 밝은 목소리로 말했다.

"혹시 같이 가고 싶은 친구가 있으면 데려와도 괜찮을 거야. 천문대도 재개관한 지 얼마 안 돼서 사람이 없을 테니까. 거기서 만나는 걸로 하자. 그럼 10분 전인 7시 50분까지."

"아, 응."

"그럼 또 보자."

무토가 떠났다.

그의 뒷모습이 야구부 친구와 함께 시야에서 완전히 사라졌다. 대체⋯⋯ 왜 가자고 한 걸까? 순간 뻔뻔스러운 생각이, 야구부 에이스를 상대로 아주 뻔뻔스러운 생각이 떠오를 뻔했다. 아니, 아니, 아니야. 그럴 리 없어! 고개를 저었다. 친구를 데리고 오라고 했으니 그런 의미가 아닐 거야, 하며 고개를 저었다.

하지만 친구? 마음속이 차갑게 식었다.

친구……. 같이 갈 만한 친구.

후, 숨을 내쉬었다. 금요일 밤, 천문대까지 어떻게 가지? 찬찬히 생각했다. 애초에 엄마가 밤에 나가는 걸 허락해줄까?

놀랍게도 금요일 밤, 엄마가 천문대에 데려다주기로 했다.

마도카의 집에서 천문대까지는 차로 10분 정도 걸린다. 눈앞에 바로 산이 보이지만 걸어갈 수 있는 거리는 아니다. 작은 료칸이어도 일이 있으니 데려다주기는 힘들지 않을까 생각했다.

"엄마, 긴급 사태 선언 때 천문대도 닫았었어?"

엄마를 도와 객실에 장식할 꽃을 화병에 꽂으면서 물었다. 료칸 집 아이라지만 부모님은 마도카에게 일을 시키지 않는다. "뒤를 이었으면 좋겠다는 생각은 안 해." 어릴 때부터 그런 말을 들으며 자랐지만 그래도 마도카는 엄마와 함께 객실과 로비에 꽃을 장식한다. 중학교까지는 엄마와 함께 꽃꽂이를 배우기도 했다.

책상 위에 펼쳐놓은 신문지에 물색과 보라색 수국이 몇 송이 있다.

이제 곧 6월이구나. 백합철까지 얼마 안 남았다. 고토의 꽃이라면 특산물로 알려진 동백이 가장 먼저 떠오르지만 여름의 꽃이라면 역시 백합이다. 그전에는 빨간 참나리. 오봉 무렵에는 백합. 어릴 때부터 보고 자란 사계절 풍경이다.

"천문대?" 마주 앉은 엄마가 꽃가위를 손에 든 채 마도카를 보며 되물었다.

"응, 닫았던 것 같은데 왜?"

"친구가 금요일 밤에 관측회가 있다고 가자고 해서."

밤 외출을 허락받을지 알 수 없어 에둘러 말을 꺼냈다.

"손님 중 가는 사람이 있으면 나도 셔틀버스 타고 가려고."

"아! 천문대가 다시 열었구나."

뜻밖에 신이 난 목소리다. 이제부터 꼬치꼬치 질문하겠지. 친구는 누구냐, 몇 명이 가냐, 항상 친하게 지내는 고하루도 가냐…….

하지만 엄마는 의외로 그런 것을 묻지 않았다.

"엄마가 데려다줄까?" 그렇게 말해서 깜짝 놀랐다.

"어? 아니야. 밤이고, 료칸도 바쁘잖아."

"이번 주 금요일 예약은 한 팀밖에 없으니까 괜찮아. 차로 다녀오면 금방이고, 셔틀버스는 아직 안 다닐지도 모르니까."

"나야 좋지만."

"별 보는 건 한 시간 정도지? 우리 손님들도 항상 8시 정도에 나가서 10시 전에 돌아왔어. 끝나면 전화해. 데리러 갈게."

"고마워."

엄마는 선뜻 허락해주었다. 마도카는 고맙다고 말하며 새삼 깨달았다. 주말 직전인 금요일에 예약이 한 팀뿐이라니. 지금 우리 상황은 이렇구나.

금요일 밤, 엄마의 경차를 타고 산길을 올라갔다.

가로등이 적은 밤길을 차의 헤드라이트가 비춘다. 창밖을 보니 항구와 호텔이 있는 곳의 야경이 한눈에 보인다.

천문대까지 잘 포장된 완만한 커브 길이 이어진다. 엄마는 기분이 좋아 보였다.

"마도카, 천문대 처음이지?"

"응. 엄마는?"

"엄마는 예전에 한 번 간 적 있어. 결혼해서 섬에 온 직후에."

"정말?"

마도카의 엄마는 나가사키 시 출신이라 섬에서 자라지 않았다. 아빠와는 나가사키 시내에 있는 대학교에서 만나, 졸업 후 본가의 료칸을 잇는 아빠를 따라 이 섬에 왔다.

"설마 내가 고토에서 살게 될 줄은 생각도 못 했지." 자주 이렇게 말한다.

"아빠랑 갔어?"

"아니. 나가사키에서 엄마 친구가 왔는데, 가보고 싶다고 해서 같이 갔어. 아주 오래전에."

"그렇구나."

"겨울이었지. 오리온자리가 아주 선명하게 보였어."

"흠."

그런 이야기를 하면서도 여전히 누구와 가는지는 묻지 않는다. 묻지 않는 걸 보니 당연히 고하루와 동아리 친구들이라고 생각하는 모양이다. 무토에 대한 이야기를 꺼내기 더 어려워졌다. 남자아이와 간다는 건 지금까지 없던 일이니 분명 엄마는 상상조차 하지 않았으리라.

"끝나면 전화해. 데리러 올게."

"응."

산 위의 넓은 주차장에 도착했다. 어둡고 삭막하면 어쩌나 싶었는데 관측회에 왔는지 생각보다 차가 많이 세워져 있고 자동차 불빛이 드문드문 보였다.

천문대는 주차장에서 계단을 올라가면 바로였다. 천체관측용 은색 둥근 돔을 엄마가 가리켰다.

"저기가 천문대야."

"알아."

차에서 내렸다. 엄마가 가는 걸 확인한 뒤 다시금 천문대 쪽을 보니 거의 조명이 없는 산 위에서 홀로 선명하게 빛나는 건물이 환상적이었다. 계단 앞, 천문대 문과 창에서 노란색 빛이 새어 나왔다.

손목시계를 보니 7시 43분이다. 조금 일찍 도착했나 싶었
는데 목소리가 들렸다. "아, 마도카."

무토다. 뒤를 돌아봤다. 멈칫했다. 무토 뒤에 교복을 입은
남학생이 한 명 있었다. 다른 반이고 지금까지 대화해본 적
은 없다. 이름이…….

"고야마."

고야마 유고. 그 또한 유학생으로, 가나가와 현에서 왔다.
무토가 홈스테이를 하는 것과 달리 마도카네 바로 뒤에 있
는 기숙사에서 살고 있다. 그러고 보니 무토가 전에 제방에
서 만났을 때 고야마 이름을 언급했었다.

마도카가 이름을 부르자 고야마는 안경 너머 가늘고 긴
눈을 마도카에게 향했다.

"안녕."

동갑 남자치고는 말투가 정중했다.

고야마가 쓴 은테 안경이 주차장 조명을 받아 반짝거렸다.
고야마의 외모는 '수재'를 그림으로 그린 듯한 모습인데, 실
제로 성적도 굉장히 좋다고 한다. 기숙사는 가깝지만 한 번
도 같은 반이 된 적이 없고 차가운 외모까지 더해져 뭐랄까,
편하게 대하기 어려운 느낌이었다.

"아, 안녕."

마도카가 허둥대며 인사하자 옆에서 무토가 물었다.

"마도카, 뭐 타고 왔어?"

"아, 엄마가 차로 데려다줬어."

무토와 고야마는 자전거를 타고 온 듯 바로 근처에 자전거 두 대가 세워져 있었다.

"고야마와…… 또 누가 와?"

무토와 나, 단둘이 아니라니. 어쩐지 실망했지만 한편으로는 안심도 되었다. 그렇지, 단둘일 리가 없지.

"고야마와 나 둘뿐이야. 마도카는?"

"나 혼자야."

"그럼 어서 가자. 관장님 성격이 급해서 곧바로 시작할지도 몰라."

무토가 말하며 자전거에 자물쇠를 채우고 걷기 시작했다. 몸집이 전혀 다른 고야마와 무토가 어깨를 나란히 하고 걸어가는 뒤를 마도카는 그저 따라갔다.

유학생끼리라서 친해진 걸까. 무토와 고야마는 동아리도 반도 다르고 학교에서는 함께 있는 모습을 본 적이 없다. 지금까지 거의 교류가 없던 두 사람과 무슨 이야기를 하면 좋을까. 애초에 나는 왜 부른 걸까. 혼란스러웠다. 그러자 마치 마도카의 마음을 읽은 듯 고야마가 마도카를 돌아봤다.

"아, 새삼스럽지만 고야마야. 3학년 1반의."

"응, 사사노 마도카라고 해."

"그게 뭐야." 자기소개를 하는 고야마와 마도카를 보고 무토가 웃었다.

"이제 와서 자기소개를 하는 거야? 같은 학교인데?"

"지금이야말로 자기소개를 해야지. 너는 같은 반이니까 괜찮을지 몰라도 난 첫 단추를 제대로 끼우지 않으면 갑작스러워서 말을 못 하거든."

"성실하네."

"성실하지."

둘의 대화를 들으며 마도카는 신기했다. 겉모습도 성격도 전혀 달라 보이는데 확실히 죽이 잘 맞는 것 같다. 허물없다는 말이 어울린다.

무토가 웃었다.

"미안. 이 녀석이 조금 별나."

"아니야. 나도 무슨 이야기를 해야 하나 고민했거든. 고야마, 고마워."

"고맙긴." 마도카가 말하자 고야마가 입술을 오므리며 짧게 말했다. 천문대로 향하는 계단을 올라가며 물었다.

"두 사람은 천문대에 자주 왔어?"

"1학년 초에 섬 연구라는 특별활동 수업이 있었어. 유학생은 다들 섬 안내부터 받거든. 그때 처음 왔어."

"그렇구나! 그거 좋다. 우리는 태어나면서부터 여기 살아서 그런지 오히려 올 마음이 안 생기거든. 부러워."

료칸 손님을 봐도 가끔 그런 생각을 한다. 마도카에게는 익숙한 풍경을 밖에서 온 사람은 신선하게 본다. 섬에서 태어나 살면 별을 보거나 명소를 구경하는 일 같은 건 굳이 시간을 내어 할 마음이 들지 않는다. 너무나 익숙한 일상이니까. 어쩌면 겸연쩍어 그런지도 모르겠다. 조금 전의 고야마와 자기소개를 한 것도 마찬가지다. 너무나도 '새삼스러워서' 일부러 하지 않는다.

그래서 외지에서 온 유학생이 섬 여기저기를 신기한 듯 구경하는 모습이 순수하게 부러웠다.

"나만 그런 게 아니라, 내 주변에 천문대에 가본 적 있는 아이가 거의 없을지도 몰라."

"그런 것 같더라. 우리 입장에서는 굉장히 손해 보는 것 같은데."

고야마가 말하자 옆에서 무토가 끼어들었다.

"처음에 왔을 때 관장님과 친해졌어. 그 후로 계절마다 한 번은 천문대에 왔지. 올해는 코로나다 뭐다 이런저런 일이 있어서 관측회도 열리지 않았는데 오늘부터 재개한다고 관장님이 LINE 메시지를 보내주셨어."

"뭐? LINE도 해? 엄청 친하구나. 대단해."

"그래? 관장님은 워낙 밝고 좋은 분이라 누구에게나 그러는 거 아닐까?"

무토는 별일 아니라는 듯 말했지만, 그것은 그가 붙임성이 좋고 적응하는 능력도 뛰어나서일 것이다. 전부터 유학생들을 보고 느낀 것이기도 했다. 부모님과 떨어져서 전혀 새로운 곳에서 고등학교 시절을 보내다니, 마도카로서는 상상도 할 수 없었다.

"무토랑 고야마는 원래부터 별을 좋아했어?"

마도카가 묻자 두 사람이 서로 얼굴을 마주 봤다. 바로 답이 돌아올 줄 알았던 마도카가 의아해하자 고야마가 "그렇지" 하고 대답했다.

"우리도 그렇지만 고시가 제일 좋아했어."

"고시?"

"응. 고시 료지." 무토가 말을 이었다. "그 녀석, 휴교 중에 본가에 다녀오겠다고 했는데 아직 돌아오지 못했어. 아마 돌아오기 어렵겠지."

아……. 고시는 무토, 고야마처럼 마도카와 같은 학년의 유학생이다. 작년에 같은 반이어서 마도카와도 몇 번 이야기를 나눈 적이 있다. 그러고 보니 휴교가 끝난 후 학교에서 보지 못했다.

"고시는 어디에서 왔어?"

"도쿄."

"도쿄……."

무심결에 따라 말했다. 못 돌아오겠구나, 하는 생각이 들었다. 나가사키 현이나 이웃 현의 코로나 상황을 체크하곤 했는데 도쿄의 확진자는 다른 곳과 자릿수부터가 달랐다.

전에 제방에서 만났을 때 무토가 말했다. 지금은 한번 돌아가면 섬에 다시 오기 힘들 거라고.

　"3월에 잠깐 다녀오겠다며 기숙사에 짐을 그대로 두고 갔거든. 그런데 결국 보내달라고 해서 우리가 이번 달에 택배로 보내줬어."

　무토가 말했다. 마도카가 물었다.

　"고시는 도쿄의 학교로 전학하는 거야?"

　"아마도. 여기로 돌아오고 싶지만 부모님이 본가에서 다닐 수 있는 학교에 다니라고 했나 봐."

　"그렇구나."

　"응."

　"고토에 있는 게 더 안심이긴 한데." 무토와 마도카의 대화를 듣고 고야마가 혼잣말하듯 말했다.

　"적어도 코로나는 그렇겠지. 고시의 부모님도 많은 생각을 하셨을 거야. 이런 때니까 더 함께 있고 싶을 수도 있고."

　전에 무토가 말했다. 무토와 고야마는 휴교 중에도 본가에 돌아가지 않고 여기 남았다. 유학생들에게 '돌아간다', '돌아가지 않는다'는 마도카 생각보다 훨씬 절실한 문제이리라.

　"어, 간판이 바뀌었네? 고시에게 사진 보내주자."

　"아, 그러네."

　무토와 고야마가 천문대 간판 앞에서 스마트폰을 꺼내 들었다.

"나중에 고시에게 전화하자."

"관장님과도 사진 찍을까?"

마도카는 두 사람의 대화를 들으며 한발 뒤에서 따라갔다.

천문대 건물이 점점 가까워진다. 돔 형태의 둥글고 큰 지붕이 눈앞에 보인다.

지붕 일부가 은색 금속으로 되어 있는데, 벽돌로 지어진 건물의 중후함과 어우러져 건물 전체가 마치 게임이나 애니메이션에 나오는 스팀펑크(산업혁명 시기의 증기기관을 기반으로 한 기술이 발달한 가상 세계가 배경인 SF 장르-옮긴이) 세계관에서 튀어나온 듯해서 멋있었다. 별이 가득한 밤하늘과 잘 어울려서 그림 같았다.

별이 빛나는 밤하늘을 올려다봤다. 그리고 감탄하며 숨을 삼켰다.

산에 와서 처음으로 제대로 본 하늘. 별이 굉장히 가깝다. 거리 차이가 그리 나지 않는데도 별 하나하나의 윤곽이 또렷이 보이는 건 집 주변보다 공기가 맑아서일까?

고토는 국내에서 특히 별이 잘 보이는 지역이다. 계절에 따라서는 이곳에서만 볼 수 있는 별이 있다고 들었다. 여기서 자란 마도카에게는 당연한 광경이지만 역시 산기슭에서 보는 밤하늘의 별과 '별을 보기' 위해 시간을 들여 산에 올라와 보는 밤하늘은 완전히 다른 세상이었다.

별은 밤하늘에 흩뿌려진 무늬가 아니라 하나하나 깊이를

갖고 저마다 크기며 반짝임, 거리가 다르다는 걸 실감했다.
그래, 하늘은 '입체'였구나!

그동안 이렇게 하늘을 보는 일을 잊고 있었다.

계단 아래 주차장에 차가 많아진 것 같다. 8시가 다가오자
관측회에 왔는지 사람 몇 명이 차에서 내려 천문대를 향해
올라오고 있다.

"마도카, 빨리 와."

"아, 미안."

멈춰 서 있던 마도카를 무토가 불렀다. 마도카는 천문대
입구에서 기다리는 두 사람을 향해 달렸다.

천문대라면 분명 엄청난 연구기관 같을 줄 알았는데, 안에
들어가보니 생각과는 딴판이었다.

신발장에 아무렇게나 쌓여 있는 낮고 얇은 손님용 슬리퍼
로 갈아 신었다. 관측회 참가비를 낼 때 흔한 대학 노트에
이름을 적고, 접수하는 사람이 참가비를 받아 빈 과자 통에
넣는다. 기자재처럼 보이는 것 위에 누군가가 직접 만든 듯
한 퀼팅 커버가 씌워진 모습이 마도카 집 근처의 주민회관
과 비슷했다. 입구에 놓인 오래된 매트에도 생활의 흔적이
묻어 흡사 주민 편의시설 같았다.

"관장님!"

"아! 무토, 고야마. 어서 오렴."

접수처에서 참가비를 받는 폴로 셔츠를 입은 햇볕에 탄 남자에게 인사하는 두 사람을 보고 마도카는 속으로 깜짝 놀랐다. 천문대 관장님이라기보다 항구에서 자주 보는 어부 아저씨 같았다. 체격이 좋고 반소매 셔츠 아래로 굵고 탄탄한 근육이 튀어나와 다부져 보였다.

"메시지 고마워요. 고시도 왔으면 좋았을 텐데요."

"고맙긴. 코로나가 안정되면 또 올 수 있을 거야. 인사 전해주렴."

"끝나고 고시에게 전화할 건데요, 관장님도 통화하실래요?"

"그러자."

친근하게 대하는 모습이 정말 사이좋아 보였다. 무토와 고야마 말대로다.

마도카 일행 뒤에도 마찬가지로 관측회에 온 사람들이 줄을 서 있었다. 아는 얼굴은 없지만 다들 관장님에게 기쁜 듯이 "헤이!"라든가 "여어!"라고 외치며 손을 들고 인사했고 "연락 고맙습니다" 하고 인사하는 소리도 들렸다. 섬 주민도 많이 온 모양이다.

"우선 이쪽으로 오시죠. 망원경을 보기 전에 봄의 별자리에 관해 간단한 설명을 하겠습니다!"

조수로 보이는 안경을 쓴 여성이 접수처 쪽을 향해 말했다. 그 사람도 딱히 연구자 같아 보이진 않았지만 "오랜만이에요." 무토와 고야마는 그 여성과도 아는 사이인지 고야마가 정중하게 인사를 했다.

안내를 받아 막다른 방에 들어갔다. 한발 내디딘 순간 와아, 하는 작은 탄성이 마도카 입에서 새어 나왔다.

책이 벽 한 면을 온통 뒤덮고 있었다.

천장까지 닿는, 도서관에서 볼 법한 키가 큰 책장이 벽에 늘어서 있고 가지각색의 책이 꽂혀 있다. 한눈에도 모두 별과 우주에 관한 책임을 알 수 있었다. 방에는 그 외에도 천체 모형 같은 물건과 별자리가 그려진 포스터, 초등학생 때 수업에서 본 것보다 커다란 별자리 도표 등이 놓여 있어서 마치 작은 박물관 같았다. 마도카네 고등학교 교실보다 조금 작은 듯한 공간에 '우주'가 가득했다.

"여러분, 원하는 곳에 앉아주세요."

마도카 일행도 나란히 놓인 파이프 의자에 앉았다. 사회적 거리두기를 의식했는지 의자가 듬성듬성 놓여 있었다. 흘끗 주위를 둘러보니 모두 스무 명 정도. 친구끼리 온 초등학생도 있고, 아이를 데리고 온 젊은 부부나 연인도 보였다.

접수처에 있던 관장님이 앞에 섰다. 옆에는 뭔가를 보여줄 예정인지 스크린이 펼쳐져 있었다.

"여러분, 안녕하십니까. 고토 천문대 관장 사이쓰 유사쿠입니다. 얄미운 코로나바이러스 탓에 그동안 천문대를 휴관할 수밖에 없었습니다. 하지만 오늘부터 서서히 관측회를 재개하고자 합니다. 감염 예방 수칙을 철저히 지키고 저희도 조심하면서 앞으로도 별을 볼 생각입니다."

그 밝은 목소리에 사람들 사이에서 커다란 박수 소리가 들렸다. "얄미운 코로나바이러스……." 앞에 앉은 초등학생 꼬마가 말투가 재미있는지 아버지 같은 사람에게 말하고는 둘이 함께 웃었다.

"오늘 밤은 맑으니 여러분은 지금부터 망원경으로 봄의 대삼각형을 볼 수 있을 겁니다. 아직 봄의 별자리를 볼 수 있는 시기에 어떻게든 관측회를 재개할 수 있게 돼 다행입니다. 그럼, 조명을 낮추고 프로젝터를 켜죠."

방의 불이 꺼지고 스크린에 그림이 떠올랐다. 별이 가득한 밤하늘 사진이다. 사진 위에 마도카도 잘 아는 국자 모양 북두칠성이 굵은 선으로 표시되어 있다.

북두칠성의 '국자' 손잡이에 해당하는 부분에서 선이 길게 뻗어 있고 그 위에 '봄의 대곡선'이라고 쓰여 있었다. 곡선 한가운데에 있는 별에는 '아르크투루스', 끝의 별에는 '스피카'라는 이름이 쓰여 있다.

"봄의 별자리를 찾을 때는 우선 북두칠성에서 뻗어 나온 봄의 대곡선을 찾아 표식으로 삼아두면 편합니다. 이 곡선의 아르크투루스와 스피카, 그 아래쪽에 있는 사자자리의 데네볼라를 묶어 봄의 대삼각형이라고 부릅니다. 주변 별자리를 찾을 때 이용해야 하니 꼭 기억해두세요!"

스크린 사진이 봄의 대삼각형으로 바뀌었다. 다정한 아저씨 같던 관장님이 녹색 레이저 포인터로 별을 차례차례 가리키는 모습을 보고 새삼 전문가라고 느꼈다. 외모와 다른 분위기 때문인지 한층 더 대단해 보였다.

"백문이 불여일견이란 말이 있죠. 그럼, 가볼까요? 이제부터 실제로 별을 보면서 설명하겠습니다. 다들 여기까지 왔으니 한 번씩은 망원경을 보고 가셔야죠."

불이 켜지자 관장님이 모두를 인도하며 방에서 나갔다. 그 듬직한 뒷모습에서 사람들을 이끄는 모험가나 대장 같은 풍모가 느껴졌다.

방을 나가니 바로 하얀 페인트가 칠해진 짧은 철제 나선 계단이 보였다. 생활의 때가 묻은 복도까지의 공간과 달리 계단부터는 본격적인 천문대 분위기를 풍긴다. 망원경은 그 위에 있는 모양이다. 먼저 방을 나간 사람들이 계단 앞에 간격을 두고 줄을 서서 순번을 만들었다.

"밀집된 상태를 피해야 하니 전반과 후반 두 그룹으로 나누어 설명하겠습니다. 후반 그룹은 잠시 기다려주세요."

관장님의 말에 마도카 옆에서 무토가 큰 소리로 대답했다.

"네! 알겠습니다!"

"땡큐!"

마도카 일행은 다른 손님들에게 차례를 양보하고 제일 뒤에 섰다. 무토가 말했다.

"오늘은 사람이 별로 없으니까 길게 볼 수 있을 거야."

"그래?"

생각보다 사람이 많다고, 조촐하지만 활기찬 모임 같다고 생각했는데 의외였다.

"평상시에는 손님이 얼마나 오는데?"

"제일 많을 때는 150명 정도였던가."

"헉……!"

상상을 넘는 숫자여서 저도 모르게 탄성이 나왔다. "여름 방학이라든가, 최고 성수기에 그렇다는 거지." 놀란 마도카에게 고야마가 보충 설명을 했다.

"전망대 바깥 계단부터 주차장까지 줄을 설 때도 있어. 작년에는 그 모습을 보고 포기하고 돌아간 적도 있거든."

"우리는 1년 중 아무 때나 올 수 있으니까. 요즘은 그 '아무 때'가 어렵지만."

계단 위에서 설명하는 관장님과 망원경을 들여다보는 사람들의 목소리가 들려왔다. 끝나고 내려오는 전반 그룹 사람들을 보니 모두들 만족스러운 표정이었다.

한 계단씩 올라가는데 위에서 빨간 불빛이 보였다. 방의 전등이 빨간색인 모양이다. 차례가 되어서 계단을 올라갔다. 망원경이 있는 층에 다다른 마도카는 탄성을 내질렀다.

머리 위로 하늘이 보인다.

밖에서 본 돔 지붕의 은색 부분이 활짝 열려 있고, 그 사이로 보이는 밤하늘을 향해 망원경이 설치되어 있었다. 마도카의 눈에 망원경은 그저 하늘을 향해 있는 것이 아니라 쏘아 올리기 직전의 로켓 같았다.

"우리 천문대의 망원경은 뉴턴식 반사망원경이야. 거울을 이용해 모은 빛을 반사해서 그걸 접안렌즈로 보는 거지."

붉은 빛 속에서 관장님이 싱글벙글 웃으며 마도카를 보고 말했다. "망원경, 처음 보니?"

마도카는 고개를 끄덕이며 물었다.

"저, 방이 왜 빨간가요?"

"사람 눈은 붉은 빛에 둔감하거든. 붉은 빛이 있어도 동공은 작아지지 않아. 어둠에 익숙해진 상태에서도 잘 볼 수 있지. 관측에는 안성맞춤이란다."

관장님은 앞서 돔 바깥의 테라스로 일동을 안내했다.

"오늘은 사람이 적으니 먼저 테라스에서 지금 시기의 별에 관한 설명을 하지요."

관장님은 탄탄하고 굵직한 손에 든 레이저 포인터를 하늘로 향했다. 녹색 점이 밤하늘에 빨려 들어가 점 하나를 가리키며 반짝이는 별과 겹쳤다.

"저기 북극성. 그 옆에 북두칠성이 있죠. 보이나요?"

"네, 보여요!"

사람들 사이에서 활기찬 목소리가 들렸다. 조금 전 스크린으로 본 것과 똑같은 밤하늘이 육안으로도 확실히 보인다.

시야 속에서 선이 확실하게 연결된다.

저게 조금 전 배운 봄의 대곡선.

그 곡선과 이어지는 봄의 대삼각형.

관장님이 손에 든 레이저 포인터의 녹색 점이 밤하늘 성좌를 따라 움직였다.

"이게 목동자리의 아르크투루스. 그리고 이게 처녀자리의 스피카."

봄의 대곡선 한가운데에 있는 아르크투루스는 붉게, 대곡선과 대삼각형의 끝에 있는 스피카는 청백색으로 빛났다. 별빛마다 색이 다르다는 사실을 처음 알았다.

"북두칠성 가까이에 보이는 작은곰자리는 1년 내내 볼 수 있으니 다른 계절에도 찾아보세요. 봄의 별자리가 지기 전에 다들 올 수 있어서 다행이에요. 여름이 되면 직녀성과 견우성이 떠오른답니다."

관장님 설명이 끝나고 드디어 돔 안으로 돌아왔다. "좋아." 관장님이 망원경을 들여다보며 고개를 끄덕였다. "스피카를 향해 두었으니 다들 보세요."

한 사람씩 차례로 망원경 렌즈를 들여다봤다. 먼저 본 사람들이 "예쁘다!", "밝아!", "보이니?", "보여!" 등등 저마다 감탄하는 소리를 들으며 마도카는 조금 전 관장님에게 들은 '진다', '떠오른다' 같은 말들이 멋지다고 생각했다.

계절마다 볼 수 있는 별이 다른데, 하늘에서 사라지는 걸

'진다', 나타나는 걸 '떠오른다'라고 말한다. 우리가 있는 지구는 확실히 돌고 있고 마찬가지로 하늘도 돈다는 사실을 실감한다. 계절마다 피어나는 꽃이 다르듯 하늘에도 확실히 사계절이 있다.

차례가 되어 마도카도 망원경을 들여다봤다. 들여다본다기보다 커다란 망원경 아래로 들어가 렌즈를 우러러보는 것과 비슷했다.

둥근 시야 안에서 청백색 점이 불꽃놀이의 불똥처럼 너무나도 밝게 빛나고 있었다.

관장님이 설명했다.

"스피카는 처녀자리의 붙박이별인데, 일등성이라서 밝지? 그 옆에 있는 아르크투루스가 더 밝지만."

"등성이라면, 숫자가 작을수록 밝은가요?"

"그래. 아르크투루스는 마이너스 0.04등급이라고 하지. 혹은 0등성이라고도 하고."

"제로!"

0등성이라는 말은 처음 듣는다. 무심코 마도카가 렌즈에서 떨어지며 말하자 관장님이 웃었다.

"그 빛이 여기까지 닿는다니 굉장하지 않니? 스피카는 지구에서 250광년, 아르크투루스는 37광년 떨어져 있는데, 빛의 속도로 가도 별에 닿으려면 그만큼 걸린다는 뜻이란다."

"우와……."

하늘에 보이는 별 하나하나가 나란히 있는 것처럼 보여도 그렇게나 멀리 떨어져 있다니. 하늘이 얼마나 깊은지, 그렇게 멀리서 오는 빛을 육안으로도 확인할 수 있다는 게 얼마나 대단한지 온몸으로 실감했다.

그때 무토가 말했다.

"관장님, 마도카는 천문대가 처음인데, 달도 볼 수 있을까요?"

"상관없어. 달은 이웃 별인데, 그걸로 괜찮겠니?"

이웃 별이라는 단어가 재미있다. 지금 본 스피카와 아르크투루스에 비하면 확실히 '이웃'이다.

무토와 고야마가 관장님과 오랫동안 이야기하고 싶어서 맨 끝에 선 것인지도 모른다. 관장님도 즐거운 듯 바로 망원경을 조정했다. 벽에 있는 스위치를 누르자 천장이 커다란 소리를 내며 움직이더니 회전했다. 달이 있는 방향을 향해 열린 지붕의 위치가 바뀌어간다.

망원경 각도도 조작한 뒤 관장님이 렌즈를 들여다본 후에 "좋아" 하고 고개를 끄덕였다.

"보렴." 마도카를 렌즈 아래로 안내했다.

다시 들여다본 동그란 시야가 아까와 전혀 달랐다. "우와!" 아까부터 몇 번이나 짧게 감탄사를 외쳤는데, 오늘 제일 큰 감탄사가 입에서 튀어나왔다.

은백색으로 빛나는 시야 안에 달 분화구가 보였다. TV와 책에서만 본 진짜 달 표면. 육안으로 보는 것과 달리 온도와 질감까지 전해질 만큼 또렷이 보였다.

"굉장해." 중얼거렸다.

"멋져요. 실물로는 처음 봐요."

"실물이라니. 실물은 항상 머리 위에 있는걸."

하하하, 관장님이 쾌활하게 웃었다. 마도카는 지금까지 망원경으로 하늘을 본 적이 없다. 달은 정말로 이런 모양이었구나, 이런 색이었구나.

"차가운 것 같지만 그래도 밝네요."

"그렇지. 하지만 달이 밝아 보이는 건 달 자체가 빛을 내서가 아니란다. 태양 빛을 반사해 그렇게 밝은 거지. 달도 지구도 별 자체가 밝은 건 아니야."

"아, 그렇군요."

'밝다'나 '실물' 같은 단순한 단어밖에 떠오르지 않아서 부끄러웠다. 하지만 손을 뻗으면 닿을 듯 박력이 느껴지는 '실물'이 망원경을 통해 눈앞에 있으니 특별히 더 감동적이었다.

"알 것 같아. 나도 처음 봤을 때 엄청 감격했거든. 마도카도 꼭 봤으면 했지."

무토가 옆에서 느긋하게 말했다. 렌즈 너머의 달과 지금 여기에 있는 자신이 같은 순간에 존재한다는 게 기적 같았다.

"고마워."

불쑥 그 말이 나왔다.

혼자 망원경을 독차지하면 안 된다는 생각에 뒤에 서 있던 고야마에게 자리를 양보하고 내려오며 말했다.

"봐서 너무 좋았어."

"그렇지?"

마도카의 말에 무토가 웃었다.

"고시와 통화할 건데 잠깐 괜찮으세요?" 관측을 마치고 아래층으로 내려가자마자 무토와 고야마가 천문대 직원에게 물었다.

"저희는 밖에서 영상 통화할 건데, 나중에 관장님과 직원 분들도 같이 통화했으면 해서요."

"그래. 관장님께 가시라고 말할게."

"감사합니다."

관측 후 특별히 감상을 말하는 자리 없이 별을 본 사람들 순서대로 집으로 돌아가며 자연스럽게 해산하는 모양이다. 그것도 자유로워서 어쩐지 좋았다. 건물을 나오니 별빛이 남긴 여운 때문인지 아직 여기저기 사람들이 있었다.

천문대가 있는 장소에서 더 위쪽으로 올라갈 수 있었다. 불빛이 적은 잔디길 앞을 보니 천문대 지붕이 열려 있고 조금 전 본 붉은 빛이 흘러나오고 있다. 직접 들어가보지 않았다면 천장이 그렇게 열리는 것도, 망원경이 설치되어 있다는 사실도 몰랐으리라.

"마도카는 고시와 이야기 나눈 적 있어?"

"응. 작년에 같은 반이었거든."

"그럼 마도카도 나중에 통화할래?"

무토와 고야마가 물어서 그러겠다고 했다. 무토가 고야마와 마도카 앞에서 스마트폰을 꺼내 들었다. 화면이 밝아지고 통화 연결음이 들렸다. 바로 고시가 받은 듯 어두운 길에 소리가 울렸다.

"안녕."

"고시, 오랜만이야."

"사진 봤어. 천문대 간판 바뀌었네? 좋겠다, 관측회라니."

"관장님과 시미즈 씨가 너 보고 싶대. 코로나가 안정되면 또 오라더라."

마도카가 있는 곳에서는 화면이 보이지 않는다. 고토의 산 위에서도 도쿄와 이렇게 쉽게 이어지다니 신기했다. 남자들의 친근한 근황 보고가 이어졌다. 마도카는 조금 심심했다.

조금 지나자 무토가 불렀다.

"잠깐, 이쪽으로 올래?"

"어, 누구 있어?"

고시의 목소리다. 세 사람 사이에서 자신만 동떨어진 느낌을 받으며 다가가자 고시가 말했다.

"어, 여자? 말도 안 돼! 둘 중에 드디어 여자친구가 생긴 거야?"

"아니야."

고야마가 냉정하게 말했다. 마도카는 무토가 손에 든 스마트폰 화면을 주저하며 들여다보았다. 별빛과는 너무나 다른 스마트폰의 인공적인 불빛에 눈부셨다.

"아, 안녕……."

어색하게 인사했다. 화면에 작년 같은 반이었던 고시 료지가 있었다. 도쿄에 있는 그의 방인지 공룡 무늬 커튼 앞에 앉아 있다. 외국 영화 포스터며 책장도 보였다.

"엇."

고시가 중얼거렸다. 입을 떡 벌린 채 이쪽을 바라보고 있다. 그렇게 놀랄 이유가 있나. 그러다 화면을 보며 알아챘다. 등 뒤에 있는 커튼 사이가 벌어져 있고 그 앞에 가정용 천체망원경이 삼각대에 고정되어 있었다. 아까 말한 대로 고시는 정말로 별을 좋아하는 모양이다.

"마도카? 왜 거기 있어? 거기, 천문대?"

"무토가 관측회가 열린다며 보러 가자고 했어."

"그래?"

"응. 별은 원래 고시가 좋아한다며? 고야마와 셋이서 자주 왔다고 들었어. 지금 거기, 도쿄 고시네 집?"

"어, 아, 응……. 미안. 방이 어질러져 있어서."

고시는 키가 작고 줏대 없이 까불거리는 성격이다. 고하루와 다른 친구들은 앞니가 큰 게 생쥐 같다며 귀엽다고 놀리곤 했다. 그러나 작년에 같은 반이었던 마도카는 그가 일부러 '놀림받는 캐릭터'를 자처할 뿐 사실 머리가 좋은 아이일 거라고 생각했다. 반의 분위기가 나빠질 것 같을 때, 학급 회의를 하던 중 이야기가 막혔을 때 그가 우스갯소리를 해서 흐름이 바뀐 일이 자주 있었다.

"그렇지 않아. 오히려 깨끗한데?"

마도카가 말했다. 무토가 스마트폰을 마도카 손에 쥐여주었다.

"미안. 관장님과 직원분들을 불러올게. 잠시 고시하고 통화하고 있을래?"

"아, 응."

"고야마와 다녀올 테니 잠깐만 기다려."

"미안." 마도카는 무토의, 화면이 조금 지저분한 스마트폰 화면을 향해 고시에게 설명했다.

"무토와 고야마는 관장님과 직원분들을 부르러 갔어. 어쩐지 통화에 끼어들어서 미안하네."

"아니……. 그나저나 마도카도 별에 관심 있었어?"

"아니, 전혀. 고토에서 쭉 살아왔는데도 천문대는 오늘 처음 왔어. 고야마가 아깝다고 그러더라. 근데 이제 흥미가 생겼어! 별도 좋아졌고."

"그렇구나."

"무토와 고야마에게 들었는데, 섬으로 돌아오지 못할 거라던데, 정말이야?"

"아, 그럴 것 같아. 유학 마지막 해여서 아쉽지만, 대학 입시 공부도 그렇고, 또 휴교가 되면 여러 가지로 큰일이니까. 상황이 바뀌어도 여기에 있으면 대처하기 쉬울 거라고 부모님이……."

"그렇구나."

고시와 그렇게 친하지는 않았어도 못 온다고 들으니 역시 서운하다. 유학생 중에서 친했던 무토와 고야마는 더 그럴 것이다.

"다들 함께 졸업하고 싶었는데."

"어……! 고, 고마워."

마도카가 무심결에 말하자 고시가 어색하게 인사하며 방을 둘러보더니 머리를 긁적였다.

"그건 그렇고 중학생 때 그대로네. 아이 같은 방이라 어쩐지 엄청 창피해. 아…… 무토 녀석, 마도카가 있으면 진작 말할 것이지. 정말 미안. 나 마음의 준비도 못 해서."

"괜찮아. 나야말로 갑자기 미안해."

"이런 공룡 무늬 커튼, 완전 초등학생 같지 않아?"

"아니야. 그보다 고시는 정말로 별을 좋아하나 봐. 그거 천체 망원경이지?"

"응? ……아, 맞아."

고시가 뒤를 돌아보며 창문 앞에 놓인 망원경을 봤다. 조금 차분해진 모습으로 수긍했다.

"애초에 고토로 유학 간 것도 별을 보고 싶어서였어."

"그래? 대단하다! 여기서 살면서도 별을 보러 간 적 없다는 게 고야마 말대로 너무 아까워졌어."

"하지만 오늘부터 좋아하게 돼서 다행이야. 별 많이 봐. 내 몫까지."

고시의 태연한 목소리가 애절하게 들렸다. 순간 또 오면 된다고 관장님처럼 말하려 했지만 그건 마도카가 지금 여기에 있으니 할 수 있는 말이리라. 마도카는 태어나서 한 번도 화면 속 고시가 있는 도쿄에 가본 적이 없다. 자신은 상상도 할 수 없는 먼 곳이다.

그렇지만…….

"아예 오지 못할 것처럼 말하지 말고 또 와. 우주와 비교하면 완전 가깝잖아."

몇백 광년이나 먼 별 이야기를 들은 후라서 진심으로 그렇게 생각했다. 도쿄는 우주의 '이웃'인 달에 비해서도 엄청나게 가까운 편이다. 같은 지구라면 어디든 가깝다. 오늘은 진심으로 그런 생각이 든다.

휘둥그레진 눈으로 고시가 마도카를 봤다. 너무 허물없이 말해서 재수 없었나? 마도카가 걱정하자 고시가 웃었다. "고마워." 그가 가볍게 대답했다.

"전학은 어쩔 수 없지만, 코로나 상황이 진정되면 관측회에 맞춰서 고토에 돌아가고 싶어."

"응, 모두 함께 기다릴게."

고시는 이런 아이였구나. 같은 반이었는데 거의 대화를 나누지 않은 게 어쩐지 아쉽다. 여기에 있는 동안 좀 더 친하게 지낼걸. 다른 곳에서 나고 자란 고시가 고토에 '돌아가고 싶다'고 말한 것도 왜인지 엄청 기뻤다.

천문대 쪽에서 무토와 고야마가 관장님과 직원들과 함께 왔다.

"그런데 요즘 세상 정말 대단하지 않아? 떨어져 있는데 산 위에서도 이렇게 인터넷으로 연결되다니."

관장님의 큰 목소리가 들렸다.

"전화 바꿀게."

"아, 응."

고시에게 인사하고 돌아온 무토 손에 스마트폰을 돌려주었다. 고시의 목소리가 무토 손에서 들렸다.

"야, 너희, 마도카가 있으면 먼저 말하라고. 나……."

"미안, 미안. 그럼 관장님 바꿀게."

"여어, 고시. 잘 지내냐?"

"앗! 관장님! 오랜만이에요."

무토의 어깨 너머로 눈부신 화면을 들여다보는 관장님에

게 인사하는 고시의 기쁜 목소리가 들렸다.

흥분한 모두의 모습을 바라보며 마도카는 심호흡했다. 방해하면 안 되겠지 싶어 혼자 계단을 내려왔다.

조명이 어두운 주차장에서 조금 전까지 있었던 천문대를 바라보니 계단 위에 있는 열린 장방형 문이 둥실 떠올라 있는 듯 보였다. 밤하늘을 통째로 잘라놓은 듯, 꼭 하늘로 이어지는 입구 같았다.

마도카는 마음이 푸근해졌다. 이런 기분은 오랜만이라서 여기에 오길 정말 잘했다고 생각했다.

"마도카, 산기슭까지 타고 갈래?"

"뭐?"

천문대를 뒤로하고 무토, 고야마와 자전거가 세워져 있는 곳까지 함께 오자 무토가 불쑥 말했다. 그러면서 자신의 자전거 뒷자리를 가리켰다.

"뒤에서 균형 잡을 수 있으면 우리가 데려다줄게. 어차피 가는 길도 같고."

"아냐, 아냐! 나 운동신경이 없어서 넘어질 거야. 그리고."

남자아이와 둘이서 자전거를 타다니 청량음료 광고에서만 존재하는 세계 아닌가? 너무나도 청춘 그 자체라 상상만으로 머리가 어지러웠다.

허둥지둥 고개를 저었다. "무토." 바로 옆에 있던 고야마가 시원스러운 눈매를 살짝 일그러뜨리고 친구에게 주의를 주었다.

"자전거에 두 사람이 타는 거 도로교통법 위반이야."

"아, 그런가. 마도카가 곤란해지려나. 미안."

"그렇다기보다……."

무토의 느닷없는 제안에 깜짝 놀랐다. 호흡을 가다듬고 마도카가 말했다.

"엄마가 차로 데리러 올 거야. 그러니까 두 사람 먼저 가."

"아니, 그건 좀."

뜻밖에 고야마가 말했다. "그렇지?", "응." 두 사람이 서로 마주 보는 모습이 아무래도 여자아이를 혼자 남겨두고는 못 간다고 말하는 것 같았다.

"데리러 오실 때까지 우리도 함께 기다릴게."

"그럼 산 아래까지 함께 내려갈래? 엄마한테 산 아래에 있는 신사로 와달라고 전화할게."

고야마의 말에 마도카가 제안했다.

지금 전화하면 딱 맞을 것 같다. "그래." 무토와 고야마가 대답했다.

자전거를 끄는 무토, 고야마와 함께 산을 내려가기 시작했다. 마도카도 두 사람과 좀 더 있고 싶었다. 아쉬웠다.

"그런데 이 산은 어째서 이렇게 예뻐?"

산길을 내려가는데 무토가 물었다. 자전거의 어슴푸레한

둥근 불빛이 구불거리는 길을 희미하게 비추었다.

"예쁘다니?"

"여느 산과 다르잖아. 전체가 봉긋한 녹색 잔디밭이라는 느낌. 전부터 자연스럽게 이랬는지 궁금해서."

"아, 그건 산불 놓기를 해서 그래."

"뭐? 산불 놓기?" 마도카가 대답하자 고야마가 놀란 표정으로 마도카를 봤다. 아, 모르는구나.

"3년에 한 번 정도 산비탈에서 정상을 향해 불을 붙여서 산의 마른 풀을 태워. 그러면 또 이렇게 예쁜 녹색 잔디가 자라게 되지."

"산의 마른 풀을 태우다니, 굉장하다."

"응. 굉장히 멋있어. 산의 마른 풀을 태우는 모습이 잘 보이는 카페가 있는데, 지난번에 엄마랑 엄마 친구분이랑 같이 가서 구경했어."

"우와. 그거 멋지겠다."

"응. 다음번에는 무토랑 고야마와도 함께 보면 좋겠다."

천문대는 그렇게나 잘 알고 있고 관장님, 직원들과도 친하면서 의외로 모르는 것도 있구나 싶어 재미있었다.

그 후로 세 사람은 띄엄띄엄 끊어지지 않을 정도로만 이야기를 나누었다. 학교 생활이며 휴교 중에 어떻게 지냈는지, 최근 읽은 책, TV 프로그램 등……. 그다지 속 깊은 대화를 나누지는 않았지만 가벼운 이야기를 할 수 있다는 것 자체가 즐거웠다.

산길이 끝나고 시야가 탁 트인 길에 나오자 신사 바로 앞에서 헤드라이트를 켠 엄마의 자동차가 기다리고 있었다. 라디오를 듣고 있는지 어렴풋이 소리가 새어 나왔다.

무토와 고야마의 모습을 봤으니 이제 진짜 물어보겠지. 각오하고 차로 다가가자 무토와 고야마가 운전석에 앉은 엄마를 향해 말없이 고개를 숙였다. 그러고는 그대로 자전거에 올랐다.

무토와 고야마의 인사를 받은 엄마는 그다지 놀란 기색도 없이 마주 인사했다. 뿐만 아니라 일부러 창문을 열고 두 사람에게 "바래다줘서 고마워!" 하고 말해서 놀랐다. "별말씀을요!" 무토와 고야마가 예의 바르게 대답했다. "마도카, 그럼 또 봐"라는 말을 남기고 자전거를 달려 내려갔다.

"아, 응. 또 봐!"

차의 헤드라이트 빛을 등 뒤로 받으며 멀어지는 두 사람을 향해 서둘러 인사했다. 엄마 차에 타고 안전띠를 매며 고맙다고 말했다.

"엄마, 고마워."

"저 아이들, 같은 반이야?"

"한 명은. 둘 다 유학생인데 전부터 천문대에 자주 왔대."

"그렇구나. 그러면 둘 다 우리 집 가까이에 있는 기숙사에 살아?"

"안경 쓴 애는 거기 살아. 다른 한 명은 어부 아저씨 집에서 홈스테이한대."

"아, 걔가 야구 잘하는 아이구나. 홈스테이를 선택한 아이가 있다고 들은 적이 있어."

역시 섬의 정보망은 대단하다. 엄마가 여전히 아무것도 묻지 않아서 마도카는 단념했다.

"고하루랑 함께라고 생각했어?"

딱히 대답을 바라지 않으면서 그만 묻고 만 이유는 사실 엄마에게 이야기하고 싶은 마음이 있어서라는 걸 말하면서 깨달았다. 실은 줄곧 말하고 싶었다.

하지만 엄마의 목소리는 느긋했다.

"그러고 보니 오늘 같이 안 왔네."

엄마가 차를 출발시켰다. 출발과 동시에 라디오를 끄자 차 안이 조용해졌다. 가로등이 거의 없는 길을 향해 차가 천천히 출발했다. 그때 엄마가 불쑥 말했다.

"실은 어제, 우라카와 선생님께 전화가 왔었어."

"어?"

"마도카, 동아리 활동 쉬기로 했다면서?"

당황해서 말이 나오지 않았다. 엄마와 그 이야기를 하고 싶지 않았다.

"저희 집 료칸이잖아요. 외부에서 손님이 오니까 코로나 가라앉을 때까지 거리를 좀 둘까 하고요" 하고 말한 사람은 마도카이지만, 그 일로 엄마가 미안해하는 건 싫었다. 그렇게 되는 건 정말 싫다. 엄마가 정곡을 찔렀다.

"거짓말했지? 엄마도 당분간은 쉬어도 괜찮다고 했다고."

"……미안."

어색해서 입술을 깨물었다. 다음 말을 듣는 게 무서웠지만 그래도 물었다.

"선생님이 뭐라셔?"

"'마도카에게 그러지 말라고 해도 괜찮을까요?'라고 하셨어."

"뭐?"

"마도카와 내가 괜찮다고 해도 선생님은 그렇지 않다고, '당분간은 괜찮다'라는 건 없다고 했어. 고3의 1년은 올해뿐이니까 동아리로 돌아왔으면 좋겠대. 포기하지 말래."

허를 찔렸다.

요코 샘! 가슴이 벅차올랐다.

그 차분한 얼굴 속에 그런 열정이 있다니 전혀 상상이 안 된다. 하지만 엄마가 방금 한 말이 또렷하게 요코 샘의 목소리로 재현되었다.

당분간은 괜찮다, 그런 건 없어. 포기하지 마.

전혀 생각지도 못한 말이어서 눈물이 나올 것 같아 당황했다. 어금니를 꽉 물고 엄마를 보니 앞만 보고 운전하던 엄마가 처음으로 마도카를 봤다.

"실은 말이야. 우라카와 선생님이 자기가 전화한 사실을 마도카에게는 말하지 말아달라고 하셨어. 그런데 말해버렸네. 미안."

"응."

고개를 끄덕이는 게 고작이었다.

엄마가 말했다. 다시 앞을 보면서 강하게.

"엄마도 같아. 잠시 그래도 괜찮은 건 없어. 우리 집 일 때문에 마도카가 힘들겠지만, 엄마도 포기하거나 어쩔 수 없다는 생각, 안 했으면 좋겠어. 함께 고민해보자."

자동차 앞 유리 너머로 무토와 고야마의 자전거가 보이기 시작했다. 방금 헤어졌는데 남자애들은 굉장히 빠르구나, 하고 감탄했다. 앞지르려고 할 때 엄마가 클랙슨을 가볍게 울렸다.

"마도카, 창문 열래?"

엄마 목소리에 마도카도 고개를 끄덕하고 창문을 열어 두 사람을 향해 얼굴을 내밀었다.

"또 봐!"

"어!" 마스크를 쓴 두 사람이 자전거 페달을 밟으면서 손을 흔들었다.

창문 밖으로 얼굴을 내밀고 두 사람이 모습이 보이지 않을 때까지 눈으로 따라갔다. 시야에 무토와 고야마가 보이지 않게 되자 엄마가 말했다.

"요즘에 저 아이들하고 친해졌니?"

"응. 내가 동아리 활동을 안 하니 걱정했는지 가자고 했어."

"그렇구나."

"말 걸어줘서 새롭게 친구가 됐어."

'친구.' 그 단어를 입에 담자 가슴이 아렸다.

"그래. 코로나라고 꼭 나쁜 일만 있는 건 아니네."

엄마가 온화하게 말했다.

현재 료칸과 섬의 관광업은 큰 타격을 입었고, 그 때문에 엄마와 아빠, 할아버지와 할머니가 어떤 마음인지 마도카는 알고 있다. 그런 엄마가 그렇게 말한다.

일은 단순히 돈을 벌기 위해 하는 게 아니라는 것을 마도카는 긴급 사태 선언이 내려진 봄 동안 뼈저리게 느꼈다. 숙박하러 온 손님이 적어도 엄마와 마도카는 평소대로 로비에 장식할 꽃을 준비했다. 종업원도 사용하지 않는 방의 이불을 말리고 대형 목욕탕 준비를 확실하게 했다. 코로나가 빼앗은 건 수입만이 아니다. 날마다 당연하다고 여겼던 생활, 매일 일하는 노동의 가치와 소중함을 이제 마도카도 이해하기 시작했다.

"응."

마도카는 고개를 끄덕였다.

지금은 가슴이 벅차서 말을 할 수 없지만, 집에 돌아가면 엄마에게 오늘 본 별 이야기를 해야지. 분명 집 근처에서도 별을 볼 수 있으리라. 봄의 대곡선과 대삼각형을 발견하는 방법을 마도카는 이제 안다.

가족에게도 알려주고 싶다.

여름을 맞받아친다

3장

"그럼 어떻게 할까?"

지학실 칠판을 등지고 하루나 선배가 말했다. 칠판에는 선배가 쓴 '올해 활동 예정'이라는 글자가 있고 그 아래에 문장들이 이어진다.

'무엇을 할 수 있을까.'

그 문장을 앞에 두고 아까부터 천문부 부부장인 아사와 리쿠가 생각에 잠겨 있다. 하루나 부장이 일단 놓았던 분필을 다시 잡고 말을 하며 문장을 덧붙였다.

"'어떻게 신입생을 모집할까.' 이것도 중요한 문제지. 다른 동아리는 지난달부터 1학년들이 들어오기 시작했대. 하지만 유감스럽게도 천문부는 7월이 되었는데도 아직 견학조차 안 와."

"올해는 신입생 환영회가 없었으니까요."

리쿠가 말했다. 매년 신입생 환영회 때 1학년을 대상으로 각 동아리를 소개하는 자리가 있다. 그러나 올해는 체육관과 운동장에 모이는 집회를 열 수 없다. 1학기에 하는 개학식도 꽤 늦어져서 6월 초에야 했는데, 반별로 교실에서 교내 방송으로 교장 선생님의 인사를 듣는 게 다였다.

"그랬지. 하지만 '학생회 소식지'에 아사가 쓴 소개글은 정말 훌륭했어. 그래서 이번 주에 입부 희망자가 오지 않을까 기대했는데⋯⋯."

"아니에요! 칭찬받을 정도는."

"아, 그거! 나도 좋았어. 다른 동아리와 달리 하나에 집중해서 어필한 느낌이어서."

리쿠마저 그렇게 말하자 아사는 당황했다. "고마워." 엉겁결에 우물우물 말했다.

집회를 열지 못하는 대신 올해는 학생회가 '학생회 소식지'에 각 동아리를 소개하는 특집을 만들었다. 동아리마다 주어진 분량은 많지 않지만, 하루나 선배가 아사에게 소개글을 써달라고 부탁했다. 부원이 세 명밖에 없는 만큼 역할 분담은 중요하다. 그림에도 문장력에도 자신이 없지만 아사는 받아들였다.

"여기 있다."

하루나 선배가 손에 든 클리어 파일에서 '학생회 소식지'를 꺼냈다. B4 크기 종이에 각 동아리의 소개가 빼곡히 들어차 있다. 아사가 쓴 천문부 소개글은 왼쪽 구석에 실려 있다.

'카시니와 같은 풍경을 보자!'

다른 동아리는 거의 모두 '즐거운 동아리!'나 '신입생 대환영!'이라는 말을 내세웠지만, 아사는 그 비슷한 말은 단 하나도 쓰지 않았다. 제목처럼 쓴 그 문장 아래에 동아리실에 있는 공중 망원경을 그림으로 그리고 설명을 덧붙였다.

'우리 천문부에는 졸업한 선배들이 만든 커다란 공중 망원경Aerial Telescope이 있습니다. 300년 전 천문학자 카시니가 토성을 관측할 때 사용한 것과 똑같은 망원경으로 우리 함께 별을 봅시다.'

"아주 마음에 들어. 아사에게 소개글 부탁하길 잘했어."

하루나 선배가 또 칭찬해서 아사는 더더욱 민망해졌다. "에이, 아니에요……." 쑥스러움을 숨기려고 말이 빨라졌다.

"나라면 어떤 글을 읽고 흥미가 생길까, 하고 생각했을 뿐이에요. 막 들어왔을 때 공중 망원경을 보고 굉장히 두근거렸거든요."

"그렇지. 그 망원경은 우리 선배들이 남긴 훌륭한 유산이니까."

하루나 선배가 빙긋 웃었다. 선배들의 이야기를 하는 하루나 선배는 자랑스러운 표정이다. 그런 만큼 자신의 기수에서 천문부 활동을 끊어지게 할 수 없다는 하루나 선배의 책임감도 강하게 전해졌다.

아사와 리쿠가 입부하기 몇 년 전, 천문부 선배들이 제작한 공중 망원경은 초점 거리 9.5미터, 전체 길이는 10미터 남짓인 엄청난 물건이다. 아사도 작년에 입학하고 처음 봤을 때 굉장히 놀랐다. 아사와 리쿠의 입부를 환영하며 당시 2학년이었던 하루나 선배와 3학년이 조립했다. 아사와 리쿠도 그 거대함에 압도되면서도 작업을 거들었다.

공중 망원경은 17세기 후반에 발명된 망원경으로, 프레임은 있지만 통은 없다. 긴 프레임이 투명한 통을 지탱하는 듯한 형태로 렌즈와 접안부를 연결하기에 '공중 망원경'으로 불리는데, 완성된 전체 모습은 흡사 건설 현장에서 흔히 보는 기계 같다. 알려주지 않았으면 그게 망원경이라는 사실조차 몰랐으리라. 그만큼 아사와 리쿠가 그때까지 알던 '망원경'과 전혀 달랐고, 거대한 모습에 놀랐다.

공중 망원경은 길면 길수록 별을 선명하게 관측할 수 있다. 선배들이 만든 망원경은 이탈리아 출신의 프랑스 천문학자 조반니 도메니코 카시니가 토성의 고리를 관측할 때 쓴 것과 같은 방식이라고 했다.

두 시간 가까이 걸려 프레임의 볼트를 하나하나 조이고 함께 조립해 완성한 망원경을 모두가 "하나, 둘!" 구호에 맞추어 들어 올린 뒤 신입생인 아사가 들여다봤다. 선배들이 제일 먼저 보여준 건 달이었다. 하얗게 빛나는 시야에 분화구가 보인 순간, 아사도 리쿠도 흥분했다. 선배들이 망원경의 각도를 바꾸고 다시 조정해 그다음으로 토성을 보여주었을 때는 더더욱 크게 감동했다.

 "토성을 포착하는 건 꽤 어려운데……."

 공중 망원경으로 토성의 고리가 선명하게 보였다. 카시니가 300년 전에 본 것과 똑같은 토성.

 별과 고리 사이의 틈이 또렷했다. 그때의 전율과 기쁨은 이루 말할 수 없었다. 그때, 선배들이 아사와 리쿠에게 '카시니 간극'에 관해 가르쳐주었다. 카시니는 토성의 위성 네 개와 토성의 고리가 여러 개의 고리로 구성되어 있다는 사실을 발견했는데, 그가 발견한 고리 사이의 틈을 '카시니 간극'이라고 부른다고 했다.

 "우리 망원경으로는 간신히 확인할 수 있는 정도인데."

 별과 고리의 틈 말고 고리와 고리 사이에도 아주 작은 틈이 있다. 아사도 리쿠도 눈을 깜빡이는 것조차 잊고 오랫동안 렌즈 너머를 뚫어지게 응시했다.

 선배들은 겸손하게 '간신히'라고 말했지만 아사는 크게 감동했다. 밤하늘을 향한 망원경을 통해 우주는 물론이고 시간 여행까지 한 기분이었다.

 공중 망원경을 조립하는 작업에 사람 손이 필요하다는 점도 감동을 증폭시켰다. 지금처럼 뭐든 기계로 할 수 없던 시절에는 어떤 물건이든 반드시 사람 손에서 시작되고 발명되었겠구나, 하고 분명히 실감했다.

 "하지만 올해는 관측회를 열기 힘들겠죠? 얼마 전 와타비키 선생님도 그러셨고요."

리쿠가 말했다. 그의 시선이 지학실 구석 벽에 서 있는, 조립하기 전의 공중 망원경 메인 프레임을 향해 있다. 망원경을 지탱하는 승강 장치의 목재며 다른 부품도 함께 있지만, 모르는 사람이 보면 무슨 도구인지 짐작도 못 하리라. 마지막으로 그것을 조립한 건 작년 여름이었다. 그리고 올해 여름에는…… 아마도 조립할 수 없을 것이다.

리쿠가 말을 이었다.

"공중 망원경을 조립하려면 아무래도 사람이 많아야 하잖아. 모처럼 아사가 그 망원경을 홍보 도구로 사용했는데, 그것 때문에 들어온 학생들이 속았다고 생각하면 어쩌지."

"맞아. 실은 나도 그 점이 신경 쓰였어."

공중 망원경은 조립하는 데 적어도 열 명 이상이 필요하다. 프레임을 들어 올리고 지탱하는 작업을 여학생 위주로 한다면 그보다 많은 사람이 필요할 터였다. 실외에서 거리두기에 유의하며 한다고 해도 학교에서 허가해주지 않으리라.

"관측도 관측이지만, 사실 망원경 제작에 관한 이야기도 쓰고 싶었어. 하지만 올해에는 제작할 수 있을지 어떨지 모르니까."

"그렇지……."

아사와 리쿠의 대화에 하루나 선배도 복잡한 표정을 지었다.

스나우라 제3고등학교 천문부 활동은 관측회를 중심으로

이루어지지만, 더 중요한 것은 누가 뭐라 해도 망원경 제작이다. 고문인 와타비키 선생님의 영향이 제법 작용한 결과이기도 했다.

몇 년 전 공중 망원경을 만든 선배들은 와타비키 선생님이 3고에 부임하고 처음 만난 제자들이었다. 고문인 와타비키 선생님에게 카시니 이야기를 듣고 자신들이 재현해보고 싶다며 2년여에 걸쳐 망원경을 완성했다. 그 이후, 동아리에 들어온 다른 기수 선배들도 갖가지 방식의 망원경을 제작하는 활동을 했다고 한다. 와타비키 선생님은 활동을 직접적으로 지시하거나 힘차게 이끄는 선생님은 아니지만, 망원경 제작에는 특히 정성을 쏟았다.

와타비키 선생님이 천문과 지학의 세계에 흥미를 갖게 된 것도 어린 시절 직접 망원경을 만들어본 일이 계기가 되었다. 전에 선생님이 아사와 부원들에게 이야기했다.

"어릴 적 우리 집은 가난했거든. 그런데 어떻게든 내 망원경을 가지고 싶어서 도서관에서 만드는 방법을 조사해 제작했지. 친구에게 다 먹은 원통형 과자 용기를 달라고 하고, 렌즈는 어른들이 안 쓰는 안경에서 얻고. 그렇게 모은 재료로 50센티미터 크기로 케플러식 망원경을 만들었는데, 직접 만든 망원경인데도 정말로 도감에서 본 것과 똑같은 별이 보이는 거야! 말로 표현할 수 없이 감동했단다. 그 후로 좀 더 잘 보이게 하려면 어떻게 해야 할까, 이것저것 조사하다 보니 이 일을 하게 되었지."

망원경을 직접 만들 수 있다는 사실에 놀랐다. 아사와 리쿠만이 아니라 선배들도 분명 똑같이 놀랐으리라. 이 선생님과 이 동아리에서라면 할 수 있을지도 모른다, '만들고 싶다'는 마음이 생겼을 것이다.

케플러식 망원경은 굴절망원경의 일종인데, 대물렌즈와 접안렌즈로 볼록 렌즈 두 개를 사용한다. 들여다보면 상이 180도로 회전되어 거꾸로 보이지만 넓은 시야로 관측이 가능하다. 대형 망원경은 뉴턴식 반사망원경이 대부분이지만 소형 망원경에는 케플러식 망원경이 널리 쓰인다.

와타비키 선생님의 열정은 첫 망원경을 만든 후에도 사그라지지 않았다. 왜 대형 망원경 세계에는 굴절망원경보다 반사망원경이 많을까, 왜 굴절망원경은 안 될까 궁금해져서 당시의 과학 선생님에게 질문했고, 선생님이 답변을 못 하면 대학교의 교수에게 편지를 썼다. 아직 인터넷이 없던 시절에 그토록 치열하게 '관심 분야'를 탐구한 선생님의 무용담은 살짝 자랑처럼 들렸지만 듣고 있으니 순수하게 재미있었다.

굴절망원경은 크기가 커질수록 대물렌즈 또한 두꺼워져서 빛이 통과하는 투과도가 낮아지거나 상이 선명하지 않다. 그래서 거울을 사용하는 반사망원경이 대형화에 알맞다는 답을 얻자 선생님은 "어쩐지 굉장히 분해져서" 반사망원경 만들기에 도전했다. 그러다 반사망원경에도 애착을 갖게 된 선생님은 "각각의 특색을 잘 알게 되어서 둘 다 좋아하게 되었다"라고 했다.

와타비키 선생님의 에피소드를 들으며 망원경의 종류가 하나가 아니며, 여러 기술의 발전과 함께 진보해왔다는 사실에 가슴이 두근거렸다.

입학 당시 아사는 막연하게 지학과 천문 분야에 관심이 있었을 뿐, 망원경 제작에 대해서는 거의 알지 못했다. 반면 리쿠는 선배들의 망원경 제작 활동을 신문에서 보고 흥미가 동해 3고 천문부에도 관심이 생겼다고 했다. 하지만 처음에 는 그냥 조금 눈길을 끌었을 뿐, 전교생 거의 전원이 여학생 인 이 학교에 진학할 생각까진 없었다고 했다. 하지만 중학 교 3학년 때 학교 견학을 와서 지학실을 방문한 뒤로 생각 이 완전히 달라졌단다.

"천문부의 망원경에 관심이 있는데요." 지학실에 있던 와 타비키 선생님에게 리쿠가 말을 꺼낸 순간, 선생님은 물 만 난 고기처럼 눈을 반짝이며 "망원경? 어느 망원경?" 하더니 역대 선배들이 어떤 활동을 해왔는지 사진을 보여주고 자료 도 주었다. 아무튼 엄청난 환대를 받은 모양이다.

리쿠는 나중에 그때 일에 대해 아사에게 이렇게 말했다.

"선생님의 열의도 열의지만, 선배들이 쓴 연구 결과 리포 트를 읽고 그 금욕적인 문체에 정말 놀랐어. 망원경 제작에

성공해서 그저 기뻐할 줄 알았는데, '이번에 만든 1호기는 흔들림이 심하니 아무래도 일반인의 관측을 허용할 완성도는 아니다'라든가, '정밀도가 얼마나 중요한지 실감했다' 등 이런저런 객관적인 반성을 남겼더라고. 그런 점이 어쩐지 굉장해 보였고, 자기만족이 아닌 진지한 동아리 활동을 하고 있구나 싶어서 감동했어."

그때 리쿠의 기분을 아사도 잘 안다.

지금 3고에 있는 공중 망원경은 그런 선배들의 고찰을 기반으로 프레임을 목재에서 알루미늄으로 바꾸거나 경통鏡筒을 안정시키기 위해 승강장치를 갖춘 받침을 붙이는 등 시행착오를 거듭한 끝에 만들어진 것이다. 처음에 만든 1호기는 선배들이 회고한 그대로 지금처럼 안정된 관측은 도저히 불가능했다고 한다. 뿐만 아니라 선배들은 지금과 같은 기술이 없던 시대에 별을 관측한 카시니의 열의와 노력을 레포트에 담았다.

막 입학했을 때는 리쿠 말대로 선배들의 활동을 그저 굉장하다고만 여겼는데, 작년 한 해 동안 활동하면서 아사도 선배들이 어떻게 '이런저런 객관적인 반성'을 할 수 있었는지, 어떤 식으로 검토에 검토를 거쳤는지 조금씩 알게 되었다.

당연한 이야기이지만 망원경 제작에는 돈이 든다. 제아무리 자신이 근무하는 학교에 훌륭한 '지학실'을 만든 와타비키 선생님이라도 비용 전부를 학교에서 나오는 동아리 활동비로 충당하는 건 무리일 것이다.

아사와 리쿠도 새로운 망원경을 만들고 있다. 작년부터 시작했는데, 새로운 망원경을 조립하고 싶다고 처음으로 말했을 때 와타비키 선생님은 이렇게 말했다.

"그럼 스스로 연구 비용을 마련해보자."

마련해보자는 말이 처음에는 무슨 뜻인지 전혀 몰라 의아해하자 선생님은 이렇게 설명했다. 이 세상의 '연구'와 '챌린지'는 국가나 지방자치단체 또는 민간단체나 기업 등에서 지원을 받아 시행 중인데, 특히 과학 분야에는 다양한 지원사업 창구가 있다. 연구 조성 기금을 받고 싶으면 그 목적과 성과 등을 자세히 쓴 기획서를 작성해 응모해야 한다. 고등학생만을 대상으로 활동비를 지원하는 사업도 있고, 대학 관계자나 민간 연구소까지 대상으로 하는 제도도 있는데, 후자의 경우 '어른들'을 라이벌로 삼아야 한다.

연구비를 받기 위해 어른을 대상으로 자신의 생각을 문장으로 정리하는 작업은 지금까지 학교에서 써온 작문이나 논술 답안과는 너무나 달랐다. 아사는 처음에 잔뜩 기가 죽었다. 하지만 이렇게도 생각했다. 선배들이 이렇게까지 기록과 레포트를 확실하게 남겨놓은 이유는 이 같은 경험 때문이었구나. 조성 사업에는 '○○콘테스트'라는 이름이 붙은 것도 많은데, 그중에는 성과 발표까지 해야 하는 것도 있고, 순위와 부문상이 마련된 것도 있었다. 엄연히 연구비를 받는 이상

'학생들의 동아리 활동'이라는 변명은 통하지 않는 것이다.

"선배, 어쩌죠? 망원경 제작을 재개하는 건 힘들까요?"

"앞으로 어떻게 될지 모르지만 실내 작업은 아직 불가야."

"다른 학교도 그런가요? 우리 학교만 특별히 엄격한 거 아니에요? 다른 학교에서는 부지를 통으로 빌리는 거라면 괜찮다며 텐트를 설치해서 캠프 합숙 활동도 한다고 어딘가에서 봤는데요."

리쿠는 불만스러운 표정이었다. 아사도 그 마음이 조금 이해되었다.

올해 들어 시작된 신종 코로나 예방 수칙은 이렇다 할 명확한 기준이 없다. 미지의 바이러스에 대해 정확히 알지 못하니 '금지'나 '제한'에도 절대적인 근거가 부족하다. '만일을 위해' 실시하는 '일률적'인 취소에는 당연히 석연치 않은 것도 있고, 여기선 안 되지만 다른 곳에선 괜찮다는 불평등도 불만이다. 이 모든 대응이 지극히 주관적으로 느껴진다는 점 역시 불만 중 하나였다.

아무리 그래도 아사와 리쿠는 고등학생이기에 학교 규칙을 따라야 한다는 사실을 잘 알고 있다. 아사는 칠판에 적힌 문장을 바라보았다. '무엇을 할 수 있을까.'

"다른 학교는 어떤지 모르지만, 만약 거리두기를 해제했다가 바이러스 관련해 무슨 문제라도 일어나면 책임을 져야 할 테니 지금은 다들 무서울 거야. 일률적 취소라는 판단도 어쩔 수 없지 않을까."

"아사는 그래도 괜찮아?"

"괜찮지…… 않아."

"그렇지?"

리쿠와 대화를 하면서 아사는 엉뚱하게도 '리쿠와도 많이 친해졌구나' 하는 생각이 들었다.

막 입부했던 작년에는 아사도 리쿠도 '다니모토', '이이즈카'라고 성으로 서로를 불렀는데, 어느 날 갑자기 리쿠가 이름으로 불러서 조금 놀랐다. 그래서 아사도 자연스럽게 '리쿠'라고 이름으로 불렀다. 같은 학년 아이들에게 "아사와 리쿠는 혹시 원래 소꿉친구였어?" 하는 질문을 받기도 했다. 몇 없는 남학생이니 다들 리쿠에게 왠지 모르게 신경을 쓰고 관심을 보였으리라.

그 무렵 아사가 리쿠에게 이런 질문을 했다.

"왜 이름으로 불렀어?"

"어쩐지 귀찮아져서." 리쿠는 그런 걸 물어볼 줄 몰랐다는 듯 어리둥절한 표정을 지으며 대답했다.

"중학교 때 남자든 여자든 다들 무뚝뚝하게 성으로 부르는 게 규칙처럼 되어서, 나 역시 초등학생 때까지 편하게 이름으로 부르던 친한 여자아이들도 성으로 불렀거든. 그런데 다른 남자도 없으니 이제 괜찮을 거 같아서."

그 대답에 아사는 놀랐다. 무의식적으로 남자는 여자 시선을 신경 쓴다고 생각했는데, 리쿠는 오히려 동성이 보는 시선을 신경 쓰는구나. 그래서 여자들뿐인 지금이 차라리 마음 편하다는 이야기가 왠지 와닿았다.

리쿠가 얼굴을 찡그리고 머리를 긁적이며 말했다.

"망원경, 올해 완성할 예정이었는데 안 그래도 작업이 늦어졌잖아요. 괜찮으면 저, 집에 가지고 가서 혼자서라도 하고 싶어요."

"어? 리쿠네 집 그렇게 넓어?"

"아니, 좁은데."

아사가 묻자 바로 고개를 저었다. 리쿠가 한숨을 쉬었다.

"내 마음이 그렇다고. 안 그러면 하루나 선배가 졸업할 때까지 못 맞추잖아."

"나는 괜찮아. 아쉽지만 혹시 코로나 상황이 변하지 않으면 내가 졸업한 후에도 두 사람이 작업을 계속해줘."

"아니, 그건 안 돼요. 선배도 함께 시작했으니 끝까지 같이 해요."

뜻밖에도 리쿠가 진지하게 말했다.

"나스미스식 망원경 만들고 싶다고 제가 먼저 말을 꺼냈지만, 선배가 중심이 돼서 기획안을 만들었잖아요. 이제 와서 포기하면 안 되죠."

"알았어."

하루나 선배가 고개를 끄덕였다. 기쁜 듯 바로 또 빙긋 웃는다.

"리쿠, 고마워."

"그렇지만…… 그것 때문에라도 역시 신입 부원이 들어오면 좋겠어요."

아사도 중얼거렸다. 시선이 자연히 지학실 구석에 있는 만들다 만 망원경 쪽으로 향한다.

주경主鏡 부분을 덮을 예정인 팔각형 경통은 작년에 완성되었다. 그 옆에 천으로 덮은 게 올해부터 시작하려고 했던 접안부다.

아사와 리쿠가 지금 만들고 있는 망원경은 나스미스식 망원경이다. 반사망원경의 일종으로, 작년에 1학년이었던 리쿠의 제안으로 제작하기로 했다. 모두 함께 기획서를 쓰고 고등학생을 대상으로 한 이바라키 현 교육 생활 지원사업에 무사히 통과, 지금은 전체 공정의 60퍼센트 정도가 끝난 상태다.

나스미스식 망원경은 19세기 영국의 발명가 제임스 나스미스가 발명한 것으로, 망원경의 가대(경통과 삼각대를 이어주는 부분-옮긴이) 옆에 있는 고도축에 접안부를 만든 게 특징이다. 어느 방향에서 관측해도 높이를 바꿀 필요 없이 들여다볼 수 있다.

리쿠는 중학생 때 나스미스식 망원경에 대해 다룬 인터넷 기사를 읽은 후로 쭉 관심을 가졌다고 했다. 1학년 때 리쿠가 와타비키 선생님에게 "이것도 저희가 만들 수 있나요?" 하고 질문한 일이 계기가 되어 아사와 하루나도 그 망원경의 존재를 알게 되었고, 결국 함께 만들게 되었다.

"나스미스식 망원경이라면 휠체어에 앉은 사람도 그대로 관측할 수 있대. 들여다볼 때 높낮이를 바꾸지 않아도 되니까."

그것 또한 리쿠가 가르쳐주었다.

"내가 인터넷에서 발견한 기사도 해외 요양시설에서 열린 관측회에 대한 거였어. 어쩐지 멋지더라고."

의논 결과, 3고 천문부는 나스미스식 망원경 경통을 팔각형으로 디자인하기로 했다. 하와이 관측소에 있는 스바루 망원경 디자인을 다소 참조했고, 이 망원경의 가장 큰 특징인 접안부를 확실히 설치하기 위해서였다.

"기쁘구나. 나스미스의 인생과 경력을 꽤 좋아하거든."

기획서를 쓰는 부원들 옆에서 와타비키 선생님이 즐거운 듯 말했다.

'천문 팬'이었던 나스미스는 발명으로 부자가 된 뒤 천체 관측과 망원경 제작에 전념했다. 발명계에서 은퇴한 후였지만, 망원경에 대한 취미가 점점 깊어지면서 새로운 망원경 형식을 발명하기에 이르렀다. 통상의 뉴턴식 망원경은 접안부가 경통에 고정되어 있어 들여다보려면 사다리에 올라가야 했는데, 그게 불편했던 나스미스는 접안부를 개량하기 시작했다. 그렇게 탄생한 게 나스미스식 망원경이다.

"역시 언제 어디서든 필요가 발명의 어머니구나." 와타비키 선생님이 말하자 리쿠도 "알 것 같아요" 하며 고개를 크게 끄덕였다.

"그 이야기를 듣고 저 역시 부러웠고, 만들고 싶다고 생각했어요. 인류 발전을 위해서라는 이유였다면 분명 와닿지 않았을 거예요. 그런데 자기가 편해지려고 만들었다니 친밀감이 생겼달까요."

당시의 사다리는 지금보다 훨씬 불안정했고 세우기도 오르기도 힘들었다. 나스미스가 살던 시대에 사다리의 위험성과 불편을 해소하는 일은 현대인이 생각하는 것보다 훨씬 '인류 발전을 위한 측면'이 컸을 테지만, 나스미스의 인간다운 면에 리쿠가 끌렸다는 점에는 아사도 동의했다.

리쿠가 제작이 중단된 나스미스식 망원경을 바라보며 길게 한숨을 내쉬었다.

"하지만 이대로라면 망원경의 프레임 부분을 언제 제작할 수 있을지 모르겠네요. SHINOSE 광학연구소도 지금은 우리 망원경을 신경 쓸 겨를이 없을 거고."

"아쉽지만…… 지금은 연구소 직원들도 분명 힘들 테니 함부로 독촉할 수 없겠지."

아사가 말했다. 리쿠가 나른한 듯 목에 손을 대고 돌렸다.

"원래라면 지금쯤 납품될 예정이었지?"

아사와 부원들이 만드는 나스미스식 망원경은, 접안부와 경통부 본체까지는 직접 부품을 잘라 조립하지만, 경통부 위에 붙이는 원형 고리를 포함한 프레임은 정밀도를 높이기 위해 외부에 주문해둔 터였다.

원래는 전 과정을 부원들 손으로 직접 할 계획이었지만, 신종 코로나를 모르던 당시, 3학년 선배들이 경험상 그 부분은 기계로 정확하게 제작하는 게 낫다고 조언했고, 이를 받아들였다. 와타비키 선생님에게 상담하니 전문적인 기술이 있는 공장에 협력을 구하라고 권했다. 그러면서 유명한 카메라 메이커의 렌즈 등을 만드는 SHINOSE 광학연구소라는 회사가 근처 쓰쿠바 시에 있다고 알려주었다.

"편지를 쓰면 관심을 보일지도 모르겠구나."

천문부의 '나스미스식 망원경 제작과 관측 프로젝트'는 이바라키 현의 교육 활동 지원사업을 통과했다. 예산이 확보된 만큼, 설계도까지는 학생들끼리 상세하게 그린 다음 연구소에 직접 부탁도 해보라는 선생님의 말에 밑져야 본전이라는 마음으로 편지를 썼다. 연구소는 흔쾌히 승낙했다. 작년에 처음으로 SHINOSE 광학연구소에 갔을 때는 리쿠와 아사, 하루나 선배, 당시 3학년 선배들까지 엄청나게 흥분했다.

학생들의 연구에 관심을 보이며 설계도를 보고 친절하게 대하는 어른들의 모습에 감격했다. 게다가 잘 알려진 유명한 렌즈 메이커 공장이 지역에 있다는 사실도 기뻤다. 공장에 몇 번이나 드나들며 회의도 했다.

하지만 그것도 작년까지의 일. 올봄, 긴급 사태가 선언되자 공장도 휴업에 들어갔고, 이제 업무를 재개한 모양이지만 프레임 납품이 많이 늦어질 것 같다고 그쪽 담당자가 연락해왔다.

"공장 제작이 힘들다면 역시 우리 손으로 프레임을 만드는 건 어때요? 실내 작업 허가를 받으면요."

"아니, 기다려보자."

리쿠의 의견을 하루나 선배가 단칼에 기각했다.

"가장 정밀하고 정확하며 빠르게 만드는 길이 연구소에 부탁하는 거야. 힘들지만 기다리는 게 완성으로 가는 제일 빠른 길이야."

"아무것도 안 하는 게 제일 빠르다고요?"

기다리는 것, 멈추는 것이 가장 빠른 길이라니. 아사도 애가 탔다. 하지만 하루나 선배는 고개를 끄덕였다.

"어쩔 수 없어. 기다리는 것도 공부라고 생각하자."

내년에 졸업을 앞둔 하루나 선배야말로 가장 시간이 촉박할 텐데, 그런 사람이 기다리자고 하니 더는 아무 말도 할 수 없다. 리쿠가 불만스러운 듯 투덜거렸다.

"아사, 뭐 없어? 뭐든 좋으니 신입생을 위해 할 수 있는 활동 말야."

"음……. 국립 천문대나 JAXA (일본우주항공연구개발기구-옮긴이)

시설 견학이나 관련 이벤트도 지금은 아마 취소됐겠지?"

"그렇지. 기대하지 않는 게 나을 거야. 이벤트와 시설 견학이 재개됐다고 해도 당연히 인원 제한이 있을 거고, 동아리가 단체로 참가하는 건 문제가 될지도 몰라. 게다가 '갈 수 있다'고 광고했다가 못 가게 되면 리쿠 말대로 속인 게 되니까."

JAXA 우주센터가 있기 때문인지 이바라키 현은 천문과 우주 관련 이벤트, 전시 등이 늘 활발한 지역이었다. 천문부에서도 모두 함께 강연을 들으러 가거나 이벤트에 참가하기도 했다.

작년 여름에는 도쿄의 미타카에 있는 국립 천문대에도 견학을 갔다. 역에서 집합해 열차를 타고 가는 등 나들이 가는 기분을 즐겼다. 하지만 지금은 '나들이' 가는 자신들의 모습이 전혀 상상이 안 된다. 아무렇지 않게 그런 일을 할 수 있었다니, 먼 옛일처럼 느껴진다.

"뭐든 매력적인 이벤트가 있으면 일단 가고 싶다고 신청한 뒤 와타비키 선생님한테 통과될 수 있게 애써달라고 부탁하고 싶은데. 우리 고문 선생님이 능력 있다고 신입생에게 어필할 기회도 되니까."

와타비키 선생님은 그 열의와 인품 덕인지 현 내에서는, 아니 전국적으로도 꽤 발이 넓다. 젊은 시절부터 해온 활동이 쌓여 여러 대학교와 연구기관에 아는 사람이 있고, 천문

관련 이벤트를 열면 거의 반드시 누가 찾아와 "아, 와타비키 선생님" 하고 말을 건다. JAXA 직원부터 강연회 강사에 이르기까지, 여러 상황에서 그런 모습을 볼 때마다 역시 놀랐고, 와타비키 선생님이 대단해 보였다.

"동아리 활동으로 가는 건 안 될지도 모르지만 우연히 같은 날에 왔다고 따로따로 가서 현지에서 모이면 어때요? 우연이라는 식으로."

"흠. 그것도 괜찮을 것 같네."

리쿠의 농담에 한소리 들을 줄 알았는데 뜻밖에도 하루나 선배가 긍정하듯 말했다. 그러고는 갑자기 진지한 표정으로 아사와 리쿠를 봤다.

"수학여행, 아쉽게 됐어."

"각오했던 일인데요."

"그래도 정말정말 안타까워."

3고의 수학여행은 고등학교 2학년 봄에 간다. 즉, 긴급 사태 선언이 내려진 당시였다. 휴교가 되고 2학년 수학여행도 가을로 연기되었지만, 이번 달 들어서서 정식으로 취소가 결정되었다.

그런 내용이 적힌 가정통신문을 받았을 때 교실 안을 메운 한숨과 한탄은 당연히 매우 컸다. 그때도 볼멘소리가 터져 나왔다. 예정대로 수학여행을 가는 학교도 있는 데다 가을이 되면 코로나 상황이 나아질지도 모르지 않냐고 했다.

봄에는 여름이 되면 상황이 좋아질 것이라고 했지만 여름이 되자 또다시 두 번째 여파가 올 거라고 한다. 초봄 무렵에는 이 상황이 '언젠가 끝난다'고 생각했지만 아무래도 이건 그렇게 단순한 문제가 아님을 아사도 주위의 친구들도 깨닫기 시작했다. 슬슬 포기하는 게 익숙해지고 있다.

수학여행은 나가사키로 예정되어 있었다. 아사는 한 번도 가본 적이 없는 곳이라 1학년 때부터 계속 기대했다.

"못 가게 된 건 우리 학교만이 아니니 어쩔 수 없죠."

"아니, 아사. 난 화가 나."

뜻밖에도 하루나 선배가 강하게 말했다. 평소의 부드러운 말투가 사라지고 눈초리가 매서워졌다.

"난 수학여행을 다녀왔잖아. 그래서 올해 2학년이 못 가게 된 게 더욱 분해."

아사와 리쿠의 얼굴을 보며 하루나 선배가 말했다.

"이건 선생님이나 학교에 화가 나는 것과는 달라. 하지만 너무너무 분하고 억울해. 코로나 짜증 나!"

예쁜 목소리로 툭 내뱉듯이 말한다. 평소 여왕님 같은 부장의 입에서 나온 강한 한마디가 아사의 가슴을 꿰뚫었다. 징, 하고 울렸다.

"맞아요."

아사도 하루나 선배를 향해 고개를 끄덕였다.

"저도 사실은 굉장히 짜증 나고 화가 나요. 분해요."

"하지만 말해도 소용없으니까 적어도 동아리 활동에서 추억을 만들고 싶어요. 사람도 그리 많지 않으니 뭐든 하게 해 줬음 좋겠어요."

"그렇지. 이대로라면 여름을 맞받아칠 수 없어."

하루나 선배가 늠름하게 말했다. "앗." 리쿠와 아사가 거의 동시에 외쳤다. 여름을 맞받아친다! 우리 부장은 여름 활동을 포기하지 않았다. 그 사실이 그 말을 통해 고스란히 전해졌다.

"상황이 어찌될지 모르니 어른들은 올해를 '관망'해야 하는 해라고 정한 것 같은데, 나는 그것도 화가 나. 우리는 올해도 '이것을 했다'고 만족할 만한 뭔가를 반드시 만들어낼 거야. 어른들에게 여봐란듯이 보여주자."

"네."

"좋아요."

아사와 리쿠가 거의 동시에 말했다. 그때였다.

드르륵 문이 열리고 와타비키 선생님이 얼굴을 내밀었다.

"천문부, 잠깐 괜찮을까?"

와타비키 선생님은 오늘 교무회의가 있다면서 동아리 활동에 참석하지 않았는데 이제 끝난 걸까. "네"라고 대답한 부원들은 선생님을 보고 눈을 반짝였다.

와타비키 선생님 뒤에 처음 보는 여학생이 두 명 서 있었다. 한 명은 호리호리한 체격에 키가 크고 안경을 쓴 성실해 보이는 학생이고, 다른 한 명은 대조적으로 작은 몸집에 이마가 드러나게 앞머리를 뒤로 넘긴 건강해 보이는 학생이었다. 겉모습은 전혀 다르지만 두 사람 다 어쩐지 아직 어색해 보여서 신입생이라는 걸 알 수 있었다.

와타비키 선생님이 말했다.

"입부 희망자래."

그 말에 하루나 선배의 등이 곧게 펴졌다. 고양이나 작은 동물이 커다란 소리에 반응할 때처럼 온몸이 딱딱하게 굳었다. 아사도 리쿠도 비슷한 자세가 된 채 숨을 삼켰다.

"아까 회의가 끝난 후에 지학 준비실을 찾아와서……."

"어서 와!"

와타비키 선생님의 다음 말을 자르듯 하루나 선배가 두 사람 쪽으로 몸을 내밀고 외쳤다.

"안녕. 부장인 3학년 야마자키 하루나야. 정말 반가워. 혹시 '학생회 소식지'를 읽었니?"

"환영해! 둘 다 원래부터 별 좋아했어? 아, 나는 2학년 다니모토 아사야."

"으아, 둘 다 너무 성급해! 아, 나는 2학년의 이이즈카 리쿠."

"아니, 리쿠도 마찬가지잖아!"

앞다투어 앞으로 나온 세 사람의 모습을 보고 1학년 학생들은 당황한 시선으로 와타비키 선생님을 봤다.

놀라게 만들었나 싶어 아사가 서둘러 말했다.

"미안! 그게 그러니까, 우리가 권유도 하기 전에 와줘서 너무 기쁜 나머지!"

와타비키 선생님이 크게 한숨을 쉬고는 고개를 저으며 두 신입생을 향해 말했다.

"나쁜 선배들은 아니니까 이야기 나눠보렴. 환영이 좀 열렬했지만 아닌 것 같으면 억지로 입부하지 않아도 된단다."

"잠깐만요, 선생님. 그건 아니죠. 고문 선생님이잖아요."

리쿠가 외쳤다. 그 말에 신입생들은 또다시 약간 난처한 듯 선생님을 보며 "잘 부탁합니다" 하고 쭈뼛하며 인사했다.

하루나 선배와 아사가 두 사람을 지학실로 들어오라고 재촉했다. 아직 흥분한 부원들에게 느닷없이 와타비키 선생님이 말했다.

"아, 맞다. 동아리 앞으로 문의 메일이 하나 왔는데 너희가 읽어볼래? 어제 학교 메일 주소로 왔다던데."

"문의요?"

"응. 매년 여름 합숙 때 우리가 하는 '스타 캐치 콘테스트'에 관해 알려달라고 하더구나. 자기들은 중학생인데 고등학생이 하는 것처럼 할 수 있겠느냐고."

"중학생이라면……. 이바라키에서요?"

"어디 보자. 그러니까……."

어쩌면 모교일지도 모른다는 생각에 아사가 묻자 와타비

키 선생님이 들고 있던 바인더에서 종이 한 장을 꺼내 책상 위에 놓았다. 메일을 프린트한 모양이다.

"도쿄의 시부야 구에 있는 중학교래. 여기 과학부의 학생인 모양이다. 시부야의 학교에서 메일이 오다니 어쩐지 대단하지 않니?"

시부야 구립 히바리모리 중학교 과학부 1학년 나카이 아마네, 안도 마히로.

메일 끝에 보낸 사람의 이름이 적혀 있었다.

❋❋❋

히바리모리 중학교 과학부는 3학년 두 명, 2학년 세 명, 그리고 1학년은 마히로 포함 두 명, 이렇게 모두 일곱 명이다.

인원수가 많지 않지만, 히바리모리 중학교는 원래 학생 자체가 적으니 과학부만 유난히 적은 것도 아닌 모양이다. 그런데 수많은 동아리 중 과학부를 선택하다니 좀 별난 거 아닌가, 하고 마히로는 생각했다.

먼저 마히로에게 권유한 나카이 아마네부터 어딘지 '별나다'. 처음에는 학급 회장을 등 떠밀려 맡는 것으로 보아 매사에 손해 보는 타입이라고 생각했는데, 자기가 좋아하는 것에는 엄청나게 집중하고 굉장히 적극적으로 변한다.

얼마 전 함께 미사키다이 고등학교 앞을 지나갈 때도 아마네는 고등학생인 야나기 형을 상대로 교실에서는 본 적 없는 모습으로 또박또박 이야기했고, 그 후에도 야나기 형과 연락을 주고받아 '우주선 클럽' 온라인 회의에도 참석했다고 했다.

처음에 야나기 형은 마히로에게 연락을 했다. 정확히는 초등학교 시절 축구팀 명단에 있는 엄마의 메일 주소로 '우주선 클럽'의 온라인 회의 시간과 회의용 URL 링크를 보내주었다. 마히로의 엄마는 메일을 읽고 굉장히 놀란 듯 마히로에게 이렇게 물었다.

"야나기라니, 그 축구 천재? 물리부라니…… 그럼 지금은 축구 안 해?"

아무렇지도 않게 입에 담은 '천재'라는 단어가 거슬렸다. 나쁜 뜻은 전혀 없겠지만 야나기 형을 함부로 말하는 것 같았다. "글쎄, 여러 가지 사정이 있겠지." 마히로는 퉁명스럽게 그렇게만 말했다. 야나기 형에게 중학생이 되어 스마트폰을 샀다면서 자신의 전화번호로 답장을 보냈다.

우주선 클럽은 마히로가 아니라 그때 같이 있던 아마네에게 권유한 것일 테니 아마네에게 메일을 전달했다. 그러자 아마네가 매우 고마워했다.

"각자 집에서 따로 참가하는 형식인데 안도도 들어올 거지?"

과학부에서 얼굴을 마주쳤을 때 그렇게 묻기에 마히로는 고개를 저었다.

"아니, 나는 참석 안 해."

"뭐? 들어와. 나 혼자는 불안해."

말은 그렇게 했지만, 아마네는 분명 누군가와 함께하지 않아도 혼자서 잘하는 사람이다. 그걸 알기에 마히로는 참가하지 않았다. 그리고 실제로 화상 회의 다음 날 아마네가 웃는 얼굴로 보고했다.

"어려워서 전혀 못 알아들었지만, 그래도 재미있었어! 화상 회의 재미있더라. 모르는 단어가 나와도 스마트폰으로 바로바로 검색할 수 있고 어쩐지 중간부터는 투명 인간이 되어서 참가자들의 이야기를 듣는 것 같아서 신기했어."

"그렇구나……."

"여러 고등학교의 과학 동아리가 참가했는데 다들 엄청나더라."

아마네는 눈을 반짝이면서 말했다. 그 이야기를 들으며 잘됐다고 생각했다. 어차피 고등학생들의 연구에 관한 대화는 들어봤자 무슨 말인지 모를 테니.

그러나 지금까지 누구와도 대화를 나누지 않던 교실에 아마네라는 이야기 상대가 생겨서 마음이 조금 가벼워졌다. 다른 여자아이들의 시선도 있어서 그리 자주 이야기할 수 없지만, 만약 같은 동아리라면 이야기하는 것도 그리 특별한 일이 아니라고 남에게나 자기 자신에게나 얼버무릴 수 있을 것 같았다.

달리 들어가고 싶은 동아리도 없어서 들어간 과학부는 생각보다 그리 불편하지 않았다.

과학부의 동아리 활동은 월요일과 목요일의 방과 후로 주 2회였다.

처음 견학 간 날, 활동 장소인 과학실에 들어가자마자 마히로는 왜 권했는지 알았다.

과학부에 마히로의 담임인 모리무라 나오야 선생님이 앉아 있었다.

"남학생은 한 명이지만 힘내자. 선생님도 남자니까 1학년 1반 남자는 나와 마히로 둘이네."

막 입학한 마히로에게 이렇게 말한 게 떠올랐다. 과학부 고문인 모리무라 선생님이 아직 동아리를 정하지 못한 마히로를 데리고 오라고 아마네에게 시킨 걸까. 그러고 보니 모리무라 선생님의 담당 과목은 과학이었다.

신경 쓰게 했나, 하는 생각에 조금 울컥했다. 뭐야, 아마네. 선배들이 말해보라고 했다더니 결국 선생님이잖아. 이대로 몸을 돌려 과학실을 나가고 싶은 마히로의 마음을 읽은 듯 모리무라 선생님이 선배들에게 "애들아, 1학년이야!" 하고 크게 외쳤다.

그러자 과학실에 박수가 터졌다. 모인 인원은 적었지만,

일제히 손뼉을 쳐서 소리가 엄청났다.

"앗싸! 1학년에 남자는 한 명뿐이라고 들어서 절대로 우리 부는 안 오겠지 했는데 정말 잘 왔어!"

부부장이라는 안경을 쓴 조금 통통한 2학년 남자, 가마타 준키가 말했다. 과학부는 여자든 남자든 안경 쓴 사람이 많았는데, 안경을 안 쓴 사람은 2학년 여자 선배 한 명과 마히로뿐이었다. 다들 머리가 좋아 보여서 주눅이 들었지만, 아무튼 환영받는 듯해서 마음이 놓였다.

그렇지만 과학부도 올해는 예년과 달리 할 수 있는 게 아주 적은 모양이다. 매년 여름방학에 했던 천체관측 합숙도 취소됐고, 가을에 다 같이 도내 박물관에 가서 공부하는 것도 올해는 못 하는 모양이다. 신입생 환영 시기에는 아마네가 말한 것처럼 과학실에서 실험을 겸해 설탕을 녹여 달고나를 만들어 먹는 환영회를 열곤 했는데, 올해는 신종 코로나 때문에 학교에서 먹을 걸 만드는 이벤트는 전부 금지되었다고 한다.

그럼 도대체 과학부는 지금 뭘 하는 걸까? 마히로가 묻지는 못하고 궁금해하자 부장인 3학년 곤노 선배가 알려주었다. "우리는 소그룹으로 나뉘어 '적을 알자'라는 조사를 하고 있어."

"적이라고요?"

"응. 신종 코로나바이러스를 조사하고 있거든. 신문 기사 등을 모아서 처음에 알려진 것과 지금은 뭐가 다른가, 예방 방법은 어떻게 달라졌는가. 그런 걸 그룹별로 정리하고 있지."

그렇구나. 코로나 때문에 많은 걸 못 하게 되었는데, 바로 그 코로나를 조사해보자는 활동을 하다니 신기했다.

매일 여러 뉴스에서 언급하는 신종 코로나바이러스에 대해서는 이미 익숙해질 대로 익숙해졌지만, 확실히 처음 들은 것과 달라진 점도 있고 보도되는 양상도 변했다.

"현재는 이렇게 각자 조사하는 활동이 중심이라서 좀 아쉽지만 마히로, 잘 부탁한다."

모리무라 선생님이 말했다.

올해 스물일곱 살인 모리무라 선생님은 히바리모리 중학교가 두 번째 부임지라고 한다. 학생 시절에는 문화 계열 동아리가 아닌 농구를 계속해서 그런지 등교가 재개된 첫 홈룸 시간에 자기소개하면서 존경하는 인물로 '하치무라 루이 (일본 출신 미국 NBA 농구 선수-옮긴이)' 이름을 댔다. 농구를 해서 그런지 키가 크고 체형도 스포츠맨처럼 탄탄해서 과학부 고문을 맡은 게 조금 의외였지만, 동아리 활동 때 하얀 가운을 입은 모습을 보니 갑자기 그럴싸해 보였다.

마히로가 입부하고 2주가 지나 동아리 활동이 없는 화요일 방과 후.

마히로는 잊은 물건이 있어서 방과 후에 혼자 교실로 돌아갔다. 구기부가 연습하는 운동장 옆을 총총히 지나 건물에 들어가 교실에 가니 모리무라 선생님이 남아 있었다.

"어, 마히로. 무슨 일이니?"

"수학 공책, 놓고 가서요."

대답하면서 선생님 자리로 다가가니 열려 있는 랩톱 컴퓨터 화면이 보였다. 우리 학교가 아니라 어딘가의 학교 학생들이 실험하는 모습을 찍은 사진이 언뜻 보였다. 그 외에 책상에 '과학부·2018년', '과학부·2019년'이라고 적힌 파일과 자료 같은 종이가 쌓여 있는 걸 보니 동아리 활동을 위해 조사하고 있던 모양이다.

그걸 보고 물었다.

"선생님, 왜 저를 과학부에 권유하라고 했어요?"

"응?" 팔을 올리고 기지개를 켜던 선생님이 마히로를 봤다.

"선생님이 나카이에게 말했죠? 저를 데리고 오라고."

"아…… 응. 이런 방향도 있다고 알려주고 싶어서. 실제로 들어올지 어떨지는 둘째치고."

두 사람뿐인 교실이라서 그런지 선생님 말투가 친근했다.

마히로는 새삼스레 이 선생님이 담임이라 다행이라고 생각했다. 혹시 여학생밖에 없는 반에 담임 선생님도 여성이었다면, 남성이었어도 좀 더 나이가 든 자못 '어른'이라는 느낌이 드는 선생님이었다면 학교에 오는 게 더욱 내키지 않았을지도 모른다.

"입학식 때 어떤 동아리에 들어가고 싶냐고 물었더니 마히로는 축구가 좋다고 했지? 하지만 올해부터 축구부는 독립된 동아리가 아니게 되어서 어떻게 할 건지 궁금했어. 지금까지 운동을 계속했으니까 아마도 당연히 운동부에 들어간다고 생각했을 거고. 그래서 다른 길도 있다고 알려주고 싶었지."

"네에."

"나도 과학부는 초심자란다."

"네?"

무슨 뜻인지 의아해하는데, 선생님이 말을 이었다.

"전에 있던 학교에서는 농구부 고문만 맡았거든. 과학 관련 동아리가 있는 곳도 있었지만 거기서는 다른 베테랑 선생님이 계셔서. 히바리모리 중학교에 왔을 때도 당연히 농구부 고문을 맡겠거니 했는데 여기에는 농구부가 없다고 해서 처음에는 실망했어. 아마 마히로와 같은 기분이었을 거야."

그러고 보니 히바리모리 중학교는 학생이 적어서인지 남자도 여자도 농구부가 없다.

마히로는 놀랐다. 선생님도 나와 똑같은 걸 신경 쓰고 실망하는구나. 무엇보다 학생에게 그런 이야기를 솔직하게 털어놓는 것에 놀랐다.

"선생님, 그럼 과학부 몇 년째예요?"

"이제 2년째. 작년에는 이전 선생님들이 남긴 활동을 계절마다 따라 하면 됐는데 올해는 이렇게 코로나로 난리니까 어떻게 해야 좋을지 고민 중이란다."

"지금 보는 거 다른 학교 홈페이지예요?"

"맞아. 다른 학교 과학부의 활동 보고서."

선생님은 바로 앞에 있던 종이 몇 장을 손에 들었다. 그러고는 크게 한숨을 쉬었다.

"여름에 페트병으로 로켓을 만들어 날리면 어떨지 다른 선생님들에게 물었더니, 전에 로켓이 교정을 넘어 날아가버리는 바람에 이웃 주민들의 항의를 받았대. 그래서 아마도 안 될 거라고 하더구나."

"그건 코로나랑 관계없잖아요."

"그렇지. 코로나가 아니더라도 뭐든 활동을 하려면 제한과 사정이 있어서 큰일이야."

"고생이 많으시네요."

"뭐?" 무심결에 마히로가 동정하듯 말하자 선생님은 웃으면서 "남 일 아니야. 도와줘" 하고 일부러 우는소리를 했다.

선생님이 앞에 펼쳐놓은 다른 학교의 과학부 활동이 소개된 자료를 물끄러미 보았다. 여러 학교의 사이트와 신문 기사 등을 프린트한 모양이다.

군데군데 선생님 글씨로 메모가 되어 있고 동그라미와 체크 표시도 있었다. 마히로는 새삼 감탄했다.

갑자기 선생님이 마히로에게 물었다.

"과학부 선배들, 다 좋은 녀석들이지?"

"네……."

"조금 독특한 녀석도 있지만."

"네에." 마히로는 힘없이 맞장구를 쳤다.

"뭐? 거짓말이지?" 과학부에 들어간 걸 들킨 날, 누나가 그렇게 호들갑을 떨었다. 이래서 누나가 몰랐으면 했는데 마음대로 누나에게 말해버린 부모님을 원망했다. "마히로, 과학에 관심 있었어?" 하고 묻는 누나에게 "그냥" 하고 대답하자 "과학부에 가마타라고 있지?" 하고 거리낌 없이 물었다.

"가마타, 정말 특이하지 않아? 로켓 만들고 싶다고 쉬는 시간에도 혼자 뭔지 모를 두꺼운 책을 읽는다니까. 설마 마히로도 그렇게 되는 거 아니야?"

"시끄러워! 이쪽 사정도 선배에 대해서도 잘 모르면서 함부로 말하지 마!"

분노가 치밀어올라 저도 모르게 크게 소리쳤다. 그 이상 말하진 않았지만 지금도 누나와는 동아리 이야기를 화제에 올리는 걸 피하고 있다.

"휩쓸리지를 않지."

선생님이 말했다. 즐거운 듯한 말투다.

"우리 과학부에는 '다들 하니까' 하는 학생이 아닌, '스스로 하고 싶은 것'을 찾는 학생이 많은 것 같아."

"네에."

그런가.

하지만 마히로도 비슷한 걸 느꼈다. 선배를 바보 취급하는 누나에게 화가 난 것도 그 때문일지 모른다. 마히로는 아직 하고 싶은 게 없고 앞으로 찾을 수 있을지 없을지도 모르겠지만.

"선생님, 이건 뭐예요?"

"응?"

"이건 무슨 활동이에요?"

소형 망원경을 몇 대 늘어놓고 들여다보는 사진이었다. 마히로의 시선이 멈춘 건 그들이 들여다보고 있는 망원경이 지금까지 마히로가 알고 있던 것과 조금 다르게 생겼기 때문이다.

어딘가의 운동장인지 넓은 곳에 삼각대에 올려놓은 망원경이 몇 대나 줄지어 놓여 있다. 천체 망원경이라면 통 부분이 하얀색인 게 떠오르기 십상인데, 사진에 보이는 망원경은 소재가 그대로 드러나 보이고 페인트를 바르지 않았는지 회색이었다. 언뜻 보기에는 염화비닐관처럼 보였다. 사진 속에서는 똑같은 망원경 다섯 개가 하얀 선으로 구획이 나뉜 곳에 같은 간격으로 놓여 있고, 학생으로 보이는 사람들이 망원경을 들여다보고 있었다.

마치 궁도나 클레이 사격 선수가 일렬로 서서 과녁을 향해 자세를 잡은 모습 같았다. 활과 총구로 과녁을 겨냥하는 것처럼 망원경 렌즈로 비스듬히 하늘을 겨냥하고 있다.

"아, 이건 스타 캐치 콘테스트래. 이바라키의 고등학생들이 망원경을 만들어 별을 관측하는 활동이지."

"네? 이게 이 사람들이 만든 거라고요?"

사진 속의 망원경은 마히로가 알던 것과 색이 달랐는데, 크기 등은 시중에 파는 것과 거의 엇비슷해 보였다. 그 말을 듣고 생각했다. 소재가 그대로 드러난 듯 보인 건 직접 만들어서인가.

모두가 들여다보는 망원경이 꼭 밤하늘에 떠 있는 뭔가를 떨어뜨리려는 대포 같다. '스타 캐치'라는 이름이 잘 어울린다. 별을 잡는다. 그런가, 관측은 시야에 뜬 별을 잡는 것인지도 모른다.

"힘 있는 고문 선생님이 있으면 이런 것도 할 수 있구나. 부럽네."

"그런가요."

"고등학생을 대상으로 한 행사라 중학생은 조금 어려울지도 모르겠네."

"콘테스트라면 서로 경쟁하는 건가요? 천체관측은 각자 느긋하게 하는 줄 알았는데요."

"기본적으로는 그렇지만, 선의의 경쟁을 해보자는 재미있는 아이디어를 낸 선생님이나 학생이 있었을지 모르지."

"어떻게 경쟁하나요?"

도무지 상상이 되지 않아 마히로는 또 물었다.

모리무라 선생님과 함께 관련 자료를 살펴보았다. 선생님이 프린트해둔 페이지에는 이바라키 현에서 그런 이벤트가 열린다는 것, 고등학생들이 망원경을 직접 제작하여 참여한다는 사실과 참가 고등학교 이름 등이 기재된 게 다였다. 행사는 이바라키 현립 스나우라 제3고등학교 천문부가 중심이 되어 개최했다고 적혀 있었다. 이바라키 현의 신문사가 올린 인터넷 기사인 모양이다.

"기사만 봐선 어떻게 하는지까지는 모르겠구나. 내가 좀더 조사해볼까?"

"네. 그리고 선생님, 이 프린트 제가 가져가도 돼요? 나카이가 관심 있어할 것 같아요."

마히로의 말에 선생님이 순간 놀란 듯했다. 아주 잠깐이었지만 마히로도 멈칫했다. 아마네를 마음에 둔 것처럼 보였으려나? 신경 쓰였지만 선생님은 어른이니까 이상하다고 놀리지 않을 거라 믿고 변명하지 않았다.

"얼마든지!"

선생님은 그렇게 말하고 마히로에게 종이를 건넸다.

"나카이도 안도도 이름이 참 좋네. 마히로眞宙에도 아마네天音에도, 하늘과 관련된 한자가 들어가 있잖아."

"어, 그러네요?" 지금껏 그런 생각은 해보지 못했다.

"그래서 둘 다 과학부 활동이 안성맞춤이려나." 선생님이 무심히 말했다. "나카이에게 잘 전해주렴."

담임이고 내일 교실에서 또 얼굴을 볼 텐데도 선생님은 마히로에게 당부했다.

과학부 활동 날, '스타 캐치 콘테스트'에 관한 기사를 보여주었다. 아마네의 반응은 마히로가 상상한 것 이상이었다.

"와, 이거 재미있을 것 같아!" 얼굴이 환해졌다.

사진 속의 망원경을 고등학생이 직접 만들었다는 게 특히 흥미로운 모양이다. 마히로 역시 천체관측이라는 문화 동아리 활동이 '콘테스트'가 되었다는 것에 굉장히 끌렸다.

"이 콘테스트, 우리도 참가할 수 있을까?"

프린트를 보며 아마네가 불쑥 말했다. 가마타 선배도 옆에서 들여다봤다. 마침 소그룹 활동을 하던 참이었는데, 이번엔 아마네와 마히로, 가마타 선배 세 사람이 같은 그룹이다. 원래 가마타 선배와 아마네가 하던 활동에 도중에 입부한 마히로가 합류한 셈이지만.

작성 중이던 코로나 레포트는 일단 제쳐두고 세 사람은 열심히 기사를 읽었다. 마히로가 말했다.

"힘 있는 고문 선생님이 있으면 할 수 있다고 모리무라 선생님이 말했어. 그리고 고등학생 활동이라서 우리는 조금 어려울지도 모르겠다고."

"모리무라 선생님이 지도하기는 힘들다는 말이야?"

"몰라. 그냥 겸손하게 말씀하신 걸 수도 있겠지."

그렇게 말했지만 어쩌면 겸손이 아닐지도 모른다. 선생님도 과학부는 처음이니 마히로와 비슷할 것이다.

고문인 모리무라 선생님은 각 그룹에 작업을 맡긴 채 과학실을 비웠다. 그 사실을 확인한 마히로가 말을 이었다.

"일단 선생님도 스타 캐치 콘테스트 참가 방법을 조사해 본다고 했어."

"궁금해. 관측으로 경쟁이라니, 어떤 규칙이 있을까? 별의 이름을 듣고 맨 처음 발견한 사람이 이기는 걸까?"

"아마도. 근데 맞게 찾았다고 누가 확인하지? '찾았어요!'라고 손을 든 것만으로 이겼다는 건 불공평하잖아."

마히로와 아마네가 이야기하던 그때였다. 말이 없던 가마타 선배가 프린트에서 얼굴을 들고 마히로를 봤다.

"그거, 이 학교에 직접 물어보면 안 될까?"

"네?"

"메일 같은 걸로 물어보면? 여기 적힌 학교에 말이야."

"아, 하지만 우리가 참가하는 건 분명 어려울 테죠."

"그것도 같이 물어보면 되잖아. 중학생인데 하기 어렵겠냐고. 자신들의 활동을 찾아봤다고 이 고등학생들이 기분 나빠하지는 않을 것 같아."

"네? 그래도 느닷없이 메일을 보내면 놀라지 않을까요?

설명해달라는 것도 미안하고요. 저는 그냥 조금 관심이 있을 뿐인데요."

"'그냥 조금 관심 있다' 정도니까 '그냥 조금' 연락해보면? 그러면 그쪽도 '그냥 조금' 답을 줄지도 모르잖아?"

"아니, 그래도……."

모르는 사람에게 메일 같은 걸 써본 적도 없는 데다 상대는 고등학생. 아무래도 조심스러워진다. 아직 정중한 문장을 써본 적도 없는데.

게다가 문의를 보냈다가 답이 온다면…… 진짜로 하게 될 것 같아서 움츠러든다. 망원경 제작은 엄청 어려울 것 같고 관심이 있다는 말과는 모순되지만, 조금 귀찮을 것 같다.

가마타 선배의 두 눈이 안경 속에서 마히로를 노려보았다.

"안도 말을 듣고 있으니 아까부터 연락할 수 없는 변명거리만 찾는 것 같잖아. 괜찮아. 가보자."

어물거리자 가마타 선배가 일어나 부장인 곤노 선배에게 "잠깐 컴퓨터실에 다녀올게요. 1학년과 조사할 게 있어서요" 하고 말했다.

"가자."

가마타 선배가 마히로와 아마네를 데리고 복도로 나왔다. "그래, 잘 다녀와." 부원이 뭔가를 조사하는 일은 자주 있기에 곤노 부장도 짧게 대답했다.

가마타 선배의 커다랗고 조금 굽은 등이 복도 한가운데를

쑥쑥 나아가고 마히로는 얼떨떨해하며 뒤를 따라갔다.

"메일 보내는 거, 선생님 허락이 필요한 거 아니에요?"

"괜찮아." 당황한 마히로와는 달리 선배는 느긋하게 대답할 뿐 뒤를 돌아보지도 않았다. 도움을 청하듯 나란히 걷는 아마네를 보니 역시 의욕 가득한 모습으로 멈출 기색이 없었다.

"그렇군요. 우리도 학교 메일 주소를 받았죠. 학교에서 보내면 되는군요." 선배를 향해 고개를 끄덕였다.

컴퓨터실 앞에서 발이 멈췄다. 안에서 컴퓨터부 부원들의 말소리가 들려서였다. 마히로가 결국 들어가지 않았던 컴퓨터부. 가마타 선배와 함께 온 이상 과학부에 들어간 사실도 알려지리라.

하지만 가마타 선배와 아마네는 마히로의 그런 마음은 전혀 모르는 것 같았다.

"실례합니다."

활동 중인 컴퓨터부에 당당히 들어갔다. "무슨 일이지?" 먼저 고문 선생님이 말했다. "과학부에서 잠깐 조사할 게 있어서요." 선배가 설명하자 제일 안쪽에 있는 컴퓨터를 쓰라고 했다.

컴퓨터와 컴퓨터 사이에 감염을 방지하는 아크릴판이 세워져 있다. "자, 안도." 앞에는 의자가 하나뿐이니 분명 가마타 선배가 앉겠지 싶었는데 의자를 권해서 마히로는 무심결에 "네?" 하고 외쳤다.

"제가요? 저…… 타자 치는 거 엄청 느린데요."

"그런 거라면 상관없어."

"아니, 그래도."

집에서 인터넷을 할 때도 마히로는 태블릿을 이용하기에 이렇게 커다란 키보드는 좀처럼 쓰지 않는다. 선배가 한숨을 쉬었다.

"진짜 손이 많이 가네! 그래, 알았어. 오늘은 내가 할 테니까 안도는 로그인만 해."

"앗."

떠밀려서 마히로가 로그인을 하고 가마타 선배와 자리를 바꾸었다. 아마네가 말했다.

"선배, 우선 이 스타 캐치 콘테스트를 주최한 고등학교 홈페이지에 들어가보면 어때요? 학교에 메일 주소가 있는지 확인해야 할 것 같아서요."

"그렇구나. 그럼, 먼저……."

선배가 콘테스트를 소개한 기사를 확인한 뒤 '이바라키현립 스나우라 제3고등학교'라고 입력했다. 검색 엔진에 학교 이름을 입력할 때 선배의 커다랗고 두꺼운 손가락이 피아노 치듯 부드럽게 움직이며 타닥타닥 타이핑 소리가 울렸다. 그 모습을 보고 마히로는 몰래 숨을 삼켰다. 타자가 빠르고 능숙했다.

스나우라 제3고등학교 홈페이지 첫 화면이 나왔다. 학교 건물로 보이는 사진과 학교 이름, 그 옆에 산을 본뜬 교표가 보이고 위쪽에 '교장 인사'와 '학교 안내', '학교 생활', '진로 정보' 등의 항목이 나열되어 있었다.

"동아리 활동 항목도 있을까?" 가마타 선배가 커서를 움직였다. '학교 생활' 안에 '동아리 활동' 항목이 있고, 그 안에 '천문부'를 찾아서 열었다.

눈이 휘둥그레졌다.

교사 옥상에 본 적 없는 거대한 기계가 설치되어 있고, 여학생들이 기계를 둘러싸고 있는 사진이 제일 처음 나왔기 때문이다.

"이게 뭐야."

"공중 망원경이래."

선배가 사진을 스크롤해 설명글을 보여주었다. 작년 7월 날짜로 '공중 망원경으로 천체관측을 했습니다'라고 적혀 있었다.

"망원경으로 공중을 봤다는 건가요?"

"아니, 천체관측이라고 적혀 있으니 별을 봤겠지. ……우와, 엄청난데? 이 망원경도 학생들이 만들었나 봐. 17세기의 오래된 망원경을 재현했대."

"우와……. 정말 대단해요."

마히로는 놀랐다기보다 조금 주눅이 들었다. 역시 우리와

200

는 전혀 다른, 엄청 실력 좋은 학교의 활동이리라.

"메일 주소, 학교 거 있네. 여기로 보내자."

"아, 네."

"처음 인사는 적당히 쓸 테니 묻고 싶은 내용은 둘이서 정리해."

"네."

써주는 건가 하고 놀랐다가 마지막 말에 다시 놀랐다. 가마타 선배가 리듬을 타듯 타닥타닥 손가락을 움직이니 순식간에 '제대로 된 문장'이 나타났다.

이바라키 현립 스나우라 제3고등학교 담당자님께.

안녕하세요. 얼마 전 인터넷에서 우연히 스나우라 제3고등학교의 천문부 활동을 보고 연락드립니다. 저는 도쿄 히바리모리 중학교의 과학부 학생입니다.

천문부 여러분께 묻고 싶은 게 있는데 다음 질문을 천문부에 전해주시면 감사하겠습니다.

1.

대단하다.

첫인사 같은 거, 마히로라면 어떻게 써야 좋을지 몰라 당황했을 텐데 선배는 척척 써나간다. 그다지 격식을 차리지는 않았지만 읽기 쉬웠다. 그런가, 이럴 때는 이렇게 솔직하게 쓰면 되나. 만약 다음에 뭔가 쓸 일이 있으면 이렇게 하자. 하나 배웠다. 그다지 어렵지 않으니까 이 정도는 흉내 낼 수 있겠지.

아마네도 자신처럼 가마타 선배의 메일을 보고 놀랐을 거라는 생각에 옆을 봤는데 아마네는 매우 평온해 보였다.

"우선 '스타 캐치 콘테스트의 방법을 알려주세요'일까요?"

선배에게 벌써 의견을 전하는 걸 보고 마히로는 또 한번 놀랐다.

가마타 선배는 컴퓨터를 상당히 잘하거나 좋아하는 모양이었다. 아마네의 말에 "그래, 그래" 하고 고개를 끄덕이며 또 순식간에 써 내려갔다. 그래서 마히로도 허둥대며 쫓아가듯 말했다.

"'중학생도 망원경을 직접 만들 수 있나요?'라고 써주세요."

"'그리고 콘테스트는 몇 학교나 참가하나요?'라든가."

"'승패는 어떻게 정하나요?'도."

"음. 잠깐 기다려봐."

가마타 선배는 일단 쓴 내용을 지우고 문장을 고치거나 보충하면서 정리했다. 자신이 입력했다면 시간이 엄청 걸렸을 테니, 한번 작성한 문장을 이렇게 간단히 지우지 못했으리라.

선배가 정리한 편지글과 질문은 다음과 같았다.

이바라키 현립 스나우라 제3고등학교 담당자님께.

안녕하세요. 얼마 전 인터넷에서 우연히 스나우라 제3고등학교의 천문부 활동을 보고 연락드립니다. 저는 도쿄 히바리모리 중학교의 과학부 학생입니다.

천문부 여러분께 묻고 싶은 게 있는데 다음 질문을 천문부에 전해주시면 감사하겠습니다.

1. 여러분이 작년에 실시한 '스타 캐치 콘테스트'는 무엇입니까?

2. 콘테스트를 하는 방법을 알려주세요. 승패는 어떻게 정하나요?

3. 참가 학교는 얼마나 됩니까?

4. 망원경을 직접 만들어 참가한다고 되어 있는데, 망원경 제작과 '스타 캐치 콘테스트'를 중학생도 할 수 있습니까?

바쁘실 텐데 잘 부탁드립니다. 고맙습니다.

–시부야 구립 히바리모리 중학교 과학부 1학년 안도 마히로 드림

마지막에 적힌 이름을 보고 마히로는 얼굴이 굳어졌다.

"제 이름으로 보내요? 선배가 썼는데요?"

"그거야, 이 메일 주소는 안도 네가 학교에서 사용하는 거잖아. 게다가 나는 천문보다 로켓 관련 활동을 하고 싶거든.

천체관측엔 큰 관심이 없어."

"네? 그럼 왜 도와주시는 건데요?"

"그건 네가 우유부단하니까 짜증 나서."

우유부단하다. 이 얼마나 어른스러운 단어인가. 아무리 그래도 그건 좀 아니라고 생각하는 마히로 앞에서 아마네가 "후배를 위해서가 아니군요" 하고 어이없다는 듯 고개를 저었다. 그런 문제가 아니잖아! 마히로는 마음속으로 투덜거렸다.

"그럼 적어도 나카이 이름도 넣어주세요. 1학년 전원이 질문하는 거로."

"상관없지만, 나카이는 괜찮아?"

"네, 괜찮아요. 저도 정말로 알고 싶고요."

'시부야 구립 히바리모리 중학교 과학부 1학년 안도 마히로, 나카이 아마네'

"나카이 이름을 앞에 써주세요." 마히로가 다시 지적했다. "그런 거, 어느 쪽이든 상관없잖아." 가마타 선배는 투덜거리면서도 아마네가 승낙하자 그렇게 해주었다. 하지만 마히로는 그쪽이 맞는 것 같았다. 과학에 정말로 흥미가 있는 사람은 아마네이고 자신은 그저 덤이니까.

무사히 메일을 보내고 컴퓨터 앞에서 일어났을 때 컴퓨터부 선배들이 이쪽을 보고 있는 걸 느꼈다. 시끄러웠나 싶어 마히로는 긴장했다. "가마타." 하지만 부원들이 부른 건 선배 이름이었다.

"잠깐 프로그래밍 과제 좀 도와주지 않을래? 잘 모르겠어
서."

"괜찮지만, 컴퓨터부가 쓰는 Web 프로그래밍은 잘 모르
는데?"

"그래도 괜찮아. 봐줘."

어쩔 수 없는 분위기가 되어 선배가 그들에게 다가갔다.
마히로와 아마네에게 먼저 가라고 해서 둘은 가볍게 인사하
고 부실을 나왔다.

"가마타 선배, 엄청 잘하네."

두루두루 능숙해 보여서 목적어 없이 말을 꺼내자 아마네
가 수긍했다.

"응. 프로그래밍적 사고 관련 책을 자주 읽기에 왜 컴퓨터
부에 안 들어갔냐고 물었더니 컴퓨터부가 지금 하는 활동은
그다지 도움이 안 될 것 같아서 안 들어갔다고 했어."

"쉿. 아직 부실 가까우니까 그런 디스하는 말은 하지 마."

"어, 디스가 뭐야?"

"나쁘게 말한다는 거지."

어원은 마히로도 잘 모르지만, 아무튼 그런 뜻이다. "아."
아마네가 자신이 한 말을 반추하는 듯했다.

"도움이 안 된다고 할까, 선배는 자신이 관심 있는 로켓 분
야 활동을 중점적으로 하고 싶다고 말하려던 걸지도 몰라."

"잘 아는 사람 입장에선 프로그래밍도 여러 가지가 있는 건가 봐."

동아리 활동 견학 때 본, 과거의 선배들이 만들었다는 홈페이지며 미니 게임을 보고 마히로는 굉장하다며 놀라기만 했다. 하지만 가마타 선배 눈에는 어떨까. 어떤 방식으로 만들었는지, 프로그래밍이나 설계도 같은 게 훤히 들여다보이지 않을까.

선배를 남겨둔 컴퓨터실을 힐끗 돌아봤다. 이곳에 오고 싶지 않았지만 지금은 가마타 선배와 같이 와서, 내가 그 선배의 후배라고 알려진 게 조금 기뻤다. 아무도 마히로를 보지 않았겠지만.

스나우라 3고에 보낸 메일의 답장은 다음 주 월요일에 도착했다. 마히로는 컴퓨터 수업 중에 답장이 왔다는 사실을 알았다.

평소처럼 컴퓨터에 자신의 아이디와 비밀번호를 입력하니 새로운 메일 도착을 알리는 표시가 떠 있었다. 메일 화면을 열자 '스타 캐치 콘테스트에 관하여'라는 메일 제목이 보여서 수업 중인데도 저도 모르게 "앗" 하고 소리가 나와 허둥지둥 입을 다물었다. 먼저 멀리 대각선 앞쪽에 앉은 아마네를 봤다. 수업을 들어도 머릿속에 들어오지 않았고 그저 아마네에게 빨리 말하고 싶다, 빨리 함께 읽고 싶다는 생각만 가득했다.

좀 더 시간이 걸리거나, 확인조차 안 할지도 모른다고 생각했기에 실제로 답장이 와서 정말로 놀랐다.

방과 후에 가마타 선배, 아마네와 함께 다시 컴퓨터실을 찾았다. 메일의 내용은 다음과 같았다.

시부야 구립 히바리모리 중학교 과학부 나카이 아마네 님, 안도 마히로 님

안녕하세요. 이바라키 현립 스나우라 제3고등학교 천문부 부장 야마자키 하루나입니다.

우리 활동에 관하여 메일을 보내주셔서 감사합니다. '스타 캐치 콘테스트'는 우리 고등학교 천문부가 다른 학교와 함께 매년 실시하는 행사로, 천문부의 중요한 활동 중 하나입니다. 관심을 가져주셔서 기쁩니다.

먼저 질문에 대한 답부터 간단히 하겠습니다.

1. 스타 캐치 콘테스트에 관해
직접 만든 천체 망원경으로 별을 보는 활동입니다.

망원경은 참가 학교들이 우리 학교에 모여 동일한 망원경을 합동으로 제작합니다. 그 후 완성된 망원경을 각 학교에 가지고 가서 별을 보는 연습을 합니다. 여름과 겨울 연 2회

합숙을 하는데, 그 합숙에서 연습 성과를 겨룹니다.

목표로 정한 별을 망원경으로 포착하는 솜씨를 겨루는 대회가 '스타 캐치 콘테스트'입니다.

별을 포착한다는 것에서 착안하여 우리 선배들이 붙인 이름입니다.

2. 콘테스트 방법, 승패에 관해

제한 시간(30분 정도가 대부분입니다) 동안 얼마나 많은 별을 찾는가를 콘테스트 형식으로 경쟁합니다. 경기 방법은 참가 학교에 아래와 같이 전달합니다.

• 직접 만든 망원경을 사용한다. 접안렌즈도 공통으로 준비한다.

• 각 팀의 인원수 제한은 없지만 최소 2인 1조이다.

• 포착하는 천체는 난이도에 따라 5단계로 나누어 각각 점수화한다.

• 세 팀당 심판(판정) 한 명이 감독하며, 천체를 발견했는지의 판정은 심판이 한다(공정을 기하기 위해 심판은 타교의 고문 선생님이나 합숙 시설에서 별을 잘 아는 직원 등에게 부탁합니다).

• 호령으로 시작되며 찾을 천체를 심판에게 전하고 망원경 시야에 포착하면 심판이 판정한다.

• 제한 시간 내에 더 많은 별을 찾아 득점이 높은 팀이 승리.

• 천체의 난이도와 배점은 다음과 같다(하나의 예입니다. 해마다 바뀌기도 합니다).

난이도1: 달(1점)

난이도2: 1등성 · 금성 · 화성 · 목성 · 토성(2점)

난이도3: 2~4등성 · 밝은 성단 · 성운(3점)

난이도4: 파인더(천체를 찾는 데 사용하는 보조 망원경-옮긴이)로 찾은 성단 · 성운(5점)

난이도5: 천왕성 · 해왕성 · 파인더로 찾기 어려운 성단 · 성운(10점)

이 밖에도 토너먼트 방식으로 콘테스트를 실시한 해도 있습니다. 토너먼트 방식의 경우는 망원경을 조립한 상태에서 특정 별을 찾는 속도를 겨룹니다.

• 양 팀 모두 북극성을 망원경 시야에 넣는다(북극성이 시야에 있는 걸 심판이 확인한다). ← 육상 경기로 말하면 시작을 기다리는 준비 동작이 북극성을 망원경 시야에 포착하고 기다리는 상태입니다.

• 시작과 함께 레이저 포인터로 넣어야 할 천체를 표시하고 그 별을 빨리 포착한 쪽이 승리.

• 다섯 번 승부를 겨뤄 먼저 세 번 이긴 팀이 마지막에 승리한다.

• 목표 천체는 북극성이 서쪽 시야에 있을 때는 동쪽 하

늘의 천체를, 동쪽 시야에 있을 때는 서쪽 하늘의 천체를 가리키는 게 기본 규칙이다.

3. 참가 학교에 관해

해마다 다르지만 작년에는 총 9개 학교, 재작년에는 8개 학교가 참가했습니다. 이바라키 현 내의 고등학교 참가가 많습니다.

올해는 아쉽지만 신종 코로나로 인해 취소되었습니다.

4. 중학생도 할 수 있는가

할 수 있습니다! 우리 고문 선생님께도 확인했는데 별을 잘 아는 사람이 도와주면 할 수 있는 가능성이 높아질 것이라고 하셨습니다.

이상에 근거하여 저희 천문부가 제안합니다.

메일 내용만으로는 분명히 이해하기 어려운 점도 많을 것이기에 혹시 여러분 학교에 설비가 있어서 온라인으로 이야기를 나눌 수 있다면 좀 더 자세하게 설명할 수 있을 것입니다. 일단 이야기를 나눠보지 않겠습니까?

고문 선생님과도 상담하여 답장을 주시면 좋겠습니다.

나카이 님과 안도 님의 과학부에서는 어떤 활동을 합니까?

도쿄는 코로나 감염자가 많아서 여러분도 많이 힘들겠죠? 우리 천문부도 올해는 예년과 같은 활동을 할 수 없어서 슬픕니다.

앞에서 썼지만 이런 와중에 우리 활동에 관심을 보여주어서 정말로 기쁩니다. 감사합니다.

-이바라키 현립 스나우라 제3고등학교 천문부 부장 야마자키 하루나 드림

✻✻✻

열린 랩톱 컴퓨터 화면 너머에 처음 보는 교복을 입은 고등학생들이 앉아 있다.

과학실이나 그 비슷한 장소 같은데 긴 의자가 고정된 채 줄지어 있다. 천문부의 동아리실인지도 모르겠다. 컴퓨터가 칠판을 등지고 교단으로 보이는 곳에 놓여 있어서 앉아 있는 학생들의 얼굴이 잘 보인다. 거리를 두고 앉은 이유는 물론 코로나 예방 수칙 때문이리라.

화면을 보고 마히로는 더욱 긴장했다. 단순히 조금 관심을 보였을 뿐인데 점점 다음 단계로 나아간다는 초조함, 엄청난 일 앞에서 몸이 움츠러드는 느낌. 하지만 그러면서

도…… 두근거렸다.

이바라키와 시부야를 연결하는 화상 회의는 마히로의 메일에 답장이 온 날의 다음 주 과학부 활동 시간에 하게 됐다.

멋대로 '스타 캐치 콘테스트' 주최 학교에 문의를 보낸 것 때문에 마히로는 모리무라 선생님에게 말을 꺼내는 게 꺼려졌다.

허락도 없이 과학부 이름을 사용했다고 혼나지는 않을까. 그러자 이번에는 가마타 선배가 아니라 아마네가 선생님에게 물어보자며 마히로의 등을 떠밀었다. 아마네는 고등학생에게 상세한 답변이 와서 '꼭 스타 캐치 콘테스트를 하고 싶다!'라는 스위치가 완전히 올라간 모양이었다.

할 수 없이 아마네와 함께 주뼛주뼛 경위를 전하자 모리무라 선생님은 굉장히 놀랐다.

"어디 보자."

마히로와 아마네가 내민 문의 메일과 답 메일을 읽더니 선뜻 말했다.

"화상 회의라……. 해도 되는지 교무 선생님께 여쭤볼게."

"네? 하는 거예요?"

꾸지람 듣지 않은 것에 안도하면서도 선생님이 너무나 간단히 말하자 놀랐다.

"정말로요? 망원경 제작이랑 스타 캐치 콘테스트를요?"

"그야, 안도도 하고 싶잖니?"

"그건……."

어쩌다 보니 이렇게 되었지만, 계기를 만든 건 자신이니 이제 와서 아니라고 말할 수는 없었다. 그 이후에는 모리무라 선생님이 상대 쪽 고문 선생님에게 연락해서 눈 깜짝할 새에 고등학생들과 화상 회의 일정이 정해졌다.

"이거 긴장되네."

컴퓨터를 세팅하면서 모리무라 선생님이 중얼거렸다.

화상 회의는 인원수를 줄여 마히로, 아마네, 가마타 선배, 모리무라 선생님 네 사람이 마히로의 반인 1학년 1반 교실에서 하게 되었다.

"스나우라 3고의 천문부 선생님은 천문과 지학 분야에서 꽤 유명한 선생님인 모양이야. 어쩐지 나도 긴장되기 시작했어."

"에이, 선생님도 고문이니까 좀 더 당당하셔야죠."

가마타 선배가 침착하게 말했다. "미안, 미안." 선생님이 대답하는 걸 보고 마히로는 이래서는 누가 어른인지 모르겠다고 속으로 중얼거렸다.

책상 위에 도감이며 사전 같은 큰 책을 쌓아 받침을 만들고 선생님이 마히로를 비롯한 학생들 얼굴이 다 들어가도록 랩톱 컴퓨터 카메라의 각도를 조절했다. 화면에 모습이 비치니 어쩐지 불안했다.

안절부절못하며 교실 시계를 힐끗했다. 약속한 회의 시각은 4시 반이다. 벽시계의 바늘이 시작 시각에 딱 멈추자 거의 동시에 화면에 '스나우라 3고 천문부가 참가 요청을 했습니다'라는 알림이 떴다. 모리무라 선생님이 '참가 허가' 버튼을 클릭했다.

마히로와 학생들이 비친 화면이 작아지고 그 옆에 커다란 화면이 또 하나 나타났다.

우선 머리가 긴 여학생이 보였다. 앞머리를 가지런히 자른 어른스러운 분위기가 풍기는 학생이다. 화면 너머에서 이쪽을 보고 있다. "안녕하세요." 목소리가 들렸다.

"처음 뵙겠습니다. 메일 답신을 쓴 스나우라 제3고등학교 천문부 부장 야마자키 하루나입니다. 제 목소리 들리나요?"

"들립니다. 이렇게 시간을 내주셔서 감사합니다."

모리무라 선생님이 일어났다. 카메라에 다가가서 얼굴을 보이며 인사했다.

"히바리모리 중학교 과학부 고문 모리무라입니다. 오늘 귀한 시간을 내주셔서 감사합니다. 와타비키 선생님께도 이런저런 연락을 주고받으며 도움을 받았습니다. 오늘 선생님은 자리에……."

"네, 여기 있습니다."

화면 너머에서 느긋한 목소리가 들리고 그쪽에서도 고문 선생님이 화면에 불쑥 나타났다. 백발에 안경을 쓴, 마히로가 보기에 어쩐지 '박사님' 같은 풍채의 선생님으로, 아직 20대인 모리무라 선생님에 비하면 훨씬 베테랑 같았다.

"오늘은 잘 부탁드립니다."

"별말씀을요. 중학생이 문의를 해와서 우리도 기쁩니다. 일단은 아이들에게 맡겨둘까요?"

"네."

모리무라 선생님은 그렇게 말하고 화면에 비치지 않는 곳으로 물러나 의자에 앉았다. 고등학생들의 화면에서도 선생님이 사라졌다.

스나우라 3고의 컴퓨터도 교단처럼 조금 높은 곳에 놓여 있는지 가장 가까운 정면에 자신을 부장이라고 소개한 고등학생이 앉아 있고 그 뒤에 다소 거리를 두고 다른 부원들이 앉아 있다. 하나, 둘, 셋……. 부장을 포함해 모두 다섯 명. 한 명만 남자고 다 여자다.

"마히로."

모리무라 선생님이 불러서 마히로는 깜짝 놀라 자세를 바로잡았다. "인, 사." 작게 속삭이는 말을 듣고 천천히 심호흡을 한번 하고 화면을 향해 고쳐 앉았다.

긴장하면서 입을 열었다.

"저……. 질문 메일을 보낸 안도 마히로입니다. 그…… 가벼운 마음으로 보낸 메일에 그렇게 정중하게 답변을 써주셔서 정말 놀랐습니다. 고맙습니다. 오늘 잘 부탁합니다."

생각하고 또 생각한 내용인데도 자꾸만 말이 막혔다. 긴장해서인지 어깨와 등이 뜨거워진다. "네." 마히로 말이 끝나자 야마자키 하루나 부장이 대답했다.

"우리야말로 오늘 잘 부탁합니다. 메일에도 썼지만 스타 캐치 콘테스트는 우리 학교가 매년 실시해온 활동입니다. 관심을 가져줘서 정말 기쁩니다."

"네."

자못 부장이라는 느낌이 드는, 또박또박 정중한 말투였다. 마히로 옆에서 다른 두 사람도 자기소개를 했다.

"안녕하세요. 안도와 함께 메일을 보낸 히바리모리 중학교 과학부 1학년 나카이 야마네입니다. 오늘 만나는 걸 기대하고 있었습니다. 잘 부탁합니다."

"2학년 가마타 준키입니다." 선배가 안경을 올리며 말했다. "과학부는 우리 말고도 부원이 몇 명 더 있지만 오늘은 밀집을 피하기 위해 세 명만 참석했습니다. 잘 부탁합니다."

밀집을 피해서. 그 말을 들은 천문부 부장의 표정이 조금 굳어진 듯했다. 가마타 선배가 말을 마치자 걱정하듯 대답했다.

"역시 도쿄는 코로나 상황이 이쪽보다 심각하군요."

"그렇긴 해요. 감염 예방에 신경 쓰고 있지만 그래도 다른 지역에서 생각하는 것보다는 평범하게 지내고 있습니다. 다른 현에 사는 사촌은 정말로 아무것도 못 하는 줄 알고 걱정하지만요.”

“알 것 같아요. 오늘 만나기로 정한 뒤 도쿄는 지금 어떤 상황인지 상상조차 할 수 없어서 모두 걱정했어요. 지금 이야기를 듣고 안심했습니다.”

그 모습을 보고 마히로는 내심 놀랐다. 가마타 선배가 왠지 대단해 보였다. 고등학생을 상대로 코로나 이야기라니. 이건 마치 TV에서 본 ‘화상 회의’와 다를 게 없잖아.

하루나 부장이 고개를 끄덕이며 말을 이었다.

“우리 천문부는 여기 있는 부원이 전부입니다. 제가 3학년이고 뒤에 있는 아사와 리쿠가 2학년, 그 옆의 후카노와 히로세가 1학년으로, 얼마 전에 들어왔어요. 코로나로 휴교가 되어서 올해는 좀처럼 동아리 활동을 시작하지 못해 신입생 입부가 늦어졌어요.”

부장이 뒤를 돌아보며 소개하자 앉아 있던 부원들이 자신의 이름이 불릴 때마다 고개를 가볍게 까딱했다.

아마네가 말했다.

“동아리 활동을 시작하자마자 뭘 할 수 있을지 알아보던 중 안도가 여러분의 활동 기록을 찾았는데, 관심이 생겼습니다. 저…… 갑작스럽지만 스타 캐치 콘테스트는 직접 만든 망원경을 사용하는 거죠? 망원경을 만들다니 상상이 안 되는데요, 어떻게 만드나요?”

“그건 우리 2학년이 대답할게요. 리쿠, 설명해줄래?”

"네."

아마네의 질문에 화면 너머에서 부장이 2학년 남학생과 자리를 바꾸었다. 리쿠라고 불린 학생이 "2학년, 이이즈카 리쿠입니다"라며 마히로와 과학부 부원들에게 인사했다.

리쿠라고 이름을 댄 남학생은 가까이서 보니 머리가 적갈색으로 보였다. 화면 너머라서 거리가 있을 때는 빛을 받아서 그런가 했는데 가까이 다가오니 확실히 염색한 머리였다. 오렌지색이 멋있지만 마히로 주위에서는 거의 볼 수 없는 타입이어서 기가 조금 죽었다.

"스타 캐치 콘테스트에 사용하는 망원경은 시판되는 대물렌즈와 파인더를 사용하기에 제작은 그리 어렵지 않습니다. 중요한 건 경통을 도면대로 가공하는 정도일까요. 하지만 염화비닐은 가공이 쉬우니 그것도 그리 어렵지는 않을 거예요. 아…… 그리고 잠깐 이거, 화면 공유할 수 있을까요?"

"응. 잠깐 기다려."

리쿠 말에 부장이 다가와 컴퓨터를 만지작거렸다. 고문 선생님의 도움을 받지도 않았는데 순식간에 화면에 펼쳐진 도면 하나가 나타났다.

'와아!'

마히로는 속으로 감탄했다. 망원경 설계도다. 모눈종이에 부품 그림이 그려져 있고 그걸 어떻게 조립하는지 도식화되어 있다.

"이거 원래 이렇게 만드는 거라고 어딘가에 나온 거예요?"

아마네가 물었다. 그러자 한 박자 늦게 리쿠가 고개를 저었다.

"아니, 와타비키 선생님이 설계했어요."

"맞아. 내가 만들었지."

경쾌한 목소리가 화면 밖에서 들렸다. 마히로는 깜짝 놀랐다. 아마네도 가마타 선배도 마찬가지인 모양이다. 발명가가 아닌데 이런 걸 할 수 있다니……. 지금까지 마히로는 뭔가를 만들 때는 만드는 법을 보거나 설명을 들으면서 한 적밖에 없었다.

"선생님이 설계해서 만들기가 제법 쉬워요. 원래 스타 캐치 콘테스트도 우리 선생님이 예전 학교에 있었을 때 생각한 놀이이고."

"잠깐. 놀이라고 부르지 마."

"그럼 게임이라고 부를까요?"

리쿠와 선생님의 대화는 친밀했다. 활동을 '공부'라든가 '연구'라고 여기지 않고 즐기고 있다는 게 전해졌다.

'힘 있는 고문 선생님이 있으면 이런 활동을 할 수 있다.' 모리무라 선생님의 말이 문득 떠올랐다. 그때는 잘 몰랐지만, 이런 걸 말한 것이리라.

"그리고 이게 실제 우리가 작년에 만든 콘테스트용 망원경입니다."

리쿠가 화면 밖에서 회색 망원경을 가지고 왔다. 양손으로 들 만큼 큰 것으로, 마히로와 부원들이 자료에서 본 바로 그 망원경이다. 마히로와 아마네가 화면 쪽으로 몸을 내밀었다.

"우리는 망원경을 올려놓는 받침이 똑같은 게 몇 개나 있어서 참가 학교에 그것을 빌려줬습니다. 그래서 받침까지 만들 필요는 없어요."

스나우라 3고 학생들은 오늘을 위해 준비를 많이 한 모양이다. 설계도를 준비하고 자신들이 실제로 만든 망원경을 보여주거나 누가 어떤 순번으로 설명할지 등등 학생들 스스로 정했다는 느낌이 화면을 통해서도 전해졌다.

"작년까지는 매년 참가 학교가 우리 학교에 모여 우선 이 망원경을 함께 제작했어요. 그때 받침도 빌려주고 합숙할 때까지 각 학교에서 별을 보는 연습을 하는 거죠."

"그래서 이상의 이야기를 근거로 우리 2학년이 제안합니다. 이건 아사가 말하겠습니다."

"아, 네."

부장의 말에 아사라고 불린 여학생이 리쿠와 교대해 화면에 나타났다. 다른 사람과 똑같이 마스크를 쓰고 갈래머리를 했다. "아, 음." 아사가 목을 가다듬더니 갑자기 외쳤다.

"우리 천문부와 스타 캐치 콘테스트 함께해요!"

화면 너머에서 바람이 불어왔다. 그런 느낌이 들었다.

마히로는 아무 말 없이 자세를 바로잡고 화면을 바라봤다.

옆에 앉은 아마네도 가마타 선배도 조금 떨어져 앉은 모리무라 선생님도 마찬가지였다. 아사가 말을 이었다.

"함께 망원경을 만들 수 없고 같은 장소에 모이는 대회는 어려울지 몰라요. 하지만 도쿄와 이바라키라도 같은 시각에 하늘을 보며 원격으로 콘테스트를 할 수 있지 않을까요? 멀리 있어도 하늘은 하나로 이어져 있고 별은 보이니까요."

단숨에 말한 후 아사가 심호흡했다.

"올 여름방학에는 합숙이 취소돼서 여름다운 활동을 하나도 할 수 없어요. 혹시 괜찮으면 올여름, 함께 어때요?"

"망원경 제작을 지금 시작해서 여름방학에 맞출 수 있을까?"

가마타 선배가 물었다. 아사가 고개를 끄덕였다.

"당연히 맞출 수 있을 거예요. 원래는 우리 학교에 참가 학교가 모여서 모두 함께 만들었는데, 만드는 것만이라면 오전에 시작해 2시 정도에 완성했어요. 나머지는 파인더 조정이나 조작 연습인데, 그것도 하루면 다 할 수 있습니다."

"하루……."

이번에는 가마타 선배가 아니라 마히로 입에서 소리가 새어 나왔다. 하루나 부장이 말을 이었다.

"여러분은 중학생이고 우리는 고등학생. 게다가 경험자이니 혹시 하겠다면 우리 동아리는 1학년 두 사람을 중심으로 콘테스트에 참가할게요. 망원경을 만드는 것도 당일 별을 찾는 것도 모두 1학년에게 맡기고 우리는 돕는 역할로 참가하겠습니다."

부장이 그렇게 말하자 선배들 뒤에 앉은 1학년 여학생 두 명이 당황하며 등을 쭉 펴는 모습이 보였다. 조금 불안한 듯 선배들을 바라본다. 역시 갓 입부했구나 싶었다.

"망원경 제작 같은 실내 작업은 코로나 영향으로 아직 학교에서 해도 된다는 허가가 안 나와서, 어쩌면 우리 2학년이 만든 망원경으로 관측해야 할지도 몰라요. 그렇게 되면 경기 때는 관여하지 않을게요."

리쿠가 말하면서 카메라 쪽을 봤다.

"그쪽은 어때요? 실내 작업…… 허가를 받았나요?"

"아, 인원수가 적으면 괜찮을 거예요. 현재도 과학부 부원들은 조사도 하고, 실내에서 창문을 열어 환기하면서 다 함께 조사한 걸 정리하니까……."

가마타 선배가 대답하면서 모리무라 선생님을 힐끗 봤다. 모리무라 선생님도 고개를 끄덕였다.

마히로는 기분이 이상했다. 이바라키는 도쿄보다 감염자가 적으니 좀 더 느슨할 줄 알았는데 실내 작업이 금지되어 있다니.

코로나에 관련된 다양한 정책이 시작된 후 이런 생각이 들었다. 도쿄에 있는 우리 학교에서는 되는 게 아직 안 되는 곳이 있다면, 정말로 규칙은 사람이 그때그때 상황에 따라 결정하는 것뿐일지도 모른다고.

"어떤가요?"

부장이 말했다. 이쪽을 똑바로 보고 있다.

"올해는 다른 학교와 모여서 하는 활동을 할 수 없겠죠. 안도 님의 문의 메일을 받고 다 함께 의논했어요. 스타 캐치 콘테스트라면 떨어져 있어도 같은 시각에 콘테스트를 할 수 있을지도 모른다고요. 우리 2학년 생각이지만요."

안도, 이름을 외워준 게 기뻤다. 부끄러워서 어떤 표정을 지어야 좋을지 망설이는데 아사가 미소 지었다. 마스크를 하고 있어도, 화면 너머로도 웃고 있다는 걸 알 수 있었다.

"물론 별이 보일지 어떨지, 도쿄와 이바라키라면 환경이나 날씨 등 관측 상황이 완전히 같지 않겠지만 그래도 재미있을 것 같고 엄청 신날 것 같아요."

"중학생도 할 수 있을까요? 저희는 초심자인데요."

마히로가 과감하게 물었다.

화면 너머의 공기가 흔들렸다. 아사와 부장, 고등학생들이 한 곳을 바라보는 듯하더니 잠시 후 박사님처럼 보이는 와타비키 선생님이 나타났다.

"할 수 있을 거야. 하지만 콘테스트는 심판이 필요하고 판정을 정확히 해야 해. 망원경 제작도 제작이지만 별을 잘 아는 사람이 주변에 있다면 가능성은 더 높아지겠지."

"하겠습니다."

옆에서 목소리가 들렸다. ……마히로의 눈이 동그래졌다.

모리무라 선생님이었다. 떨어진 곳에 앉아 있던 선생님이 어느새 마히로 바로 옆에 와 있었다. 랩톱 카메라를 향해 고개를 끄덕였다.

"망원경 제작도 별에 대해서도 솔직히 잘 모르지만 제가 공부하겠습니다. 잘 아는 선생님들에게 물어 학생들을 도울 수 있는 환경을 마련하겠습니다. ……와타비키 선생님께도 배워야 할 게 많을 텐데요, 부탁드려도 될까요?"

마히로는 놀랐다. 과학부는 초심자. 그렇게 말한 선생님이 '공부하겠다'고, '가르쳐달라'고 같은 어른을 상대로 말하는 모습이…… 뭐랄까, 굉장히 멋있었다.

모리무라 선생님의 말을 듣고 와타비키 선생님이 웃었다. 그 역시 마스크를 쓰고 있지만 알 수 있었다. 지금 분명 빙긋 웃었다.

"좋습니다. 이쪽에서도 할 수 있는 건 가능한 한 알려드리겠습니다. 잘 부탁합니다."

"저야말로 잘 부탁드립니다."

모리무라 선생님도 말했다. 그 모습을 보면서 마히로는 마음이 조금 떨렸다. 과학부 입부부터 문의 메일 보내기, 이어진 화상 회의……. 그냥 흘러가는 대로 따라갔더니 여기까지 왔다. 내 의사 같은 건 없었다. 그렇게 생각했다. 그런데도 이렇게 기쁘고 들뜨는 이유는 무엇일까.

와타비키 선생님이 말했다.

"그렇게 정했으니 이제 어떻게 할까요? 두 학교만 해도 되지만 지금부터 다른 학교에 참가를 권유해볼까요? 사실 전국적으로 알려서 모든 도도부현(일본의 행정구역-옮긴이)의 학교가 참가하면 좋겠지만, 지금부터 시작해서는 어렵겠죠?"

어디까지가 와타비키 선생님의 진심인지 모르겠다. "아사, 리쿠." 하지만 전혀 농담 같지 않은 어조로 2학년 두 사람의 이름을 불렀다.

"너희, 어디에 가고 싶니? 수학여행 대신 가고 싶은 곳 있어?"

그 말을 듣고 문득 생각했다. 수학여행. 마히로의 학교도 3학년의 수학여행이 예정되어 있었는데 취소되었다. 리쿠와 아사도 마찬가지인가 보다.

"네?"

"네? 어디든 괜찮아요?"

두 사람이 당황한 듯 와타비키 선생님에게 되물었다. 리쿠가 말했다.

"그런데 선생님은 어느 지역이든 아는 사람이 있을 것 같네요. 정말 대단해요. 너무 대단해서 좀 무서워요."

"그럼…… 나가사키요."

아사가 대답했다. 그 순간 그쪽 공기가 바뀐 게 느껴졌다.

"수학여행으로 갈 예정이었으니까요. 역시 나가사키가 좋겠어요."

"좋아, 나가사키란 말이지."

와타비키 선생님이 태연하게 말했다.

"갈 예정이었던 시내와는 좀 다른 지역이지만, 나가사키 그룹도 같이 해도 될까요?"

이곳 부원들과 화면 속 마히로네 과학부, 양쪽을 번갈아 보며 와타비키 선생님이 물었다.

✻✻✻

"마도카, 고야마. 잠깐 괜찮을까? 관장님이 부르시는데."

천문대를 나서는 마도카를 무토가 불렀다.

7월 초순의 관측회를 마치고 돌아가려던 참이었다.

본격적인 여름을 맞이해 열린 오늘 관측회에서는 여름 별자리에 관한 설명을 들었다.

"여름밤이라면, 우선 직녀와 견우의 칠석 전설이 있죠. 하늘의 강을 가운데 두고 둘로 나뉜 두 사람이 1년에 한 번만 만날 수 있다는 이야기. 다들 잘 알고 있죠?"

거문고자리의 베가, 독수리자리의 알타이르, 백조자리의 데네브를 연결하는 '여름의 대삼각형'이 빛나는 하늘을 관장님이 전처럼 녹색 레이저 포인터로 가리키며 알려주었다.

"이 거문고자리의 베가가 직녀성, 독수리자리의 알타이르가 견우성입니다. 사이에 있는 게 하늘의 강 은하수고요."

관장님이 가리킨 별 두 개 사이가 보석을 흩뿌린 듯 반짝 거린다. 저기가 하늘의 강이구나! 모두의 눈길이 은하수로 향한다. 그 가운데에 있는 백조자리 데네브가 견우가 직녀에게 갈 수 있도록 은하수를 건널 다리를 놓아준다는 전설 속 까치를 표현하는 모양이다.

"그런데 사실 직녀성 베가와 견우성 알타이르의 거리는 15광년입니다. 하룻밤 동안 만난다면 까치가 날갯짓을 굉장히 열심히 해도 어려울 것 같네요."

주위에서 가벼운 웃음소리가 들렸다. 하지만 마도카는 깜짝 놀랐다. 지구에서 보기에는 거의 같은 위치에 있는 것 같은 별도 이렇게나 거리가 있구나 싶었다. 광대하고 끝이 보이지 않는 별이 반짝이는 밤하늘이 온몸을 감싸는 듯했다.

별과 별 사이의 거리를 아직 모르던 고대부터 별이 가득한 밤하늘을 올려다보고 이야기와 드라마를 찾으려고 했다는 사실에도 새삼 뭉클했다. 별자리 전설은 일본만이 아니라 전 세계에 퍼져 있다. 나라와 거리를 넘어, 서로 다른 문화를 가진 이들이 같은 하늘을 보고 떠오른 발상을 별자리에 담은 것이다.

"그리고 이 데네브 말인데……. 조금 재미있는 이야기를 하지요."

관장님이 여름의 대삼각형 왼쪽 끝에 있는 데네브를 포인터로 가리켰다. 그리고 그 점을 북극성 쪽으로 옮겼다.

"여러분, 북극성은 잘 알죠? 작은곰자리에서 가장 밝은 알파성으로, 폴라리스라고 불리는 별요. 그러나 사실 북극성은 세월이 지나면서 변해왔습니다."

"네?" 마스크를 한 사람들의 입에서 소리가 새어 나왔다. 마도카 옆에 있는 고야마와 무토의 눈도 휘둥그레졌다. 관장님이 말을 이었다.

"여러분도 잘 알고 있듯 지구는 기울어진 채로 자전합니다. 원래 북극에서 지구의 자전축을 따라 연장한 끝에 있는 별이 북극성인데요, 실은 그 자전축이 오랜 세월 동안 방향을 바꾸었습니다. 지구에는 달과 태양의 인력이 작용하는데, 그 인력이 자전축을 다시 세우려고 약 2만 6천 년 주기로 좌우로 진동한답니다. 지금의 자전축에서 북쪽에 있는 밝은 별이 폴라리스로 지금부터 약 3천 년 전에는 작은곰자리에서 두 번째로 밝았죠. 여기……."

포인터의 점이 작은곰자리 아래쪽으로 이동했다.

"작은곰자리 베타성의 코카브가 당시의 북극성이었어요. 5천 년 전에는 용자리의 알파성 투반이 그랬고요. 그리고 앞으로는 이 백조자리의 데네브가 북극성이 될 겁니다."

"앞으로라니, 얼마 후에요?"

무토가 손을 들고 질문하자 관장님이 기쁜 듯 고개를 끄덕였다.

"약 8천 년 후요. 그리고 거기서 또 4천 년이 지나면 직녀성인 이 거문고자리의 베가가 북극성이 될 거고요. 여름의 대삼각형의 별이 앞으로 북극성이 될 거라고 생각하면 어쩐지 감격스럽습니다."

"……북극성은 항상 고정돼 있는 거 아니었어요?"

마토카 입에서 자연스럽게 질문이 나왔다. 천문대의 온화한 분위기 때문인지 놀랄 정도로 자연스럽게 말이 나온다. 마도카의 물음에 다른 그룹에 있던, 아이를 데리고 온 남자도 말했다.

"정말 의외네요. 저도 북극성은 모든 별의 기준이 되는 별이라고 생각했거든요. 대항해 시대에는 북극성을 기준으로 삼아 항해를 했다는 이야기도 들었고, 방위를 판단할 때도 이것만큼은 변하지 않는다는 상징 같은 이미지가 있잖아요."

"고대 이집트에서 피라미드를 만들 때도 별은 아주 중요했다고 하지요. 그중에도 기원전 2천 5백 년 무렵에 만들어진 기자의 피라미드는 각 사변이 동서남북을 거의 정확히 향하도록 건조되었는데, 왕의 묘실에서 북으로 이어지는 공기통은 용자리의 투반을 가리키고 있습니다. 당시는 투반이 북극성이었기에 그걸 표식으로 삼았던 것 같아요. 오랜 옛날부터 북극성이 굉장히 특별한 별이었음을 잘 알 수 있지요."

관장님이 즐거운 듯 고개를 끄덕이고 폴라리스, 우리 시대의 북극성을 바라보며 말했다.

"그렇다 해도 우리가 사는 동안은 폴라리스가 계속 북극성이에요. 하지만 8천 년 후의 세계에서는 데네브가 북극성이 된다고 생각하면 재미있지 않나요? 아무리 발버둥질해도 우리의 수명은 언젠가 끝나겠지만, 상상 정도는 할 수 있으니까요."

언제나, 무슨 일이 있어도 변하지 않는 상징과도 같은 별도 세월이 흐르면 변한다. 8천 년. 아득히 먼 시간에 놀라며, 그 무렵에는 여기 있는 누구도 살아 있지 않을 것이라는 사실에 현기증이 날 것 같았다. 미래를 지켜보고 싶다. 그때까지 살지 못하는 게 애석하다. 이런 감정 역시 처음 느껴본다. 이건 분명 별이 가득한 하늘 아래이기에 솟는 감정이겠지.

만족스러운 관측회가 끝나고 천문대를 나오려는데 무토가 붙잡았다. 관장님이 부른다고.

무슨 일일까……. 돌아가는 다른 손님들을 스쳐 지나며 무토, 고야마와 함께 돌아가니 관장님은 이미 별과 우주에 관한 책이 도서관처럼 잔뜩 꽂힌 방에 있었다. "아, 왔구나." 마도카가 들어가니 그렇게 외쳤다.

"고등학생들, 고마워. 부탁이랄까. 너희에게 좀 물어보고 싶은 게 있어서."

"뭔데요?"

"그게, 올해 여름방학, 한가하니?"

"한가……하지는 않을 것 같은데요."

느닷없는 질문에 마도카가 대답했다.

마도카는 쉬었던 동아리 활동을 다시 하기로 했다. 고문인 우라카와 선생님과 엄마, 두 사람의 말을 듣고 한 결정이다. 예년에 비해 적어졌다고는 해도 여전히 현 밖에서 료칸 손님이 오니 신경이 쓰이는 아이도 있겠지만, 지나치게 모두를 배려하는 일은 그만두기로 했다. 마도카도 남들과 똑같이 조심하고 있다. 아니, 더욱 철저히 예방하고 있다. 그러니 공연히 스스로 비하하거나 슬픔에 젖는 일은 이제 그만두자고 굳게 결심했다.

우라카와 선생님은 동아리로 돌아온 마도카를 유난스럽게 반기지 않았다. "선생님, 고맙습니다." 마도카가 인사를 하자 안심한 듯 다행이라고만 대답했다. 조용히, 모두 알고 있다는 듯 담담히 대해주는 선생님의 이런 면이 참 좋다고 마도카는 생각했다.

그렇지만 지금 같은 상황에서 관악부가 전처럼 연습하기는 어려웠다. 마도카와 부원들은 어쩔 수 없이 파트를 나눠 같은 악기끼리만 연습하기로 했다. 다른 악기들과 합주할 때는 대표 부원을 정해 적은 인원으로 연주했다. 모두가 소리를 맞추는 일은 아직 요원해 보였다.

이번 달 들어 마도카가 사는 섬에도 첫 코로나 감염자가 나왔다. 섬 밖에 다녀온 주민이 열이 나서 검사했더니 양성으로 확인되었다는 것이다. 그 뉴스가 나오자 섬에 순식간에 긴장감이 감돌았다. 그때까지도 예방 수칙을 지키며 의식해왔지만, 섬 내에 감염자가 나왔다는 충격은 엄청나서 다들 코로나가 강 건너 불구경이 아니구나, 하고 새삼 경각심을 갖는 분위기였다. 노인이 많은 데다 코로나 치료를 할 수 있는 병상도 한정된 상황에서 관광 시즌인 여름을 맞이한 고토에는 긴급 사태 선언으로 휴교가 되었을 무렵보다 오히려 긴장감이 고조되었다.

동아리 활동을 재개했지만 마도카는 여전히 고하루와 거의 말을 하지 않았다. 일단 인사는 한다. 그러나 마도카가 한때 동아리 활동을 쉬었던 일도, 그 후 돌아온 일에 대해서도 묻지 않아서 마도카는 못내 서운했다. 어쩌면 졸업까지 이대로일지도 모른다. 코로나만 아니었으면 이런 일도 없었을 텐데……. 어쩌면 코로나가 있었기에 지금까지 몰랐던 걸 알게 된 것뿐일까. 처음부터 고하루는 마도카를 자신의 일상에 없어도 되는 친구라고 생각했는지도 모른다. 그렇게 생각하니 마음이 아팠다.

다행히 고하루와 마도카는 다루는 악기가 다르다. 마도카는 호른이고 고하루는 클라리넷. 그래서 연습이 겹치는 일도 거의 없고, 지금은 같은 파트 친구들과 동아리 활동을 이어가고 있다.

관장님에게 대답하면서도 올여름 정말로 '한가'할지 어떨지 감이 잡히지 않았다. 원래라면 콩쿠르 연습이 한창일 텐데…… 그런 생각이 들자 화가 났다. 옆에 있는 무토도 마찬가지이리라. 대신 현 대회가 열린다지만, 올 여름에 고시엔은 없다. 고야마가 하는 궁도부도 8월에 현 대회가 있는데 무사히 열릴 수 있을까.

세 사람에게 관장님이 말했다.

"그런가. 만약 바쁘면 안 해도 되는데, 혹시 너희 망원경을 만들어서 별을 보는 활동은 관심 없니? 내가 아는 고등학교 선생님이 그런 활동을 함께할 친구를 찾고 있거든."

"그 선생님이 천문대에서 이것저것 알려주나요? 워크숍 같은 거예요?"

"아니, 그 선생님은 안 와. 이바라키에 있는 고등학교 선생님이니 여기는 너무 멀지. 너희에게 가르친다면 아마 내가 하지 않을까?"

이바라키라는 단어를 듣고 질문을 한 고야마를 비롯해 마도카와 무토는 살짝 놀랐다. 절대로 현을 넘어 이동하지 말라는 경고는 한풀 꺾였지만, 지금 상황에서 다른 현, 그것도 간토(일본 동쪽의 지명. 이바라키 현, 도치기 현, 군마 현, 사이타마 현, 지바 현, 가나가와 현, 도쿄 도를 가리킨다-옮긴이)의 지명을 들으니 어쩐지 신선했다.

"그렇게 먼 곳에 있는 선생님이 왜요?"

"나와는 별 친구인데, 평상시에 현 내에서 하던 활동을 올해는 멀리 떨어진 곳에 있는 친구들과 원격으로 연결해서 함께하고 싶다고 하더라고. 활동명은 스타 캐치 콘테스트란다."

직접 만든 망원경을 사용해 별을 찾는 콘테스트라고 한다.

자세한 내용을 듣고 세 사람은 놀랐다. 천문 분야에서 누군가와 '경쟁'하는 형식이 있다니! 고시엔이나 궁도 대회, 관악합주단 콩쿠르와도 다른 형태의 경기라니! 관측 스피드를 겨루는 것뿐만 아니라, 같은 스펙의 망원경 제작부터 시작하는 것도 어쩐지 대단하게 느껴졌다.

"매년 이바라키에서 지역 고등학교 학생들이 모여 합숙을 했는데, 올해는 취소되었대. 그런데 생각지도 못하게 도쿄의 시부야에 있는 중학교와 이야기가 되어서 원격 콘테스트를 열게 되었다지 뭐냐. 모처럼의 행사이니 고토의 고등학교도 합류하면 어떻겠냐고 연락이 왔어."

"왜 고토예요? 별이 예쁘게 보여서요?"

도쿄 시부야에 있는 학교라니…… 지명을 들어도 현실감이 없다. 시부야라니 그야말로 TV로만 본 도시다. 마도카가 묻자 관장님이 고개를 저었다.

"아니. 뭐, 그것도 있겠지만, 첫 번째 이유는 나가사키의 고등학교와 함께하고 싶어서래."

"나가사키의 고등학교요?"

"이바라키의 그 학교, 나가사키로 수학여행을 오기로 되어 있었거든. 물론 취소되었고. 그래서 그곳에 있는 학교와 함께하고 싶다는구나."

아. 그렇구나.

말없이 무토, 고야마와 얼굴을 마주 봤다. 마도카가 다니는 이즈미 고등학교도 2학년 수학여행이 연기되었다. 가을에 예정되었던 것을 1월로 연기했는데, 그것도 감염 상황 추이를 보아가며 실시할지 어떨지를 결정한다고 했다.

적어도 그곳에 있는 고등학교와……

그 마음을 마도카와 무토, 고야마도 알 것 같았다.

"나가사키 시내가 아니어도 괜찮대요?"

고야마가 냉정하게 물었다.

"수학여행은 대부분 나가사키 시내를 돌아다니잖아요."

"응. 그렇지만 그 선생님이 아는 사람이 여기 있으니. 나가사키의 별 친구는 나밖에 없거든. 그래서 내게 연락한 거란다."

관장님이 아까부터 언급한 '별 친구'라는 말이 신선하게 들렸다. 처음 들은 말이지만 별을 좋아해서 이어진 친구라는 의미이리라.

"어때?"

관장님이 물었다.

"고토의 고등학교라고는 했지만, '고토 천문대팀'을 만들면 어떨까 싶어서. 무토와 고야마도 자주 관측회에 오고 마도카도 별에 관심이 있으니 너희 세 사람이 팀을 만들면 어떻겠니?"

세 사람이 서로 얼굴을 바라봤다. 관장님이 거듭 말했다.

"만약 관심 없으면 억지로 하지 않아도 괜찮아. 내가 나가 사키 시내의 고등학교에 이야기하면 되니까."

"아, 고시가 있었으면 좋았을걸!"

관장님 목소리와 겹치듯 무토가 머리를 싸쥐고 크게 외쳤다. "그 녀석, 이런 거 분명히 좋아할 텐데." 분한 표정으로 그렇게 말을 이었다.

"고시가 없어도 우리끼리 할 수 있나요? 이거."

"물론 할 수 있지. 내가 도와줄 거니까."

하하하, 관장님이 쾌활하게 웃었다. 무토가 다시 물었다.

"얼마나 걸려요? 현 대회에서 얼마나 이겨 올라갈 수 있을지 모르지만, 어쨌든 낮에는 연습이 있거든요. 하지만 밤이라면 괜찮을 거예요. 망원경 제작 같은 건 많이 어려운가요?"

"아니, 설계도를 봤는데 부품 자체는 시판 제품이 많으니 그리 어렵지 않을 거야. 조립하는 건 이 방에서 하면 되니 며칠만 시간을 내면 되지 않을까?"

"콘테스트 자체도 당연히 밤이겠죠? 그렇다면 동아리 활동과도 겹치지 않을 것 같은데……."

무토가 중얼거리듯 말하며 문득 마도카를 봤다.

"마도카는? 관악부 활동은 어때?"

"올해는 콩쿠르가 취소됐으니 동아리 마무리가 빨라질 것 같아. 낮에는 학교와 동아리 활동이 있지만, 밤이라면 별문제 없을 거야."

무엇보다 재미있을 것 같았다. 지난달 관측회에 온 이후 마도카는 이 천문대가 너무나도 마음에 들었다. 동아리에도 교실에도 있을 곳이 없어졌을 때 무토와 고야마라는 새로운 친구와 함께 온 천문대가 마도카에게 새로운 문을 열어주었다. 무엇보다 두 사람과 함께 있는 시간이 재미있다. 산기슭에 있는 학교에서는 반 친구들의 시선이 신경 쓰이지만 산 위에 오면 스스럼없이 그들과 이야기를 나눈다.

올여름, 뭔가 목표가 생기고 그들과 함께 지낼 시간이 더 많아진다고 생각하니 가슴이 벅찼다.

그런데…….

"저는 좀 생각해볼게요."

뜻밖에 고야마가 그렇게 말했다. 상상도 못 한 말에 마도카가 고야마를 보았고 옆에 있던 무토가 물었다.

"왜? 너도 동아리 활동?"

"아니, 8월 초순에 현 대회가 있지만 그 뒤에는 활동도 끝나겠지. 근데 입시 공부도 해야 할 것 같아서. 올여름에는 그러려고 했거든."

'대학 입시. 아, 그렇구나.'

마도카도 마찬가지로 수험생이다. 어릴 때부터 막연히 부모님이 졸업한 나가사키 시내에 있는 대학교를 목표로 공부하고 있다. 다만, 본격적으로 공부를 시작하기까지는 좀 더 시간이 있을 줄 알았다. 고야마는 성적이 좋으니 분명히 상위권 대학을 노릴 테고, 대학 입시에 대한 마음도 우리보다 훨씬 진지하리라. 조금만 생각해보면 당연히 짐작할 수 있는 사실이었다.

"그럼 고야마는 안 해?"

마도카가 물었다. 고야마가 참가 안 하면 자신도 안 할 생각이었다. 세 사람이라면 좋지만 무토와 둘이서 하는 건 조금 꺼려졌다. 왜냐하면 무토는⋯⋯ 인기가 많으니까. 관악부에서도 무토를 마음에 둔 아이가 있는 것 같고. 다른 여자아이들이 어떻게 받아들일까 상상하니, 더는 학교에서 눈에 띄고 싶지 않았다.

마도카가 묻자 고야마는 생각이 많아졌는지 말이 없어졌다. 잠시 후에 그가 대답했다.

"재미있을 것 같은데⋯⋯ 조금 망설여져서."

"뭐가?"

"여름에 돌아갈지 말지."

돌아간다는 건, 본가에 간다는 의미일 것이다. 고야마가 유학 오기 전에 살던 곳은 가나가와 현이라고 들었다. 무토가 말했다.

"어? 너, 돌아가려고?"

"아직 확실하게 정한 건 아니야. 너는 안 가?"

"응. 일단 후쿠오카에 다녀오면 주변에서 신경 쓸 거라서. 코로나가 잠잠해질 때까지는 어쩔 수 없을 거 같아. 어쩌면 졸업 때까지 못 올지도 모르잖아. 할머니, 할아버지에게 걱정 끼치는 것도 죄송하고."

섬에서 처음으로 감염된 사람은 일 때문에 후쿠오카에 다녀온 후 며칠 지나서 발열이 시작되었다고 한다. 후쿠오카도 넓으니 지역마다 상황이 다르겠지만 무토는 그 사실을 신경 쓰고 있는지도 모른다.

"기숙사로 옮기겠다고 했는데, 하숙집 할머니, 할아버지가 계속 있어도 된다고 하셨어. 노인들뿐이라 힘 쓰는 일이 필요할 수도 있는데 도망치지 말라고 농담하시면서. 나도 졸업 때까지는 함께 있고 싶어."

"나도 주위에 걱정 끼치는 건 싫어. 코로나 상황은 여기가 본가보다 낫다는 것도 알고. 하지만 할아버지가 입원하셨다고 해서."

무토도 마도카도 입을 꾹 다물었다. 고야마가 말을 이었다.

"원래 지병이 있으신데 간단한 수술이니 걱정 안 해도 된다고 지금은 오지 말래. 그런데 대체 이게 언제까지 계속될까 생각했더니 갑자기 너무너무 짜증 나서 차라리 돌아가고 싶어졌어. 지금은 코로나 때문에 병문안도 못 가겠지만 그냥 허무해. 이 모든 게 코로나에 걸리지 않게 하기 위해서 라니. 물론 그것도 중요하지만, 그럼 인간은 왜 사나 싶더라 고."

한바탕 쏟아내던 고야마가 문득 말을 멈추고 크게 한숨을 쉬었다.

"화가 났어. 만나고 싶을 때 가족도 못 만나나 해서."

"그 마음 알아." 무토가 말했다. 하지만 바로 고개를 저었 다. "하지만 지금은 다들 참고 있으니 어쩔 수 없잖아. 나도 섬에 관광하러 오는 다른 지역 사람을 보면 부럽지만."

무토가 그렇게 말하고 아차, 싶은 표정으로 마도카를 봤 다. 그 표정을 보고 알아차렸다. 마도카의 집은 관광객이 머 무는 료칸이다.

잠깐 침묵이 흘렀다. 여기서 무토가 사과를 하면 절대로 안 될 것 같았다. 살짝 따끔했던 마음을 감추듯 마도카가 말 했다.

"여름에 돌아가더라도 고시처럼 계속 그곳에 있을 건 아 니지? 여름방학 끝나면 다시 오는 거지?"

"……응. 뒤늦게 그쪽 학교로 전학 가는 건 싫고. 그런데 돌아오면 주위에서 신경 쓰겠지? ……사실, 기숙사에 다른 현에 다녀오면 2주간 격리해야 한다는 규칙이 생겨서, 그땐 어디 호텔 같은 곳에 머물러야 해……. 거기까지 생각하면 귀찮다 싶고."

고야마도 본가에 다녀올지 말지 생각이 정리되지 않은 모양이다. 망설임이 그대로 드러나는 모호한 대답이었다.

마도카는 아무 말도 하지 않았다.

평소에는 마도카를 배려해서 아무렇지 않게 대하는 고야마와 무토는 사실 어떤 기분일까. 어쩌면 그들도 그동안 자각하지 못했다가 지금 말하면서 처음 깨달은 걸지도 모른다.

"지금은 다들 참고 있으니 어쩔 수 없잖아."

무토의 입에서 무심결에 나온 말. '섬에 관광하러 오는 사람들이 부럽다.' 섬 바깥에서 온 무토도 지금은 그렇게 생각한다. 분명 다들 마음 밑바닥에 울적함과 갈등을 가라앉힌 채 살아간다. 그러고 보니 마도카도 그렇다.

문득 북극성 이야기가 떠올랐다.

조금 전 관장님이 설명해준, 몇만 년, 몇천 년이라는 세월에 걸쳐 북극성도 바뀐다는 이야기. 8천 년 후의 미래에는 북극성도 폴라리스에서 데네브로 바뀐다. 그런 장대한 시간의 흐름을 별이 가득한 하늘을 통해 이제 막 체험했는데, 현대 사람들의 생활조차 이렇게나 뜻대로 안 된다. 우주에서 보면 정말로 작고 사소한 일이다. 그렇지만 이 작은 세계에서 우리는 어떻게든 발버둥질해야 한다.

침묵을 깨고 관장님이 말했다.

"한번 만나볼까?"

모두 얼굴을 들고 관장님의 얼굴을 바라봤다. 마스크 쓴 모습이 어색할 정도로 햇볕에 그을린 건강한 얼굴이 활짝 웃고 있다. 지금까지의 대화는 전혀 신경 쓰지 않는다는 듯한 담백한 말투다.

"세 사람 모두 그 학생들과 일단 이야기를 나눠볼래? 화상 회의 약속을 잡아둘 테니까 그때 이야기를 들어보고 역시 이번에는 힘들 것 같으면 안 하면 돼. 멀리 있는 학교의 학생들도 각자 지금 이런저런 생각이 많을 거야. 그런 친구들과 만나는 것도 가끔은 자극이 될 것 같은데."

"이야기만 나누고 안 해도 돼요?"

고야마가 물었다. "물론이지." 관장님이 고개를 끄덕였다.

"그쪽도 만약 참가할 수 있다면 좋겠다는 정도니까 가볍게 생각하렴. 일단 이야기부터 해보자."

스타 캐치 콘테스트에 관한 화상 회의는 이틀 후 저녁에 하기로 했다. 다른 두 학교는 지금까지 학교의 동아리 활동 시간에 회의를 한 모양이지만 마도카네는 학교로 참가하지 않으니 집에서 편하게 참가할 수 있는 저녁으로 정한 모양이다.

7시 반에 시작하기로 했다. 그 무렵이라면 고야마도 기숙사 저녁 식사 시간이 끝나서 딱 좋다고 했다.

마도카는 화상 회의가 처음이었다. 코로나 휴교 기간에 친구와 연락을 할 때도 대부분 그룹 채팅이어서 화면으로 얼굴을 보며 통화하는 건 처음이다.

마도카가 화상 회의에 참석한다고 하자 부모님은 의욕이 넘쳐서 이것저것 도와주었다. 아빠와 엄마는 일 때문에 료칸 조합의 사람들과 자주 화상 회의를 하고, 본토에 사는 사촌들이나 조부모와 얼굴을 보면서 이야기하고 싶다며 인터넷으로 연결해 영상 통화를 하곤 했다.

아빠가 집에 있는 랩톱 컴퓨터를 설정해 마도카 이름으로 회의에 참석할 수 있도록 해주었고 엄마는 굳이 마도카의 방에 꽃을 장식하러 왔다.

"잠깐, 그 꽃 뭐야?"

료칸 객실에 장식한 것과 같은 참나리를 꽂은 화병을 보고 저도 모르게 묻자 엄마가 환한 얼굴로 웃었다.

"화면에 조금이라도 나오면 좋잖아. 마도카, 화면 확인은 했어? 카메라 위치 제대로 확인 안 하면 막상 연결되고 나서 뚱뚱하게 보이거나 안색이 안 좋아 보여서 후회할 텐데."

"괜찮아! 작위적으로 보이면 창피하잖아."

"어머, 무슨 말이니? 보이는 범위는 좁고 정보량은 한정돼 있지만 보는 사람은 본다고."

들떠서 이야기하는 엄마를 보며 역시 쓰바키 료칸 홈페이지 관리를 담당하는 사람답다고 생각했다. 료칸에는 고토의 사계절 사진 등을 올리는 인스타그램 계정도 있어서 마도카도 가끔 촬영을 돕는다. 엄마는 꼭 일 때문이 아니라도 원래 이런 걸 좋아하는지도 모른다.

"아니, 그래도 정말 지나치게 신경 쓴 것처럼 보이면……."

다시 거절하려다가 무토와 고야마도 그 화면을 볼 거라는 데에 생각이 미쳤다. 처음 보는 학생들이 어떻게 볼지도 신경 쓰이지만, 같은 학교를 다니는 그들이 자기 방을 본다고 생각하니 마음에 걸렸다. "응접실 쓰면 안 돼?" 잠깐 생각해 보고 물었다.

료칸이 아닌 자택의 응접실은 엄마, 아빠가 좋아하는 화가의 풍경화가 걸려 있어서 분위기가 좋다. 테이블과 책장도 맑은 황색에 광택이 있는 앤티크 가구니까 그 방이라면 등 뒤의 책장에 꽃병이 놓여 있어도 위화감이 없다.

"어머." 엄마는 이해했다는 듯 말을 이었다. "그래. 그 방에 꽃을 놓아둘게."

엄마가 들고 있는 꽃은 료칸의 객실에 놓기 위한 고급스러운 분위기의 도자기가 아닌 투명한 유리 화병에 꽂혀 있다. 마도카 방 분위기에 맞추려고 한 모양이다. 무엇보다 엄마가 어떻게 해야 딸이 예쁘게 나올지 순수하게 즐거워하며 준비하는 모습이어서 마도카도 묵묵히 따랐다. "절대로 카메라를 얼굴 아래쪽에 두면 안 돼." 엄마의 말에 받침을 찾아 랩톱 컴퓨터의 높이를 올렸다.

7시 반이 되기 5분 전. 저녁을 먹은 후 두근거리면서 랩톱 컴퓨터 앞에 앉았다.

천문대의 사이쓰 관장님에게 받아둔 메일 속 URL 링크를 클릭하자 바로 '참가하시겠습니까?'라는 팝업이 나타나 '네'를 클릭했다. 호스트의 참가 승인을 기다리는 동안 초조해서 몇 번이나 머리를 만지작거렸다.

화면이 바뀌었다.

"오, 다들 차례차례 들어오는구나."

갑자기 목소리가 들렸다.

커다란 창이 하나. 그때그때 말하는 사람의 화면이 메인이 되는 걸까? 그 위에 작은 창 몇 개가 일렬로 나열되어 있었다. 지금 커다란 화면에는 친숙한 천문대 관장님의 얼굴이 나오고 있었다. 위에 나열된 작은 창들은 거의 학생들로, 각자 창에 '스나우라 3고 다니모토 아사', '히바리모리 중학교 안도 마히로' 등 이름이 적혀 있었다. 스나우라 3고가 이바라키의 학교이고, 히바리모리 중학교가 시부야의 학교이리라. 나열된 화면 옆 화살표를 클릭하여 화면을 더 보니 무토가 화면에 나타났다. 학교 이름 없이 'Shu Mutou'라는 대화명만 쓰여 있었다.

모두의 얼굴을 제대로 동시에 볼 수 있도록 설정을 조정하자 각 화면의 크기가 균일해지더니 모두의 얼굴이 한 화면에 들어왔다. 같은 간격으로 나열된 창들이 각자의 집으로 이어진 창문 같았다.

학생이 많다. 사람이 이만큼 있으면 화면이라도 어쩐지 어

수선할 것 같지만, 실제로 말을 하는 건 대부분 어른의 '창'
이었다.

"사이 씨, 고마워."

"아뇨, 이쪽이야말로 연락줘서 고맙습니다."

'스나우라 3고 와타비키'라고 표시된 창의 어른이 말하고
관장님의 창 테두리가 노란색으로 빛나더니 대답했다. 그렇
구나, 음성이 나오면 창의 테두리가 빛나서 누가 말하는지
알 수 있구나.

사이쓰 관장님이라서 사이 씨인가……. 관장님이 말하던
'별 친구'라는 말이 떠올랐다. 백발에 안경을 쓴 이 사람이
아마 관장님이 말한 그 '선생님'인가 보다.

모니터에 참가 인원이 '13'이라고 표시가 떴다. 고토에서
참석하는 우리 외에는 이미 이런 회의를 여러 번 한 걸까?

다들 자기 집에서 참석하는 듯 배경에 책장이나 옷장 등
이 보였다. 형광등 빛이 반사된 창문도 보였다. 살풍경하게
느껴지는 방이 많은 건 다들 시작하기 전에 자질구레한 물
건을 숨기거나 정리했기 때문일까. 마도카는 엄마와 함께
'준비'한 일을 떠올리면서 문득 그런 상상을 했다.

무심결에 무토의 방을 한참 보았다. 화면 너머라서 마도카
의 시선이 들키지는 않겠지만 방을 들여다보고 있자니 어쩐
지 마음에 켕겼다. 벽과 기둥을 보고 오래된 목조 건물이라
는 걸 알 수 있었다. 야구부 로고가 그려진, 어깨에 메는 커

다란 가방 옆에 야구 배트가 아무렇게나 세워져 있다. 평소 학교에서 얼굴을 마주쳐도 집을 보는 일은 없다. 무토는 편안한 트레이닝복 차림이지만 함께 사는 할아버지, 할머니 부부를 신경 쓰고 있는지 전에 말한 것처럼 집 안에서도 마스크를 쓰고 있었다.

계속 보면 안 된다고 생각하고 고야마의 창을 찾았는데 보이지 않았다. 아무래도 아직 입장하지 않은 모양이다. 시계를 보니 딱 정각. 혹시 내키지 않는 걸까 싶어 걱정하는데 갑자기 화면이 하나 늘었다. 호스트가 승인하자 고야마가 들어왔다. 무토는 알파벳 표기인데 고야마는 '小山友悟'라고 이름이 한자로 쓰여 있었다. 역시 학교 이름은 없었다.

고야마는 교복 차림이다. 그리 넓지 않은 기숙사 방이라서 그런지 등 뒤에 있는 책장이 아주 가까워 보였다. 교과서, 참고서 사이에 도쿄의 상위권 대학 이름이 표지에 들어간 책이 보여서 '아, 역시 공부를 잘하는구나'라고 회의 주제와 동떨어진 생각을 했다. 그 외에도 도감과 소설 등이 잔뜩 꽂혀 있는 게 자못 고야마다웠다.

"이것으로 우리는 다 모였나."

사이쓰 관장님 목소리가 들렸다. 관장님은 천문대에서 접속한 듯 본 적 있는 천체 관련 포스터와 천구의가 등 뒤에 놓여 있었다.

"고토 천문대팀은 모두 입장했습니다. 다른 곳은 어떤가요?"

"우리도 모두 입장했어. 스나우라 3고 천문부 손 들어봐."

와타비키 선생님이 말하자 창 몇 개에서 손이 올라갔다. 여자가 많고 모두 다섯 명. 손이 내려가자 다른 창이 노란색으로 빛났다.

"우리도 모두 입장했습니다. 오늘 도쿄의 히바리모리 중학교 과학부는 참가 학생인 세 명이 참석합니다. 저는 고문인 모리무라입니다. 다들 손 들어보렴."

관장님과 다른 선생님에 비해 꽤 젊은 남자 선생님이다. 귀에 이어폰을 끼고 있어서 자세히 보니 무토와 다른 학생 몇 명도 이어폰을 끼고 있었다. 다들 화상 회의에 익숙하구나 싶었다.

모리무라 선생님의 말에 세 사람의 화면이 반응했다. 손을 든 학생들은 확실히 화면에 보이는 고등학생들보다 앳되어 보였다.

"잘 부탁합니다. 저…… 저는 학생 때 한 번 고토에 다녀온 적이 있습니다."

모리무라 선생님의 말에 관장님이 반응했다.

"아, 그렇습니까?"

"여러분이 사는 섬과는 다른 섬이지만, 동아리에 나가사키 출신 친구가 있어서 그 녀석의 권유로 갔습니다. 교회 건물을 돌아다니고 우동을 먹었는데……. 좋은 곳이었습니다. 이번에 이렇게 만나게 돼 반갑습니다."

"이야, 반갑네요. 고토 천문대팀은 아직 참가할지 말지 망설이고 있는데요, 우선 설명을 듣고 결정하려고요. 여러분, 이렇게 회의에 초대해주셔서 감사합니다."

화면 여기저기에서 인사를 하는 듯 고개를 숙이는 모습이 드문드문 보였다. 모리무라 선생님이 말했다.

"다들 마이크 켰나요? 저마다 자유롭게 발언해주세요. 할 말이 있으면 손을 들어 알려주세요."

마도카도 그때까지 아무 생각 없이 꺼두었던 마이크를 켰다. 이걸 통해 다들 자신의 말을 듣는다고 생각하니 조금 긴장되었다.

와타비키 선생님이 말했다.

"사이 씨에게 들었겠지만 우선 콘테스트 경험이 있는 우리가 개요를 자세히 설명하죠. 천문부, 다음을 부탁한다."

고문 선생님의 발언이 끝나자 아까 손을 들었던 스나우라 3고팀 학생들 표정이 진지해졌다. 잠시 후 목소리가 들렸다.

"그럼, 오늘은 제가 설명하겠습니다. 고토의 여러분, 만나서 반갑습니다. 같이 하면 좋겠지만 이야기를 들어주는 것만으로도 정말 기쁩니다."

갑자기 어디서 목소리가 들리는지 놓쳐서 빛나는 창을 찾았다. '스나우라 3고 다니모토 아사'라고 표시된 화면 속, 머리를 양 갈래로 묶은 학생이다. 무토와 고야마, 마도카가 가볍게 인사했다.

아사가 말을 이었다.

"히바리모리 중학교도 불과 얼마 전에 참가하기로 정해서 우리와 이야기를 나누는 건 이번으로 두 번째입니다. 제가 나가사키에 있는 학교와 하고 싶다고 청했는데요, 오늘 회의에 참석해 주셔서 감사해요."

"아, 우리가 수······."

다른 목소리가 겹쳐지자 아사가 말을 멈췄다. 또 다른 빛나는 창에 표시된 이름은 '스나우라 3고 이이즈카 리쿠'였다. 잠시 서로 양보하는 듯한 침묵이 있은 뒤 리쿠가 말했다.

"우리가 가을에 수학여행으로 나가사키에 갈 예정이었는데, 그게 취소됐거든요. 그런 이유로 나가사키의 고등학생과 함께하고 싶다고 아사가 말을 꺼냈어요. 저 역시 같은 생각이고요. 이렇게 만나게 돼서 정말 반갑습니다."

인터넷상인데도 '만나게 돼서'라는 말을 쓴다는 게 재미있었다.

두 사람의 말을 들으며, 화상 회의는 확실히 얼굴을 보고 이야기해서 편리하지만 타이밍을 잘 맞추지 않으면 발언하기 어렵다는 사실도 깨달았다. 계속 대화를 주고받는 것보다 내 차례, 상대방 차례, 이런 식으로 이야기하는 편이 좋은 것 같았다.

두 사람에게 고맙다는 말을 듣고 마도카도 뭔가 답을 하고 싶었다. 하지만 자신이 발언해도 될지 몰라서 고개를 끄덕하는 게 고작이었다. 무토와 고야마도 마찬가지였다.

스나우라 3고 2학년이라는 아사와 리쿠가 망원경의 설계
도와 관측하는 별의 점수표 등을 화면에 표시하면서 콘테스
트 개요를 설명했다.

"시부야팀에도 설명했지만, 망원경 제작에는 그리 많은 시간
이 걸리지 않을 거예요. 그러니 안심하세요."

리쿠가 말했다. 히바리모리 중학교팀이 진지한 표정으로
그것을 가만히 보고 있다. 이바라키팀과 시부야팀도 아직
그렇게까지 서로 친숙한 분위기는 아니다.

"저…… 잠깐 죄송합니다."

설명이 일단락된 후 손을 들고 발언한 사람은 히바리모리
중학교의 안경을 쓴 여학생이었다. 진지하고 얌전해 보였다.
그 아이와 창이 나란히 있는 히바리모리 중학교의 남학생은
1학년인지 아직 초등학생 같은 분위기가 있어서 마도카는
조금 귀엽다고 생각했다.

"지난번에 콘테스트를 함께할 수 있다고 들어서 기뻤어요. 그
러고 나서 이야기가 끝났는데요, 나중에 조금 걱정되는 게 있어
서요. 지금 질문해도 되나요? 오늘은 고토의 여러분에게 설명하
는 자리인데 죄송합니다."

"네." 아사와 리쿠 두 사람이 짧게 대답했다. '히바리모리
중학교 나카이 아마네'라는 학생이 말을 이었다.

"도쿄에서도…… 별을 볼 수 있을까요?"

아……. 마도카뿐만 아니라 다들 비슷한 느낌이었다.

"음……. 시험 삼아 하늘을 올려다보면 되는 거 아니냐고 할 것 같은데요, 지금까지 그다지 의식하고 밤하늘을 본 적이 없어서 도쿄에서도 스타 캐치 콘테스트로 득점할 만한 별이 제대로 보일지 걱정이 되었어요. 달 정도는 보이지만, 망원경으로 별을 본 적은 없어서요. 어떤가요?"

'분명 보일 거야!' 마도카는 문득 생각했다. 도쿄에 가본 적도 없고, 도시의 하늘은 별이 보이지 않는다는 이미지도 있는데 어째서 그런 생각이 들었을까……. 그러다 떠올랐다. 지난달 고시와 영상 통화를 했기 때문이다. 화면에 비친 그의 방 커튼 사이에 놓인 망원경이 밤하늘을 향해 있었다. 그의 집이 도쿄 어디인지는 모르고 시부야에서 먼지 가까운지도 모르지만, 적어도 그는 도쿄의 방에서 별을 보고 있었다.

그걸 이야기할까 말까 망설였다. 알려주고 싶다는 마음이 강해졌다. 하지만 갑자기 자신이 발언하는 걸 상상하자 심장이 터질 것 같았다. 자유롭게 말해도 된다고 했지만, 그래도…….

"아, 고시가 있었으면 좋았을걸!" 이틀 전, 무토가 속상해하며 말한 일이 떠오르자 심장박동이 더욱 빨라졌다.

"보일 거예요."

누가 말했다. 스나우라 3고의 와타비키 선생님이다.

"도쿄의 하늘은 확실히 밝지만 나도 몇 번인가 도심에서 관측

252

회를 한 적이 있어요. 높은 건물이 방해될 수도 있겠지만 여러분의 학교 옥상이라면 스타 캐치 콘테스트로 득점할 수 있는 별은 충분히 보일 겁니다. 관측 연습을 해보고 혹시 보이지 않는다면 또 의논합시다."

"알았습니다. 감사합니다."

아마네가 안심했다는 듯 고개를 끄덕였다. 대답을 듣고 안도한 것도 있지만, 이 아이도 온라인상에서 발언하는 데 용기가 많이 필요했을지 모른다. 대화가 일단락되기를 기다려 아사가 모두에게 물었다.

"이 외에 다른 질문이 있나요? 어떤 것이라도 좋습니다."

긴 침묵이 흘렀다.

말없이 화면 앞에 앉은 마도카는 고야마가 신경 쓰였다. 그가 조용한 건 역시 이 활동에 관심이 없어서일까.

"……날씨는 어떤가요?"

들어본 적 있는 목소리가 들려서 화면을 보니 무토의 창이 빛나고 있다. 주뼛거리며 손을 들고 무토치고는 조심스러운 말투로 말했다.

"고토의 무토입니다. 도쿄에서도 별이 보이는 모양인데, 역시 날씨가 좋아야 하겠죠? 모든 지역의 날씨가 맑아야 하지 않을까요?"

아사의 눈빛이 조금 흔들렸다. 아사가 바로 대답을 못 하자 이번에는 다른 학생이 "실례합니다" 하고 끼어들었다.

"스나우라 3고 천문부 부장 야마자키 하루나입니다. ……그러네요. 맑은 날이 좋으니 날씨 예보를 잘 보고 콘테스트 날짜를 잡기로 하죠. 세 곳 모두 맑은 날이었으면 좋겠어요. 어딘가 비가 온다면 연기할 수 있도록 후보 날짜도 몇 개 정하면 좋겠네요."

말투가 어른스럽고 생김새도 야무지게 보였다. 방의 책장에 소품도 예쁘게 놓여 있는데 꾸민 것 같지 않고 자연스러워서 멋졌다. 부장이라면 3학년일까. "또 있나요?" 그녀의 말이 끝나자 아사가 다시 물었다.

"뭐든 좋습니다. 혹시 나중에라도 생각이 나면 메일을 보내셔도 좋아요……."

"저기!"

갑자기 목소리가 들렸다.

변성기가 지나지 않은 맑고 높은 남자아이의 목소리에 아사가 말을 멈추고 발언자를 찾았다. '히바리모리 중학교 안도 마히로'라고 표시된 창의, 소년 모습이 남은 남학생이 손을 들었다.

"네, 안도 님, 말씀하세요."

"상관없는 것도 괜찮은가요? 별에 관한 게 아닌데요, 조금, 아주 신경 쓰여서요."

조금과 아주라는 모순되는 말을 연이어 하는 남학생의 얼굴이 굳어져 있고 시선이 위를 향해 있어서 그 아이도 손을 드는 일이 보통 힘든 게 아니라는 느낌이 전해졌다.

"저기, 고토의…… 고야마 유고 님. 제가 이름을 제대로 읽었나요?"

"네? 네."

갑자기 이름을 불린 고야마가 깜짝 놀란 듯 눈을 동그랗게 떴다. 마도카와 무토도 마찬가지였다. 고야마는 오늘 한마디도 하지 않았는데.

마히로가 말했다.

"뒤에 보이는 그거 '버섯 도감'인가요?"

으잉? 화면에 있는 모두가 그렇게 생각하는 게 전해졌다. 고야마의 눈이 휘둥그레졌다. 마히로가 말을 이었다.

"아닌가요? 《일본 버섯 대전》."

"맞는……데요."

그렇다는 고야마의 말에 모두 더욱 놀랐다. 고야마가 뒤를 돌아 책장에서 책 한 권을 꺼냈다. 표지를 화면에 보였다. 모두 몸을 내밀어 표지를 봤다.

《일본 버섯 대전》이라는 제목이었다. 빨간색과 갈색, 물방울 모양의 버섯 등 예쁜 버섯 사진이 몇 장 나열된 컬러 표지를 저도 모르게 바라보는데 마히로가 외쳤다.

"역시!"

그렇게 말하고 벌떡 일어나 화면 밖으로 사라졌다. 잠시 후 똑같은 두꺼운 《일본 버섯 대전》을 손에 들고 돌아왔다.

"저도 가지고 있어서 분명 같은 책이라고 생각했어요. 알아차리고 나니 어쩐지 계속 고야마 님 화면만 보게 되었어요. 갑자기 죄송합니다."

"아니요……."

고야마는 확실히 당황한 모양이다. 하지만 정신을 차렸는지 이번에는 고야마가 마히로에게 물었다.

"책등을 보고 알았어?"

"네."

"그렇구나. 마히로는 버섯 좋아해?"

히바리모리 중학교의 고문인 모리무라 선생님이 물었다. 고문이지만 모리무라 선생님도 처음 알았는지도 모른다. 마히로가 여전히 상기된 얼굴로 부끄러운 듯 고개를 작게 끄덕였다.

"야마가타에 살고 계신 할아버지, 할머니가 집 근처 산에 버섯을 따러 갈 때 자주 함께 갔어요. 종류가 엄청 많아서 재미있게 관찰하다 버섯이 좋아졌어요. 근데 독버섯도 많아서 위험하니까 공부하려고 아주 오래전에 엄마에게 이 도감을 사달라고 했어요."

"……포스트잇투성이네."

그렇게 중얼거리는 고야마의 목소리가 들렸다. 그러고 보니 마히로의 도감 여기저기에 알록달록한 포스트잇이 붙어 있고, 확실히 보이진 않지만 메모도 끼워진 듯했다. 자신의 도감을 가만히 바라보던 고야마가 얼굴을 들었다.

"그렇구나. 너는 할아버지, 할머니와 함께 산을 가니까 실용적으로 설명서를 보듯 읽었구나. 대단하네."

"아, 하지만 희귀 버섯 부분도 좋아해요! 특히 동충하초 같은 걸 보고 세상에 이런 종류의 버섯도 있구나 싶었어요! 판타지 같더라고요."

"아, 그거 알아. 여기지?"

고야마가 익숙한 손놀림으로 도감을 넘겨 펼친 페이지를 화면에 보였다. "맞아요!" 그걸 보자마자 마히로가 외쳤다.

"도감에서 읽었던 버섯을 실제로 발견하면 너무 기쁘더라고요. 책에 키울 수 있는 버섯 칼럼도 있는데, 재미있지 않나요? 황금 팽이버섯 설명을 읽으니 하얀 팽이버섯 풍미와 비할 수 없다기에 도대체 어떤 맛인지 궁금해서 근처 슈퍼를 엄마와 함께 돌아다녔어요. 하지만 그때는 찾지 못했어요. 근데 가족 여행으로 하코네 료칸에 갔을 때 저녁 식사로 나온 달걀찜에 들어 있어서 드디어 먹는다! 하고 감격했죠."

"그렇구나. 마히로에게 버섯은 어디까지나 먹는 거구나."

"고야마 님은 아니에요?"

"나는 먹는 것보다 모양이라든가 생태가 좋아서."

고야마가 웃었다.

"중학교 때까지 살던 곳에서는 좀처럼 야생 버섯을 볼 수 없었거든. 고토에 와서 길에 일상적으로 군생하는 걸 보고 얼마나 기뻤는지 몰라. 말불버섯을 실물로 보고는 너무 반가워서 막 찔러

봤는데 힘차게 포자가 확 날아가는 모습이 귀여워서 놀랐어."

"알 것 같아요! 그거 제법 잘 날아가죠."

마도카는 어리둥절했다. 무토도 어리둥절하리라. 평소 냉정하고 침착한 고야마가 버섯을 두고 '귀엽다'라고 이야기한 것도 어안이 벙벙했다.

두 사람의 버섯 이야기가 너무나 즐거워 보였고, 두 사람이 좋아하는 버섯이 나오는 도감의 페이지를 가리키며 알록달록한 사진과 함께 설명을 읽어주어 어쩐지 모두 빠져들고 말았다. "잠깐, 오늘은 버섯 연구회가 아니야." 도중에 와타비키 선생님이 웃으며 말했지만 선생님들도 관심이 생긴 듯 관장님과 모리무라 선생님도 함께 "앗, 그래서 그건 무슨 버섯이야?", "역시 초심자는 멋대로 캐서 먹지 않는 게 좋겠지?"라고 질문했다.

그 모습에, 문득 관장님과 와타비키 선생님이 '별 친구'라고 한 말이 떠올랐다. 어쩌면 지금 이렇게 고야마와 마히로처럼 즐거운 만남이 예전에 이 두 사람에게도 있었을지 모른다.

"고야마 님은 중학교 때까지는 고토에 살지 않았나요?"

갑자기 아사가 물었다. 고야마가 고개를 끄덕였다.

"네. 저와 무토는 아니에요. 우리는 고토의 고등학교가 실시하는 유학제도에 지원해 이곳 고등학교에 다니고 있어요. 저는 요코하마, 무토는 후쿠오카에서 왔어요. 지금은 코로나 때문에 여기 머물고 있는데, 아무래도 여름에도 돌아가지 못할 것 같아요."

본가에 가는 걸 망설이던 고야마가 모두의 앞에서 '돌아가지 않는다'라고 잘라 말해서 마도카는 몰래 숨을 삼켰다. 여러 모로 고민한 끝에 결정했을 것이다.

그러나 그때.

"그런데 왠지……."

고야마가 얼굴을 숙였다. 들고 있던 도감을 보더니 크게 웃었다. '아하하하'라는 표현이 너무나도 딱 어울리는 아주 통쾌한 웃음소리였다.

고야마가 화면을 향해 얼굴을 들었다. 모두를 보는 듯하지만 아마도 히바리모리 중학교의 마히로를 보는 것 같았다.

"굉장해요, 이런 일이 일어나다니. 평범하게 만났더라면 분명 서로 버섯을 좋아하는 줄도 몰랐을 텐데. 안도 군, 알아봐줘서 고마워!"

감사 인사를 받고 마히로가 놀란 모양이다. 놀란 고양이처럼 몸을 움츠리고 있다. 고야마가 웃었다.

"재미있네. 나, 중학교까지는 버섯을 좋아하는 이상한 녀석이라고 주위에서 싫어했거든. 그래서 학교도 재미없고 친구도 없어도 된다고 생각했었어."

마도카는 숨을 삼켰다.

반사적으로 무토의 창을 봤다. 무토도 말은 없지만 약간 놀란 표정이었다. 고야마가 도감 표지를 쓰다듬었다.

"안도처럼 실제로 보고 좋아진 건 아니지만, 옛날부터 버섯을 발견하면 좋았어. 왜일까, 모양과 색이 좋고 종류마다 특징이 있는 것도 알면 알수록 재미있었어. 평소에 가까운 사이일수록 더 모를 수도 있다고 하잖아? 내가 버섯을 좋아하는 걸 알게 된 할아버지의 친구분이 어느 날 놀러오셔서 이 책을 사주셨어."

고토에 유학 오는 학생들은 중학교까지 등교 거부를 하거나 환경에 잘 적응하지 못했던 경우가 많다고 들었다.

고야마가 도감을 팔랑팔랑 넘겼다.

"내겐 정말 고마운 책이야. 할아버지 친구분이 우연히 사주신 거지만, 알고 보니 이 책, 버섯을 좋아하는 사람들 사이에서 굉장히 평가가 높은 책이래. 인터넷 서점을 보니까 아주 열렬한 리뷰도 있더라고. 안도 군처럼 실용서처럼 생각해도 좋고, 버섯 채집하는 사람에게도 참고가 되고. 가격은 좀 비싸지만 그 값어치는 한다며 열의를 담아 추천하는 서평을 보고 많은 힘을 얻었어. 주위에는 없지만 아, 나에게도 같은 취미를 가진 친구가 있구나 싶었지."

생각지도 못한 이야기를 듣고 말이 나오지 않았다. 마히로가 불쑥 말했다.

"제가 같은 중학교에 있었으면 좋았을 텐데요."

분한 듯한 목소리에 다부진 표정이었다. 그 말을 듣고 고야마가 이번에는 온화하게 미소 지었다.

"고마워. 하지만 오늘이라도 친구가 돼서 다행이야. 우리도 스타 캐치 콘테스트 참가해도 될까?"

고야마와 눈이 마주쳤다. 실제로는 많은 화면 중에 그가 앞을 본 것뿐이지만. 그래도 확실히 고야마, 무토와 뜻이 통했다고 느꼈다. 마도카의 가슴에 커다란 감동이 훅 밀려왔다. 고야마의 말이 너무나도 기뻤다.

"어, 고야마, 괜찮겠어?"

관장님이 말했다. 고야마가 고개를 끄덕였다.

"네. 재미있을 것 같아서 해보고 싶어요. 마도카와 무토도 괜찮아?"

"물론이지!"

"응!"

거의 동시에 말했다. 처음으로 입을 연 자신의 목소리가 정말로 화면 너머에 전해졌을지 모르지만, 지금은 자연스럽게 말할 수 있었다.

그리고 새삼스럽게 깨달았다. 조금 전까지만 해도 화상 회의는 대화에 어울리지 않는다고 생각했는데, 버섯 이야기를 하는 두 사람이 너무나 즐거워 보여서 열중해서 듣는 사이 불편함이 거의 사라졌다.

"저기……, 저도 질문이 있는데요, 괜찮을까요?"

기세를 타고 마도카의 목에서 목소리가 쑥 나왔다. 조용했던 응접실에 자신의 목소리가 울려 퍼져서 말하고도 당황스

러웠다. "제 목소리 들리시나요?" 다들 말이 없자 조금 불안
해져서 다시 묻자 화면 속 거의 전원이 고개를 끄덕였다. 아
사가 말했다.

"네, 들려요."

"조금 전에 스타 캐치 콘테스트 설명을 하면서 심판 이야
기를 할 때 생각이 났는데요, 공정을 기하기 위해서 지금까
지는 다른 학교 선생님이 심판을 맡았다고요?"

"네. 작년까지는 그랬어요."

"도쿄의 히바리모리 중학교 여러분, 심판은 정해졌나요?"

"제가 할 생각입니다."

고문인 모리무라 선생님이 대답했다.

"별은 아직 잘 모르지만 당일까지는 판정할 수 있도록 공부하
려고요. 물론 고문이라고 후한 판정을 할 생각은 없습니다."

답을 듣고 마도카는 크게 심호흡했다. 미리 무토, 고야마
와 이런 이야기를 했으면 좋았을 텐데. 하지만 혼자만의 판
단으로 단숨에 말했다.

"저기, 친구 중에 도쿄로 간 아이가 있어요. 그 친구도 고
야마, 무토와 같은 유학생이었는데 코로나 때문에 본가로
돌아갔어요. 그 친구가 별을 좋아해서 사실 그 친구와도 같
이 하고 싶었어요. 그래서 혹시 괜찮다면 그 친구에게 히바
리모리 중학교의 심판을 맡기면 어떨까요?"

무토의 반응을 보면서 말했다. 갑자기 불안해져서 말소리

가 점점 작아진다.

"집이 도쿄 어디인지도 모르고 여러분의 중학교와 가까운지 어떤지도 모르지만, 죄송합니다, 문득 떠올라서요."

"세타가야입니다."

말이 끝나고 머릿속이 새하얘졌을 때 갑자기 목소리가 들렸다.

"세타가야의 요가 근처인데요. 가까운 역은 모르지만, 먼가요?"

목소리를 듣자마자 무토라는 걸 알았다. 무토가 덧붙였다.

"저도 생각했어요. 그 친구, 고시라는 녀석이에요. 별을 보려고 고토에 왔다고 들었어요. 도쿄로 돌아갔지만 시부야의 중학교팀에 합류하면 아마 기뻐할 거예요. 아직 본인에게 물어보지 않았고, 여러분에게 폐가 될지도 모르지만요."

"요가라면 우리 중학교에서 교통편은 그다지 나쁘지 않을 거예요. 그 이야기, 잠깐 유보해도 될까요? 지금 학교 밖에서 손님이 오는 건 코로나 때문에 이것저것 제약이 있어서요. 다른 선생님께 확인해보겠습니다."

모리무라 선생님이 진지하게 말하고 미소 지었다.

"하지만 나로선 그렇게 잘 아는 사람이 온다면 정말 좋을 것 같아요. 환영입니다."

조금 전까지 다른 어른에 비해 젊은 이 선생님이 자신을 계속 '저'라고 지칭하는 것이 신경 쓰였다. 어쩌면 일부러 그랬는지도 모른다. '나'라고 바뀐 말투에 거리감이 좁혀진 느낌이다.

"외부인의 참가가 가능한지 확인되면 다시 연락하겠습니다. 그때까지 여러분이 그 친구가 우리 활동에 관심이 있는지 확인해주실 수 있을까요? 심판도 좋지만, 우리는 중학교팀이니 잘 아는 고등학생이 도와준다면 정말 안심이 될 것 같아요."

"알겠습니다. 우와. 그 녀석, 엄청 기뻐할 거예요."

무토가 말했다. 꽤 스스럼없어진 회의에서 화면 속 사람들의 표정이 처음보다 부드러워졌다. 편안해진 분위기 속에서 스나우라 3고의 부장이 말했다.

"고토의 고등학교에서는 코로나 영향으로 전학 간 친구가 있군요."

"네. 같이 졸업할 수 있을 거라고 생각했는데 아쉬워요."

"섬의 상황은 어떤가요? 지금 낙도는 코로나 치료를 할 수 있는 병상이 한정돼 있어서 감염자가 급증하면 큰일이니 관광은 자제하자며 특별히 신경 쓰고 있다는 뉴스를 봤어요."

무토가 말이 없어졌다. 잠시 어떻게 대답하면 좋을지 생각하는 듯한 시간이 있었고, 왠지 마도카가 말하기를 기다리는 것 같았다. 이 안에서 원래 섬 주민인 고등학생은 마도카뿐이다.

마도카가 대답했다.

"확실히 상황은 안 좋아요. 우리 섬에서는 이번 달 들어 섬 바깥을 다녀온 사람 한 명이 감염되었어요. 다들 긴급 선언 사태가 나온 4월보다 지금이 오히려 민감한 듯합니다. 우리 섬에는 코로나 치료가 가능한 병상이 네 개밖에 없는데 한 명이 입원했으니 만약 또 한 명이 감염되면 병상이 반이나 차게 되니까요."

마도카의 말에 잠시 아무도 말이 없었다. 놀라서 숨을 멈춘 듯 조용해지더니 이윽고 하루나가 말했다.

"감염자가 두 명이 나오면 이미 반이나 차버리는 상황이군요. 유감이네요. 상상 이상이에요. 걱정이 많겠어요."

"우리 집은 섬 밖에서 오는 손님이 묵는 료칸을 해요."

말을 하지 않아도 된다. 이런 이야기를 하지 않고 올여름에 함께 콘테스트에서 별을 보고 그대로 해산해도 상관없다. 그렇게 생각했지만 마도카는 마음을 억누를 수 없었다.

"그래서 관광을 자제해달라고 선뜻 말할 수 없어서 어려워요. 아무도 아파서 괴로워하지 않았으면 좋겠고 저나 가족도 지키고 싶지만 조금 힘들 때도 있어요."

나를, 지금 내 기분을 알아주었으면.

지금까지 살면서 이런 생각은 처음인 것 같다. 이런 말을 들어서 다들 곤란하겠지. 어떻게든 웃으며 넘기려면 지금이다. 그때 하루나가 화면 너머로 마도카를 바라보며 말했다.

"가보고 싶어요. 고토의 여러분과 오늘 이야기한다고 듣고, 어제오늘 동아리 활동 시간에 다 함께 고토를 소개하는 사이트를 보고 도서관에서 관련 서적을 찾아봤어요. 천문대가 있는 곳을 봤는데, 산이 너무 예뻐서 다들 가고 싶다고 했어요. 우리 학교도 건물 옥상에서 가스미가우라 호수와 쓰쿠바 산이 보여서 꽤 예뻐요. 언젠가 여러분이 사는 곳에 가보고 싶어요. 여기도 꼭 놀러 오세요. 졸업한 선배들이 만든 커다란 망원경도 있고, 관측회에도 초대하고 싶어요."

"쓰쿠바 산, 예전에 가본 적 있어요."

지금까지 한 번도 발언하지 않은, 볼이 보드라워 보이는 히바리모리 중학교의 안경 쓴 남학생이 말했다.

"로프웨이를 타고. 산이 고양이 귀처럼 생기지 않았나요? 좌우에 봉우리가 하나씩 있어서."

"아, 그래요. 맞아요. 귀여워요, 쓰쿠바 산."

그 말에 하루나가 기쁜 듯 말했다. '히바리모리 중학교 가마타 준키'라고 표시된 창을 들여다보는 듯한 모습으로 말을 이었다.

"TV에서 시부야라는 이름을 들으면 전과는 다른 느낌으로 의식하게 됐어요. 언젠가 실제로 꼭 만나고 싶어요."

그렇게 말하고 으흠, 헛기침하더니 새삼스레 모두를 향해 하루나가 말했다.

"하지만 우선 여름방학의 스타 캐치 콘테스트부터 해야겠죠. 여러분 잘 부탁합니다."

잘 부탁합니다, 부탁합니다. 목소리가 겹쳐서 울렸다. 제각기 스마트폰과 컴퓨터 앞에서 머리를 숙이고 서로 인사를 나눴다.

"그럼 오늘은 이쯤해서 정리해도 괜찮을까? 세 팀이 같이 할 수 있게 돼서 다행이야."

"아, 사이 씨, 모처럼이니 이 화면 사진 찍어도 될까? 제1회 원격 콘테스트 기념으로 스크린 캡처. 다들 괜찮니?"

그렇게 물어서 다들 어색하게 고개를 끄덕였다. "자, 치즈!" 그 말에 다들 조금 어색한 미소를 지었다.

"그럼 다음에 또 보자. 질문이 있으면 언제라도 연락해."

"네."

"잘 부탁합니다."

마무리 인사를 하고 다들 조심스레 한 명, 또 한 명 퇴장해 창이 닫힌다. 무토와 고야마가 사라진 타이밍을 살펴 '퇴장' 버튼을 누르려는 마도카 귀에 목소리가 들렸다.

"선배님들, 그런 얼굴이었군요."

오늘 한 번도 발언하지 않았던 스나우라 3고의 여학생 목소리다. 스나우라 3고는 1학년을 중심으로 콘테스트에 참가한다고 했다. 그때 소개한 1학년 중 한 명이다. 사람이 적어져서 가볍게 말을 걸었는지도 모른다.

"아, 그렇네."

리쿠가 말했다.

"그러고 보니 마스크 없는 내 얼굴은 처음 보는 거네."

"네. 그래서 어쩐지 기뻤어요."

"그러네. 우리도 처음으로 후카노와 히로세 얼굴을 제대로 봤어."

아사의 말에 다시 리쿠가 화답했다.

"나도 오늘 오랜만에 아사랑 선배를 보고 왠지 굉장히 신선하다고 할까, 위화감을 느꼈을 정도야. 아, 맞다. 다들 이렇게 생겼지 싶었다니까."

"앗, 뭐야. 사람 얼굴 잊지 마."

"아, 나도 리쿠가 무슨 말을 하는지 조금 알 것 같아."

하루나의 말을 들으며 마도카는 '퇴장'을 클릭했다. 화면이 사라지고 방이 고요해지자 온몸에서 후, 하고 큰 숨이 나왔다. 즐거웠다. 하지만 혼자가 되니 잔뜩 긴장해서 온몸에 힘을 주고 있었음을 깨달았다.

그리고 문득 '혼자가 되니'라고 생각한 자신이 조금 웃겼다. 혼자라니, 처음부터 이 방에서 혼자였다. 도대체 무엇을 기준으로 '혼자'가 되는 걸까. 코로나 때문에 지금까지 해본 적도 없는 생각을 많이 하게 되었다.

언젠가 쓰쿠바 산과 시부야에 가보고 싶다. 그런데 지금은 먼 곳에 가는 것도 쉽지 않지만, 가까이 있는 누군가의 마스크를 벗은 얼굴을 보는 것도 어렵구나 싶었다. 화면 속 마스크를 쓰고 있던 무토의 얼굴을 떠올렸다. 무토의 맨 얼굴을 한참 동안 보지 못했다.

응접실의 폭신한 소파에 몸을 누이고 심호흡했다. 고양이 귀처럼 생겼다는 모습이 보고 싶어서 스마트폰을 꺼내 인터넷 검색창에 '쓰쿠바 산'이라고 쳤다.

4
장

별을
붙잡아

여름방학에 들어가자 본격적인 망원경 제작이 시작되었다.

7월의 마지막 날, 전교 조회가 끝나자 마히로는 일단 집에 갔다가 다시 학교로 왔다.

기분은 이미 여름방학이다. 히바리모리 중학교 과학부의 여름방학 첫 활동이 오늘 저녁부터 시작된다. 온라인으로 이어진 스나우라 3고, 히바리모리 중학교, 고토 천문대 세 곳에서 제각기 망원경 제작이 시작된다.

마히로는 여름방학 동안 동아리 활동이 가능할지 걱정이었다. 그런데 애초부터 학생 수가 적은 히바리모리 중학교에서는 선생님들이 긴 논의 끝에 어느 동아리든 '밀집'을 피해 실시하기로 방침을 정했다고 한다. 현재 실내 작업 중인데 운동장을 뛰는 육상부 호루라기 소리가 들린다. 완전히 평소와 같다고는 할 수 없지만 마히로의 집에서도 오늘 아침에 누나가 동아리 활동을 한다며 엄마에게 도시락을 싸달라고 부탁했다.

　과학부 부원들은 실내 작업에 많은 사람이 모이지 않도록 두 그룹으로 나누어 여름 활동을 하기로 했다. 스타 캐치 콘테스트는 마히로, 아마네, 가마타 세 사람이 하기로 하고, 다른 부원들은 다른 날 모여 풍력 에너지로 달리는 차를 만들 예정이다.

　마히로는 활동 방향이 정해진 후 가마타 선배에게 물었다.

"선배는 괜찮아요?"

"뭐가?"

"차를 만드는 활동이 로켓과 비슷할 것 같아서요."

　마히로는 가마타 선배가 로켓에 관심이 있다는 걸 잘 알고 있다. 그렇게 묻자 선배가 별일 아니라는 듯 고개를 저었다.

"글쎄, 어쩌다 보니? 하지만 이제 와서 빠질 수는 없지. 마히로와 나카이가 불편하면 빠지겠지만."

"아니요, 꼭 같이 해주세요!"

　어쩌다 보니 이렇게 되었다 해도 가마타 선배가 여기 있다는 사실이 너무 기쁘다. 어느새 마히로를 이름인 '마히로'라고 불러주는 것도 실은 좋았다.

　스타 캐치 콘테스트 준비는 매주 금요일마다 한 단계씩 나아가며 진행한다.

　우선은 오늘, 7월 31일에 스나우라 3고 멤버들이 각 팀에 도착한 재료 확인과 망원경 제작에 대해 첫 설명을 한다.

첫 주는 설명을 듣고 각자 망원경 제작에 전념하기로 했다. 우선 설계도를 보면서 팀별로 각자 해보고 모르는 게 있으면 스나우라 3고에 연락해 콘테스트 경험자인 천문부 부원이나 와타비키 선생님께 묻는다. 천문부는 언제든 문의해 달라고 든든하게 말해주었다.

각 팀은 8월 7일 금요일까지 망원경 제작을 마치고, 그날 제대로 만들었는지 확인한 뒤 별을 보는 첫 연습을 한다.

그 다음 주 14일 밤은 관측 연습이 얼마나 되었는지 확인하는 날이다.

스타 캐치 콘테스트는 8월 21일 금요일 밤으로 정했다. 관측 연습과 콘테스트는 혹시 날씨가 좋지 않을 경우 상황에 맞춰 연기하게 된다.

매주 금요일, 온라인으로 열리는 회의는 기본적으로 밤에 이루어진다. 이바라키팀과 고토팀이 코로나로 휴교가 되었던 만큼 보충수업을 받아야 하기 때문이다. 오늘 저녁에는 망원경 제작과 관련된 첫 온라인 회의가 있다. 히바리모리 중학교 과학부의 세 명은 모리무라 선생님이 학교와 협상해 허가를 받아준 덕에 소그룹이라는 조건으로 다음 주부터 3주 연속으로 금요일 7시 무렵에 학교에서 모이기로 했다.

마히로는 기뻤다. 고토팀에는 버섯을 좋아하는 '고야마 형'이 있다. 가마타 선배도 그렇지만, 여학생뿐인 반에서 생활하는 마히로에게 남자 선배와 함께하는 동아리 활동은 생각보다 즐거웠다.

오늘은 망원경 제작에 대한 설명을 듣는다. 제법 시간이 걸릴 예정이라 마히로와 부원들은 밤이 아닌 오후 4시 반부터 서로 다른 곳에서 온라인에 접속해 망원경 만드는 법을 익혔다. 고토팀은 고야마와 무토, 두 남학생이 결석한 탓에 오늘은 화면에 관장님과 마도카 두 사람만 보였다.

"이 단면은 왜 길게 자르나요?"

과학부 칠판에 붙어 있는 망원경 설계도를 보면서 가마타 선배가 물었다.

마히로와 아마네가 앉은 책상 위에는 염화비닐관과 렌즈, 접안부가 되는 부품 등이 놓여 있다. 스나우라 3고의 선생님이 한꺼번에 구매하여 세 곳에 나누어 보내준 '재료 세트'이다.

망원경은 염화비닐관을 경통으로 삼고 시판되는 대물렌즈와 접안부를 사용한다. 렌즈를 연마할 필요가 없어서 듣던 대로 만들기가 그리 어렵지 않아 보였다.

가마타 선배의 질문을 듣고 칠판에 붙여놓은 설계도를 보니, 경통의 렌즈를 붙이는 부분에 '길게 자르는 편이 실패가 적음'이라고 손글씨로 쓰여 있다. 설계도는 얼마 전 화상 회의 때 받은 것을 확대 복사하여 붙였다.

"그게." 컴퓨터 너머에서 목소리가 들렸다. 귀찮아하는 것 같으면서도 친절한 리쿠의 평소 목소리다.

"망원경 만들기의 첫 포인트가 단면을 수직으로 똑바로 자르는 거예요. 그런데 아무리 해도 그리 깔끔하게 잘 잘리지 않아서 사포로 단면을 갈아내야 해요. 그러는 동안 점점 짧아지거든요. 그래서 처음에는 길게 자르는 편이 좋아요."

"그렇구나!"

가마타 선배가 감탄했다. 리쿠 옆에서 아사가 보충 설명을 했다.

"원래는 전기톱을 사용할 수 있으면 좋은데, 혹시 전기톱이 있나요?"

마히로와 부원들의 시선이 모리무라 선생님을 향했다. "찾아보겠습니다." 선생님은 어깨를 으쓱하며 대답했다. "아, 그런데." 바로 아사 목소리가 들렸다.

"그 파이프는 지름이 큰 편이라 전기톱을 사용할 때는 날을 대고 파이프를 돌리면서 잘라야 해요. 그래도 잘린 단면은 깨끗하지 않아서 어느 쪽이든 사포로 직각을 만드는 작업은 해야 하고요."

"알았습니다. 저, 오늘 와타비키 선생님은 안 계신가요?"

질문에 대답하는 사람은 거의 2학년 두 사람이고, 그러고 보니 와타비키 선생님 모습은 오늘 한 번도 보지 못했다. 아사가 대답했다.

"아까 교무회의에서 돌아오셨는데, 지금은 지학 준비실에 계시는 것 같아요. 선생님을 부를까요?"

"아니요, 괜찮습니다. 하지만 대단하네요. 학생들에게 맡겨두고. 여러분을 굉장히 신뢰하나 봐요!"

마히로도 동감이다. 리쿠도 아사도 실로 든든해서 믿음직스럽다. 그런데 모리무라 선생님 말에 리쿠가 고개를 갸웃했다.

"저희를 믿는다기보다 '하고 싶다고 말한 건 너희잖아'에 가까울 거예요. 사실상 방치하고 있는 것 같은데요."

"그 '방치'가 꽤 어렵거든요. 나를 포함한 어른들은."

"저⋯⋯." 아마네가 운을 뗐다.

"이바라키팀, 지난번에 화상 회의할 때 아직 실내 작업 허가가 나오지 않았다고 들었는데, 지금은 어떤가요? 망원경은 올해 1학년이 새로 만드나요? 아니면 선배님들이 만든 것으로 참가하나요?"

"아, 걱정을 끼쳤네요. 어떻게든 작업할 수 있을 것 같아요. 동아리 활동 시간에 제한은 있지만 밀폐 상태가 되지 않도록 환기를 철저히 하면서 1학년이 새로 만들고 있어요."

"아, 다행이에요."

아사의 대답에 아마네가 안심했다는 듯 말했다.

오늘은 화면에 이바라키팀 1학년 모습이 보이지 않지만 마히로도 잘됐다고 생각했다.

스나우라 3고가 활동할 수 있어서 다행이라는 마음도 물론 있지만, 그쪽이 '공평하니까'라는 생각도 있다. 이 듬직한 선배들이 작년에 만든 망원경과 승부를 겨루다니, 어쩐지 우리 같은 초심자 상대로 공정하지 않다는 생각도 든다.

자신이 그런 생각을 했다는 사실에 마히로는 조금 놀랐다. 콘테스트는 어디까지나 '동아리 활동'일 뿐 축구 시합이나 육상 대회와는 다르다고 여겼었다. 그런데 이제 '지고 싶지 않다'는 마음이 조금 싹트고 있다.

'우리는 세 팀 중에서 가장 별이 잘 안 보이는 도시인 데다 중학생이니까 처음부터 불리할 게 틀림없지만.'

망원경을 만드는 데 필요한 재료와 칠판에 붙어 있는 설계도를 번갈아 바라봤다.

마히로와 부원들이 주로 만드는 건 조금 전 이야기가 나온 경통이다. 나머지는 경통과 접안부를 연결하는 접합부와 대물렌즈를 덮는 후드 부분이다. 놀랍게도 모든 게 굵기가 다른 염화비닐관을 조립하는 식으로 되어 있다. 접안부와 천장 프리즘, 접안렌즈와 대물렌즈는 기성품이지만, 그 기성품이 이 염화비닐관에 딱 맞는 크기라는 게 무엇보다 굉장했다. 마치 조립식 장난감처럼 완벽한 망원경 세트잖아!

하지만 부품이 들어 있는 상자의 '○○사 제품'이라는 글자며 '초점거리 ○○mm렌즈'라는 표시를 보니 확실히 진정한 어른들의 도구인 것 같다.

"아까 말한 대로 단면을 수직으로 만드는 게 첫 번째 난관이라면, 그다음엔 안쪽을 연마하는 작업이 어려울 거예요."

"그건 왜 하는 거예요?"

이번에는 리쿠 대신 아사가 대답했다.

"별을 잘 보려면 난반사가 없어야 해요. 그래서 안을 깎아 안쪽의 광택을 없애는 거예요. 때문에 경통 만들기는 사포질이 필수예요."

"그렇군요……."

와타비키 선생님이 없음에도 그저 순서를 설명하는 게 아니라 그 일이 왜 필요한지 이유까지 제대로 알고 있어서 놀랍다. 한차례 설명을 끝낸 아사가 문득 물었다.

"고토팀은 혹시 궁금한 점 없나요?"

화상 회의를 여러 번 거치다 보니 각 팀을 이바라키팀, 시부야팀, 고토팀으로 부르는 게 정착되었다. 그러고 보니 고토팀이 조용하다. 오늘은 마도카와 관장님뿐이라서 그럴지도 모른다.

"해볼게요."

자신 없는 마도카의 목소리가 들렸다.

"일단 다 함께 해보고 모르는 부분이 있으면 또 질문할게요."

"좋습니다. 고토팀은 학교로 참가하는 게 아니라서 여러모로 시간대가 안 맞을지 모르지만 부담 없이 언제라도 메일 보내주세요."

"고마워. 무토와 고야마는 내일 시합이라서."

쾌활한 어른의 목소리가 들렸다. 고토 천문대의 관장님이다. "그래요?" 아사가 물었다.

"두 사람은 어떤 동아리 활동을 하나요?"

"무토는 야구, 고야마는 궁도. 야구는 올여름에는 고시엔이 없지만 현에서 주최하는 대체 경기가 있거든."

얼마 전 화상 회의 때 모인 많은 사람들 중에서도 '무토'의 탄탄한 팔과 운동복 차림이 인상에 남았었다. 그렇구나, 야구부구나.

관장님이 말을 이었다.

"올해로 은퇴니까 두 사람 다 마지막까지 잘해야 할 텐데. 올해는 야구 응원 못 가서 유감이야. 그렇지, 마도카?"

"네." 마도카가 작게 입술을 열고 화면을 향해 보충 설명을 했다.

"저는 관악부예요. 매년 야구부 시합 때면 본토 야구장에 함께 가서 응원 연주를 했거든요."

"그렇군요. 우리는 야구부가 없어요. 그러고 보니 올해는 독자적으로 대체 대회를 여는 현도 많다고 뉴스에서 봤어요."

"응원도 못 가고, 연주도 금지지만요."

마도카가 조금 섭섭하다는 듯 웃었다.

그렇구나. 마히로는 생각했다.

지금까지는 별로 의식하지 않았지만, 고토팀은 모두 3학년이다. 고등학교 생활 마지막 해. 그렇다면 버섯을 좋아하는 '고야마 형'도……. 생각이 전해진 듯 회의 중인 화면에서 이름이 들려왔다.

"고야마는 궁도부인데, 현에서 주최하는 궁도 대회가 있어. 올해는 감염 예방 대책으로 많은 것이 변칙적으로 이루어지고 있잖아. 올해 수험생은 활동이 끝난 후로도 여러 가지로 많이 힘들 거야."

관장님이 그렇게 말하더니 "오늘 그쪽 부장은?" 하면서 이쪽을 봤다. 이바라키팀에게 묻는 모양이다. 그러고 보니 오늘은 눈빛이 또렷한 하루나 부장이 없다.

"하루나 선배는 학원에 갔어요. 다음 주부터 올 수 있을 것 같아요. 오늘은 미안하다고 전해달래요."

"그렇구나. 고등학생도 바쁘네. 수험생이면 더욱 그렇겠지. 아무쪼록 다들 무리는 하지 마. 이런 여름에 모처럼 자신들의 의지로 모여서 하는 일이잖아. 즐겁지 않으면 의미가 없어."

"네."

관장님 말에 제각기 대답했다. 무심하게 말했지만 중요한 말 같아서 마히로는 기억해두자고 생각했다.

자신들의 의지로 한다. 즐겁지 않으면 의미가 없다.

"……는 어떤 ……가요?"

처음 듣는 목소리다. 의아해서 얼굴을 드니 이바라키팀의 화면이 조금 소란스럽다. "이쪽에 와서 제대로 물어봐" 하는 리쿠의 목소리가 들리고 2학년이 화면 앞에서 사라지더니 안경 쓴 1학년 여학생이 나타났다.

"아, 죄송해요. 관악부는 어때요? 저, 중학교까지 관악부여서 궁금해서요. 고등학교 올라와서도 계속하려고 했는데, 올해 관악부는 활동이 없다고 해서 천문부에 들어왔어요."

"그랬군요……."

마도카가 고개를 끄덕이며 대답했다.

"우리 학교에 있는 동아리 중 관악부는 부원이 많은 편인데요, 역시 다 함께 연주하는 건 어려워요. 기본적으로 몇 명씩 나눠서 파트 연습을 해요. 합주 연습도 파트마다 한 명씩 대표가 나가서 거리를 두고 연주하고요. 그때 선생님이 지적하신 걸 다른 부원들에게 전해주는 식으로 하고 있어요."

"지금 같을 땐 그렇게 하지 않으면 연습은 어렵군요."

"네."

마도카가 대답하자 얼마간 침묵이 흘렀다.

"아, 그래서……."

화제를 찾는 듯 마도카가 말했다.

"예전처럼 연습할 수 있을 때까지 입 주변 근육의 힘이 떨어지면 안 되니까 혼자서 연습하고 있어요."

"악기는 뭔데요?"

"호른요."

"아, 전 중학교까지 클라리넷을 연주했어요."

착실해 보이는 이바라키의 1학년, 이름이 '후카노'였던가. 또 잠시 침묵이 흐르고 마도카가 머리를 숙였다.

"다음에는 고야마와 무토도 참석할 테니 그때도 잘 부탁합니다."

팀에 자기 혼자 있는 게 어색한지 조금 전보다 약간 굳어진 목소리다.

그 후 마히로와 부원들은 바로 경통 제작에 들어갔다.

고토팀은 일단 오늘은 퇴장하고 나중에 세 사람이 모여 작업을 시작한다고 한다. 남은 시부야와 이바라키, 두 팀 합동으로 작업을 이어갔다. 거의 비슷한 속도로 같은 작업을 하니 교실이 공간을 확대하여 이어진 듯 이상한 일체감이 들었다. 서로 떨어져 있지만, 교실에서 모둠을 나누어 조별 수업을 할 때와 비슷한 분위기였다.

마히로가 책상 위에 놓인 염화비닐관에 자를 대고 가장자리를 누르면 가마타 선배가 길이를 재서 표시한다.

"좀 길게……였지?"

"길게 하는 거였죠?"

가마타 선배가 말하자마자 화면 속에서도 똑같이 파이프를 누른 1학년이 2학년에게 묻는 소리가 들렸다. 그쪽에서는 알아채지 못한 것 같지만 아마네와 마히로, 가마타 선배는 얼굴을 마주 보고 싱긋 웃었다. 스나우라 3고에는 전기톱이 있다는 게 조금 부러웠다.

우리 쪽 톱과 사포는 모리무라 선생님이 미리 준비해주었다. 톱으로 뭔가를, 그것도 판자가 아니라 파이프를 자르는 건 처음이라 주저하며 톱을 잡고 모리무라 선생님의 감독 아래 다른 사람이 눌러주고 있는 파이프를 잘랐다. 생각 외로 힘이 필요한 작업이었다. "이리 줘." 톱에 힘이 들어가지 않자 보다 못한 가마타 선배가 대신 해주었다.

작업하는 책상 중앙에는 손소독제와 페이퍼 타월이 있다. 톱 같은 공용 도구를 사용할 때 도중에 사람이 바뀌면 일일이 손을 소독하라는 이야기를 들었다.

귀찮지만 다들 이해하고 있다. 지금의 즐거운 활동은 '철저히 조심하기'와 세트다. 만약 무슨 일이 생긴다면 할 수 있는 범위는 점점 줄어든다. 이번 봄 이래, 못 하는 게 압도적으로 많았던 일상에서 마히로와 학생들이 배운 것이다.

"어, 그런데 이거 의외로 어렵네. 자르는 거, 좀처럼……."

"그렇죠? 선배."

악전고투하는 가마타 선배에게 마히로가 무심결에 말을 걸었는데…….

"시부야팀!"

갑자기 팀 이름이 불려서 깜짝 놀랐다. 모니터 앞으로 돌아가니 리쿠가 자신들의 카메라 위치를 조정해 책상 위를 보여주었다.

사포가 테이프 같은 것으로 책상에 고정되어 있다.

"사포질을 할 때는 사포를 움직이지 말고 이렇게 사포를 책상에 고정하고 관을 움직이는 게 편해요."

리쿠의 목소리 너머에서 이바라키팀의 1학년이 염화비닐
관을 양손에 들고 사포 위에 굴뚝처럼 세운 채 원을 그리듯
움직이고 있었다. 조금 전 이야기한 안경 쓴 학생은 아니고
'히로세'라는 학생이었다. 흡사 커다란 냄비를 휘젓거나 커
다란 레버를 돌리는 것과 비슷한 움직임이었다.

와아! 무심결에 히바리모리 중학교 과학실에서 탄성이 터
져 나왔다. 확실히 그 방법이 쉬워 보인다.

"이 방법, 고토팀에도 알려주는 게 좋지 않을까요?"

"응. 그러네. 내가 메일 보낼게."

후카노와 아사의 대화가 들렸다. 오랜 시간 화면으로 이어
져 있어서 그런가 점점 상대에게 보여진다는 긴장감이나 조
심스러운 느낌이 사라진다.

"아, 슬슬 접속 시간 끊기겠네."

모리무라 선생님이 말했다. 교실 벽에 걸린 시계를 보고
유감스럽다는 듯 이바라키팀에게 전했다.

"화상 회의에 참여할 수 있는 시간은 두 시간으로 제한되
어 있어서 오늘은 여기까지 해야겠네요. 다음 전체 회의는
다음 주 금요일이지만, 궁금한 게 있으면 연락할게요. 와타
비키 선생님께도 인사 전해주세요."

"역시 고문 선생님을 모셔오는 게 좋겠어요. 잠깐만 기다려주
세요."

리쿠가 말하며 랩톱 컴퓨터를 다시 교탁에 올렸다. 잠시

후 와타비키 선생님이 "네, 네" 하고 느긋한 목소리로 화면에 등장했다. 모리무라 선생님이 자세를 바로잡았다.

"오늘도 감사했습니다. 스나우라 3고 천문부 부원은 다들 대단하네요."

"아, 네. 그렇죠? 이 아이들, 대단하죠?"

와타비키 선생님이 단언하듯 말했다. 그 말투에 망설임과 주저함이라곤 없어서 마히로는 순간 귀를 의심했다. 어른은 이럴 때 겸손하게 말하지 않나. "어휴, 아닙니다"라든가 "네? 그런가요?" 하는 식으로 말이다. 게다가 천문부 부원들은 선생님에게 허물없이 말하는 등 가까운 사이 같아서 더욱 의외였다.

그때 와타비키 선생님이 다시 말했다.

"아, 맞다. '이 아이들'이라고 말하면 안 되지. 그렇죠, 우리 천문부 부원들은 대단합니다."

와타비키 선생님의 말에 놀란 사람은 마히로만이 아니었다. 모리무라 선생님도 놀란 듯 말을 잇지 못했다. 정작 칭찬을 받은 리쿠와 아사는 특별히 놀라거나 동요하는 기색이 없는데 말이다. 와타비키 선생님은 평소에도 저런 모습인가 보다. 이런 식으로 모두를 칭찬하는 선생님.

"그렇군요." 잠시 후 모리무라 선생님이 말했다.

"하나 배웠습니다. 저, 개인적으로도 와타비키 선생님께 묻고 싶은 게 많아서 또 연락드리겠습니다. 고맙습니다."

"별말씀을요. 그럼 또 뵙죠."

와타비키 선생님이 가볍게 인사하자 그 뒤에서 리쿠와 아사, 1학년인 후카노와 히로세가 손을 흔들었다. "흐음." 인터넷이 끊기자마자 큰 목소리가 들렸다.

돌아보니 아마네였다. 손으로 자르기가 쉽지 않은지 자르다 만 염화비닐관을 내려다보고 있다.

"전기톱, 아쉽네. 우리도 저쪽 학교처럼 쓸 수 있으면 좋을 텐데."

"음. 실톱이라면 있을지도 모르니 잠깐 확인해볼게."

"어딘가 빌릴 만한 곳은 없을까요?"

선생님에게 진지하게 묻는 모습을 보고 생각했다.

아마네는 의욕이 넘치는구나. 중학생인 데다 별을 보기 어려운 도쿄의 학교이니 처음부터 불리하지만, 전기톱이 아쉽다는 말을 듣고 실감했다. 지고 싶지 않은 것이다. 좋은 망원경을 만들고 싶은 마음이 아마네에게도 분명히 자리 잡고 있는 것이다.

여름방학이 시작된다. 코로나 때문에 여러 가지로 평소와 다르지만 중학생이 된 마히로의 첫 여름방학이다.

그날 저녁, 마히로의 스마트폰으로 아마네가 문자를 보냈다. 누나에게 들키지 않도록 이불 속에 파고들어 문자를 읽었다.

"전톱, 빌릴 수 있는 곳 발견!"

손으로 브이를 그린 이모티콘도 있다.

전톱이라니. 줄임말이 너무 잘 어울려서 웃겼다. 아마네, 재미있네. 속으로 중얼거리자 자연스럽게 입가에 미소가 번졌다.

❀❀❀

"와타비키 선생님은 원래 저러세요?"

화상 회의 다음 날, 지학실에서 망원경을 만들던 1학년 후카노 고노미가 아사에게 갑자기 물었다.

여름방학 전에 학교에서 실내 작업을 허락받아서 1학년은 스타 캐치 콘테스트용 염화비닐관 망원경을, 2학년 이상은 멈췄던 나스미스식 망원경을 만들고 있다. 1학년을 도와주면서 하는 작업이지만, 해오던 활동을 재개할 수 있어서 기뻤다.

1학년 두 명은 마침 염화비닐관 안쪽을 사포로 가는 작업 중이었다. 경통 입구를 창으로 향하고 태양 빛을 안쪽에 비춰 들여다보면서 사포질이 제대로 되었는지 꼼꼼히 확인하고 있다.

"저러냐니?"

아사가 묻자 후카노가 말했다.

"뭐랄까, 종잡을 수 없지만, 대단하달까요."

"무슨 말인지 알 것 같아. 우리 고문 선생님은 전혀 대단해 보이지 않는데 알고 보니 대단한 사람이더라, 뭐 그런 느낌이지?"

오늘은 동아리 활동에 참가한 하루나 선배가 말했다. 후카노가 고개를 끄덕였다.

"입부하고 싶다고 말했을 때도 '뭐? 우리 부에 들어온다고? 특이하네'라기에 우리를 환영하지 않는 줄 알았어요."

"아, 미안. 아마도 멋쩍어서 그랬을 거야. 솔직하지 못하지. 심술꾸러기 같은 면도 있고. 원래 좋은 선생님인데."

리쿠가 말하자 후카노가 안경테를 만지면서 "맞아요, 선배들도요"라고 말했다.

"존경하지 않는 것 같으면서 존경하죠? 선생님을요. 그런 점도 신선하고 재미있어요."

"존경하지 않는 것 같다니. 그런 말을 하는 후카노도 재미있네."

문득 기억 하나가 떠올랐다.

지난달, 올해 활동 여부가 불확실할 때였다. 올해는 천문 관련 이벤트며 견학이 취소된 게 너무나 아쉽다고 다들 이야기를 나누었다. 하루나 선배는 '우리 고문 선생님 좀 유능하지?' 하고 자랑할 수 있는 기회인데 아깝다고 했다. 그때를 떠올리며 아사가 말했다.

"와타비키 선생님은 저래서 여러 곳에 친구며 아는 사람이 많은 걸지도."

"고토 천문대의 관장님도 그렇고요."

"우리가 제일 놀란 건 작년에 JAXA 협찬이었던 하나이 우미카 씨 강연회였어."

JAXA 우주 비행사인 하나이 우미카는 당시 서른여덟 살이었다. 아사도 어릴 적부터 그녀의 활약을 언론을 통해 익히 접했다. 이바라키 현 출신이기도 해서 20대에 ISS(국제우주정거장)에 체류할 일본 우주 비행사 후보로 뽑혔을 무렵부터 지역 방송국에서 대대적으로 보도했다. 실제로 하나이 우미카가 ISS의 일본 실험동 '가나타'에 체류했을 때는 전국 뉴스에 보도되어 같은 현 출신인 아사도 자랑스러웠다.

와타비키 선생님이 현에서 강연회가 열린다고 알리는 포스터를 지학실에 가지고 와 권했다. "좋은 자극이 될 것 같은데 가보지 않을래?"

"우와!" 이야기를 들은 후카노와 히로세가 소리를 질렀다.

"선배들 좋았겠어요. 하나이 님을 직접 만나다니, 어땠어요?"

"보고 이야기도 들었지. 아, 하지만 리쿠는 가족과 함께 갔었지?"

"누나하고."

리쿠가 퉁명스럽게 대답했다.

"강연회, 누나가 신청했거든. 엄마가 함께 갈 예정이었는데 그날 갑자기 몸이 안 좋아지는 바람에 내가 대신 갔지."

"리쿠 선배, 누나가 있군요."

"누나가 좋아하거든. 우주 같은 거."

"아, 그럼 리쿠 선배가 별에 관심을 가진 건 그 때문인가요?"

"그렇다기보다……. 음, 뭐 그렇게 대단하게 말할 건 아니
지만 그럴지도."

아사가 말했다.

"우리도 그때 처음으로 리쿠에게 누나가 있다는 걸 알았
어. 강연장에서 만나진 못 했지? 아, 그래서 강연 때……."

하나이 씨의 강연은 정말 재미있었다.

남녀노소, 각계각층의 사람이 강연장에 모였다. 아사처럼
천문부 부원 같은 고등학생과 어린 초등학생, 우주에 관심
이 많은 아이를 데리고 온 부모도 많았는데 모두 눈을 반짝
이며 하나이 씨에게 주목했다. '진짜 우주 비행사'를 만나 들
뜨기도 했겠지만, 하나이 씨가 사람을 끌어당기는 조리 있
는 어조로 이야기해서 그 자리에 있던 누구 하나 지루하지
않았을 것이다.

강연회에 아이들이 많이 왔다는 걸 알고는 자신의 초등학
교 시절 이야기를 하며 어렸을 때 우주 관련 책과 특집 기사
를 많이 읽어서 지금 이 자리에 있는 것 같다고 했다. 내년
부터 또 우주정거장 활동에 종사하게 되었다고 결의를 다지
는 듬직한 모습을 아사는 멍하니 바라봤다.

머리 위에 있는 하늘 너머. 이 사람은 정말로 우주에 간 적이 있구나 생각하니 이런 사람과 같은 공간에 있는 게 기적 같았다.

강연 마지막에 질의응답시간이 있었다. "질문 있습니까?" 남자 사회자가 묻자 아사와 부원들 옆에 앉아 있던 와타비키 선생님이 손을 번쩍 들었다.

아사와 부원들은 깜짝 놀랐다.

"이럴 때는 보통 아이들에게 질문을 양보하지 않아? 선생님이 질문한단 사실에 깜짝 놀랐어……. 다른 청중은 모두 하나이 씨의 이야기에 정신이 팔려서 아무도 손을 들지 않았거든."

"그거야 그렇죠. 그래서 와타비키 선생님은 뭘 물었어요?"

"응. 그런데 지금부터가 더 놀라워."

사회자가 와타비키 선생님을 가리키며 마이크를 가져다주자, 와타비키 선생님이 갑자기 "오랜만이야, 우미카" 하고 말한 것이다!

지나치게 친한 척하는 거 아닌가. 부원 모두 조마조마했다. 그런데 순간, 하나이의 표정이 확 밝아졌다. 마이크를 들고 서 있는 와타비키 선생님을 바라보던 그녀가 "어머, 선생님!" 하고 부른 것이다.

"네에?"

후카노도 히로세도 둘 다 눈이 휘둥그레지면서 외쳤다.

아사와 부원들 역시 그 자리에서 소리를 지르지는 못했지만 속으로 외쳤기에 그 마음은 잘 안다.

"그럼 하나이 님이 선생님과 아는 사이라는 말이에요?"

"설마 제자였다든가……."

후카노뿐만 아니라 그때까지 조용히 이야기를 듣던 히로세도 물었다. 이번에는 하루나 선배가 대답했다.

"제자는 아니야. 하나이 씨는 확실히 이바라키 출신이지만 선생님과는 아무 관계가 없어. 나중에 물었더니 하나이 씨가 나오는 이벤트며 저자 사인회에 항상 참석해서 인사하거나 질문하면서 안면을 텄다지 뭐야. 학교 선생님이라는 사실을 알고 있어서 '선생님'이라고 부른다고 했어."

"대단하다." 후카노가 중얼거렸다. "제자라는 것보다 더 굉장하지 않나요? 그냥 열렬한 팬이라는 거잖아요. 그런데 아는 사이가 되다니 대단해요."

"응. 아무렇지도 않게 그런 걸 할 수 있는 분이니까 하나이 씨 기억에 남은 것 같아."

와타비키 선생님은 그렇게 사람 마음속에 잘 들어간다. 상대방이 불쾌하지 않게 어느새 거리를 좁힌다. 화상 회의 때의 모습을 보고 느꼈다.

"선생님은 그때 어떤 질문을 했어요?"

히로세가 물었다. 아사가 대답했다.

"오늘 우리 학교 천문부 학생들과 함께 왔는데, 학생들에게 한 말씀 부탁해도 될까요?'라고 했지."

대체 무슨 말을 하는 거야 싶었다. 사실 아사는 평소 그런 질문을 너무나도 싫어했다. 어떤 분야든 일선에서 활약하는 사람에게 요청하는 '아이들에게 한마디'는 어른이 일단 던져보는 질문 같지 않나. 대답을 원하는 쪽은 '어른'일 뿐 강연자나 당사자인 아이들에 대해 깊이 생각하지 않고 하는 말이라고 생각했다.

하지만 그때만은 아사도 꿀꺽 침을 삼키고 하나이 씨의 대답을 기다렸다. 연단 위 밝은 물색 바지 정장을 입은 하나이 씨가 선생님 옆에 앉은 아사와 부원들을 봤다. "별을 좋아하나요?" 선명하고 영롱한 목소리가 물었을 때 온몸에서 땀이 솟았다. 우리를 향한 말이라고 생각하자 몸이 순식간에 뜨거워졌다.

어른의, 그것도 아주 존경하는 어른의 시선을 느끼자 너무나도 감격해서 말이 잘 나오지 않았다. 아사도 하루나 선배도 당시 3학년들도 모두 대답은 못 하고 그저 고개만 끄덕였다.

"저도 어릴 때부터 동경했답니다." 하나이 씨가 빙긋 웃으며 말했다.

"어렸을 때 〈과학〉과 〈학습〉이라는 잡지가 있었는데요. 학년마다 그 학년에 맞는 읽을거리가 가득 실려 있고 부록도 매력적이었죠."

하나이 씨가 그렇게 말하자 회장에 있던 어른들이 크게 반응했다. 아사도 그 잡지의 존재는 알지만 나이가 있는 사람들에게 더 친숙하리라.

"반 친구 대부분은 〈학습〉을 샀는데, 저는 〈과학〉을 읽으면서 제 관심사는 압도적으로 이쪽이라고 느꼈어요. 특히 초등학교 5학년 때, 모리 마모루 씨가 엔데버 호에 탑승했을 무렵에는 관련 기사가 읽고 싶어서 학년이 다른 언니에게 그때만 〈과학〉을 사라고 강요한 바람에 크게 다퉜죠. 언니는 〈학습〉파였거든요."

하나이 씨가 후후, 웃었다.

"여러분도 자신이 뭘 좋아하는지 깨닫는 날이 올 거예요. 좋아하는 일을 하게 돼서 지금 정말 행복해요. 여러분은 고등학생이죠?"

아사와 부원들이 고개를 끄덕하자 하나이 씨가 말했다.

"현실적으로 진로를 생각하면서 좋아하는 것과 적성에 맞는 것, 잘하는 것과 못하는 것의 차이로 고민할 때가 올지도 몰라요. 좋아하지만 해당 분야로 진학하거나 직업으로 삼기에는 걱정되는 것도 어쩌면 있을지 몰라요. 하지만 혹시 그쪽 방면에 재능이 없는 것 같아도 처음에 느꼈던 좋아하는 마음과 흥미, 호기심을 놓지 말고 그것과 함께 어른이 되어주세요."

당시에는 마음이 붕 떠 있어서 하나이 씨의 답변을 그 자리에서 전부 이해한 것 같지 않았다. 하지만 강연회가 끝나고 돌아가던 도중 아사와 부원들보다 더 흥분한 와타비키 선생님이 "역시 하나이 우미카다!" 하고 감탄하며 다시 일러 주었다.

"너희, 지금 이공계로 갈지 인문 계열을 지망할지 망설이고 있지? 천문을 좋아하는데 열심히 해도 과학과 수학은 점수가 나오지 않는다든가, 못하지는 않지만 국어와 사회 점수가 더 잘 나온다든가……. 이렇게 현실적으로 진로를 고르잖아. 오늘 우미카 씨가 한 말은 진학과 취직, 어느 쪽으로 살리지 못하더라도 좋아한다는 열정을 버리지는 말라는 뜻이야. 물질적으로 뭔가에 도움이 되느냐, 안 되느냐의 문제가 아니라는 거지."

"취미로서 계속해도 된다는, 그런 말인가요?"

"그래." 아사가 묻자 와타비키 선생님이 고개를 끄덕였다.

"취미라면 가볍게 들릴지도 모르지만 의외로 인생을 풍요롭게 하는 건 그다지 도움이 되지 않는 흥미와 호기심이란다. 나도 그렇고."

"와타비키 선생님이 좋아하는 건 일에도 도움이 되잖아요."

"아니, 정말로 마음대로 해도 된다면 하고 싶은 게 훨씬 더 많지. 그런데 우미카 씨처럼 동경하고 좋아하는 분야에서 가장 으뜸이면서도 기둥이 돼 활약하는 사람은 좀처럼 저런 말을 하지 않는단다. 너희, 오늘 여기 오길 잘했어. 나도 저 말을 들어서 다행이고."

콧노래를 부를 정도로 기분이 좋아진 와타비키 선생님 옆에서 아사는 강연장에 있던 다양한 사람이 떠올랐다. 하나이 씨의 모습을 보고 우주 이야기를 듣고 싶어서 모인 사람들이라고 해서 다들 우주와 관련된 일을 하고 있지는 않을 터였다. 하지만 그 자리에서 모두 함께 그 이야기를 들은 게 너무나도 기뻤다.

"대단해요."

히로세가 말했다. 마음에서 우러나온 말 같았다.

"와타비키 선생님은 정말 누구에게나 그러시나 봐요. 상대가 하나이 님이라 해도."

"상대의 기분을 해치지 않으면서 늘 한결같이 대하는 태도가 선생님의 장점일지도 몰라."

하루나 선배가 미소 지었다. 옆 책상에서 작업하는 리쿠를 바라보며 말했다.

"뛰어나고 잘 보살펴주는 선생님이기도 하지."

하루나 선배는 우등생이다. 와타비키 선생님이 봄의 휴교가 끝난 뒤 하루나 선배에게 지금까지의 활동을 연구비를 지원한 단체 등에 제대로 보고해 실적으로 만들어보라고 권했다. 그 실적에 바탕해 추천을 받을 수 있는 몇몇 대학을 소개해주는 모습을 아사와 리쿠도 봤다.

천문부가 올해 활동을 못 하면 그것도 어쩔 수 없다고 말하면서도 선생님은 수험생인 부장에게 "하루나는 슬슬 연구를 정리해야지" 하고 조언하기도 했다.

실내 작업 허가를 받은 게 정말 다행이다. 올해 나스미스식 망원경이 완성되면 그건 하루나 선배의 충분한 '실적'이 될 것이다.

후카노에게 아사가 말했다.

"어제 화상 회의 때 처음 알았는데 후카노는 중학교까지 관악부였구나."

"아, 네. 근데 휴교가 끝나자 올해는 콩쿠르도 없다지 뭐예요. 그것도 그렇고, 고등학교에선 새로운 걸 해보고 싶었거든요. 별이라든가, 지금까지 과학 쪽엔 영 흥미가 없었는데 '학생회 소식지'에 실린 소개글을 읽고 이런 활동을 하는 동아리도 있구나, 하고 놀랐어요."

"그걸 읽었어? 와아, 기뻐라!"

원고를 쓴 아사로서는 영광이다. "네!" 후카노가 대답했다.

"히로세도 그렇지?"

"아, 응."

또 한 명의 1학년, 히로세 아야카가 후카노의 말에 고개를 끄덕였다.

"카시니라는 이름 정도는 들어본 적 있고 같이 실린 커다란 망원경 그림이 인상적이었어요. 재미있을 것 같아서 직접 보고 싶었는데, 후카노가 같이 견학 가자고 권했어요."

첫음 봤을 때부터 성실해 보였던 안경을 쓴 후카노는 의외로 수다쟁이여서 서슴없는 말투로 아사와 다른 선배들에게 주눅 들지 않고 말을 하고, 활발해 보이던 히로세는 오히려 침착해서 충분히 생각하고 말하곤 했다. 지금도 갑자기 말을 걸어서 깜짝 놀란 듯 심호흡을 한번 하고 아사를 보며 대답했다.

"히로세는 중학교 때 무슨 부였어?"

"아, 저는 중학교 때 동아리 활동을 하지 않았어요."

"발레 외길이었어요, 얘는."

두 사람은 같은 중학교 출신으로, 그 무렵부터 친한 모양이다. 히로세가 어색한 미소를 짓자 후카노가 말을 이었다.

"발레 배우느라 바빠서 동아리 활동을 안 했어요."

"발레라니, 춤추는 그 발레?"

"……네. 어릴 때부터 배웠어요."

히로세가 주저하며 대답했다.

"어릴 때는 주에 한두 번 레슨을 받았는데 초등학교, 중학교 때는 주 5회 다녔어요."

"주 5회!"

주말을 빼면 매일이다. 아사가 무심결에 큰 소리를 내자, 이번엔 히로세가 아니라 후카노가 설명했다.

"발레는 체력이 필요하니까 진지하게 계속하려면 그렇게

해야 한대요. 기본적으로 매일 레슨을 받지 않으면 토슈즈로 자신의 몸을 지탱할 수 있는 체력도 근력도 붙지 않는다나요. 그래서 히로세는 동아리 활동을 하지 않고 발레 레슨을 받았어요. 대단하죠?"

"와! 그렇게 본격적으로 했는데 지금은?"

"봄에 그만두었어요."

아사는 순간 아깝다는 생각이 들었다. 하지만 그 말을 입에 담을 만큼 무신경하거나 무례하지는 않다. 잠시 후 히로세가 쭈뼛쭈뼛 말했다.

"5월에 발표회가 있을 예정이었는데요, 거기에 나갈지 말지 부모님께 여쭤라고 했어요. 휴교도 정해졌으니 각 가정에서 '직접 판단해주세요'라고. 계속 레슨을 받아왔고 의상도 빌려서 입어보고 사이즈 조정도 전부 마친 뒤라 당연히 나갈 거라고 생각했는데……."

하지만 히로세의 부모님이 말렸다고 했다.

"지금은 위험한 시기이고 여러 가지가 취소됐잖니. 참가했다가 만일 무슨 일이 있으면 주위에서 무슨 말을 들을지 몰라. 선생님들도 고민하겠지만 우리도 너에게 무슨 일이 있으면 참가 허락을 한 걸 굉장히 후회할 거야."

코로나 감염자 수만 놓고 보면 분위기가 심각했던 초봄보다 지금이 오히려 많지만, 아사와 학생들은 이제 조금이나마 다양한 활동을 할 수 있다. 할 수 있다기보다 하고 있다고 말해야 할까. 사실 '하는 것'뿐이라면 분명 그때도 가능했지만.

하지만 봄의 긴장감은 지금 떠올려도 역시 심각했다.

"부모님과 많이 싸웠어요."

띄엄띄엄 히로세가 설명했다.

"말로 하지는 않았지만, 아빠와 엄마는 선생님에게도 화가 나 있었어요. 어째서 행사를 취소하지 않는 거냐고 생각하는 게 전해졌어요. 가족끼리 심하게 싸워서 분위기가 험악해졌는데, '역시 취소하게 되었습니다'라는 선생님의 연락이 오고 발표회가 없어졌죠."

4월의 분위기를 떠올렸다. 프로 세계에서도 콘서트나 연극 등 갖가지 행사를 두고 온갖 뉴스가 난무했다. 참가한다, 안 한다는 판단을 각자에게 맡기다니, 그 '책임'과 '판단'이 힘드니 차라리 누가 결정해주었으면 좋겠다고 히로세의 부모님은 생각했으리라. 그 자리에 없었지만 아사는 그 일이 마치 자신의 일처럼 느껴졌다.

히로세가 책상 위에 놓인 염화비닐판을 손에 들고 사포질을 하며 말을 이었다.

"지금 생각하면 했어도 괜찮았을 것 같아요. 그 시기였다면 집단 감염도 분명 발생하지 않았을 거예요. 하지만 혹시나 발생하면 어떡하냐는, 일단 다 취소하면 문제는 없다는 분위기가 그때는 있었죠."

"히로세는 그래서…… 하얗게 불태운 거야?"

옆에서 리쿠가 끼어들었다.

이야기를 안 듣고 있는 줄 알았는데 나스미스식 망원경 설계도를 바라보던 시선을 들어 히로세를 보고 있다. 히로세가 부끄럽다는 듯 고개를 저었다.

"그런 멋진 이야기는 아니에요. 다른 아이들과 비교할 때 매일 레슨을 받을 만큼의 재능이 있는 것 같지 않았고, 당시 부모님과 많은 이야기를 나누면서 이런저런 속마음을 들었어요. 미안하지만 우리 집은 여기까지라고."

말투는 밝았지만 잠깐 히로세의 눈빛이 어두워진 듯했다.

"앞으로 발레를 계속하더라도 좀 더 좋은 선생님께 배우거나 유학을 가는 건 무리라면서……. 언제까지 할 거냐고 단호히 물으시더라고요. 지금 우리 집도 힘들다며 제 생각을 듣고 싶다고."

"힘들다고?"

"저희 닭꼬치집을 하거든요. 단골손님도 그럭저럭 있고요."

"엄청 맛있고 꽤 유명한 가게예요. 저는 원래 닭다리나 파 닭꼬치 정도밖에 못 먹었는데요, 중학교 때 히로세와 친해지고 모래주머니랑 염통까지 다 먹게 됐어요."

"고마워." 후카노가 말하자 히로세가 그렇게 말하고 미소 지었다. 그러고는 리쿠와 아사를 돌아봤다.

"매일 레슨을 하려면…… 당연히 돈이 들잖아요."

히로세가 살짝 목을 움츠리는 듯했다.

"게다가 저는 처음에는 엄마가 별생각 없이 데리고 간 동네 학원을 다니다가 더 큰 곳에서 배우고 싶어서 다른 학원으로 옮겼거든요. 부모님도 이렇게까지 할 줄은 몰라서……큰 오산이었나 봐요."

히로세의 얼굴에 어린 미소는 여전했지만 동시에 난처한 표정이 스쳤다.

"앞으로 발레로 먹고살 것도 아니면서 그렇게까지 열심히 할 필요 있냐고, 발표회로 말다툼할 때 분명히 말씀하시더라고요. 제 수준으로는 유학도 무리고, 물론 생각해본 적도 없지만 엄마는 저 모르게 유학 비용이 얼마나 드는지도 알아보셨나 봐요. 우리 집은 그건 절대로 무리라고 했어요. 제가 발레를 하는 것에 대해 부모님이 상상 이상으로 고민하신 걸 그때 처음 알고 반성했어요. 지금 우리 집은 이렇게 힘들구나, 하고요."

히로세가 담담하게 말했다. 하지만 그 말투는 그동안 같은 이야기를 친구나 주변 사람에게 거듭하면서 조금씩 정리된 것처럼 보였다.

리쿠가 물었다.

"역시 코로나 영향으로 가게가 힘들어졌다든가, 그런 거야?"

"네, 맞아요. 하지만 놀랐어요. 우리 집은 인기 있는 가게니까 몇 달쯤 손님이 줄어도 괜찮을 줄 알았죠. 하지만 음식점 경영은 그렇게 단순하지 않더라고요. 저축해둔 돈이 있더라도 매일매일의 수입이 없다는 건 이렇게 큰일이구나, 깨달았어요. 안다고 생각했는데 지금까지 못 본 부분을 처음으로 봤다고나 할까요. 그런 의미로는 발표회 때문에 다툰 일이 오히려 다행일지도 몰라요."

"뭐, 다들 나름대로 영향을 받았을 거야. 코로나로 어떤 집이든."

리쿠가 말했다. 히로세의 이야기가 너무나 심각해서 쉽게 말을 붙일 수 없어 듣고만 있던 아사는 리쿠가 너무나도 아무렇지 않게 말해서 깜짝 놀랐다.

그러나 히로세는 곧바로 고개를 끄덕였다.

"네, 있을 거예요. ……그래서 조금 전 선배들의 이야기에 기운을 좀 얻었어요. 재능 있는 것과 좋아하는 것에 대한 하나이 님의 이야기. 그 두 가지는 확실히 세트가 아닐 수도 있지만, 적성에 안 맞는다고 그것에 대한 호기심을 놓아버릴 필요는 없다는 말에 어쩐지 마음이 편해졌어요."

"저도요. 실은 저도 부모님이랑 중학교 시절 동아리 활동 친구가 관악합주는 안 할 거냐고 물었거든요."

후카노가 옆에서 슬쩍 손을 들었다.

"다들 제법 신랄해요. 악기 그만둔 거 후회하지 않느냐, 천문부는 별을 보는 재미가 있을지 몰라도 그런 건 그냥 재미로 하는 거 아니냐고.”

“재미로 하는 거라니!”

술술 말하는 후카노에게 아사는 저도 모르게 외쳤다. 후카
노는 표정을 바꾸지 않고 말했다.

“저도 망설였어요. 악기는 연주 실력이 느는 게 확실히 눈
에 보이지만 무엇 때문에 하는지 고민한 적도 있거든요. 뭐
든 똑같겠죠. 어떻게 시작했든 그만둘 때는 정말로 스스로
정할 수밖에 없는 것 같아요. 프로만이 그걸 직업으로 삼을
수 있다면 ‘왜 하느냐의 문제’는 누구에게라도 있을 테니까
요. 어쩐지 코로나와 관련된 여러 가지가 시작되면서, 특히
그런 압박을 받는 거 같아요.”

압박.

후카노의 말에 그 자리에 있던 부원들이 모두 그녀를 봤다.

“이건 도움이 되는가, 무엇을 위해서인가. 장래에 어떤 도
움이 되는가, 대학 입시에 보탬이 되나. 예전보다 그런 걸 생
각하게 된 거 같아요.”

“무슨 느낌인지 잘 알 것 같아.”

하루나 선배가 말했다. 마스크 위의 길고 가는 눈이 날카
롭게 빛났다.

“나는 수험생이니까 특히 더 그럴지도 몰라. 코로나가 유
행한 뒤로 그렇게 된 느낌이 든다는 것도 동감이야. 다들 집
에만 있어야 해서 시간이 남아돌아 어쩔 줄 몰라 하던 시기

가 있었는데, 이상하게도 오히려 지금에서야 무엇이 도움이 되는가, 무엇을 해야 하는가 하고 쫓기듯 생각하게 되더라고."

"네. 하지만 요 며칠 여러 가지로 많이 배운 것 같아요."

그렇게 말하는 후카노는 기뻐 보였다.

"별에 대한 지식이나 망원경 제작은 분명 학교 공부와 당장 연결되지 않지만, 그 사실을 당연히 알고 있는 와타비키 선생님도 굉장히 즐거워 보여서 딱히 무엇을 위해서라는 목적이 없어도 되는구나, 했어요."

"도움도 되고 목적도 있어."

하루나 선배가 미소 지었다.

"실제로 나는 천문부에서 지금까지 해온 활동을 실적으로 삼아 추천 입시 서류를 내고 있거든."

"아, 그런데." 리쿠가 옆에서 끼어들었다. "하루나 선배도 우리도 진학을 위해서만은 아니야……. 노는 김에 이걸 이용할 수 있으면 하자, 라는 느낌이지. 그러니까 무엇을 '목적'이라고 생각하느냐는 거지. 입시만이 목적이라고 생각하는 사람이 있다면 노는 게 목적인 와타비키 선생님 같은 사람도 있거든."

"선생님만 그런 건 아니죠." 히로세가 웃으며 말했다. "얼마 전 화상 회의에서 시부야의 중학생과 고토의 3학년이 버섯 이야기로 한참 이야기하는 걸 보고 저 두 사람은 장래에 버섯에 관련된 일을 하고 싶은 게 아닌데도 저렇게 좋아하는구나! 하고 엄청 놀랐거든요. 그래도 되는구나 싶었어요."

***

고시 료지가 히바리모리 중학교에 왔다.

고토에 있는 고등학교에서 유학했지만 지금은 도쿄로 돌아왔다는 고토팀의 동급생이다.

고등학생이 온다는 말을 듣고 마히로는 어떤 사람일까, 하고 내심 긴장했지만 학교에 온 고시는 어려 보이는 데다 키가 작아 겉보기에는 위압감이 없었다.

"잘 부탁합니다."

모리무라 선생님과 함께 과학실에 들어오자 마히로와 부원들에게 정중하게 인사를 했다. 고시도 긴장한 모양이다. "잘 부탁합니다." 마히로를 비롯한 두 사람도 모리무라 선생님과 함께 고개를 숙였다.

"고시는 고토에서 도쿄의 학교로 전학했다고 들었는데, 그건 새 학교 교복이니?"

모리무라 선생님이 물었다. 트레이닝복 차림인 세 학생에 비해 고시가 입은 셔츠와 슬랙스는 어딘가의 교복처럼 보인다. 그 질문에 고시가 고개를 저었다.

"아, 고토의 이즈미 고등학교 교복이에요. 실은 저 아직 그쪽 학교 학생이에요. 수업도 원격으로 받고 있어서 출석으로 인정받고요. 오늘은, 아무래도 학교에 가는데 사복은 좀 아닌 것 같아서 일단 교복을 입고 왔어요."

"그럼 여름 상황을 보고 고토에 돌아갈지 말지 정하는 거야?"

"아니요. 이제 이쪽 학교에 전학할 생각이에요. 봄부터 부모님과 함께 코로나 상황이 괜찮아지지 않을까 지켜보고 있었는데, 여전히 심각한 것 같아서요."

고시가 유감스럽다는 듯 어깨를 움츠렸다.

"부모님도 앞으로 겨울이 되면 다시 코로나 재유행이 예상된다며 고토에 보낼 수 없대요. 그래서 여름방학 때 어떻게 할지 결정하기로 했어요."

힘들겠구나……. 마히로는 그렇게 생각했지만 바로 말을 하지는 못했다. 가만히 있는데 고시가 갑자기 마히로를 보았다.

"네가 안도 마히로지? 고야마의 버섯 친구."

"네? 아, 네."

"그렇구나, 잘 부탁해. 고야마에게 이야기 들었어. 그 화상회의, 나도 있었으면 좋았을걸. 대단해. 나는 고야마와 1학년 때부터 기숙사에서 함께 지내서 녀석을 잘 안다고 생각했는데, 버섯을 좋아하는 줄은 전혀 몰랐어."

"정말요?"

"응. 모르는 중학교 동아리 활동에 갑자기 끼어들어도 될까 싶었거든. 그런데 고야마에게 그 이야기를 듣고 엄청 웃었잖아. 덕분에 가벼운 마음으로 올 수 있었어. 고마워!"

고시는 눈이 크고 동글동글하며 말투도 붙임성이 있다. 그 한마디로 마히로와 부원들의 어색함이 조금 사라졌다. 아, 이 사람, 정말로 고토팀의 친구로구나.

"새삼스럽지만 고시 료지라고 해."

"나카이 아마네입니다. 1학년이에요."

"가마타 준키, 2학년입니다."

자기소개를 하고 나자 고시의 관심은 역시 세 사람이 만들고 있는 망원경으로 옮겨갔다. "재미있네." 아직 전기톱을 사용하지 않아서 단면이 거친 경통을 들여다보면서 고시가 말했다.

"나도 망원경이 있지만 손으로 만들다니 대단해."

"고시에게는 스타 캐치 콘테스트의 심판을 부탁하고 싶어."

"아, 들었어요. 도움이 되면 하고 싶어요. 저도 심판 연습이 필요할지도 몰라요. 이 망원경으로 봤을 때 어떻게 보이는지도 파악해두고 싶고, 망원경 제작도 참관하고 싶은데……. 혹시 괜찮으시다면 몇 번 더 와도 될까요?"

"그거라면 우리도 대환영이야."

모리무라 선생님이 기쁜 듯 말하며 "그럼……" 하고 과학실의 벽시계를 올려다봤다. 오늘은 과학실에 모였다가 전기톱을 빌릴 수 있는 곳에 다 함께 가기로 했다. 고시도 함께 가기로 하고 그쪽에 연락해두었다.

"여, 마히로, 아마네. 오랜만이야."

도쿄 도립 미사키다이 고등학교.

입구에 야나기가 마중 나왔다. "안녕하세요." 다른 학교, 그것도 고등학교 건물에 들어가는 건 처음이라서 마히로는 조금 긴장하며 고개를 숙였다.

"오늘 고맙습니다."

다가온 야나기에게 아마네가 기쁜 듯 인사를 건넸다.

학교 건물로 들어가자마자 놓여 있는 방문객 명부에 모리무라 선생님이 모두의 이름을 적었다. 마히로와 일행은 놓여 있는 슬리퍼를 신고 명부 옆에 놓인 손소독제로 꼼꼼히 소독했다. 손소독제 아래에 학생이 쓴 듯한 '소독제는 손바닥과 손등에 꼼꼼히 문지릅시다'라는 주의 사항을 적은 종이가 붙어 있었다.

히바리모리 중학교에서 10분 정도 떨어진 이 미사키다이 고등학교가 아마네가 찾은 '전톱을 빌릴 수 있는 곳'이었다.

우주선 클럽 활동을 계기로 아마네와 야나기는 가끔 연락을 주고받는 모양이다. 아마네가 스타 캐치 콘테스트에 참가하게 되어 망원경을 제작한다고 이야기하면서 전기톱에 관해 묻자 야나기가 "우리 학교에 있어" 하고 알려주었다고 한다.

"정말로 감사합니다. 이렇게 불쑥 찾아와서 죄송합니다."

모리무라 선생님이 고등학생인 야나기에게 정중하게 인사했다.

"아니에요. 닳는 것도 아니고 우리 고문 선생님께 여쭤봤더니 선뜻 그러라고 하셨어요. 재미있어 보이니 그 스타 캐치 콘테스트 이야기도 듣고 싶으시대요."

야나기는 중학교까지 운동을 해서인지 체형도 탄탄하고 키도 커서 20대인 모리무라 선생님과 나란히 있으니 어른끼리 이야기하는 것 같다. 같은 고등학생인데 고시와는 느낌이 또 다르다.

"그래서 그게 망원경이 된다고?"

마히로가 끌어안듯 들고 있는 염화비닐관을 보고 야나기가 물었다.

"네, 맞아요." 바로 아마네가 대답하자 마히로는 조금 울컥했다. 망원경 재료는 자신과 가마타 선배가 옮기다시피 했는데 아마네가 냉큼 대답해버리다니!

게다가 '야나기 형'은 조금 전부터 나카이를 '아마네'라고 이름으로 부르고 있다.

"전톱, 빌릴 수 있는 곳 발견!"

아마네가 기쁜 듯 이모티콘과 함께 보고했을 땐 재미있는 녀석이라고 생각하며 웃었는데, 그곳이 미사키다이 고등학교의 야나기라는 사실을 알고 마히로는 찜찜했다.

애초 두 사람이 알게 된 계기는 마히로다. 우주선 클럽 활동 때문에 야나기의 연락처를 아마네에게 알려주었고, 아마네도 "재미있었어"라고 이야기했다. 회의에 한 번 참석하는 걸로 끝이라고 생각했다. 하지만 아마네는 관계자가 아닌데도 자신이 줄곧 참석했고 이렇게 야나기와 친해지게 되었다고는 이야기하지 않았다.

'야나기 형은 내 친구였는데.'

축구 클럽을 다닐 때 선수로서의 야나기가 얼마나 멋졌는지 아마네는 전혀 모를 것이다. 그 감정이 질투라는 걸 스스로 잘 알기에 말은 안 했지만 기분이 좋지 않았고, 오늘도 오고 싶지 않았다. 그러나 자신이 없는 곳에서 아마네가 야나기와 점점 친해지는 모습을 상상하자 그것도 싫었다.

마히로가 무슨 생각을 하는지 아무것도 모르는 야나기는 전기톱이 있는 '기술실'로 일행을 안내했다. 운동장에서는 운동부가 동아리 활동을 하고, 복도에서 스쳐 지나가는 학생도 있는 것을 보니 미사키다이 고등학교도 올여름에 동아리 활동을 하는 모양이다.

"야나기 오빠네 물리부는 오늘 활동 있어요?"

한 발 앞에서 걷는 아마네가 계단을 오르면서 옆에 있는 야나기에게 물었다. 아마네도 어느새 야나기를 '오빠'라고 친근하게 부르고 있다.

"오늘은 없어. 사람이 별로 없을 때가 작업하기 편할 것 같아서."

"앗, 저 때문에 일부러 죄송해요."

아마네가 사과했다. '너 때문만은 아니야. 우리 모두를 위한 거니까.' 마히로가 그렇게 속으로 중얼거리는데 야나기가 3층 구석에 있는 부실 문을 열었다.

"이치노 선생님, 히바리모리 중학교에서 왔습니다."

야나기가 안을 향해 말했다. 그 목소리에 기술실 안에 있던 사람이 일어나 이쪽을 봤다.

긴 머리를 하나로 묶은 마른 여자 선생님이었다. 어른의 나이는 잘 모르겠지만, 마히로의 엄마보다 조금 아래로 보인다. 쌍꺼풀 없는 눈이 가늘고 길었고, 밝은 녹색 롱스커트를 입고 있었다.

마히로는 조금 놀랐다. 물리부 고문이라고 들어서 왠지 모르게 모리무라 선생님이나 와타비키 선생님 같은 남자 선생님을 상상했기 때문이다.

"안녕하세요, 히바리모리 중학교 과학부의 모리무라입니다."

"기다리고 있었습니다. 물리부 고문 이치노입니다."

이치노 선생님은 목소리가 허스키하달까, 낮은 편이어서

약간 차가워 보이는 외모와 잘 어울렸다.

모리무라 선생님이 명함을 꺼내 건네고 이치노 선생님도 건넸다. 그걸 보고 모리무라 선생님이 놀란 듯했다.

"이치노 선생님은 국어 선생님이십니까?"

"네. 주로 고전 문학을 담당해요."

'그게 왜요?'라는 조용한 시선으로 이치노 선생님이 모리무라 선생님을 바라봤다. 마히로와 학생들도 모리무라 선생님이 들고 있는 명함을 들여다봤다.

'도쿄 도립 미사키다이 고등학교 국어 교사 이치노 하루카'라고 적혀 있다.

"아니, 그게요……" 하며 당혹스러워하는 모리무라 선생님 옆에서 가마타 선배가 스스럼없이 물었다.

"물리 선생님이 아니시네요? 물리부 고문이신데요."

"물리 선생님도 도와주시지만, 그 선생님은 옛날부터 검도를 하셔서 지금 검도부 고문을 메인으로 맡고 계시거든."

이치노 선생님이 대답하고 옆에서 야나기가 덧붙였다.

"우리도 물리 선생님께 질문하러 가기도 하는데, 기본은 이치노 선생님이 이것저것 알려주셔."

"별로 할 일이 없어요. 우리 학생들은 기본적으로 스스로 할 일을 정하니까요. 저는 조정하는 것뿐이라고 할까요."

이치노 선생님이 담담하게 말했다.

"지금은 주로 인공위성 제작과 우주선 클럽 활동을 하는데,

교무 주임 선생님이 멋대로 제가 적임인 것 같다고 추천하셔서 어쩌다 보니 고문이 됐어요. 관심 있는 분야이기도 하고요."

"그렇군요."

모리무라 선생님이 이치노 선생님의 당당한 분위기에 눌린 듯 고개를 끄덕였다.

하지만 모리무라 선생님 또한 예전에는 농구부 고문으로, 과학 교사이지만 과학 동아리 활동은 하지 않았다고 했다. 어떤 선생님이 무슨 동아리의 고문이 되는가는 여러 우연이 겹쳐서, 그야말로 '어쩌다 보니'인지도 모른다.

명함 교환을 하는 어른들 옆에서 마히로가 새삼스레 처음 들어온 고등학교 기술실 실내를 둘러봤다. 이름을 알 수 없는 기계들이 잔뜩 놓여 있다. 가까운 벽에는 수납함이 쌓여 있고 안에 둘둘 말린 전선이 한가득 들어 있다.

찾던 전기톱은 이치노 선생님과 야나기가 미리 준비해두었는지 가운데 부근의 책상에 놓여 있었다. 커다란 파란색 손잡이가 달려 있었다. 처음 보는 것이지만 아마 맞으리라.

"마히로가 먼저 해봐."

"네?" 가마타 선배의 말에 마히로가 깜짝 놀라 반문하자 "네가 제안했잖아" 하고 무뚝뚝하게 덧붙였다.

"그럼 한번 해볼래?"

이치노 선생님의 말에 염화비닐관을 들고 톱 쪽으로 다가

갔다.

사용법을 배우면서 먼저 가까이에 있는 판자를 받아 주뼛 주뼛 자르는 연습을 했다. 판자를 받침대에 올리고 손잡이 부분에 있는 방아쇠를 당기자 날이 회전해서 저도 모르게 등이 펴지고 손을 놓쳐버렸다. 그러자 이치노 선생님이 주의를 주었다.

"제대로 누르지 않으면 남은 부분과 파편이 튀어서 위험해."

"그럼 내가 잡고 있을게."

가마타 선배가 끝부분을 눌러주어서 다시 처음부터 조심스레 톱날을 가져갔다. 나무에 전기톱의 날이 들어가며 끼익, 하고 날카로운 소리가 나더니 확실히 잘리는 느낌이 손에 전해졌다.

"잘하네." 모리무라 선생님과 아마네의 칭찬에 드디어 진짜 염화비닐관을 자르기로 했다.

"정말로 제가 해요?"

아직 단념하지 못한 듯 마히로가 물었다. "괜찮다니까!" 가마타 선배는 짜증 난다는 듯한 말투다. "실패해도 괜찮도록 길게 잘랐잖아!" 아마네마저 그렇게 거들었다. '그럼, 네가 하라고.' 속으로 투덜거리면서도 실패해도 괜찮다는 말에 마음이 조금 가벼워졌다.

가마타 선배가 이번에도 끝부분을 단단히 잡아주어서 마

음먹고 지난번 자르다 만 염화비닐관 부분에 톱날을 가져다 댔다. 이바라키팀이 가르쳐준 대로 신중하게 파이프를 돌리면서 톱날을 가져갔다. 판자를 자를 때보다 짧고 높게 윙, 하는 소리가 나더니 염화비닐관이 싹둑 잘렸다.

와, 함성이 터졌다. 스위치를 끄고 단면을 봤다.

제대로 잘렸다. 잘린 부분이 마히로 쪽을 향해 있다.

"와, 깨끗해요. 각도도 좋은 것 같아!"

"응. 좋아. 나머지는 사포로 갈면 되겠지?"

모리무라 선생님과 아마네가 말했다. "괜찮아요?" 마히로도 물으면서 안심했다. 그러자 바로 뒤에서 이치노 선생님 목소리가 들렸다.

"이 망원경, 대단하네요."

야나기가 보고 싶다고 미리 말해서 마히로와 부원들은 오늘 경통 부분 외에도 망원경 부품과 설계도를 전부 가지고 왔다. 이치노 선생님이 그걸 보면서 말을 이었다.

"전문적인 부품을 쓰기는 하지만, 전부 간단히 손에 넣을 수 있는 기성품만으로 만들 수 있도록 설계됐네요. 손쉽게 만들 수 있는 걸 최우선으로 둔 것 같아요."

"네, 맞아요. 이 망원경을 설계한 선생님이 그걸 가장 중요하게 생각한 모양이에요."

모리무라 선생님이 설명했다.

"그 선생님이 젊었을 때 관측회에 참가한 경험을 계기로 고안했다고 합니다. 그 관측회에는 다양한 사람이 왔대요. 그중에는 꽤 본격적으로 활동하는 아마추어 관측 모임도 있었는데, 그 사람들이 일반인에게 자신들이 가지고 온 망원경을 빌려주었대요. 고성능의, 그야말로 몇백만 엔이나 하는 망원경으로 그 자리에 있던 아이들에게도 별을 보여주었는데 그때 아이들의 반응이 좀 미적지근했다고 하더군요."

"왜요?"

"처음에는 별이 깨끗하게 보이니 역시 반응이 좋았던 것 같아요. 그런데 고가의 망원경을 만지는 게 겁이 나고 다들 긴장했는지 한번 보고는 그걸로 끝이었다더군요. 그때 그 선생님, 와타비키 선생님이라고 하는데요, 와타비키 선생님이 직접 만든 망원경을 가지고 갔다고 해요. 선생님은 어릴 때부터 망원경 만들기를 좋아했는데, 그 무렵에도 몇 개나 만들어서 그 관측회에서 아이들에게 망가져도 괜찮으니까 보고 싶은 만큼 보라면서 조건 없이 빌려준 모양이에요."

모리무라 선생님이 미소 지었다.

"그랬더니 고성능 쪽이 아니라 선생님이 만든 망원경 쪽에 길게 줄이 생겼답니다. 예쁘고 깨끗하게 보이는 것도 중요하지만, 아이들은 역시 직접 만들 수 있는 게 최고인 모양이라고 생각했대요. 그래서 철물점을 드나들며 망원경을 간단히 만들 수는 없을까, 하고 고심했다고 합니다. 그때 두께가 다양한 염화비닐관을 파는 걸 보고 저기에 렌즈 부품이 들어갈 것 같다고 생각한 게 이 망원경을 만든 계기였대요. 스타 캐치 콘테스트도 적은 돈으로 쉽게 만들 수 있는 이 망원경이 있어서 할 수 있다고 하셨죠."

처음 듣는 이야기였다.

마히로도 화상 회의에 참여했지만 들은 적은 없다. 그러고 보니 회의 마지막에 모리무라 선생님이 와타비키 선생님께 "또 연락하겠습니다"라든가 "저도 가르침을 받고 싶은 게 있어서"라고 자주 말했다. 마히로와 학생들이 없는 곳에서 모리무라 선생님도 정말로 와타비키 선생님께 배우고 있는지도 모른다.

"그렇군요……."

감탄이 터져 나왔다. 조금 높은 곳에서 고시 목소리가 들렸다. 처음 만난 사람들이라 배려하느라 그랬는지 말없이 있었던 그의 표정이 밝았다.

"같은 스펙의 망원경을 만드는 건 공정한 경쟁을 위해서라고만 생각했어요. 실로 공감이 가는 이유네요."

"응. 나도. 망원경을 만들면서 구조를 익힐 수 있도록 고안한 건 줄 알았어. 만들면서 공부시키려고. 하지만 고장 나도 괜찮다는 이유라니, 엄청 좋은 것 같아."

오늘 처음 만났는데 고시의 말에 야나기가 선뜻 맞장구를 친다. 고시가 고토에서 온 고등학생이라고 아직 말하기 전인데.

"선생님, 이거 우리도 할 수 있어요?"

야나기가 물었다. 그 말을 듣고 이치노 선생님이 말없이 망원경 설계도를 보다가 물었다.

"야나기, 참가하고 싶니?"

"네. 재미있어 보이잖아요. 부원 전원이 아니라 하고 싶은 사람만요. 관심 있는 부원이 분명 있을 거예요."

"하고 싶은 건 스타 캐치 콘테스트? 아니면 망원경 만들기?"

"할 수만 있다면 마히로네가 하는 콘테스트에 우리도 원격으로 참가하면 좋을 텐데, 도중에 끼어드는 건 어려울까요?"

"아, 괜찮을 거예요! 시부야팀은 두 군데서 한다고 하면."

아마네가 대답하자 마히로는 또 울컥했다. 다 함께 하는 활동인데 모두의 의사를 확인하지도 않고 왜 멋대로 대답하는 거야! 속으로 그렇게 생각하면서도 대꾸하지 못했다.

이치노 선생님은 잠시 말이 없었다. 뭔가 생각하는 듯하더니 "모리무라 선생님" 하고 선생님을 불렀다.

"와타비키 선생님이라고 하셨죠? 이 활동을 생각하신 분. 이바라키의 고등학교 선생님이 주최하신다고 야나기에게 듣고 혹시나 했는데요."

"네, 맞아요. 아세요?"

"예전에 조금요."

역시 와타비키 선생님은 굉장하다며 마히로와 학생들은 감탄했다. 이치노 선생님이 모리무라 선생님에게 말했다.

"콘테스트, 모든 팀이 동시에 득점을 겨루는 형태와 두 팀씩 찾는 속도를 겨루는 토너먼트식이라고 들었어요. 그거 왜 그렇게 하는지 아세요?"

"네? 글쎄요, 단순한 형식의 차이 아닐까요?"

"와타비키 선생님도 처음에는 모든 팀이 동시에 한다고 생각했을 거예요. 하지만 분명 판정하는 게 어려워졌겠죠. 별을 찾았다고 알려도 그게 득점으로 이어지는 그 별인지, 그 자리에서 바로 제대로 판정할 수 있는 사람을 팀 수만큼 확보하는 게 어렵지 않았을까요. 그래서 어쩔 수 없이 두 팀씩 토너먼트 형식으로 했다고 생각해요. 즉, 심판을 찾는 게 그만큼 어렵다는 거죠. 그 점 어떻게 생각하세요?"

"아, 그 도와주는 사람은 실은 이 학생에게 부탁하려고요. 고토의 에이스였던 고시에게요."

모리무라 선생님은 살짝 기가 죽은 듯 말했다. 자연스럽게 말이 나왔는데 '고토의 에이스'라는 거창한 수식어에 마히로와 학생들은 당황했다. "그게, 별을 좋아할 뿐이라서……." 당사자인 고시도 당황스러운 듯 주뼛주뼛 대답했다.

"옛날부터 천체관측을 좋아해서 별을 분간하는 정도라면 할 수 있을 것 같아서요. 완성된 망원경으로 어떻게 보일지 먼저 확인해보고 다 함께 연습해야 하겠지만요."

모두의 시선이 집중된 걸 의식했는지 고시가 조금 긴장된 목소리로 대답했다.

"자기 팀을 절대로 편애하지 말라는 조건이 붙어 있지만요……. 고토는 천문대의 관장님이 판정할 거고 이바라키는 분명 와타비키 선생님이 하시겠죠."

"아, 그렇군요. 그럼 심판은 다 준비되었네요. 그럼 고시와 제가 역할을 바꾸면 어떨까요?"

이치노 선생님이 시원스럽게 말했다.

'바꾼다고?' 다들 어리둥절해하자 이치노 선생님이 싱긋 웃었다. "여러분만 좋다면요." 기분 좋은 허스키 보이스로 말했다.

"저는 천체관측을 잘해서 판정도 문제없이 할 수 있어요. 만약 괜찮다면 우리 물리부 참가도 검토해주실 수 있으실까요?"

차가운 인상의 이치노 선생님이 처음으로 마히로 일행에게 미소를 보였다.

❋ ❋ ❋

"뭐? 그렇다면 우리가 도쿄에 가는 거나 마찬가지잖아!"

그 말을 듣고도 순간 무슨 말인지 깨닫지 못했다.

뭐? 뒤를 돌아보자 한 아주머니와 시선이 마주쳤다. 자주 대화를 나누지는 않지만 길에서 스치면 서로 인사하고 "오늘은 날씨가 좋구나"라든가 "이제 여름방학이니?" 하고 간단한 잡담을 나누는 낯익은 이웃이다. '아주머니'라고 하는 게 맞으려나. 아주머니와 할머니의 중간이지만 주변에서는 모두 그 연배를 '아주머니'라고 부른다.

마도카와 시선이 마주쳐도 아주머니는 거북해하지 않았다. 오히려 화가 난 듯 마도카를 똑바로 바라봤다. 대화를 나누던 다른 아주머니가 난처해하기에 마도카는 무심결에 고개를 돌렸다. 자전거에 걸터앉아 아무것도 안 들렸다는 듯 페달을 밟았다.

천문대에 가려고 했지만…… 저도 모르게 전혀 다른 방향으로 자전거를 달렸다. 머릿속을 비우고 싶어서 그저 힘차게 페달을 밟으며 앞만 봤다.

마도카가 다니는 이즈미 고등학교는 봄에 휴교한 만큼 보충수업을 받아야 해서 올해 여름방학은 열흘 남짓이다. 그 짧은 여름방학 기간에도 등교일과 동아리 활동이 있고 올해는 특히 수험생이라 모의시험까지 있어서 어수선하다.

당당한 마음가짐으로 출석하는 동아리 활동의 새로운 연습에도 마도카는 많이 익숙해졌다. 매일 있던 야구부의 응원 연습과 콩쿠르 연습이 없는 만큼 마지막 여름 활동은 그저 망설임 없이 악기를 연주하는 것으로 마도카 마음속에서 매듭지어지고 있었다. 호른을 연주하는 게 그저 즐겁다. 같은 파트 부원도 마도카에게 아무 말 안 하고 고하루와 다른 친구들과 얼굴을 마주치지 않는 나날도 익숙해졌다.

동아리 활동이 끝나고 화상 회의를 하러 천문대로 가려다가 그 아주머니들을 만났다. 집 앞 골목길에서 몇 명이 서서 이야기하는 모습을 보고 어디 다녀오시는 길인가, 하고 생각했다. 그런데…….

"아직도 손님을 받고 있다며? 본토에서도 손님이 오고."

그런 목소리가 들렸다. 아……. 가슴이 에이는 듯했다. 다음 말이 이어졌다.

"도쿄에서 왜 와?"

"관광이나, 왜 있잖아, 매년 별을 보러오는 도쿄 대학교 사람들."

"뭐?"

그리고 조금 전 말이 들렸다.

"뭐? 그렇다면 우리가 도쿄에 가는 거나 마찬가지잖아!"

머릿속이 새하얘졌다. 돌아보니 마도카도 잘 아는 이웃 아주머니들이다. 어릴 때 마을 축제나 운동회에서 우리를 돌봐준 그 사람들의 얼굴이 보여서 숨이 턱 막혔다.

고개를 숙이고 도망치듯 자전거에 올라 방금 그게 무슨 의미였는지 생각했다.

우리가 도쿄에 가는 거나 마찬가지…….

자기들은 코로나에 걸리지 않으려고 조심에 조심을 거듭하면서 사는데, 도쿄 사람이 고토에 들어오면, 그러니까 그 사람을 료칸에 묵게 하면 다 소용없다는 그런 의미일까.

설마 그런 노골적인 비난일 리 없겠지만, 하던 생각에 브레이크가 걸린다. 그렇게 직접적인 말로 우리를 공격할 리가 없다. 그러기를 바란다. 하지만, 하지만, 그렇지만.

동아리 부원들과 고문인 우라카와 선생님이 다정하게 대해주지만 다들 그런 건 아니다. 마도카를 배려해주는 사람만 있는 건 아니라는 사실을 갑작스레 깨닫게 되었다. 부모님은 알고 있을까. 저 사람들과 연배가 비슷한 할아버지, 할머니는 알고 있을까. 우리 집을 저렇게 말한다는 걸. 그런 말을 들어도 된다고 생각하고 있다는 그 분위기를.

안장에서 일어서 자전거 페달을 밟으며 오르막을 오르자 여름의 짙은 풀냄새가 났다. 얼마 전까지 빨간 참나리로 둘러싸였던 산길에 이제는 백합꽃이 피기 시작했다. 하얀 꽃이 눈에 띄기 시작한 산길을 땀을 훔치며 그저 오르고 올랐다.

산길을 빠져나와 바다가 보이는 언덕에 닿았다. 사정없이 내리쬐는 태양 빛을 눈부시게 반사하는 바다가 보인다. 집에서 나올 때부터 계속 쓰고 있던 마스크가 답답해져서 도중에 벗었다. 바람이 불어서 기분이 좋고 단숨에 호흡이 편해져서 숨을 깊게 들이쉬었다.

기분이 좋다. 작년까지는 이게 '당연한 일'이었다는 걸 믿을 수 없다.

그날 시작된 시부야팀, 이바라키팀과의 망원경 만들기 첫 화상 회의에 고야마와 무토는 천문대에 못 오고 마도카와 관장님만 참가했다. 고야마와 무토의 여름 대회가 다음 날로 다가왔기 때문이다.

망원경이 될 재료는 이미 도착했는데 다른 팀과 함께 제작을 시작하지 않은 이유는 혼자라면 부담이 크기 때문이라기보다 시작하는 게 아까워서였다. 내 손으로 만든다는 기분을 무토와 고야마도 마도카와 함께 공유하길 바랐다.

"그럼 이제 갈게요."

다른 팀이 설계도를 보며 다음 작업에 돌입하는 걸 보고 오늘 나는 무엇 때문에 왔을까 생각했다. "그래." 작별 인사를 하자 관장님이 대답하면서 새삼스레 마도카의 얼굴을 바라봤다.

"마도카, 오늘 어쩐지 기운이 없네."

뜨끔했다. 자신도 모르게 나올 때 들은 아주머니들의 말을 되새기고 있었던 모양이다. 순간 대답을 못 하는 마도카에게 관장님이 말했다.

"우리는 다른 팀에 비해 시작이 늦으니까 조금 아쉽네."

"아, 네."

"그래도 열심히 하자."

관장님이 미소 지었다.

"무토가 빨리 여기 와주었으면 좋겠지만, 야구도 열심히
했으면 하는 복잡한 마음이야."

"그러게요."

마도카도 고개를 끄덕였다.

고야마의 궁도 대회는 하루면 끝나지만 무토의 야구 대회
는 이기면 다음 시합에 진출한다. 어떻게 될지 지켜봤는데,
결국 야구부는 준결승에서 졌다. 다만 명문 강팀을 상대로
접전을 거듭하는 꽤 격렬한 시합이었다고 들었다. 전에 무
토와 이야기했을 때 무토가 "올해는 별로 연습도 못 했고 의
욕도 안 나"라고 약한 소리를 했는데, 이기고 이겨서 준결승
까지 올라가다니 정말 대단하다.

사기가 오른 야구부는 마지막으로 1, 2학년 대 3학년 시
합을 하기로 했고, 무토를 비롯한 3학년은 그게 마지막 시
합이다.

야구부가 현 대회에서 지고 고야마의 궁도 대회가 있던
사흘 후, 이즈미 고등학교는 종업식을 가졌다.

무토와 직접 이야기를 나누진 못했지만, 준결승까지 오른
야구부 부원들이 기운이 넘친다는 걸 다른 부원들의 모습을
보며 느꼈다. 잘됐다. 굉장하다. 하지만 조금 서운한 것도 사
실이다.

원래라면 마도카와 관악부 부원들은 관중석에서 응원 연주를 하면서 시합을 함께했을 것이다. 올해, 지역 방송국의 중계로 본 야구 시합은 매년 들리던 응원가는 어디에서도 들리지 않고 그저 공이 배트에 깡, 하고 맞는 소리와 그라운드를 달리는 스파이크 발소리, 몸이 그라운드를 스치는 소리만 울렸다. "이건 이거대로 신선하구나." 예전부터 지역 고등학교 시합은 빼놓지 않고 보는 마도카의 할아버지가 응원이 사라진 관중석을 보고 말했다. 그렇게 느낄 수도 있구나.

환호성도 응원가도 없는 여름. ……코로나만 없었다면 이런 기분이 들지 않을 텐데. 이런 생각이 너무 자주 들어 싫어진다.

"마도카."

종업식 후에 여름방학 전 마지막 동아리 미팅에 참석하려는데 마도카를 부르는 소리가 들려 얼굴을 드니 복도에 고야마가 서 있었다. 가방을 메고 있는 걸 보니 귀가하기 전에 마도카 교실까지 일부러 찾아온 모양이다.

"아, 고야마. 대회 치르느라 고생 많았어."

"고마워."

미소 짓는 고야마는 대회 전에 기합을 넣으려고 다듬었는지 머리 모양이 말끔해서 여름에 어울리는 상쾌한 인상을 풍겼다. 그래서인지 표정도 조금 부드럽게 느껴졌다.

고야마는 대회에서 입상하지 못했다고 다른 궁도부 부원

에게 들었다. 허물없이 대회 결과를 묻지 못하는 마도카 앞에서 고야마가 웃었다.

"나는 입상 못 했고 후배 중에 입상한 녀석이 있는데 그게 아주 기뻤어. 다른 후배도 이번 대회가 좋은 경험이 된 것 같고. 역시 대회를 치를 수 있어서 다행이야."

가슴이 뭉클해진다. 그건 요즘 관악부에서 3학년들이 자주 하는 말이기도 하다. 자신들은 이제 대회가 없다. 내년을 맞이하는 2학년을 위해 뭔가 할 수 없을까, 라는 이야기를 자주 했다. 지금 관악부와 합창부는 어느 지역이든 내년을 위해 경험을 쌓을 콩쿠르며 대회마저 없는 상황이 이어지고 있다.

"그렇구나. 다행이야."

고야마의 표정에서 후회 없이 마지막 여름 활동을 끝냈다는 후련함이 느껴졌다. "고마워." 고야마가 말을 이었다.

"모레가 무토 대항전이야. 마도카와 망원경 이야기하려고 왔는데 무토는 시합이 끝날 때까지 아마 못 올 거 같아. 우리끼리라도 시작할까?"

"그것도 괜찮겠네. 재료는 천문대에 도착해 있고 얼마 전에 이바라키팀이 온라인으로 만드는 법을 설명해줬어. 셋이 함께 작업을 시작하는 게 좋을 것 같아서 아직 손대지 않았는데, 관측 연습도 해야 하니까 이제 슬슬 만들기 시작하는 것도 좋을 것 같아."

모두 모이지 않아도 고야마가 와주면 든든하다. "그런데." 말을 이었다.

"동아리 활동이 모레까지라면 무토를 기다려도 될 것 같고."

"응. 그리고 무토가 오기 전에, 괜찮다면 내일 도쿄에 있는 고시와 연락해서 좀 물어보면 어떨까. 어제 고시에게 연락했더니 시부야팀을 도와주러 다녀왔대. 거기 학교 학생들과 마음이 맞는지 금방 친해졌다더라."

"우와! 그렇구나."

"응. 그리고 정말 미안해."

"뭐가?"

"우리, 좀처럼 참가를 못 하니까 신경 쓰게 만든 것 같아서."

관장님이 무언가 이야기했는지도 모른다. 순간 그런 생각이 들었다. 무토와 고야마는 관장님과 직접 LINE으로 대화를 나누는 사이다. 저도 모르게 고개를 저었다.

"아니야. 괜찮아. 나야 뭐."

"무토도 걱정했어. 마도카가 너무 신경 쓰는 것 같다고."

"뭐?"

따끔, 뭔가가 가슴을 쿡 찔렀다. '너무 신경 쓴다'라는 말에 그렇다고 자각할 때까지 시간이 조금 걸렸다.

고야마가 쓸 만한 단어가 아니니 분명히 무토가 한 말이리라. 무토에게는 전에 집 근처 제방에서 우는 모습을 들켰다. 그때 위로를 받았고 그 후로도 걱정하는 듯한데…… 그렇게 생각했나.

너무 신경 쓴다.

속상하다. 마음대로 단정하지 않으면 좋겠다.

실제로 다들 우리 집을 주시하고 대놓고 말하잖아. 의식하는 게 당연하잖아. 나쁜 일은 하지 않았다고 당당하게 말할 수 있지만, 그래도…… 마음 한구석에서 미안함이 지워지지 않는 이유는, 신경 쓰는 이유는, 마도카도 어쩔 도리가 없다.

"……고마워."

확실히 이해가 안 되는 구석도 있지만 마도카는 그렇게 말했다. 이런 점이 무토가 말한 '너무 신경 쓰는' 부분이리라. 하지만 그래도 화가 난다.

"그럼 내일 접속할 수 있는지 고시에게 물어볼게. 확인하고 또 연락할게."

고야마가 갔다. "응. 또 봐." 그렇게 말하며 마도카는 문득 교실 안을 돌아봤다. 어디선가 시선을 느낀 듯해서 별 뜻 없이 얼굴을 돌리니 생각지도 않게 깜짝 놀란 표정의 고하루와 눈이 마주쳤다.

아직 남아 있었나 싶어 놀랐다. 이미 다른 친구와 동아리실에 갔다고 생각했는데.

고하루는 혼자였다. 혹시 마도카와 고야마가 대화하는 모습을 계속 보고 있었는지도 모른다. 하지만 고하루는 시선을 돌렸다. 노골적으로 무시하는 게 아니라 언제나처럼 조금 애매한 미소를 지으며.

평상시라면 마도카도 어색하게 웃었으리라. 하지만 오늘은 그럴 수 없었다. 그저 무표정하게 교실을 나섰다.

우울할 때 뭔가 일이 있을 때 마도카는 언제나 고하루에게 이야기했다. 지금 마음속에 있는 응어리도 전처럼 고하루에게 말할 수 있다면 얼마나 좋을까. ……그런데 이렇게 우물쭈물하는 것도 무토 눈에는 '너무 신경 쓰는 것'처럼 보일지도 모른다.

나도 여러 사정이 있다고! 짜증 나!

속으로 발을 동동 굴렀다.

다음 날 저녁, 마도카는 집 응접실에서 화상 회의에 참여했다. 오늘은 고야마와 고시뿐이다. 무토는 오지 않는다.

약속 시간에 입장하고 깜짝 놀랐다. 마도카와 고시의 창만 있다. 고야마는 늦는 모양이다.

"어."

먼저 들어와 있던 고시가 마도카가 들어온 걸 알아챘다. 고시는 전처럼 자기 방인 듯, 등 뒤에 공룡 무늬 커튼과 천체 망원경이 보였다.

"안녕." 마도카가 말했다.

"마도카 안녕."

"아직 우리뿐이네."

"응, 그런 것 같아."

고시가 고개를 끄덕였다. 그리고…… 잠시 침묵이 흘렀다.

고시가 시부야의 히바리모리 중학교에 다녀왔다고 들었
는데 그 이야기는 고야마가 오고 나서 하는 게 좋으려나. 그
러나 서먹함을 이기지 못한 마도카 입에서 "잘 지내?" 하고
얼빠진 질문이 나왔다.

"고시, 잘 지냈어?"

"아, 응. 잘 지내. 너는?"

"잘 지내."

사실 마음속 응어리는 점점 심해지고 껄끄러운 일도 많은
데 어째서 사람은 이럴 때도 아무렇지 않은 듯 인사를 하고
대화하는 걸까…….

"그렇구나, 다행이다."

"도쿄는 어때? 여기와 비교하면 다들 힘들 것 같은데."

"응. 하지만 생각보다 사람도 많이 돌아다녀. 다들 코로나를
조심하지만 일상생활은 해."

"그렇구나."

"응."

이웃 아주머니의 말이 또 귀에서 되살아난다. 문득 지금
고시에게 그 이야기를 하고 싶은 충동이 솟았다. 그렇지만
아무 말도 하지 않았다. 실제의 도쿄와 지금 고토 주민이 느

끼고 있는 '도쿄'의 감각은 다르겠지. 그런 것도 있겠지만, 아직 마도카 마음속에서 제대로 정리되지 않았기 때문이다. 아주머니들이 '도쿄에서 대학교를 다니는 사람'이 '별을 보러 온다'고 말한 것도 역시 마음에 걸린다. 이런 때에 별을 보다니, 터무니없이 우아한 놀이를 하고 있다고 비난받은 듯해서 분하다. 그래서 고시에게는 절대로 말할 수 없다.

"고야마가 늦네."

대화가 끊어지는 게 신경 쓰이는지 고시가 안절부절못하며 말했다. 약속 시간은 이미 7분 정도 지났다.

"기숙사에서 저녁 먹고 누군가에게 잡혔나 봐. 고야마는 머리가 좋으니까 공부하다 모르는 게 있는 녀석들이 많이 묻거든. 잘 가르치니까."

"응. 굉장히 잘할 것 같아. 나도 좀 가르쳐달라고 할까."

"좋은 생각이야. 나도 기숙사에 있을 때는 수학 증명 문제 같은 거 자주 고야마에게 물었거든. 도형 같은 거 잘해."

"그렇구나. 그런데 시부야의 히바리모리 중학교 다녀왔다며? 고야마에게 들었어. 심판을 맡기로 했다고."

"응. 맞아."

"대단하다. 고시, 진짜로 도쿄에 있구나."

"히바리모리 중학교 아이들을 만나서 재미있었어. 시부야 아이들과 함께 전기톱을 빌리러 근처 도립 고등학교에 갔는데 거기 물리부 학생들과도 이야기를 나눴어. 뭐랄까, 거기 동아리 엄청나. 인공위성도 만들고 우주선이라는 것도 연구하고."

"뭐? 우주선?"

"지금 타는 우주선을 생각했지? 처음에 나도 그랬는데……."

고시의 이야기를 듣는 동안 차츰 둘만 있다는 어색함이 사라져간다. 히바리모리 중학교의 버섯을 좋아하는 남자아이와 그 선배의 대화가 재미있다는 것, 그들과 함께 간 도립 고등학교의 물리부에서 희망하는 학생들도 스타 캐치 콘테스트에 참가하게 되었다는 것, 그런 이야기를 고시가 해주었다. 고시도 이야기하면서 점점 마도카를 허물없이 대하게 되었다.

"아, 고야마가 LINE을 보냈어. 앗! 좀 더 늦어진대."

"뭐? 아, 그러네."

마도카도 스마트폰을 확인하자 똑같이 고야마의 메시지가 도착해 있었다. 기숙사 청소 당번인 걸 깜박해서 그게 끝나고 온다고 했다. 화면 속에서 고시가 머리를 싸쥐었다.

"뭐야, 자기가 불러놓고. 완전 제멋대로라니까."

"어떻게 할까? 이따가 다시 접속할까?"

"음…… 그러게."

고시가 고민하더니, 새삼스레 자세를 고쳐 똑바로 앉았다. 묘하게 표정이 진지했다. 그렇게 느낀 순간 문득 말했다.

"저기…… 나, 고토에 있을 때 마도카 좋아했는데, 알고…… 있었어?"

자신의 눈동자가 흔들리는 게 느껴졌다.

그다음 마도카의 목 안쪽에서 "뭐어어어어어!" 하고 커다란 외침이 튀어나왔다. 스스로도 놀랄 정도로 반사적이었다. 고시가 허둥댔다.

"미안! 미안! 몰랐어? 이런, 놀라게 해서 미안해."

"아니…… 괜찮은데, 그, 그, 그게."

마도카는 지금까지 연애 경험이 거의 없다. 지금 태어나서 처음으로 남자아이에게 고백받은 건가? 그런 생각이 들자 어깨와 뺨이 순식간에 뜨거워졌다. 무심결에 양손으로 입가를 가렸다. 어떻게 행동해야 할지 모르겠다.

"좋아한다니, 그……."

"좋아한달까, 작년에 우리, 같은 반이었을 때 말야……."

"그랬……구나."

"응. 저, 분위기라든가, 그런 게 왠지 엄청 좋다고 느꼈어."

고시와 마도카는 같은 반이었지만 2학년 때는 거의 이야기를 나눈 적이 없다. "아, 응." 아직 충격에서 벗어나지 못한 마도카가 어색하게 고개를 끄덕이자 고시가 말을 이었다.

"주위 친구들이 알아차리지 못하는 일도 잘 살피고, 그런 점도 좋았어."

눈이 휘둥그레졌다.

입을 가렸던 손을 떼고 화면 앞에 똑바로 앉았다. 그때 깨달았다. 마도카보다 말을 꺼낸 고시 쪽의 얼굴이 더 빨갰다.

"아마, 조를 바꿀 때였던 거 같은데……."

"응."

"그때 너랑 같은 동아리인 두 명이랑 사이가 좋았는데……. 같이 있고 싶었지만 조를 바꾸면서 한 명은 다른 조가 돼야만 했던 일이 있었지?"

기억을 더듬지 않아도 알 수 있었다. 조를 바꿀 때 인원수를 조정하다가 그렇게 된 적이 있다. 마도카와 고하루 그리고 역시 같은 동아리인 리리카. 그때 자신이 어떻게 했는지 기억한다.

"그래서 나와 같은 조가 됐잖아. 두 사람에게는 시력이 안 좋아져서 칠판 보기 힘들다고 하면서 자리가 앞쪽인 조에 들어가겠다고 말하고."

"……아, 그런 일이 있었지."

조 번호가 홀수면 앞에 앉고 짝수는 뒤에 앉는다. 그런 규칙이었기에 마도카는 순간적으로 그렇게 말했다. 고하루와 리리카는 누구랑 누가 같은 조가 되는지, 누가 다른 조가 되는지 굉장히 신경 쓰는 편이다. 아마 가위바위보라도 해서 공평하게 정하자고 했겠지만 어떤 결과든 찜찜할 것 같았다.

사실 마도카는 다른 조가 되어도 아무렇지 않았다. 그래서 그렇게 말했다. 조가 달라져도 청소와 일부 수업을 받는 동안만 떨어져 있는 거니까.

"앗, 그거 내가 배려했다고 생각하는 거야?"

"아니야? 남은 두 사람은 정말이냐, 괜찮냐, 그러면서도 굉장히 안심한 표정이었고, 옥신각신 안 하려고 일부러 그런 거라고 생각했는데."

"아니, 나도 그렇게 착하지는 않아. 조 같은 건 떨어져도 난 그다지 상관없거든."

"응. 그래도 대단했어. 본격적으로 언쟁이 벌어지고 나면 늦으니까 재빨리 선수를 치다니. 가위바위보를 하자는 이야기가 나오면 늦잖아."

뭐라 할 말이 없었다. 정말로 그 전개를 피하려고 말을 꺼냈기 때문이다.

고시 입가에 미소가 번졌다.

"선수를 친 건지 아닌지는 모르지만 정말로 눈이 나쁜 게 아니라면, 그런 점이 좋아 보여서. 그 후로 계속 보게 됐어……."

"잘 알아보네."

"응."

'좋아 보인다'는 말을 듣고 마도카의 마음은 다시 마구 요동쳤다. 고시도 속으로는 어떤지 모르지만 고개를 끄덕였다.

"사실은 시력 좋지? 안 보여서 쩔쩔매는 모습은 한 번도 못 봤거든. 나중에 뒷좌석으로 갔을 때도 괜찮아 보였고."

"……응. 양쪽 다 1.2 밑으로 내려간 적 없어."

말하면서 떠올렸다. 고시도 자신과 막상막하로 남을 신경 쓴다는 걸. 줏대 없고 가벼운 편이지만 분위기가 안 좋아지려 할 때, 이야기가 막혔을 때, 그가 우스갯소리를 해서 흐름이 확 바뀐 적이 자주 있다. 사실은 머리가 좋은 아이라고 속으로 생각했다.

그런가.

고시는 그런 날 알아보았나.

"아, 하지만 지금 이런 이야기를 한다고 그 뭐냐, 사귀고 싶다든가 그런 건 아니야! 내가 말하고 뭐 하자는 건지 모르겠지만. 사귀고 싶다든가 답을 달라든가 그런 게 아니라. 그러니까 답이라든가 나를 어떻게 생각하는지, 부탁이니까 말하지 마! 아직 거절하지 말아줬으면 좋겠는데……."

고시가 허둥지둥 말했다. 어리둥절하며 끝까지 들은 마도카는 무심결에 웃어버렸다.

"뭐야, 그게. 아직 거절하지 않으면 좋겠다니. 말이 너무 이상해."

"오늘 그 말까지 들으면 아무리 나라도 충격이 크니까! ……나한테 그다지 관심이 없단 건 알아. 대화를 나눈 적도 거의 없고 나도 좋아한다기보다 관심이 있는 정도였는데, 어쩐지 갑자기 '좋아한다'는 말이 나와버려서 나도 놀랐어. 미안."

고시가 난처한 듯 시선을 돌리고 뺨을 긁었다.

"고야마와 무토는 알고 있거든. 고토에 있을 때부터 너를 괜찮다고 생각한 거. 그래서 지금 고야마가 늦게 오는 게 나를 배려한 거라면 어쩐지 미안하다고 사과하려고. 그걸 설명하고 싶어서 말을 꺼냈는데 그만 고백이 되어버렸어. 미안해."

"뭐야! 그런 식으로 발뺌하기야?"

큰 소리로 말하고, 마도카는 웃음이 터져버렸다. 무심코 고백이라니 뭐야. 진지하게 말할 단어를 고르는 듯한 고시의 모습이, 그것이 연애 감정인지는 알 수 없지만 마도카는 순수하게 기뻤다.

"고야마가 지각하는 건 그런 이유가 아닐 것 같은데. 고야마는 딱히 그런 거 신경 쓰는 타입이 아니잖아."

"아니야. 녀석들, 전에도 갑자기 너랑 영상 통화하게 했잖아. 천문대에서 연락한다고 해서 관장님과 직원분들이겠거니 했는데 서프라이즈처럼 너를 부르고는 둘만 이야기하게 해서 얼마나 긴장했는지……."

아, 그랬구나. 처음에 무토가 천문대에 가자고 했을 때, 고시와 영상 통화를 하다가 스마트폰을 건넸지. ……그런 거였구나.

단숨에 이해되었다. 왜 자신에게 천문대에 가자고 했는지.

"무토는 나를 걱정해줬거든. 우리 집 료칸인데 코로나 때문에 이런저런 말을 듣는다는 거 알고 있어서."

무토도 처음에는 고야마에게 들었다고 말했다. 유학생들이 사는 기숙사가 료칸 바로 뒤라서 쓰바키 료칸은 섬 바깥에서 오는 손님이 묵는 모양인데 괜찮냐는 말을 들었다고 고야마가 무토에게 전했다고.

"고시가 나한테 관심이 있다고 말해서였구나."

대범해 보이는 두 사람이 그렇게 신경 써주다니 어쩐지 놀랍다. "아니야." 마도카의 말에 고시가 고개를 저었다.

"그것만이 아닐 거야……. 고토에 있을 때 무토에게 네 이야기를 했는데, 그 녀석도 널 잘 알더라고."

"뭐어?"

그럴 리가 없다. 제대로 대화를 나눈 건 올해 5월에 제방에서 마주쳤을 때가 처음이다. 마도카가 그렇게 말하려고 하자 고시가 말했다.

"'마도카라면, 그 울지 않는 아이지?'라고 했어."

"뭐?"

"관악부, 야구부 시합에서 응원 연주할 때 매년 이기든 지든 감격해서 우는 아이가 많다고 들었어. 특히 우리 학교는 그런 여학생이 많은데, 넌 언제나, 절대로 울지 않아서 꽤 냉정하거나 우리 시합에 관심이 없는 모양이라고 생각했대."

허를 찔렸다. 그러고 보니 고하루도 곧잘 감동해서 자주 울었다. 작년과 재작년, 응원 연주뿐만 아니라 관악합주단 콩쿠르에서도 어떤 결과가 나오든 항상 울었다. 그에 비해 마도카는 사람들 앞에서 운 일은 없을지도 모른다. 감동하지 않는 것까지는 아니지만 눈물이 나오지 않았다.

"뭐야, 너무해. 시합에 관심이 없는 건 아니야. 하지만 이기든 지든, 기쁨도 슬픔도 야구부 부원들이 제일 크게 느낄 거고, 나는 응원하는 것뿐인데 우는 건 좀 아닌 것 같아서."

"응. 무토도 그렇게 말했어. 다른 아이들과 달리 담담하게 정리하는 모습이 어쩐지 대단해서 바라본 적이 있대."

문득, 기억 하나가 떠올랐다.

"……혹시 울었어요? 마도카 씨."

왜 존댓말이냐고 생각한 그때. 5월, 다시 학교에 가게 된 무렵 제방에서 처음으로 무토와 대화를 나눈 날. 무토가 마도카의 이름을 알고 있어서 놀랐고, 안 좋은 모습을 보였다고 생각했었다. 그 말뜻을 드디어 알았다.

평소 울지 않는 마도카가 울고 있어서였다.

고시가 또 무슨 말을 할지 마도카는 잠시 기다렸다. 그날 마도카는 무토에게 부탁했다. 다른 사람에게 내가 울었다는 걸 말하지 말아달라고. 다음 말을 기다렸지만 고시는 더 말하지 않았다. 그것으로 무토가 약속을 지켰다는 사실을 알았다.

뭐야.

사람을 너무 신경 쓴다고 하면서 무토 자신도 주변을 살피잖아.

"나를 대단하다고 생각했구나. 울지 않은 것만으로."

"그것만은 아닌 것 같은데……. 무토는 그다지 말을 잘 고르지 못해서 그런 말투가 된 모양이야."

"고시, 고마워."

"응?"

"어쩐지 기운이 났어. 나를 그렇게 봐줬다는 것. 그리고 그…… 좋아한다고 말해준 것도 저기, 고마워."

마도카로서는 최대한 부끄러움을 감추고 과감하게 말하자 고시가 다시 허둥대며 "아니, 아니!" 하고 얼굴 앞에서 양손을 크게 저으며 말했다.

"올해 우리는 수험생이고 무엇보다 나는 고토에 없으니까 정말로 사귀어달라든가 그런 게 아니야! 앞으로 별 관측 활동을 할 때도 절대로 신경 쓰지 마. 네가 별에 관심을 가지게 돼서 그것만으로도 정말 기쁘니까."

"응. 너도 시부야팀 심판 힘내."

"응. 정말로 네 덕분이야."

고시가 웃었다. 정말로 보기 좋은 환한 미소였다.

"나를 심판으로 추천했다며? 고야마가 말해줬어."

"아, 그게, 우연히 생각나서."

"하지만 기뻤어. 잊지 않아줘서. 그리고 전에 고토에 다시 못 올 것처럼 말하지 말라고 해준 것도 실은 정말 감동했어. 우주에 비하면 아주 가깝다고 해서, 그런 말을 하는 사람이구나 하며 조금 놀라고 감탄했어."

고시가 부끄러워하며 말하는 모습에 가슴이 뭉클했다. 자신이 무심히 한 말을 기억하고 소중하게 여겨주는 사람이 있다는 사실에, 과장이 아니라, 나는 여기 있어도 된다고 구원받은 듯했다.

알아주는 사람만 있는 건 아니지만…… 그래도 나를 알아주는 사람이 분명히 있다.

"또 와."

도쿄에 있는 고시에게 손을 뻗는 마음으로 전했다.

"전학은 아쉽게 됐지만 나도 네가 고토에 왔던 게 다행이야. 꼭 또 와야 해."

"너도 언젠가 여기 놀러 와. 인터넷으로만 만났던 너와 고토팀을 만나면 히바리모리 중학교 아이들도 분명히 엄청 감동할 거야."

"응."

그런 이야기를 할 때였다.

갑자기 화면에서 마도카와 고시의 창이 작아지고 새로운 창이 하나 더 나타났다. 고야마가 들어왔다. 책장을 배경으로 한 기숙사 방이 보이고 화면 중앙에 나타난 고야마가 음성을 확인하듯 "잘 들려?"라고 물었다.

그 목소리를 듣고 마도카와 고시가 마주 봤다. 화면 너머라서 희한한 느낌이지만 확실히 지금 이야기는 비밀로 하자는 눈짓이 느껴졌다.

"늦었네!"

"늦었잖아!"

두 사람의 목소리가 겹쳤다. 화면 속에서 고야마가 사과했다.

"미안, 미안."

다음 날, 무토의 마지막 시합인 1, 2학년 대 3학년 대항전
이 열렸다.

결과는 3학년의 승리. 그날 밤, 햇볕에 그을려 부분부분
피부가 벗어진 무토가 어떻게든 체면을 지켰다고 웃으며 천
문대에 나타났다. "고생 많았어." 마도카의 말에 무토가 "응"
하고 대답했다.

"그런데 아쉬웠어." 방 안에 펼친 망원경 재료를 만지며 무
토가 말을 이었다.

"응원가가 없는 시합은 역시 쓸쓸하더라고. 마도카와 관악
부 부원들도 함께했으면 좋았을 텐데."

크게 숨을 들이쉬고…… 그대로 멈췄다. 지금까지 관중석
에서는 한 번도 그런 적이 없었는데 어쩐지 눈물이 날 것 같
아 황급히 "응" 하고 대답했다.

"나도 시합, 구장에서 보고 싶었어. 응원도 하고 싶었고."

✻✻✻

히바리모리 중학교 옥상에서 하늘을 향해 망원경을 조정

했다.

염화비닐관 경통을 고정하는 삼각대는 스나우라 3고에서 빌려주었다. 그 위에 의젓하게 놓인 자신들의 망원경을 마히로는 넋을 잃고 바라봤다.

그날, 스타 캐치 콘테스트 사진에서 마히로가 처음 본 것과 똑같은 망원경이다.

경통이 되는 회색 염화비닐관을 자르고 단면을 사포질해 다듬으며 망원경 만들기는 순조롭게 진행되었다. 자잘한 부품도 스나우라 3고에서 미리 받은 설계도대로 자르면 되었고, 완성된 경통에 시판 렌즈가 쏙 들어갔을 때는 그야말로 감격했다. 렌즈를 끼우니 망원경은 단숨에 그럴싸해졌고, 이어서 조립한 경통과 접안렌즈를 잇는 접합부 제작도 그리 어렵지 않았다. 시판 파인더를 끼우고 경통 앞부분에 렌즈 덮개를 끼우자 망원경이 완성되었다.

미사키다이 고등학교 물리부 고문 이치노 선생님 말씀대로 정말로 '기성 재료만으로 간단히 만드는 걸 최우선'으로 한 망원경이다.

"렌즈를 끼웠는데, 안쪽에 좀 더 광을 없애는 게 좋을까?"

공정 하나가 진행되면 그전 공정에서 모자란 게 있지 않은지 신경이 쓰인다. "괜찮아." 마히로의 말에 가마타 선배가 대답했다.

"잘 안 보이면 나중에 빼서 수정하면 돼. 부서져도 고치면 된다는 게 이 망원경의 장점이니까."

"아, 그렇죠."

"응."

8월 7일, 금요일 21시.

오늘 마히로와 부원들은 다른 팀과 온라인으로 만나 망원경 제작의 진척 사항을 이야기한 뒤 첫 관측 연습을 하기로 했다.

완성된 망원경을 옥상으로 옮기고 삼각대에 올려 하늘을 향하게 했다. 여름방학이 시작된 뒤 간간이 동아리 활동을 하러 학교에 오기는 했지만 이렇게 늦은 시각까지 있는 것도, 완성한 망원경으로 별을 보는 것도 오늘이 처음이다.

옥상에 의자를 하나 가지고 와서 올려둔 랩톱 컴퓨터 모니터에 창 네 개가 나란하다.

스나우라 3고와 고토의 천문대, 마히로가 있는 히바리모리 중학교 그리고 새롭게 참가하게 된 미사키다이 고등학교의 화면이다.

이렇게 화면이 나란히 있으니 나가사키의 고토팀도, 바로 근처에 있는 미사키다이 고등학교도 거리와 상관없이 똑같이 '다른 팀'이라는 게 재미있다.

망원경이 완성되어 밖에 나온 팀은 아무래도 이바라키팀과 히바리모리팀 두 군데뿐인 모양이다. 고토팀은 지난번과 마찬가지로 천문대 안인 것 같고 미사키다이 고등학교는 얼마 전과 다른 어딘가의 교실로 보인다.

"이번부터 참가하게 됐습니다. 도쿄 도립 미사키다이 고등학교입니다. 갑자기 부탁을 드렸는데 참가를 허락해주셔서 감사합니다."

화면 너머에서 이치노 선생님이 말했다. 옆에 야나기와 부원 몇 명, 마히로도 처음 보는 고등학생들이 앉아 있다. 학생들이 저마다 "잘 부탁합니다" 하고 고개 숙여 인사했다. 이치노 선생님이 말을 이었다.

"스나우라 3고 와타비키 선생님께 연락해서 이제 재료를 받은 참이라 망원경 제작은 아직 시작 못 했습니다. 오늘은 견학을 하겠습니다."

"괜찮아요. 이쪽이야말로 준비가 늦어져서 미안해요."

이바라키팀 화면에서 와타비키 선생님이 대답했다. 지금까지 옥상 바닥만 비추던 화면에 갑자기 와타비키 선생님 얼굴이 나타났다.

와타비키 선생님이 웃었다.

"오랜만이야. 참가하겠다는 연락을 받고 아주 기뻤어, 이치노 선생님."

"네. 잘 부탁드립니다."

전부터 아는 사이라서 망설이지 않고 연락한 것일지도 모른다. 다만 와타비키 선생님이 "시작이 늦어져 힘들겠네"라고 한 뒤 이치노 선생님이 "아니에요"라고 대답하며 덧붙인 말에 귀가 쫑긋했다.

"설계도를 봤는데요. 우리 학생들이라면 아마도 바로 완성할 것 같아요. 다음 관측 연습까지는 따라잡을 수 있을 겁니다."

그 말에 깜짝 놀랐다. 확실히 야나기와 그쪽 부원들이라면 그렇겠지만, 콘테스트에서 지고 싶지 않다. "앗." 그때 바로 옆에서 소리가 들렸다. 아마네가 몸을 구부리고 모니터를 들여다보고 있다.

"……색칠한 거 아니야? 치사해."

마히로도 옆에서 화면을 보니 이바라키팀의 랩톱 카메라 앵글이 바뀌어 있다. 망원경이 보이는데 ……어스름 속에 보이는 경통의 색이 확실히 염화비닐관의 회색이 아니다. 크기와 길이는 같지만 마치 다른 망원경처럼 보인다.

모리무라 선생님이 알아차리고 이바라키팀에 물었다.

"질문이 있습니다. 이바라키팀, 그거 이번에 만든 망원경인가요? 지금 화면에 보이는 거요."

"아, 맞아요. 1학년들이 원래 색이 안 예쁘다면서 새로 칠했어요."

리쿠가 대답하며 카메라를 망원경 가까이에 댔다. 경통은 노란색으로, 접안부는 녹색으로 칠했다.

"색칠해도 돼요? 색 때문에 망원경으로 보이는 게 달라진다거나……."

"그렇지 않을 거예요. 우리는 주최 학교이기도 해서 망원경을 금세 완성했기에 1학년들이 남는 시간에 칠했습니다."

아사가 대답하는데 그 뒤에서 1학년인 듯한 목소리가 들렸다.

"달의 색으로 했어요!"

"역시 주최 학교는 여유가 있네……."

모리무라 선생님이 중얼거렸다. 그 옆에서 아마네가 입을 꾹 다물고 아무 말도 안 하는 건 분명 우리도 그렇게 하고 싶기 때문이리라. 아마 다음 주, 우리도 색을 칠하게 될지 모르겠다. 이대로 회색이어도 상관없지만, 아마네라면 분명 칠하고 싶을 것이다.

이어 고토팀의 창이 빛났다.

"고토도 아직 망원경은 만들지 못했습니다. 학생들의 동아리 마지막 시합이 끝나는 걸 기다렸기에, 다음 주부터 이쪽도 서둘러 따라잡을 예정입니다."

관장님 뒤에서 고토의 세 사람이 모두 손을 흔들고 있다. "고시, 있어?" 목소리가 들리고 마히로 뒤에서 고시 료지가 "어이!" 하고 손을 흔들었다.

오늘 관측 연습에도 고시가 참여한다. 고등학생 한 명이 여기에 있는 것만으로 마히로와 부원들은 마음 든든했다.

"맞다!" 그때 다른 화면에서 소리가 들렸다. 이바라키팀의 안경을 쓴 1학년, 후카노가 화면에 다가왔다.

"나가사키 야구 대회, 결과 봤어요. 이즈미 고등학교, 준결승까지 올라갔다면서요? 강팀인 거 알고 깜짝 놀랐어요."

갑작스러워서인지 잠시 침묵이 흐르고 고토팀 창에서 무토가 대답했다.

"감사합니다. 봐주셨군요. 기뻐요."

"우리 아빠가 고교야구를 엄청 좋아하시거든요. 올해에는 대체 대회에 주목하고 있다고 하셨어요. 고시엔이 취소되어 아쉽지만 열심히 야구를 하는 청소년들이 그만큼 힘냈으면 한대요."

"그런데 우리 팀은 그리 강하지 않아요. 올해는 오히려 강한 학교가 연습을 못 해서 그런지 의외의 팀들이 승리한 경우가 많았던 것 같아요. 우리도 그렇고. 하지만······."

무토가 이어서 말했다.

"후회는 없습니다."

"고야마 형은 어땠어요?"

마히로가 말했다. 전에는 화상 회의에서 발언할 때마다 긴장했지만, 이제 바깥이라는 해방감도 더해져서인지 마음이 편했다. 무토와 교대하여 고야마가 카메라 앞에 나왔다. 고야마도 궁도 시합을 치렀다. 고야마는 3학년이니 올해가 마지막일 것이다. 물어본 사람이 마히로라는 걸 알았는지 조금 상냥한 눈빛이다.

"나도 후회 없어. 입상은 못 했지만."

"다행이네요."

"응."

이바라키의 리쿠 목소리가 들렸다.

"그럼 슬슬 관측 연습을 해볼까요? 아쉽게도 우리 쪽 하늘은 좀 흐린데 여러분은 어때요?"

"우리도 조금 흐려요. 별은 드문드문 보이지만요."

아마네가 대답했다. 스나우라 3고의 하루나 부장이 리쿠의 뒤를 이어 말했다.

"아, 고토팀도 미사키다이 고등학교도 혹시 지루해지거나 나가고 싶으면 언제든 퇴장해도 괜찮아요. 오늘은 적당히 연습할게요."

"네."

"알겠습니다."

드디어 처음으로 하는 천체관측. 두근거리는 마음으로 삼각대에 올려진 망원경에 다가갔다. 이 시간이 되면 하늘은 완전히 어둠에 덮이고 별 몇 개가 반짝인다. 그 아래는 주변의 고층 맨션이며 상업 빌딩의 창에서 나오는 빛으로 가득하다. 평상시라면 반갑게 느껴졌을 도쿄 타워의 빛도 오늘은 별을 보는 데 집중하고 싶으니 방해가 안 됐으면 좋겠다.

우선 선생님과 함께 지상의 경치를 이용하여 망원경 파인더의 축을 맞추었다.

"모처럼이니 도쿄 타워 꼭대기로 맞춰볼까."

선생님이 말했다.

망원경 주위에 선 학생들이 서로 먼저 하라고 배려하듯

주춤했다. "1학년이 해." 가마타 선배가 말했다.

"먼저 마히로와 나카이."

"알았습니다."

아마네와 함께 다가가 망원경의 초점을 도쿄 타워에 맞추었다. 삼각대의 조절 장치를 이용해 시야의 중심에 넣고 십자선이 교차되는 부분에 파인더의 나사를 이용해 타워 끝을 맞춰갔다. 이 축 맞추기는 이미 선생님과 몇 번이나 연습했다.

"그럼 우선 달을 볼까요."

이바라키팀의 말에 두근두근하며 망원경 방향을 바꾸어 렌즈를 들여다봤다. 망원경은 키가 작은 마히로도 몸을 조금 구부려야 한다. 렌즈 너머로 밤하늘이 한쪽 눈을 감은 시야에 조금 흐릿하게 들어온다. 이 방향이 달이겠지, 하면서 들여다봤는데 시야에 들어오지 않는다.

"아무것도 안 보여."

마히로가 말했다. 망원경 몸체를 향해 자세를 바꿔야 하나……. 렌즈에서 눈을 뗐다. 확실히 이쪽에 달이 있는데? 그러자 옥상 바닥에 앉아 있던 고시가 가르쳐주었다.

"천체 망원경은 시야가 그리 넓지 않다 보니 파인더로 조정하지 않으면 그저 들여다본 것만으로는 별을 포착할 수 없어. 달 정도의 크기라도 좀처럼 포착되지 않거든."

"앗, 그럼 어떻게 해요?"

"한쪽 눈으로 들여다보면서 다른 쪽 눈을 감지 마. 오른쪽 눈으로 볼 경우, 왼쪽 눈으로도 직접 하늘의 달 위치를 제대로 파악해야 해. 그 두 시야가 합쳐진 순간에 달이 보일 거야."

고시가 말한 대로 해봤다. "아! 보인다!" 얼마 후 랩톱 화면 쪽에서 먼저 소리가 들렸다.

"보인다, 보였어. 굉장해, 달이야! 와! 도감 같은 데서 본 거랑 똑같아. 히로세도 봐봐."

"어…… 와! 대단해!"

이바라키팀의 1학년 여자들의 목소리를 듣고 초조해졌다. 아, 저 목소리가 안 들리면 좋겠어! 그런 마음속 외침을 들은 것처럼 가마타 선배가 말했다. "우리는 우리야."

"평소대로 차분하게. 망원경은 제대로 만들었으니까 괜찮아. 볼 수 있어. 달은 저기에 있으니까."

"있는데, 포착이 안 되니까 속이 타요, 선배."

파인더를 들여다보면서 조금씩 망원경 방향을 바꿔갔다. 역시 가마타 선배나 적어도 아마네가 보는 게 나을 수도……. 울고 싶어졌다. 옆에서 고시가 조언했다.

"그럼 두 눈으로 파인더를 들여다봐. 십자선 한가운데에 달이 오도록."

"하지만 그 달 자체가……. 으앗!"

무심결에 외쳤다. 고시가 말한 대로 두 눈으로 들여다본 파인더 시야에 갑자기 은색이 떠올랐다. 가슴이 순식간에 흥분으로 벅차올랐다.

"보여, 보인다, 보여요! 달, 보였어요!"

같은 말을 정신없이 외쳤다. 고시가 말했다.

"좋아. 그러면 메인 망원경을 들여다보면서 초점을 맞출
까?"

"이렇게요?"

고시의 말대로 초점을 맞추었다. 둥근 시야에 백은의 세
계가 점점 선명해지면서 펼쳐진다. 보였다, 포착했다. 지금
마히로의 눈에 분화구 하나하나가 보인다. 사진이나 영상이
아닌 실물이.

"나카이도 봐!"

흥분하며 아마네에게 자리를 양보했다. 자신이 망원경으
로 포착한 달이라고 생각하니 그것만으로 자랑스럽고 빨리
보여주고 싶어졌다. "와! 정말이다!" 서둘러 교대한 아마네
입에서 탄성이 나오자 옥상을 방방 뛰어다니고 싶었다.

가마타 선배와 모리무라 선생님이 "보였어?", "정말?" 하고
망원경에 다가오는 모습도 실로 기뻤다. 선배도 조금 전까
지 평소대로 하자고 말했으면서.

"그 기분 잘 알지."

고시의 목소리가 들렸다. 옥상 바닥에 다리를 쭉 뻗고 앉
아 있는 고시만이 냉정했다. 웃으며 말했다.

"나도 망원경으로 처음 별을 제대로 봤을 때 엄청 흥분했

거든. 직접 만든 망원경이라면 더욱 감격스러울 거야."

"정말 보이네요."

중얼거리는 마히로 옆에 아마네와 가마타 선배가 교대로 망원경을 들여다보며 "보였다!"라든가 "우와!" 하고 외치는 모습까지 자랑스럽다.

"다른 별도 보고 싶어요." 마히로가 그렇게 말하자 고시가 하늘을 올려다보며 "음" 하고 중얼거렸다.

"오늘 흐려서. 저쪽에 조금 전까지 목성이 보였는데 지금은 구름 속에 있고."

고시의 시선을 따라 마히로도 얼굴을 들었다. 그러고 보니 확실히 구름이 깔려 있다. 지금까지 마히로에게 '밤하늘'은 그저 '밤의 색'으로만 인식되었다. 오늘처럼 밤에 '구름'을 의식하는 일은 처음이다.

계속 관측하며 망원경을 들여다보던 아마네가 말했다.

"움직여요."

"뭐?"

순간 달 표면에 뭔가, 우주인이나 탐사 로봇이라도 보였나 싶어서 마히로가 흠칫하자 아마네가 바로 렌즈에서 눈을 떼고 "달이 움직여" 하고 말했다.

"조금 전까지 한가운데에서 제대로 보였는데 어긋났다고 할까, 시야에서 도망치는 것 같아."

"아, 자전하니까."

고시가 일어나 아마네 옆으로 가서 파인더를 들여다봤다.

"지구가 자전하니까 일단 별을 포착해도 결국 벗어나게 되어 있어. 시야에 계속 잡아두기 위해서는 세세하게 조정해야 해."

다시 자리를 양보하고는 아마네에게 조절 방법을 가르쳐 주었다. 시야 한가운데로 달을 되돌리는 방법을 알려주는 모양이다. 지구의 자전이라니, 머릿속으로는 알고 있지만 정말로 관측에 영향을 주는구나. 고시가 하늘을 올려다보며 즐겁다는 듯 말했다.

"재미있지? 지구가 돈다니. 평소에는 생각도 안 하니까."

"정말로…… 모르는 것투성이예요."

"그러게."

그러고 보니 오늘 화상 회의 집합 시간에도 마히로는 놀랐다. 매번 오후 4시 반 집합이었으니까 오늘도 그 정도인 줄 알았다. 9시 정도가 아니면 달이 보이지 않는다는 모리무라 선생님 말에 놀랐다. 달은 밤에 올려다보면 언제나 있는 거라고 생각했는데, 오늘 주의 깊게 밤하늘을 관찰하니 달이 나오는 건 확실히 그 무렵이었다.

마히로에게는 밤늦은 시간에 하는 활동이 꽤 신선했지만, 아마네는 익숙한 듯 말했다. "초등학교 때 다니던 학원이 끝나는 시간이 그즈음이었어." 오늘은 끝난 후 모리무라 선생님이 차례로 부원들의 집까지 데려다주기로 되어 있다.

"음. 목성도 토성도 오늘은 이제 안 나올 거 같아. 아쉽게도."

고시가 별 이름을 중얼거리며 그 별이 있는 방향을 바라봤다. 그 모습이 멋있었다. 망원경을 들여다보는 방법을 가르쳐줄 때도 그랬지만, 저렇게 가만히 옆에 서서 여러 가지를 알기 쉽게 설명해주니 여자라면 분명 반하지 않을까. 랩톱 모니터 속에서도 이바라키 천문부 1학년 옆에 선 리쿠가 한창 이것저것 가르쳐주고 있었다. 고등학생 선배들이 꼭 전문가 같았다.

다만 옆에 나란한 고토 천문대와 미사키다이 고등학교의 학생들은 모두 모니터를 들여다보고 있지만 조금 심심한 모양이다. 마히로가 랩톱 모니터 쪽을 보고 있다는 사실을 알아차린 고토의 고야마가 "좋겠다" 하고 말했다.

"우리도 빨리 따라잡고 싶어."

"아, 모레 일요일 오전 중이라면 우리, 또 온라인에서 만날 수 있어요."

그 말을 듣고 이바라키의 화면에서 리쿠가 말했다.

"1학년들의 망원경은 완성됐지만 선배들의 망원경 작업은 그날 하려고요. 우리, 작업하는 김에 온라인으로 연결할까요?"

"어, 리쿠. 일요일에 오려고?"

"응. 그러려고. 고토팀은 어떤가 싶어서."

아사와 이야기하던 리쿠가 화면으로 돌아왔다.

"정말요?" 그 제안에 고토팀 모두 순간 기쁜 표정이 되었다. "아, 안 된다." 하지만 바로 무토의 목소리가 들렸다.

"죄송합니다. 이번 일요일이면 9일이죠? 우리 학교는 등교일이라서 오전 중에는 무리예요. 오후는 늦나요?"

일요일인데 학교에 간다고? 옆에서 듣고 있던 마히로가 의아해하며 고시를 보자 고시도 뭔가 알아차린 듯한 표정이었다. 고토의 창이 또 빛났다.

"나가사키에서 8월 9일은 평화 수업이 있는 날이에요. 여름방학 중이어도 매년 등교해요."

깜짝 놀랐다. 고토가 아니라 '나가사키에서'라는 말을 듣고 마히로도 깨달았다. 8월 9일은 나가사키에 원자 폭탄이 떨어진 날이다.

"아, 그렇구나." 이번에는 마도카가 말했다.

"도쿄와 이바라키는 수업이 없죠?"

마도카의 말에 마히로는 조금 충격을 받았다.

나가사키에서 나고 자란 마도카에게 8월 9일은 학교에 가는 게 평범한 일이고 가지 않는 쪽이 '평범하지 않은 일'이다. 역사 시간에 마히로도 전쟁과 원자 폭탄에 관해 배웠지만, 마도카와 그곳 사람들은 그 역사를 우리보다 훨씬 가깝게 접해왔을 것이다.

"죄송해요. 미처 몰라서."

이바라키의 화면이 빛나고 어느새 리쿠 옆에 아사와 하루나 선배가 와 있었다.

"저, 생각 없이 제안해서 죄송합니다."

"아니, 아니에요!" 리쿠가 사과하자 마도카가 크게 손을 저었다.

"정말 괜찮아요."

리쿠 옆에서 하루나 선배가 몸을 내밀었다.

"저는 작년에 수학여행으로 나가사키에 갔는데, 평화 기념 공원에 가서 나카사키의 역사에 관해 배웠어요. 그렇지만 9일이 등교일이라는 건 몰랐어요."

마히로 옆에도 어느새 아마네와 가마타 선배가 와 있었다. 다들, 아마 이바라키팀도 같은 생각을 하고 있을 것이다. 화면 속 고토팀이 정말로 '나가사키'에 있다는 생각. 갑자기 역사에 무지했던 게 부끄러워졌다.

마도카 옆에서 고야마가 말했다.

"우리도 고토에 유학을 와서 평화 수업 등교일이라는 게 있다는 걸 알고 놀랐어요."

"……나도 그랬지만, 도쿄에 돌아오니 조금 충격이었어."

고시가 말했다. 고토의 화면을 바라보고 있다.

"고토에 있을 때는 8월 9일을 역시 엄청 의식하게 되거든. 그런데 돌아오니 나가사키에 있을 때처럼 다들 자기 일로 생각한다는 느낌이 거의 없었어. 조금 서운하다고나 할까. 잠깐 유학했을 뿐인 내가 할 말은 아니겠지만."

"하지만 우리 엄마도 그렇게 말한 적이 있어요. 다른 현 사람과 이야기하면 다들 전쟁도 원자 폭탄도 우리만큼 몰라서 놀란대요. 어머 그렇구나, 정말이구나, 하고 생각할 뿐이죠. 신경 쓰지 마세요."

"그래도……."

아직 안타까워하며 누가 그렇게 말했을 때, 그때까지 아무 말이 없던 미사키다이 고등학교의 창이 갑자기 빛났다.

"다들 이어져서 다행이에요."

미사키다이 고등학교의 이치노 선생님이었다. 조용하고 의연한 말투였다.

"각기 다른 장소에 있기에 배우는 내용이 다르거나 같은 지식이라도 거리감이 다르잖아요. 여러분 나이에 그걸 깨닫다니 정말 부러워요. 그런 경험은 관심의 폭을 넓혀주니까요."

"아, 저도 그렇게 생각해요."

마히로 뒤에서 모리무라 선생님이 갑자기 말했다. 선생님은 컴퓨터 마이크에 잡히도록 크게 말했다.

"대학 시절에 후쿠오카의 고구라 출신 친구가 있었는데, 그때 그 친구에게 들었단다. 원래 고구라가 8월 9일 원자 폭탄을 투하할 첫 번째 목표였대. 그런데 그날 상공에서 내려다본 시야가 좋지 않아서 나가사키로 변경되었다고 학교에서 배웠대. 그래서 역시 8월 9일을 아주 특별한 날로 여기며 자랐다는 말을 듣고 굉장히 놀랐지."

"제 동생은 외국인과 함께 일하는데요…….."

미사키다이 고등학교 화면 속에서 이치노 선생님이 싱긋 웃었다.

"동생이 이런 말을 했어요. 다른 환경에서 자라고, 각 나라와 지역의 역사를 배운 사람과 대화하면 놀랄 만한 일도 많고, 새로운 시선을 가지게 돼서 배울 점이 많다고요. 재미있죠? 이걸 계기로 다들 서로가 사는 곳에 관해 알게 되는 것도 좋네요. 어쩌면 내가 사는 지역도 아직 모르는 점이 많을 거예요."

"아, 그럴지도 모르겠네요. 저도 시부야의 역사 같은 건 잘 모르니까요."

선생님 옆에서 야나기가 중얼거리듯 말했다. "정말, 재미있어요. 역시 참가하길 잘했어요. 도중에 참가한 거지만, 다시 한번 다들 고맙습니다."

✹ ✹ ✹

이번 여름, 아사는 리쿠를 다시 보게 되었다.

여름부터 시작된 망원경 제작과 완성된 후 관측 연습을 도와주는 리쿠의 모습을 보고 의외로 남들을 잘 챙기는 성격이구나 하고 감탄했다. 지금까지는 후배가 없어서 몰랐지만, "선배 모르겠어요"라는 말에 나스미스식 망원경 작업을 하다가도 "잠깐만" 하고 싫은 내색 없이 돕는다. 후배들에게만 그런 게 아니라 스타 캐치 콘테스트의 다른 팀에게도 같은 태도로 대했다. 다른 팀에게 설명해주고 질문 메일에 답장을 쓰는 리쿠를 보고 아사는 그가 의외로 성실하다는 걸 알게 되었다.

나스미스식 망원경 제작이 드디어 재개되어서 기쁜지 리쿠는 유난히 열심이다.

그런데 너무 열심히 하는 것 같다. 어렴풋이 계속 그렇게 생각했는데 리쿠가 일요일에 작업을 하려고 한다는 말에 확실히 알게 되었다. 콘테스트를 함께 하는 팀과 합동으로 화상 관측 연습을 하던 도중 그 이야기가 나와서 아사는 혼란스러워졌다.

일요일에 작업하다니, 난 그런 이야기 들은 적 없는데.

고토팀이 평화 수업의 날이라서 동시 작업은 못 하게 되었지만, 그 일요일은 오봉이 가까워서 아사도 일이 있었다.

"나, 일요일은 할머니 집에 자러 가는 날이라서 못 해."

코로나 때문에 좀처럼 만나지 못한 현 북쪽에 사는 조부모 집에 가기로 전부터 이야기되었다. 지금은 '사람과 만나는 것'도 '이동하는 것'도 굉장히 꺼리는 시기이기에 망설이고 또 망설이다가, 같은 현이니 만나고 오자고 가족끼리 이야기해서 겨우 정했다.

금요일 화상 회의가 끝난 후 리쿠에게 말했다. "응?" 리쿠가 망원경과 컴퓨터를 정리하면서 아사를 돌아봤다.

아사가 한 말을 들었는지 와타비키 선생님이 이쪽으로 다가왔다.

"리쿠, 일요일 동아리 활동은 아사와 이야기해서 정한 거 아니었니?"

반응을 보니 와타비키 선생님에게는 이미 허락을 받은 모양이다. "네." 아사는 뾰로통한 얼굴로 대답했다.

"아무 말도 못 들었어요. 왜 마음대로 정하는 거야?"

"아니, 아사가 못 오면 혼자서라도 하려고 했지."

"뭐?" 리쿠가 그다지 미안한 기색도 없이 대답하자 아사 입에서 화난 목소리가 나왔다.

"뭐야 그게. 하루나 선배에겐 말했어?"

"……나도 처음 들었어. 리쿠, 모레 일요일은 나도 학원 모의시험이 있어서 올 수가 없어. 이런 건 미리 이야기 안 하면 곤란하지."

하루나 선배가 옆에서 말했다. 리쿠가 크게 어깨를 으쓱하더니 고개를 갸우뚱했다.

"어, 그렇게 화낼 일이에요? 죄송해요. 근데 이대로라면 광학연구소에서 언제 프레임을 납품받을지 몰라서요. 어쩌면 우리가 프레임을 만들게 될 수도 있잖아요? 그렇다면 정말로 시간이 모자랄 것 같아서……."

"프레임은 일단 납품을 기다리자고 다 같이 정했잖아!"

화가 나서 무심결에 소리를 질렀다. 머리에 피가 몰리는 기분이었다. 하루나 선배와 그렇게 정했는데……. 갑자기 부장에게 미안해졌다.

"나스미스식 망원경은 너 혼자만의 프로젝트가 아니잖아!"

아사가 부루퉁한 표정을 짓자 리쿠가 "아, 알았어, 알았어. 미안해" 하고 피어스를 낀 귀를 양손으로 막았다. 그 모습이 또 거슬린다.

"미안해. 실은, 나 다음 주부터 밤에 동아리 활동 못 할 것 같아서 일요일에 할 수 있으면 하려고 했어."

"뭐?"

처음 듣는 이야기다.

"밤이면 부모님이 걱정해서." 리쿠가 말을 이었다. "오늘도 나오는 거 힘들었어."

"뭐야, 그 아이 같은 이유."

여학생이라면 부모가 걱정해서 마중을 나오는 일이 자주 있지만 리쿠는 고등학교 2학년 남학생이다. 농담인 줄 알았는데, 리쿠는 "그렇지" 하고 짧게 중얼거릴 뿐 웃지 않았다.

"뭐, 여러 가지 있어. 코로나도 있고."

그렇구나. 밤늦게 오면 리쿠 부모님이 걱정하는 이유가 '코로나' 한마디로 이해가 되었다. 바로 대답을 못 하는 아사 뒤에서 와타비키 선생님이 말했다.

"다음 주에 오는 게 어려운 건 알겠는데, 콘테스트 당일은 괜찮아?"

"네. 그날은 대회라고 말했어요. 그래서 선배, 아사, 미안해. 멋대로 해서. 일요일 작업…… 하지 않는 게 좋을까?"

"아니, 뭐, 그건 하고 싶으면 해도 되는데……."

기가 죽은 듯 말하자 리쿠가 "고마워" 하고 말했다.

"미안해, 1학년. 다음 주 관측은 못 도울 것 같아."

리쿠가 1학년들에게 말하자 후카노와 히로세도 "괜찮아요"라고 말하며 고개를 저었다.

"그런데 망원경으로 별을 쫓는 거, 의외로 등이 아프네요. 구부려야 해서 몸 여기저기가 저려요."

자기들이 만든 망원경을 쓰다듬으며 후카노가 말했다. "그래? 나는 아무렇지도 않은데." 히로세가 말하자 후카노가 불만인 듯 응수했다.

"너는 발레로 몸을 단련했으니까 그렇지. 나는 평소 운동부족이라 힘들다고!"

"아, 그렇구나."

"그렇구나, 라니. 뭐야? 놀리는 거야?"

신입생들의 대화가 그 자리의 분위기를 부드럽게 바꾸는 것 같았다. 어색한 분위기 속에서 함께 망원경을 정리하는데 와타비키 선생님이 리쿠를 불렀다.

"리쿠, 혹시 부모님이 걱정하시면 오늘도 이만 돌아가도 괜찮다."

"앗, 그래도 돼요?"

"그래. 정리는 우리가 할게. 대신 다음 주는 7시 무렵부터 관측이니까 좀 도와줄래? 그 시간대면 목성과 토성이 보일 거야. 맑으면 좋겠는데."

리쿠가 잠시 말이 막힌 듯했다. 와타비키 선생님이 말했다.

"억지로 하라는 건 아니고, 그러는 게 너도 재미있을 거 같아서."

아사는 오늘 처음 들었지만 어쩌면 와타비키 선생님은 리쿠에게 미리 사정을 들었을지도 모른다. 선생님의 말에 리쿠가 조금 주저하더니 고개를 끄덕였다.

"저도 그렇게 하고 싶어요. 8시 정도에 학교를 나설 수 있다면요."

"그러려면 오늘은 그만 돌아가는 게 좋겠다. 조금이라도 어머니가 걱정하시지 않게. 아사, 하루나, 리쿠는 뒷정리 안 해도 되겠지?"

리쿠가 힐끗 아사를 보기에 아사는 "네"하고 대답했다.

"나머지는 맡겨둬."

"미안해, 고마워."

리쿠가 말하고 허둥지둥 옥상 문 안으로 사라졌다. 그 뒷모습을 보면서 아사는 기분이 복잡했다.

와타비키 선생님에게는 말했으면서 어째서 같은 학년 친

구인 내게는 말하지 못했을까. 마음에 생겨난 응어리가 사라지지 않는다. 혼자서 작업할 생각이었다니, 나는 그렇게 별것 아닌 존재인가…….

작년에 리쿠와 함께 설계도를 보며 망원경을 만들 때 아사는 너무나 재미있었다. 다 함께 경통을 팔각형으로 하기로 정했다. 도면대로 절단한 여덟 면의 판자를 팔각형 모양이 되도록 연결하고 그게 딱 맞았을 때 지학실에 탄성이 터졌다. 한 변의 길이와 조각의 각도를 어떻게 해야 정확하게 팔각형이 될까. 물론 사전에 계산은 했지만 실제로 손을 움직이고 계산대로 만들어지니 그것만으로 엄청난 성취감이 느껴졌다. 수학에서 도형에 관한 문제를 많이 다루는데, 이럴 때 그 공부가 실제로 도움이 되고 머릿속 계산과 손으로 하는 작업이 일치해서 감격했다.

그랬는데.

"일요일 작업에는 리쿠 혼자가 아니라 나도 있을 거니까 걱정하지 않아도 돼."

아사의 마음을 읽었는지 삼각대를 지학실로 옮기던 도중 와타비키 선생님이 말했다. 아사는 깜짝 놀라 선생님을 보았다. 선생님이 천천히 고개를 저었다.

"원래 내가 학교에 올 예정이었거든. 리쿠가 그 사실을 알고 그러면 자기도 와도 되냐고 했어. 그러니 아사는 할머니집에 가도 돼. 리쿠가 재미있을 것 같은 작업에 손을 대려고

하면 내가 모두 함께할 수 있도록 말릴게. 접안부 부품 자르기가 아직이니 그걸 하고 싶을 거야. 프레임도 물론 만들지 말고 납품을 좀 더 기다리자고 할 거고. 리쿠도 중요한 작업은 함께하고 싶을 테니."

"……그럴까요?"

"응. 빨리 만들고 싶은 거겠지. 하루나가 졸업하기 전에. 리쿠는 지루한 작업을 도맡으려고 하는 거야. 선배를 생각하는 마음이 엿보여서 눈물이 날 것 같지 않니?"

그러고 보니 전에 이런 일이 있었다. "혹시 코로나 상황이 변하지 않으면 내가 졸업한 후에도 두 사람이 작업을 계속해줘." 아직 동아리 활동을 제대로 못 하던 무렵 하루나 선배가 그렇게 말하자 리쿠가 강하게 "아니, 선배도 함께 시작했으니까 끝까지 같이 해요"라고 말했다. "이제 와서 포기하면 안 되죠"라고도 덧붙였다.

그렇지만 이건 너무 제멋대로 아닌가?

1학년들과 지학실까지 삼각대를 옮겨 선반에 넣으려는데 후카노가 교실 구석에 있는 나스미스식 망원경을 봤다.

"선배들이 지금 만드는 망원경도 재미있을 것 같아요. 우리가 만든 것보다 더 크고 본격적인가 봐요. 콘테스트가 끝나면 이쪽 망원경도 자세히 설명해주세요."

"응. 너희에게 도와달라고 할지도 몰라. 2학기에 잘 부탁해."

"알겠습니다."

"재미있을 것 같아요."

후카노와 히로세가 함께 고개를 끄덕였다.

후배들이 일부러 나스미스식 망원경 이야기를 한 건 아마도 선배들 분위기가 어색하다는 걸 알아차려서 그런 것이겠지. 조금 전에도 그랬지만 우리 후배는 어쩌면 이렇게 배려심 깊고 좋은 아이들일까. 이렇게 귀여운 후배에게 걱정을 끼친 게 미안했다.

리쿠 바보.

지학실 옆, 각자의 가방을 둔 곳에 리쿠의 가방이 없다. 오늘은 그 모습도 서운했다.

❋❋❋

파인더를 들여다보면서 세 개의 조정 나사를 조정했다. 시야에 보이는 십자선이 메인 망원경 시야에 들어가도록 진지하게 나사를 누르고 당겼다.

망원경의 경통과 파인더의 방향을 맞추기 위한, 광축 조절이라고 불리는 작업에 히바리모리팀 전원은 제법 익숙해졌다. 이 조정 작업을 관측 전에 얼마나 제대로 익히느냐가 스타 캐치 콘테스트에서 승패를 좌우한다고 모리무라 선생님이 말했다.

두 번째 합동 천체관측 연습은 19시부터다. 그 시각에는 달을 못 보지만 목성과 토성이라면 관측할 수 있다고 한다.

하늘은 맑음.

날이 흐렸던 지난번과 달리 옥상에서 보는 구름 한 점 없는 하늘은 도시 여기저기의 거리가 빛나는 모습까지 아름답고 광활하게 느껴졌다. 달 정도만 보였던 지난주와 달리 선명하게 빛나는 별도 여럿 있었다.

마히로와 부원들은 오늘을 위해 독자적으로 관측 연습을 했다. 그렇지만 본격적으로 별을 보는 연습을 한껏 할 수 있는 건 이 합동 연습 때 정도이다. 그래서 굉장히 기뻤다.

마히로네 망원경에는 지금 스티커가 붙어 있다. 별과 새, 종다리(일본어로 종다리를 히바리라고 한다-옮긴이) 일러스트다. 이바라키팀이 망원경에 색을 칠한 걸 본 아마네가 "치사해"라고 분해하기에 처음에는 히바리모리팀도 색을 칠하려고 했다. 하지만 그렇게 하면 단순히 이바라키팀을 흉내 낸 게 될 뿐이니 재미없다는 아마네의 의견에 스티커를 붙이기로 한 것이다. 모리무라 선생님이 준비해준 스티커 용지에 다 함께 달과 별, 종다리를 그린 다음 잘라서 붙였다. 별은 흔히 그리는 다섯 개의 꼭짓점이 있는 기호가 아니라 도감에서 토성과 목성의 사진을 보고 제대로 따라 그렸다. 진짜 '별'에 가까운 일러스트다.

"와, 히바리모리의 망원경, 멋있어졌네요!"

이바라키팀 화면에서 1학년 여학생 두 명이 이쪽을 들여다보며 칭찬하자 아마네가 가슴을 쭉 폈다.

"이바라키 여러분의 것을 참고했어요!"

인터넷으로 이어진 각 팀이 하늘을 향해 완성된 망원경을 설치했다. 지난번에는 관측에 참여하지 못한 고토팀과 미사키다이 고등학교팀의 화면도 오늘은 회색 염화비닐관 망원경이 대포처럼 하늘을 향하고 있다. 색을 칠하지 않은 원래의 투박한 느낌도 그것대로 멋있었다. 자세히 보니 고토팀의 망원경 측면에 굵은 명조체 글씨로 '고토 천문대'라고 커다랗게 적혀 있다. 고교야구팀 유니폼에 들어갈 것 같은 멋진 서체다.

"고토팀, 큼직한 글씨 멋있어요."

마히로가 무심결에 중얼거리자 화면 너머에서 마도카가 "고마워!"라고 말하며 얼굴을 보였다. "무토의 제안이야. 우리도 오늘 함께할 수 있어서 다행이야."

뒤에 고야마와 무토가 삼각대 위에 놓인 망원경을 조작하는 모습이 보인다. "고토, 부러워." 마히로가 작게 중얼거렸다.

"분명히 별이 엄청나게 선명하게 보이겠죠. 콘테스트 때도 빠를 것 같아요."

"확실히 그럴지도 모르지만 이쪽은 하늘이 밝은 만큼 고토보다 목표하는 별을 포착하기 쉬울지도 몰라. 고토는 너무 많이 보이니까 어느 별인지 헷갈릴 수도 있어."

고시가 마히로를 달래주었다. 그러고는 옛 동급생들을 향해 "살살해!"라고 말했다.

"다들 준비됐어요?"

이바라키팀의 창에서 목소리가 들렸다. 언제나 들리는 리쿠 목소리다.

"죄송합니다. 오늘 전 8시쯤에 빠지는데요, 그 후에는 아사와 하루나 선배가 도와줄 거예요. 잘 부탁합니다."

"네."

"네에."

"네엣!"

리쿠의 말에 다른 화면에서도 제각기 답이 들렸다. 리쿠 옆에서 아사가 얼굴을 내밀었다.

"여러분, 오늘까지 관측 연습이에요. 다음 주는 드디어 스타 캐치 콘테스트니까 최종 조정이라고 할 수 있겠네요. 모르는 점이 있으면 서로 물어가면서 해요. 그럼 먼저 목성을 볼까요?"

아사의 신호에 화면 속 각 팀이 관측 자세를 취했다.

지금은 이렇게 천천히 하지만, 당일은 분명히 누가 어떤 순번으로 파인더를 들여다보고 어떻게 할지도 확실히 정해두어야 하리라. 그날은 스피드 승부다!

히바리모리팀은 아마네가 처음으로 망원경을 들여다봤다.

목성은 지금까지의 연습에서 몇 번이나 포착했다. 아마네가 별을 찾는 걸 기다리는 동안 선생님들은 "당일 콘테스트 형식은 어떻게 하나요?"와 같은 대화를 나누고 있다.

"누가 목표하는 별을 먼저 찾는지 스피드를 겨루는 쪽이 좋을까요, 아니면 득점 형식으로 해서 팀별로 제한 시간 내에 많이 찾는 방향으로 할까요?"

"제한 시간 안에 많이 찾는 쪽이 재미있지 않을까요?" 모리무라 선생님 말에 고토 천문대의 관장님이 답했다.

"스피드를 겨루는 것이라면 온라인으로는 누가 빠른지 느린지 판정이 불공평할 수도 있고요."

"저도 모처럼 심판이 이렇게나 모였으니 자유롭게 찾는 쪽이 좋을 것 같아요." 이치노 선생님의 말에 모리무라 선생님이 "알겠습니다" 하고 받아들였다. 와타비키 선생님 목소리가 들리지 않는데, 와타비키 선생님은 모두가 정한 대로 할 생각인가 보다. 그런 점에서도 연륜이 느껴졌다.

이윽고 "보였다!", "목성, 찾았다!" 하는 소리가 여기저기에서 들리기 시작했다. 하지만 눈앞의 아마네는 아직 망원경을 들여다보고 있었다.

"나카이! 초조해하지 마."

그렇게 응원하자 옆에서 가마타 선배가 훗, 하고 웃었다.

"왜 그래요?"

"아니, 자기가 망원경을 볼 때는 엄청 초조해하면서 다른 사람에게는 다정하구나 싶어서."

"……그거야 당연하죠."

"찾았다!" 마히로의 말과 동시에 아마네가 외쳤다. "어디 봐." 당일 미사키다이 고등학교에서 심판을 맡을 고시가 망원경으로 다가왔다. 그때 갑자기 모리무라 선생님이 부원들에게 물었다.

"그럼, 여기서 퀴즈. 목성의 위성은 몇 개일까요?"

"목성, 확인 완료!"

고시가 판정하는 소리와 겹쳐졌다. 마히로는 이미 관측 연습에서 목성을 몇 번이나 봤다. 답을 알고 있다. 자신 있게 대답했다.

"네 개요."

망원경으로 볼 때 일직선으로 가지런히 놓인 작은 위성 네 개가 함께 보이는 게 목성의 특징이다. 관측 연습에서 처음으로 시야에 포착했을 때 나열된 모습이 굉장히 독특해서 놀랐다. 이러면 목성을 잘못 볼 수는 없을 것 같았다.

그런데 모리무라 선생님이 싱긋 웃었다.

"아쉽네. 정답은 칠십 개 이상! 마히로가 말한 건 갈릴레오가 발명한 망원경으로 확인할 수 있는 '갈릴레오 위성'이라고 불리는 위성이란다."

"네? 그렇게 많아요?"

마히로가 외치자 선생님이 "응" 하고 대답했다.

"소형 망원경으로 보이는 건 아쉽게도 갈릴레오 위성 네 개뿐이래."

"그 네 개가 유별나게 커서 보이는 건가요?"

"크기도 그렇지만 밝기도 중요하겠지."

"그렇군요!"

밝기라는 말에 별의 빛이 멀리서 온다는 걸 새삼스레 느꼈다.

"칠십 개 이상이라는 건 아직 못 찾은 위성도 있다는 말인가요?"

"그래."

가마타 선배의 질문에 모리무라 선생님이 대답했다. 그 말을 옆에서 들으며 마히로는 아마네가 기뻐하며 손짓하는 망원경 쪽으로 걸어갔다. 아마네가 포착한 목성을 망원경으로 들여다봤다.

오늘 갈릴레오 위성은 하나만 희미하게 보이지만, 그것과 나란히 있는 목성은 선명하게 보였다.

"같은 태양계의 별조차도 아직 관측 못 했으니 역시 인류는 목성에 못 가겠네."

마히로가 말하자 모리무라 선생님이 또 웃었다.

"어찌 됐든 목성에 착륙하는 건 무리야. 태양계의 행성에서 목성부터는 거의 가스로 이루어져 있으니까."

"네?"

"목성과 토성은 가스 행성으로 불리는데, 목성의 주성분은 수소와 헬륨가스. 그러니까 관측 카메라를 날려 보내도 안에 들어가자마자 부서져서 마지막 영상을 보내는 게 고작일 거야."

"저렇게 선명하게 보이는데, 저게 거의 가스라고요?"

"지구처럼 땅이 있는 게 아니고요?"

놀란 건 마히로만이 아닌 듯 아마네와 가마타 선배도 그렇게 말했다. 두 사람은 나보다 과학을 더 잘 알지 않나? 그런데도 이렇게 놀라다니 의외다.

"와, 몰랐어."

마히로도 중얼거렸다.

"어떤 별이든…… 지금은 못 가도 우주복만 입으면 산소나 중력이 없어도 수월하게 착륙할 수 있을 줄 알았어요."

착륙 자체가 힘든 세계는 상상도 할 수 없다. 태양계의 행성 순서를 외우는 '수금지화목토천해'라는 주문 같은 말을 마히로도 왠지 모르게 알고 있는데, 어떤 별이든 무의식적으로 지구와 똑같을 거라 여겼다는 사실을 깨달았다.

"우주를 무대로 한 애니메이션을 봐도 대부분의 별에 지면이 있는 것처럼 그리잖니. 나도 그런 작품을 좋아하고. 다들 그렇게 생각하는 것도 당연하지."

"그런데 왜 그런 중대한 사실을 지금까지 우리에게 알려주지 않았어요? 놀랐잖아요."

"그러게 말이야. 그리고 오늘 선생님, 왠지 엄청 과학 선생님 같아서 멋져요."

가마타 선배와 아마네가 놀리자 모리무라 선생님이 "이 녀석들!" 하고 되받아쳤다.

"와타비키 선생님 같은 베테랑은 아니지만 선생님도 일단은 과학 공부를 좋아해서 과학 선생님이 된 거라고."

"그렇군요."

각 팀의 목성 찾기가 끝나자 이번에는 이바라키팀 창에 하루나가 나타났다.

"여러분, 다 찾았나요? 그럼 다음은 토성을 찾아봅시다!"

"앗, 다음은 내가 찾을게."

하루나의 호령에 가마타 선배가 망원경으로 향했다. 남은 1학년 두 사람을 향해 모리무라 선생님이 말했다.

"아, 맞다. 안도, 나카이."

"네."

두 사람이 한목소리로 대답하자 선생님이 말을 이었다.

"여름방학 숙제인 자유 연구, 두 사람이 함께하면 어때? 이스타 캐치 콘테스트를 둘이 정리하면 좋을 것 같은데."

"어."

이번에도 목소리가 겹쳤다. 둘이 얼굴을 마주 봤다. 여름방학 자유 연구 과제는 그룹 연구도 괜찮다고 되어 있어서 반 친구와 조를 구성한 아이들도 많다. 하지만 마히로는 반의 유일한 남학생. 함께할 사람이 없는지 모리무라 선생님이 신경 쓰고 있다고 전부터 느꼈다.

"굳이 억지로 할 것까지는 없지만."

마히로와 아마네가 마주 보는 것을 보고 선생님이 말했다. 마히로가 고개를 저었다.

"아니에요, 선생님. 사실은……."

"네. 안도는……."

아마네와 둘이 모리무라 선생님을 바라봤다.

✾✾✾

"목성과 토성은 가스 행성으로 불리는데, 목성의 주성분은 수소와 헬륨가스. 그러니까……."

히바리모리팀에서 모리무라 선생님이 설명하는 목소리에 마도카와 고야마는 깜짝 놀라 서로 마주 보았다. 다들 관측하면서 자연스럽게 모리무라 선생님 설명에 귀를 기울였다.

"알고 있었어?" 마도카는 '고토 천문대'라고 크게 적힌 망원경 파인더에서 얼굴을 든 무토와 옆에 있던 고야마에게 물었다. 두 사람이 고개를 젓는 걸 보고 관측 모습을 아무 말 없이 지켜보던 관장님이 하하하, 하고 웃음을 터트렸다.

"그렇구나. 다들 모르는구나."

"네. 학교에서 배운 것 같기는 한데, 제대로 생각해본 적이 없어서……."

"그렇지? 중요한 것이니 좀 더 확실히 가르쳐주면 좋을 텐데."

고야마와 무토가 차례로 말하자 관장님이 "그렇구나" 하더니 기쁜 표정을 지었다.

"너무 멀어서 평생 한 번도 갈 수 없는 별이 '중요한 것'이 됐구나. 만약 간다면 목성보다 화성이 현실적이지."

"……왠지 이해가 되네요."

마도카가 중얼거렸다.

"옛날부터 혹시 우주인이 있다면 화성인이라는 말이 근거가 있는 거였군요. 생명체가 있을 가능성이 있는 곳은 화성이라는 이야기도 이제 확실하게 이해가 가요."

지금까지 상상조차 할 수 없었던 우주라는 세계가 우리의 개념을 뛰어넘을 만큼 아득히 광대하다는 사실이 이제야 상상이 된다.

이다음에 화성도 보고 싶어졌다. 스타 캐치 콘테스트에서 화성은 목성이나 토성과 마찬가지로 바로 찾을 수 있는 난이도 그룹에 들어갈 것이다.

"다들 준비됐나요? 그럼 다음에는 토성을 찾아봅시다!"

이바라키팀 화면 속에서 하루나가 말했다.

"아, 나도 찾고 싶어!"

마도카가 손을 들었다.

두 사람이 자리를 비켜줘서 망원경에 다가갔다. 망원경을 토성 방향으로 향하고 파인더를 들여다봤다. 지금 토성은 목성에서 약간 동쪽에 있다. 별의 특징인 주위를 덮은 고리는 파인더로는 확인할 수 없으니 노란색으로 빛나는 별을 찾는다.

"이건가?"

파인더로 토성을 잡아 중심에 오도록 핸들을 조정한다. 그러고는 망원경의 접안렌즈를 들여다보며 중심에 오도록 다시 조정한다. 별을 찾는 작업은 이렇게 계속 같은 자세를 유지해야 하는구나. 몇 번의 연습을 통해 마도카는 뼈저리게 느꼈다. 목덜미와 눈 주위가 시큰하다.

하지만 즐거웠다.

토성의 고리가 정말로 '고리'로 보인다. 우리가 TV와 책에서 얻은 지식이 실제로 확실히 존재한다. 당연한 일에 일일이 감동하게 되고, 별을 찾았다는 사실에 희열을 느낀다. 알려진 사실을 확인하는 것만으로 이렇게 흥분하는데, 이걸하나씩 발견한 옛 천문학자들의 기쁨은 어느 정도였을까.

"콘테스트 본선에서 토성과 목성은 분명 어느 팀이든 빠르게 득점할 테니, 점수가 높은 별을 얼마나 찾느냐가 승패를 좌우하겠구나. 문제는 그날 밤이 오늘처럼 맑을까 하는 것이겠군."

관장님이 말하자 무토가 "아, 맞다" 하고 끼어들었다.

"있잖아, 고야마, 마도카. 다음 주 콘테스트 당일, 혹시 맑으면······."

❋❋❋

"그럼 지금부터 팀별로 득점이 되는 별 찾기를 조금 더 하고 오늘은 이만 끝내기로 할게요. 지금 잠깐 화면을 공유할 테니 봐주세요."

아사가 랩톱 컴퓨터를 조작해 점수표를 화면에 띄웠다. 그 표에 있는 별을 얼마나 많이 망원경 시야에 포착할 수 있느냐가 승패의 열쇠다.

난이도1: 달(1점)

난이도2: 1등성 · 금성 · 화성 · 목성 · 토성(2점)

난이도3: 2~4등성 · 밝은 성단 · 성운(3점)

난이도4: 파인더로 찾은 성단 · 성운(5점)

난이도5: 천왕성 · 해왕성 · 파인더로 찾기 어려운 성단 · 성운(10점)

배점표가 떠 있는 화면을 아사 옆에서 후카노와 히로세가 뚫어지게 바라보고 있다.

"앗, 달이 겨우 1점밖에 안 돼요?"

"목성과 토성도 달과 1점밖에 차이가 안 나요?"

지금까지 몇 번이나 규칙을 설명했지만, 실제로 관측해보고 별을 포착하는 어려움과 감각을 알게 된 만큼, 구체적으로 상상하게 된 모양이다. 각 팀에서 질문이 올라왔다.

"천왕성과 해왕성은 찾으면 꽤 유리한데, 실제로 이 망원경으로 보인 적이 있어요?"

"성단과 성운은 어떤 종류가 있나요?"

모두의 질문에 아사가 대답했다.

"그걸 남은 일주일 동안 연습을 거듭해 여러분이 찾을 겁니다. 우리 학교는 선배들과 와타비키 선생님이 가르쳐줄 거고, 고토는 천문대 관장님이 가르쳐주세요. 물론 주최 학교인 우리에게 묻는 것도 대환영입니다. 시부야팀은."

"마히로, 우리와 합동으로 관측 연습 안 할래? 우리도 고시 형에게 좀 더 배우고 싶고."

미사키다이팀에서 야나기의 목소리가 들렸다. "네!" 히바리모리팀이 흥분한 목소리로 대답하고 아마네가 모리무라 선생님에게 "선생님 괜찮죠?" 하고 묻는 목소리가 들렸다.

그 모습을 보면서 아사는 만족스럽다는 듯 고개를 끄덕였다. 이 느낌, 기억난다. 그저 머리 위에 펼쳐져 있을 뿐이라고 생각했던 하늘의 별 이름과 위치를 알게 된 것으로 지도

가 만들어지는 느낌. 막 입부했던 작년 이맘때, 아사도 리쿠와 함께 맛본 감각이다.

"어, 리쿠는 벌써 돌아갔어요?"

성단과 성운을 보는 연습을 하던 중 화면을 공유한 표를 닫고 통화 화면으로 돌아가니 미사키다이팀의 야나기가 물었다.

그 말에 아사는 아직 조금 복잡한 기분으로 고개를 끄덕였다. 조금 전 활동에 방해가 될까 봐 신경 쓰듯 인사도 없이 옥상에서 허둥지둥 나가는 리쿠를 아사는 짐짓 노려보는 듯한 시선으로 바라봤다. 제대로 온라인 너머의 사람들과 인사하면 좋을 텐데……. 그런 마음으로 아사가 대답했다.

"네. 다음 주 콘테스트 당일에는 확실히 끝까지 있겠지만, 오늘 밤은 먼저 돌아갔어요."

야나기가 물었다.

"그러고 보니 스나우라 3고 천문부의 남자는 리쿠 혼자예요?"

아사와 야나기가 대화를 시작하자 어느새 고토와 히바리모리팀 화면에도 학생들이 모이기 시작했다. 야나기가 이어서 질문했다.

"지금 다시 화면을 보니까 이바라키팀은 여자밖에 없는 것 같아서요. 평소는 리쿠가 설명해주니까 몰랐는데. 그쪽 천문부, 그렇게 환경이 좋은데 남학생들이 별에 관심이 없나 봐요. 어쩐지 아쉬워요. 나라면 천문부에 들어갔을 텐데."

"아, 천문부에 남자가 한 명이라기보다 원래 우리 학교는 거의 여자밖에 없어요. 각 학년에 남자는 두 명이나 많아야 다섯 명, 그 정도뿐. 원래 여학교였는데 몇 년 전에 공학이 돼서 리쿠네 반도 남자는 리쿠 혼자고."

"네?"

갑자기 큰 소리가 들렸다. 돌아보니 아무래도 히바리모리 팀의 마히로인 듯하다. 확실히 드물긴 하지만 그렇게까지 놀랄 일인가……. 아사가 속으로 생각하는데 마히로 옆에 모리무라 선생님과 가마타 선배가 다가와서 걱정스러운 눈빛으로 마히로를 바라보며 양옆에 섰다. "저기." 그 가운데에 있는 마히로가 카메라를 바라보며 말했다.

"리쿠 형은 거의 여자밖에 없는 학교라는 걸 알면서도 스나우라 3고에 진학하기로 정한 건가요? 혹시 뭔가 잘못됐다든가 잘 몰라서 왔다든가……."

"아, 그런 건 아닐 거예요. 원래 여자가 많다든가 남자가 없으면 안 된다든가 그런 것에 별로 신경 안 쓰는 것 같아요. 나를 '아사'라고 편하게 부르는걸요. 오히려 다른 남학생이 있으면 어쩐지 신경 쓰일지도 모르겠지만 이제 그러기도 귀찮대요. 그래서 이렇게 성별에 상관없이 친하고요."

스스로 말하면서 아사는 놀랐다. '친하다.' 그렇다, 나와 리쿠는 친하다.

"확실히 남자가 거의 없다는 걸 알면서도 일부러 진학하다니 꽤 별난 사람으로 보이겠지만, 리쿠는 아까 야나기가 말한 것처럼 천문부 환경에 끌려서 우리 고등학교를 지망했어요. 망원경을 만들고 싶어서."

"망원경……."

마히로가 중얼거리자 아사가 고개를 끄덕였다.

"하고 싶은 활동이 있어서 지망했을 뿐, 다른 건 아무래도 좋았나 봐요."

"그렇군요."

"그래서 올해 활동을 할 수 있어서 엄청 기뻐하고 의욕이 넘쳐요. 여러분의 질문을 받는 일도 즐거운 것 같고요."

하루나 선배가 아사 옆으로 다가왔다. 선배가 미소 지으며 말했다.

"다음 주면 드디어 스타 캐치 콘테스트네요. 다 함께 열심히 해요!"

하루나 선배의 맑은 목소리가 청명한 밤하늘 너머로 퍼져 갔다.

"맑으면 좋겠다." 어딘가의 창에서 목소리가 들렸다.

"고토의 태풍은 괜찮은가요?" 1학년 두 사람이 다가와서 물었다. 여름 태풍이 자주 규슈 지방을 덮쳐서 걱정되는 모양이다.

"네." 고토팀 창에서 마도카가 대답했다.

"지난달에는 나가사키에 집중 호우가 쏟아져서 큰일이었는데,

현재 태풍 예보는 없다고 관장님이 조금 전에 말씀하셨어요."

"그럼 다행이네요."

"걱정해줘서 고마워요!"

목소리가 밤의 옥상에 메아리쳤다. 무토와 고야마도 화면 너머에서 기쁜 듯 손을 흔들었다.

❈❈❈

8월 21일, 금요일.

스타 캐치 콘테스트 당일. 고토는 맑음.

참가팀 어디든 날씨가 나쁘면 콘테스트를 연기하기로 했지만, 오늘은 이바라키도 도쿄도 고토도 맑음이었다.

밤에도 구름 한 점 없이 별이 반짝이는 하늘이 될 것 같다. 이렇게 다른 지역 날씨를 걱정하는 건 마도카로서는 처음 있는 일이다. 아마 지금 이바라키와 시부야도 마도카와 마찬가지로 고토의 날씨를 걱정하고 있으리라.

"앗! 보인다. 역시 엄청 깨끗해."

무토, 고야마, 마도카.

세 대의 자전거가 나란히 산길을 내려간다. 아래에 태양빛에 반짝이는 바다가 보인다.

"고야마, 마도카. 다음 주 콘테스트 당일, 혹시 맑으면 바다 안 갈래?"

지난주 합동 관측 연습 날, 무토가 제안했었다.

"고토에서 지내는 여름은 올해가 마지막이니까" 하고 덧붙이면서.

"콘테스트 전에 기합도 넣을 겸, 어때?"

"좋아."

고야마가 바로 대답했다. 안경을 벗고 렌즈 안쪽을 손으로 살짝 닦고 다시 쓰면서 말했다.

"나도 첫해에는 바다에 갔었는데 작년에는 못 갔거든. 이렇게 고토에 있으니 올해는 갈 수 있다면 가고 싶어."

"응. 가자."

마도카도 동의했다.

고토에서의 마지막 여름.

무토도 고야마도 섬에서 지내는 건 올해까지다. 영원할 것 같았던 천문대 활동도 조만간 끝을 맞이한다.

섬의 바다는 동서남북 어디서 보느냐에 따라 색이 다르다. 마도카는 전부터 바다가 해변에 따라 무척 다양한 얼굴을 갖고 있다고 느꼈다. 북쪽은 짙은 녹색. 남쪽은 물빛. 남쪽에서 서쪽으로 더 내려간 곳에 있는 해변은 좀 더 투명하게 느껴진다.

섬에는 관광객이 수영을 즐기는 넓은 해변이 아니더라도 발을 담그고 물놀이를 할 수 있는 작은 해변과 얕은 여울이 많이 있다. 무토가 가고 싶다고 한 곳도 자전거로 40분 정도 달리면 나오는 작은 해변이었다. 돌을 쌓아 올린 낮은 제방이 해변으로 이어졌고, 마도카와 고야마, 무토가 도착했을 때만 해도 수영복 차림으로 노는 아이와 가족 들이 몇 명 있었지만 어느새 마도카 일행 세 명만 남았다.

오후의 해변은 고요했다. 제방에 묶어놓은 작은 배가 살랑살랑 흔들렸다. 여기에서라면 건너편에 솟은 산의 짙은 녹음도 잘 보인다.

"1학년 때 야구부에서 여기 온 적이 있어."

무토가 말을 하며 재빨리 셔츠를 벗더니 수영복 차림이 되어 바다에 들어갔다. 햇볕에 탈 것 같아서 마도카는 선크림을 꼼꼼히 발랐다. 오늘도 발만 담그려고 했는데, 햇볕은 아랑곳없이 바다에 곧장 뛰어드는 모습을 보니 역시 무토는 운동부다웠다.

고야마도 무토의 빠른 몸놀림에 황당했는지 웃으면서 셔츠를 벗고 바다에 들어갔다. "마도카, 수영 안 해?" 따가울 정도로 강한 햇빛을 받으며 천진난만하게 묻는 두 사람에게 마도카는 손을 흔들어주고는 쓰고 온 모자에 손을 올린 채 얕은 여울에 많이 있는 소라게를 바라봤다. 자세히 보니 모래와 비슷한 색의 조그만 소라게가 많았다.

헤엄치던 무토와 고야마가 때때로 멈춰서 뭔가 이야기를 주고받았다. 그 모습을 보고 갑자기 깨달았다. 바닷속 두 사람은 마스크를 쓰지 않았다. 마스크가 없는 두 사람의 얼굴을 여기에서라도 볼 수 있는 게 기뻤다.

자전거를 계속 타고 온 터라 마도카도 힘들었다.

다른 사람도 없고 두 사람과도 거리가 떨어져 있어서 마도카도 과감히 마스크를 벗었다. 전부터 두 사람의 생김새를 알고 있었지만 어딘지 신선하고 어쩐지 좀 부끄러웠다. 바다 냄새가 섞인 습한 바람이 얼굴을 스친다.

너무나도, 너무나도 기분이 좋았다.

"무토, 고야마!"

무심결에 불렀다. "왜?" 두 사람이 마도카 쪽을 보고 묻는다.

"즐거워!"

마도카가 말했다. 그러면서 그 말에 고마움을 담았다. 고시에게 들은, 자신을 걱정해주는 두 사람의 마음에 대한 고마움과 이 여름, 지금까지 관심도 없었던 천체관측의 세계를 알려준 것에 대한 고마움을 담아.

"고마워!" 마도카는 가슴이 터질 듯 외쳤다.

"뭐야, 새삼스레." 무토가 웃었다.

"그러게. 뭐야, 새삼." 고야마도 웃었다.

소라게를 쫓는 시선 끝에 작은 파도가 밀려와 작은 물고기 무리가 파도 아래를 통과하듯 헤엄쳐 빠져나간다.

바다에 왔다고 해서 같이 헤엄을 치는 것도 아니고 진지한 이야기를 나누는 것도 아니지만, 이렇게 따로 행동해도 아무렇지 않고 침묵이 어색하지 않은 친구와 함께 시간을 보내는 것 자체가 너무나 소중하다.

하늘을 바라봤다.

태양이 떠 있어서 보이지는 않지만 저 너머에는 별이 펼쳐져 있을 것이다. 보이지 않을 뿐, 별은 언제나 있다. 이 시간이면 저쪽일까. 환한 낮이지만 마도카의 눈은 콘테스트를 위해 외워둔 별과 성단의 위치를 따라갔다.

그때였다.

딩동댕동. 익숙한 소리가 울렸다. 섬 여기저기에서 들을 수 있는 섬 내 방송이다.

"고토 남부 주민센터입니다. 어제 섬 북부, 이즈미 지구에서 신종 코로나바이러스 감염자 한 명이 새롭게 확진됐습니다. 주민 여러분께서는 감염 예방 수칙에 유의하시고 개인 위생에 만전을 기해주시기 바랍니다."

주민센터 직원인 듯한 여자의 목소리가 천천히 흘러나왔다. "다시 한번 말씀드립니다" 하고 같은 말을 되풀이했다.

바닷물에 가슴까지 들어갔던 고토와 고야마도 보이지 않는 목소리를 좇듯 소리가 들리는 쪽으로 얼굴을 돌리고 방송을 들었다. 섬 내에 처음으로 신종 코로나바이러스 감염자가 나온 후, 새로운 감염자가 확인되면 매시 정각에 방송으로 알리기로 되어 있다. 이제 제법 익숙해졌다. 병상이 제한된 좁은 섬에서 집단 감염이라도 발생하면 큰일이니 필요한 일이라고는 생각한다. 하지만 이렇게 상세한 지역까지 알리다니…… 역시 마음이 아프다.

감염자가 나왔다면 이웃 주민이 특히 주의해야 할 테니 지역명까지 밝힐 필요가 있을지도 모른다. 머리로는 알고 있다. 하지만 감염된 사람은 어떨까. 이미 어느 집 누구라는 게 이웃들에게 순식간에 알려지지 않았을까……. 그렇게 생각하자 자신이 그 사람이 된 듯 숨이 턱 막혔다.

"슬슬 갈까?"

헤엄을 마친 무토와 고야마가 마도카가 기다리는 해변에 돌아와서 말했다.

"일단 집에 가서 옷을 갈아입고 저녁을 먹은 뒤 천문대에서 7시에 집합하면 어떨까? 마지막으로 한 번 더 연습하고 싶어."

"좋아!"

마도카도 동의했다. 방금 들은 방송에 대해서는 두 사람 다 딱히 이야기하지 않았다.

돌아가는 길, 자전거로 두 사람 뒤를 달리며 얼마 전까지 백합꽃이 가득하던 산비탈에 이제 백합이 없다는 걸 알아챘다. 푸릇푸릇한 녹색은 보기에 편안하지만, 계절이 바뀌는 게 확실히 느껴진다.

여름이 끝나고 있어.

마도카의 속도에 맞추어 천천히 달리는 두 사람의 등을 보면서 마도카는 생각했다.

두 사람과 친구가 되어 정말 다행이라고.

❄❄❄

"마히로, 어쩐지 분위기가 달라졌네."

그날 현관에서 운동화를 신는 마히로에게 누나가 말을 걸었다.

누나와는 같은 방을 쓰지만 평상시에는 "그것 좀 줘"나 "저거 빌려줘"처럼 필요한 말만 할 뿐이고, 최근에는 대화다운 대화를 거의 하지 않았다. 그래서 그 말을 듣고 조금 당황했다.

"무슨 의미야?"

"어쩐지 차분해졌다고나 할까? 자포자기한 느낌이 사라진 것 같기도 하고."

"그게 뭐야. 웃겨."

자포자기라는 오랜만에 들은 단어에 무심결에 웃을 뻔하자 누나가 "이거 봐" 하고 말했다.

"전에는 무턱대고 덤벼들었잖아. 내가 이렇게 말이라도 걸면, 뭐? 아니거든! 하고 무조건 덤벼들 기세였는데, 요즘은 웃기도 하고 여유 있어 보인다고나 할까."

"진짜?"

"응. 엄마랑 아빠도 그렇게 느꼈대."

"아……."

"오늘도 오전에 도서관에 다녀왔지?"

"자유 연구 때문에."

"하지만 그런 조사도 너, 예전엔 전부 인터넷으로 간단히 조사하고 베꼈잖아. 도서관에를 다 가고, 내 동생이 어쩐지 어른이 된 거 같아."

"뭐야, 그 말투는."

그렇게 말하면서도 한편으로는 그럴지도 모른다고 생각했다. 전에는 뭐랄까, 고작 한 살 차이에 누나 행세를 하다니, 하며 심술궂은 마음부터 들었는데 지금은 이상하게도 그런 마음이 사라졌다.

"지금 칭찬하는 거야." 누나가 말했다. "감탄하는 거라고. 솔직하게 기뻐해도 돼."

"네에, 알았습니다. 아빠, 이제 갈까요?"

운동화 끈을 묶고 몸을 돌려 아빠를 불렀다. "어, 잠깐 기다려." 아빠가 나왔다.

스타 캐치 콘테스트 당일.

밤에 하는 외출인 만큼 마히로의 아빠가 학교까지 데려다주기로 했다. 아빠가 나오자 엄마도 부엌에서 나왔다.

"마히로, 이거 가지고 가렴."

엄마가 물통과 어째서인지 '오레오' 과자를 손에 들고 있다. 웬 오레오지? 궁금해하는 마히로에게 엄마가 말했다.

"함께 나눠 먹어. 밤에 배고플지도 모르잖니."

"학교에 과자 가지고 가면 안 돼. 게다가 음식 섭취는 금지고. 코로나잖아."

"가방에 숨겨서 가지고 가. 끝난 뒤 돌아오는 길에 함께 먹으면 돼."

"의미가 있어? 배고플 때 먹는 게 아닌데도?"

"그래도."

"괜찮아."

마히로가 사양하자 아빠가 옆에서 웃었다.

"엄마도 마히로를 위해서 뭔가 해주고 싶은 거야. 대회이고, 응원하고 싶으니까."

"대회라니."

깜짝 놀랐다. 스타 캐치 콘테스트는 분명 대회이지만, 설마 엄마, 아빠가 응원해줄 줄은 생각도 못 했다. 단순한 동아리 활동인데 부모님이 마치 축구 시합 때와 같은 마음이라고 생각하니 어쩐지 뭉클해졌다. 아빠가 덧붙였다.

"대회잖아. 오늘은."

"그 응원이 오레오를 가지고 가라는 거야?"

"음, 할 수 있는 게 없으니까 오레오라도 들려 보내자는 거 아닐까?"

아빠의 말에, 아직 오레오를 내밀고 있는 엄마를 보고 크게 숨을 들이쉬었다.

"엄마, 고마워. 하지만 정말 괜찮아."

아빠와 엄마가 서로 마주 보더니 현관에 앉은 마히로와 시선을 맞추려고 몸을 구부렸다. 그리고 말했다.

"마히로에게는 계속 진지하게 사과하고 싶었어."

"뭘?"

"우리가 제대로 조사하지 않고 널 히바리모리 중학교에 진학시켰으니까. 마히로가 유일한 남자 신입생이 되어버렸잖니."

둘 다 표정이 사뭇 진지했다. 복도에서 관심 없다는 듯 다리를 펴고 스트레칭을 하는 누나도 지금은 아무 말 없이 그 말을 듣고 있다.

이렇게 가족의 응원을 한몸에 받다니, 지금부터 어딘가 머나면 나라로 모험이라도 떠나는 건가. 그런 상상을 했지만 그런 농담을 할 수 없을 정도로 어딘지 쑥스러운 마음이 들었다.

"그동안 불안했지? 솔직히 마히로가 언제든 전학 가고 싶다고 말을 꺼내도 이상하지 않다고 생각했어. 그렇게 되면 다닐 수 있는 학교를 찾아보자고 엄마와 이야기도 했어."

"그런데 그런 말은 한 번도 하지 않았지."

엄마가 말했다. 오레오를 들려 보내는 건 포기했는지 물통만 마히로에게 건넸다. 마히로도 몸을 일으켜 엄마가 준비해준 물통을 받았다.

"씩씩하게 학교 다녀줘서 고마워."

엄마가 그런 말을 하자 얼굴이 뜨거워졌다. 급히 고개를 숙였다.

"괜찮아. 나, 히바리모리 중학교 다닐 거야."

딩동, 맨션 출입구에 설치된 인터폰 벨이 울렸다. 가마타 선배와 선배의 아버지다. 오늘 함께 학교에 가기로 했다.

"다녀올게요."

마히로가 말했다. 아빠가 옆에서 구두를 신었다. "잘 다녀와." 엄마와 누나가 마히로를 배웅했다.

스타 캐치 콘테스트 당일, 온라인 회의에서 고시가 먼저 보고했다.

"저기, 나 여름방학 끝나면 미사키다이 고등학교에 전학하기로 했어."

오늘 고시는 이치노 선생님과 바꾸어 심판을 보기 때문에 미사키다이 고등학교 옥상에 와 있다.

"뭐?" 화면 속 고시의 말에 마히로와 과학부 부원들이 놀라 동시에 외쳤다. 다른 화면에도 움직임이 보였다. 특히 고토팀에서는 "뭐, 정말?", "진짜?" 하고 큰 반응을 보여주었다.

옆 화면에서 고시가 쑥스럽다는 듯 웃었다.

"사실은 여름방학 시작할 때부터 생각했는데 전학 시험에 붙을지 어떨지 몰라서 이제야 보고하게 됐어. 콘테스트 전에 놀래 켜서 미안해."

"아니야. 축하해!"

고토팀 창에서 마도카가 말했다. 그 말에 고시가 자세를 살짝 바로잡더니 "고, 고마워" 하며 부끄럽다는 듯 인사했다.

"지금까지 이쪽 학교를 이곳저곳 알아봤는데 그다지 마음에 와닿는 곳이 없었어. 도중에 전학해서 잘 어울릴 수 있을지도 걱정이었고. 어차피 내년이면 졸업이니 이즈미 고등학교 화상 수업으로 졸업해도 괜찮지 않냐고 부모님과 의논하기도 했는데, 미사키다이 고등학교에 다니면 재미있을 거 같아."

고시가 옆에 있는 야나기를 보며 덧붙였다.

"친구도 생겼고."

"그렇게 됐으니 고시 형은 우리 학교에서 잘 받겠습니다. 고토의 여러분, 안심하세요!"

야나기의 농담에 고시가 "뭐야, 그게" 하며 웃었다. 마치 몇 년 전부터 친하게 지내는 친구 같다. 무토와 고야마가 "잘 부탁해" 하고 당부했다.

"우리 고시 잘 부탁해."

"조금 제멋대로지만, 좋은 녀석이야."

"알겠습니다!"

고야마와 무토의 말에 야나기가 대답하고 그걸 고시 본인도 웃으면서 보고 있다. 고등학생들이 유쾌하게 대화를 나누는 모습이 마히로가 보기에 어른스럽고 멋있었다.

그때였다.

"우리 마히로도 보고할 게 있어요. 올여름 자유 연구, 여러분과 이야기를 나눈 게 힌트가 돼 주제를 정했습니다."

"앗, 선생님!"

모리무라 선생님이 갑자기 말을 꺼내서 마히로는 당황했다. "뭘 그리 놀라고 그래" 옆에서 가마타 선배가 말했다.

"네가 먼저 고토의 여러분에게 감사 인사를 하고 싶다고 했잖아."

"그건 그렇지만……."

"어? 어? 뭔데요? 자유 연구, 혹시 별에 관해서 하기로 했어요?"

고토팀이 불리자 마도카가 나서서 물었다. 화면 너머라고 해도 이렇게 여자 고등학생이 똑바로 바라보고 있으니 점점 더 긴장된다. "아, 아니에요." 그렇게 대답하는 마히로의 목소리가 조금 갈라졌다.

"저, 나가사키의 원자 폭탄 투하에 관해 조사하고 있어요……. 이제 시작했지만요."

모리무라 선생님이 아마네와 스타 캐치 콘테스트를 정리

하면 어떨까 제안했지만 그 무렵에는 이미 마음을 정했다. 아마네와 공동으로 하는 것도 좋지만 순수하게 스스로 조사해보고 싶었다.

"조사해보니 놀라운 게 많았어요. 나가사키의 평화 기념상도요. 저는 지금까지 평화로워진 것을 '기념記念'해서 만들었다고 생각했는데, 알고 보니 평화를 기원하는 의미인 '기념祈念'이었어요. 이번에 조사하면서 그 단어도 처음 접했어요."

그 유명한 기념상. 하늘을 향해 높이 들어 올린 오른팔과 옆으로 나란히 뻗은 왼팔을 사진과 영상을 통해 마히로도 보았지만, 그 의미를 착각하고 있었다.

'기념祈念'이라는 단어가 아름답다고 생각했다. 평화를 바라는 기도의 마음을 표현한 말. 그 단어와 만날 수 있어 스스로 조사해보길 잘했다고 생각했다.

"나가사키, 아직 가본 적이 없지만 언젠가 꼭 가고 싶어요."

"우리도 가고 싶어."

다른 창이 빛났다. 이바라키팀이다. 마히로는 깨달았다. 아사와 리쿠는 사실 올해 수학여행으로 나가사키에 갈 예정이었다.

"우리도 가도 돼요?"

"꼭 와."

마도카가 크게 고개를 끄덕이며 대답했다.

"우리도 배를 타고 나가야 하지만, 다 같이 나가사키 시내에서 만나면 좋겠어."

"응."

"네."

아사, 리쿠와 마히로의 대답이 겹쳐졌다. 고토팀 창에서 갑자기 무토가 말했다.

"이바라키팀, 이 별자리 지도 고마워! 별의 위치, 이게 있어서 꽤 보기 쉬워졌고 연습도 편해졌어. 고마워!"

"별말씀을요! 고토팀 여러분과 관장님이 해주신 업데이트가 도움이 됐어요. 저희야말로 감사합니다."

아사가 말했다. 손에 별자리 지도를 들고 있다. 마히로가 있는 히바리모리팀도 망원경 옆에 펼쳐놓은 똑같은 별자리 지도를 집었다.

지난주 관측 연습 며칠 후에 이바라키팀이 지도를 보내주었다. 콘테스트에서 별을 관측하려면 역시 대략적이나마 별의 위치를 알 수 있는 지도가 있는 게 좋을 것 같다고 이바라키팀 내에서 이야기를 나눈 뒤 아사와 리쿠가 중심이 되어 만들었다고 했다. 태양계의 행성 외에도 목동자리의 아르크투루스와 처녀자리의 스피카, 여름의 대삼각형인 베가, 알타이르, 데네브 등 득점이 되는 별의 이름도 상세하게 적혀 있어서 관측 목표를 파악하기 쉬워졌다.

그 지도에 고토팀이 관장님과 함께 성단의 위치 등을 보충해서 공유해준 게 바로 이 완전판 지도이다.

즐겁다. 콘테스트는 경쟁하는 거니까 원래라면 라이벌일 텐데, 어떻게 하면 더 쉽게 할 수 있을지 함께 고민하고 도와주다니. 어딘지 이상하다고 생각되면서도 기뻤다.

"저기…… 지난번에 잠깐 이야기했는데, 스나우라 3고는 원래 여학교라 남학생이 거의 없다고 했죠? 리쿠네 반도 남자가 리쿠 혼자라고. 아, 오늘 리쿠 있나요?"

모리무라 선생님이 말하자 아사가 고개를 끄덕였다.

"있어요. 리쿠, 이리 와."

친구들의 재촉에 리쿠가 화면에 모습을 드러냈다. 모리무라 선생님 옆에서 마히로가 선생님 얼굴을 봤다. 오늘 리쿠와 이야기를 나누고 싶다고 마히로가 선생님에게 부탁해둔 터였다.

드디어 나타난 리쿠의 얼굴을 보고 마히로가 물었다.

"리쿠 형은 싫지…… 않았어요? 스나우라 3고에 들어가면 남자가 적다는 거, 처음부터 알고 있었죠?"

"아, 뭐, 그랬지만, 하고 싶은 걸 할 수 있는 학교였으니 딱히 아무 생각 없었어. 확실히 남자가 적으면 신경 쓸 일도 있겠지만 오히려 편한 점도 있고."

"저도 유일한 남학생이거든요."

마히로가 말하자 다른 화면에서도 이쪽을 주목하는 듯했다. 그 시선에 살짝 긴장했지만, 화면을 통해서니까 앞을 똑바로 볼 수 있었다. 리쿠가 "아" 하고 고개를 끄덕였다.

"그렇구나! 하지만 동아리에 남자 선배 있잖아?"

"남자 선배가 있긴 하지만 우리 반엔 저뿐인데……. 평범한 남녀공학 학교인데 우연히 이렇게 됐어요."

마히로가 설명했다. 초등학교 때 남자 동급생이 모두 시험을 봐서 사립이나 중고 일관교로 진학하거나 이사를 갔다는 것. 다른 초등학교 남학생도 입학하지 않았고, 그렇게 입학식 날 남자 신입생은 마히로 혼자임을 알게 되었다는 것. 그래서 학교가 싫어졌다는 것…….

자신이 말하는 모습을 모리무라 선생님과 아마네, 가마타 선배가 아무 말 없이 보고 있다. 같은 학교 학생들 앞에서 자신의 기분을 말하는 게 다른 팀에게 보이는 것보다 훨씬 쑥스러웠다.

그러나 선생님도 아마네와 가마타 선배도 분명 자신을 바보 취급하지 않는다. 마히로는 속마음을 털어놓았다.

"학교 같은 거, 없어졌으면 좋겠다고 생각한 적도 있고, 코로나 긴급 사태 선언으로 힘들었던 봄에도 휴교와 코로나가 이대로 계속됐으면 좋겠다고 생각했어요. 그래서 리쿠 형이 스스로 학교를 골랐다는 이야기를 듣고 굉장히 놀랐어요. 그 이야기가 나오기 전까지 저는 형이 그랬다는 걸 전혀 몰랐거든요."

남자니까, 여자니까, 그런 분위기가 스나우라 3고 천문부에 없다는 것에도 마히로는 매우 놀랐다. 남자가 한 명뿐이라는 환경을 줄곧 신경 쓰며 생활했는데, 리쿠는 그런 건 조금도 개의치 않는 듯 보였다.

"리쿠 형이 스나우라 3고에서 만들고 싶은 망원경은 뭐예요?"

"아, 그게……. 그럼 가지고 와서 보여줄까?"

"그러느니 랩톱을 옮기는 게 낫지 않아?"

리쿠와 아사가 화면 너머에서 서로 마주 봤다. 아사의 모습은 보이지 않았지만 리쿠의 시선이 움직여서 알 수 있었다.

"나스미스식, 지학실에서 보여주자!"

"……고마워, 아사."

대화가 끝난 뒤 화면이 흔들렸다. 움직인다. 사람 모습이 사라지고 옥상에서 어딘가로 이동하는 듯했다. 계단과 복도로 보이는 장소가 차례차례 지나가고 복도의 눈부신 형광등이 화면에 비쳐서 밤의 학교라는 걸 짐작할 수 있었다.

잠시 후 화면이 멈췄다.

지학실에 온 걸까. 랩톱 카메라는 벽 쪽을 향했다. 화면이 벽 앞에 놓인 불가사의한 형태의 뭔가에 가까워진다. 꼭짓점이 잔뜩 있는 커다란 통. 그 모습에 마히로는 순간 신사에서 부적을 뽑을 때 흔드는 상자를 떠올렸다. 꼭짓점을 세어보니 전부 여덟 개. 팔각형이다.

"이걸 만들고 싶었어."

화면 바깥에서 리쿠가 말했다. 손으로 받치고 있는지 랩톱 카메라가 어렴풋이 흔들린다.

"보여?"

"저게 망원경이에요?"

"나스미스식 망원경이라고 해."

"왜 팔각형이에요? 멋지긴 하지만."

마히로 옆에서 아마네가 몸을 내밀고 물었다. 그 물음에는 리쿠 대신 아사가 대답했다.

"아, 그건, 리쿠가 그렇게 하자고 해서. 접안부를 달기 쉽고 휠체어를 탄 사람이 볼 때도 그쪽이 관찰하기 쉬울 것 같아서."

"휠체어를 탄 사람요?"

"나스미스식 망원경 접안부는 자세를 바꾸지 않아도 볼 수 있거든."

아사가 대답한 후 리쿠가 설명했다.

"처음에 노인 요양시설에서 관측회를 한다는 해외 인터넷 기사를 보고 이 망원경의 존재를 알았어. 휠체어를 탄 사람들도 있었는데, 그 사람들 모두 별을 볼 수 있어서 기뻐하더라고."

랩톱 카메라를 자신 쪽으로 돌렸는지 리쿠 얼굴이 절반쯤 나왔다.

"다들 실제로 관측해보고 알았겠지만, 망원경은 별을 찾는 것과 시야에 별을 계속 담아두는 일 자체가 힘들어. 구부리거나 엎드려 눕는 듯한 자세가 아니면 보이지 않는 것도 많고. 우리 신입생 부원들도 몸 여기저기가 저리대."

"그거 알 것 같아!"

미사키다이의 창에서 야나기가 말했다. 마히로와 과학부 부원들도 크게 고개를 끄덕였다.

어느새 이바라키팀 창에는 리쿠 뒤에 1학년들의 모습도 보였다. 리쿠가 웃었다.

"우리 1학년 중 히로세는 발레를 해와서 오랫동안 별을 볼 수 있대. 그건 히로세가 지금까지 연습한 보람이랄까, 재능이겠지?"

"앗, 그거 칭찬이에요?"

"응."

선배의 말에 히로세가 눈을 깜빡였다.

"그런데." 리쿠가 말을 이었다. "그런 점에서 나스미스식 망원경은 접안부가 삼각대 측면에 있으니까 휠체어를 탄 사람도 편하게 별을 볼 수 있어. 그런 망원경이 있다는 걸 보고 감동해서 이바라키에 그런 걸 잘 아는 사람이 없을까 하고 찾다가 와타비키 선생님의 존재를 알게 되었지."

리쿠가 랩톱 컴퓨터를 멀찍이 떨어뜨리고 두리번두리번 주변을 둘러보는 듯했다. 선생님의 모습을 찾는 것인지도 모른다. 이윽고 살짝 한숨을 내쉬었다.

"지금은 안 계시지만. ……그게 내가 이 학교에 온 이유야."

"저도 그 망원경 보고 싶어요."

마히로가 말했다. 생각할 것도 없이 말이 먼저 나왔다. 리쿠가 마히로를 봤다.

"완성할 때까지 힘내세요!"

마히로가 보기에 고등학생은 어른이나 다름없다. 굳이 그런 말을 할 필요가 없다는 사실은 잘 알고 있다. 하지만 리쿠는 미소 지었다. 마스크를 쓰고 있지만 웃고 있다는 걸 눈모양을 보고 확실히 알았다.

"고마워."

리쿠가 대답했다.

"마히로도 남자 혼자라고 힘들어하는 모습은 전혀 없었어. 선배와 선생님과도 사이좋게 지내는 것 같았고. 1학년의 다른 여자아이와도 좋은 콤비로 보였고."

"감사합니다."

옆에 아마네가 있지만 쑥스러워서 그쪽을 볼 수는 없었다. 얼굴이 화끈거렸지만 마히로는 제대로 인사했다.

❋ ❋ ❋

"그럼, 준비하세요!"

밤하늘 아래에서 이치노 선생님이 호령했다. 고시와 심판을 바꾸었기에 오늘 이치노 선생님은 히바리모리 중학교 옥상에 서 있다.

선생님들과 관장님, 각 팀의 어른 중 누가 호령을 할까 이야기를 나눈 끝에 화면으로 한 가위바위보에 진 이치노 선생님이 담당하게 되었다. 무슨 어른들이 가위바위보로 정해요, 자주적으로 하는 거 아니었나요, 하고 학생들이 투덜거리는 소리가 곳곳에서 들렸다.

머리 위에 별이 빛나고 있다. 반짝거리는 별이 마치 하늘에서 인사를 하는 것 같다.

마히로와 부원들은 심호흡하며 이 순간을 기다렸다. 자신들이 만든 망원경 옆에 서서 경통의 각도가 바뀌지 않도록 주의하며 하늘을 향해 자세를 가다듬었다.

"시작!"

이치노 선생님의 허스키한 목소리가 울려 퍼졌다.

망원경을 처음 들여다본 사람은 마히로다.

첫 목표는 토성.

남남동쪽 하늘을 향해 힘껏 망원경을 돌렸다.

마히로와 부원들은 다른 팀이 달부터 먼저 찾을 거라고 예상했다. 그래서 달을 첫 목표로 하지 않았다. 파인더에 담는 시간까지 계산하면 가장 포착하기 쉬운 천체가 달이기 때문이다. 시간 여유가 있을 때 난이도와 배점이 높은 다른 목표를 조금이라도 먼저 포착하자는 작전을 세웠다.

파인더를 들여다봤다.

어느 팀인가 "달!" 하는 목소리가 들렸다. 어딘가의 팀이다. "맞습니다!" 하는 심판의 목소리가 이어졌다. 그 목소리는 미사키다이 고등학교의 심판, 고시이다.

이어서 "좋아, 1점 추가." 고토 천문대 관장님의 목소리가 들렸다.

전에는 다른 팀의 움직임이 신경 쓰여서 초조했지만 지금은 평정심을 유지할 수 있다. 예상대로다. 다들 예상한 대로 처음에는 달을 찾는다.

마히로의 시야에 토성이 보였다.

몇 번이나 연습했으니 틀림없다. 이 별이다.

왔다! 고동이 빨라진다. 조정 핸들로 제대로 포착했다고 말할 수 있는 위치까지 움직였다.

"토성!"

외치는 동시에 재빠르게 몸을 움직여 심판인 이치노 선생님께 접안렌즈를 양보한다.

아주 짧은 시간인데도 이치노 선생님이 "확인!" 하고 말할 때까지의 기다림이 길게만 느껴졌다.

"선배!"

"맡겨둬!"

마히로와 가마타 선배가 순서를 바꾸었다. 선배가 망원경을 조금 남쪽으로 향하기에 목성을 찾는구나 싶었다. 처음에는 잘 몰랐던 별의 위치를 이제는 안다.

"알비레오……."

"뭐?"

"나, 알비레오, 찾아도 될까?"

아마네가 물었다.

목소리는 작지만 아마네도 상기되어 있는 것 같다. 백조자리의 알비레오는 3등성. 난이도3. 천정天頂 부근의 별은 자세를 잡는 게 쉽지 않다.

다만 이번 콘테스트에서는 천정 미러와 천정 프리즘을 사용해도 되어서, 그걸 사용하면 찾을 확률이 높았다.

"목성, 포착!"

가마타 선배의 목소리가 들리고 이치노 선생님이 접안렌즈를 들여다본다. "나중에." 판정이 나올 때까지 잠시 기다리며 마히로가 아마네에게 말했다.

"북두칠성에 있는 1등성을 확실히 포착한 뒤 찾아. 너라면 할 수 있어."

이치노 선생님의 "확인!"이라고 판정하는 목소리와 어딘가에서 "목성!"이라는 소리와 "확인!"이라는 판정이 겹쳐서 울려 퍼진다.

"응!"

마히로의 말에 아마네가 고개를 끄덕였다.

돌아온 가마타 선배가 "나카이!" 하고 아마네를 터치했다. 달려가는 아마네의 등을 배웅하며 마히로는 생각했다.

얼굴을 들어 하늘을 봤다. 들이마쉬는 공기에서 밤의 냄새가 났다. 도쿄의 하늘은 밝다. 할 수 있다면 고토의 맑은 하늘도 언젠가 보러 가고 싶다. 이바라키에서 리쿠가 완성한 나스미스식 망원경도 꼭 보고 싶다.

"M13 구상성단입니다!"

"와, 역시 고토! 대단하다. 빠르네!"

마도카의 목소리에 이바라키팀이 저도 모르게 감탄하는 목소리를 냈다. 진지한 승부지만 다들 같은 느낌일 것이다.

떨어져 있어도 전해진다.

"알비레오!"

아마네의 목소리가 들렸다. 천정 부근까지 망원경을 힘껏 돌리고 가쁜 숨을 몰아쉰다. 뭐야! 마히로는 속으로 중얼거렸다.

1등성을 찾은 후에 하라니까!

망원경에서 떨어져 이치노 선생님에게 자리를 양보한 아마네의 눈이 반짝거린다. 마히로의 충고를 듣지 않은 건 화가 나지만 그 얼굴이 놀랄 정도로 빛나고 귀여워 보여서 당황했다.

"제발, 맞아라. 알비레오!"

기도하듯 양손을 가슴 앞에서 모으고 아마네가 옥상에서 점프한다.

그 모습과 하늘을 보고 화면에서 들리는 모두의 목소리를 들으며 생각했다.

즐겁다.

"알비레오, 확인!" 이치노 선생님의 목소리를 들으며 다시 마히로는 생각했다. 눈물이 나올 것 같은 벅찬 마음으로.

정말 즐겁다.

"마히로, 가!"

아마네가 어느새 이름으로 부르고 있다.

"응!"

그 목소리에 마히로는 망원경을 향해 달려갔다.

5장

먼가깝고도

9월, 넷째 주.

지학 준비실 문을 노크했다.

문 앞에 선 아사와 하루나 선배는 말이 없었다. 둘 다 너무 놀라서 어떻게 해야 할지 모르겠고 누가 말을 시작하면 멈출 수 없을 것 같아서 아무 말 없이 이곳으로 왔다.

"네, 들어와요." 와타비키 선생님의 목소리가 지학 준비실 안쪽에서 들린다.

"실례합니다."

그렇게 말하고 하루나 선배가 문을 열었고 아사가 앞서 들어가 와타비키 선생님 앞에 섰다.

"선생님!"

혼란스러워서 저도 모르게 부르는 목소리가 떨렸다. 물들어가는 석양의 오렌지빛을 창 너머로 등진 채 마스크를 쓴 와타비키 선생님이 자리에서 아사를 올려다봤다.

"아사, 무슨 일이니?"

"리쿠가 전학 간다는 거 선생님은 알고 계셨어요?"

상기된 목소리다. 기도하는 것처럼 필사적이었다. 하지만 무엇을 기도하는지 자신도 알 수 없었다. 와타비키 선생님이 아사를…… 그리고 뒤에 서 있는 하루나 선배를 봤다. 선배는 어떤 표정일까. 아사는 알 수 없었다.

와타비키 선생님의 눈이 천천히 가늘어지더니 말했다.

"그래."

그 말에 다리에 힘이 풀렸다. 갑자기 무릎이 휘청거려서 아사는 자기가 몸에 힘을 잔뜩 주고 있다는 사실을 겨우 깨달았다.

와타비키 선생님이 말을 이었다.

"그렇구나. 리쿠가 이제야 말했구나."

❋❋❋

8월, 스타 캐치 콘테스트가 끝나고 2학기가 시작되었다. 아사가 있는 천문부는 나스미스식 망원경 제작이 한창이었다. 변함없이 감염 예방 수칙을 지켜야 하고 늦게까지 남을 수 없어서 작업 시간에도 제한이 있다. '일상'이 돌아왔다고 말하기는 어려웠다.

그러나 코로나로 인한 '새로운 생활 방식'에 익숙해져 그쪽이 '일상'이 된 듯한 느낌도 있다. 이런 생활이 언제까지 이어질까. 여전히 진절머리가 나지만 어렴풋이 포기하고 언제 올지 모를 '끝'을 막연히 기대하며 생활하는 느낌이었다.

여름방학 동안 리쿠가 중심이 되어 작업한 부품 자르기가 대부분 끝나고, 9월에 들어서자 망원경은 드디어 조립 막바지에 들어섰다. 게다가 커다란 진전이 있었다.

SHINOSE 광학연구소가 경통 프레임을 제작 중이라고 알려온 것이다. 프레임은 공장 납품을 기다릴 수밖에 없어서 아사와 리쿠, 하루나 선배는 속이 탔다.

그리고…… 이번 주에 "완성됐습니다" 하는 연락이 왔다.

천문부 부원들은 가만히 있을 수가 없어서 인원수를 제한하여 세 사람만 수요일 방과 후 지하철과 버스를 갈아타고 쓰쿠바 시의 공장에 확인하러 갔다. 코로나 이후 교외 학습과 이동에 관해서는 까다로웠지만, 와타비키 선생님이 특별히 학교의 허가를 받아주었다.

"이럴 때 보통 고문 선생님도 함께 가지 않나요?"

아사가 묻자 와타비키 선생님은 교무회의가 있다면서 "우선은 상황을 보고 싶은 거잖니? 아직 미세 조정이 필요할지도 모르니 너희 눈으로 이것저것 확인하고 오렴"이라고 느긋하게 말할 뿐이었다.

프레임 인수는 나중에 와타비키 선생님이 차를 운전해서

함께 가기로 했다. 아사와 리쿠, 하루나 선배는 염원하던 프레임을 보려고 부랴부랴 공장으로 향했다. "미안해!" 부실을 지키는 1학년들에게 사과하자 성격 좋은 두 사람은 "다녀오세요", "나중에 사진 보여주세요" 하고 말하며 세 사람을 배웅했다.

녹색 수지가 바닥에 깔린 공장 안에 들어가자 직원의 안내를 받았다.

검은 경량 알루미늄 프레임 앞에서 세 사람은 한순간 말없이 넋을 잃고 바라봤다.

아직 거울은 끼우지 않았지만 '톱링'이라고 부르는 가장 윗부분의 곡선이 너무나 아름다웠다. 위에서 아래를 향해 여덟 개의 알루미늄 파이프가 이어진다. '경통을 프레임만으로 만들면 내부를 볼 수 있어서 반사망원경 구조를 배우는 데 적합하다'고 지원금을 받을 때도 강조했었다.

"몇 번 연락을 받았는데 이제야 보여줄 수 있는 단계가 되었어. 부장이 보내준 메일 덕분에 조정도 수월했고. 많이 기다렸지?"

공장의 연락 담당인 노로 씨 말에 하루나 선배가 "아니에요" 하고 고개를 저었다. 노로 씨는 30대 중반의 엔지니어로, 리쿠 일행이 처음 편지를 썼을 때부터 이 건을 담당하고 있다.

"멋져요. 정말 감사합니다."

그 대화를 듣고 알았다. 하루나 선배는 그저 기다리기만 한 게 아니었다. 아사와 리쿠가 모르는 사이 몇 번이나 진척 상황을 문의하고 앵글에 관한 수정 사항 등을 전달한 모양이었다. 리쿠도 같은 걸 깨달은 듯했다.

가슴에 'SHINOSE 광학연구소' 이름이 들어간 작업복 차림의 노로 씨를 향해 리쿠가 거의 90도로 고개를 숙여 인사했다.

"감사합니다. 방금 프레임을 보고 진짜로 망원경을 만들 수 있구나, 하는 실감이 처음으로 들었어요. 드디어 완성할 수 있겠네요."

"기다리게 해서 미안해. 완성하면 우리에게도 별을 보여주렴."

"물론이죠."

이후 노로 씨와 공장 직원들과 함께 다양한 부분을 확인했다. 설계한 그대로 만들어졌는지 살펴보고, 현장에서 직접 만들며 개선하면 좋겠다고 느낀 부분에 대한 제안도 들었다. 이렇게 구체적으로 하나씩 이야기를 나누는 게 실로 기뻤다.

"다음에는 와타비키 선생님과 함께 올게요. 감사합니다."

"선생님께 안부 전해줘. 그런데…… 정말 대단하구나. 너희끼리만 설계했다니 믿어지지 않아."

"별말씀을요. 그렇게 대단한 것도 아니에요."

최근 이런 말을 자주 듣는 것 같다. 스타 캐치 콘테스트를 함께한 히바리모리 중학교의 선생님도 그렇게 말했지만, 아사는 딱히 와닿지 않았다.

리쿠도 분명히 그렇게 생각하리라는 생각에 리쿠 얼굴을 봤다. 그러나 리쿠는 아사의 시선을 알아채지 못한 채 프레임을 지그시 바라볼 뿐이었다.

"리쿠도 그렇게 생각하지?"

"뭐?" 아사가 말하자 그제야 리쿠가 돌아봤다. 대화 못 들었느냐고 아사가 묻자 리쿠가 "아, 정말…… 감사합니다"라고 중얼거리며 다시 인사했다.

"여러분께도 별을 보여드릴 수 있도록 열심히 하겠습니다."

대화 흐름이 어딘지 이상해졌지만 노로 씨가 "그러렴" 하고 대답하며 이야기가 마무리되었다.

돌아오는 길이었다.

버스에서 열차로 갈아탔을 무렵부터 부쩍 리쿠의 말수가 줄었다. 그래서 아사와 하루나 선배는 동아리 이야기며 하루나 선배의 대학 입시, 최근에 본 재미있는 동영상 이야기를 하는데…… 갑자기 리쿠가 말을 꺼냈다.

"두 사람에게 할 말이 있는데."

"뭐야, 새삼스럽게."

평소와 달리 진지한 얼굴에 아사는 순간 '앗, 고백이면 어쩌지?' 하고 생각했다. 하지 마, 그런 거. 이제 와서 거북하잖아. 그 대상이 하루나 선배라고 해도, 가능성이 적은 자신이라 해도. 사귀어도 사귀지 않아도 어색해지잖아! 그런 상상을 하는 아사의 귀에 그 말이 들렸다.

"나, 전학 가."

무슨 헛소리야!

그렇게 생각될 정도로 상상 밖의 폭탄 선언이었다.

리쿠와 전학.

리쿠가 여기에서, 천문부에서 없어지다니 상상할 수 없었다. 하루나 선배가 놀라서 눈이 동그래졌다. 하지만 아사는 어떤 표정을 지어야 하나, 어떤 감정으로 어떤 반응을 보여야 맞는 걸까, 순간 생각이 멈춰버렸다.

"……뭐?"

그 한마디가 입에서 나올 때까지 시간이 조금 걸렸다. 리쿠의 얼굴은 웃고 있지 않았다. 농담이 아니었다.

"진짜야?"

하루나 선배가 물었다. 쓰쿠바에서 탄 열차는 하교하는 고등학생과 회사원으로 제법 붐볐다. 세 사람 다 앉지 못하고 문 근처에 서 있었다. 어째서 지금, 열차 안에서 그런 이야기를 하는 거야……. 믿을 수 없어서 눈앞에서 손잡이를 잡고 서 있는 리쿠를 봤다.

"정말이에요. 섭섭하지만."

하루나 선배를 보며 리쿠가 가볍게 말했다. 마스크 너머로 가까스로 희미하게 웃고 있다는 걸 알았다. 절박하고 진지한 표정이었던 때보다 오히려 더 잘 알 수 있었다.

진짜라는 걸.

"전학이라니, 왜?"

간신히 말했다. 리쿠가 아사를 마주 보았다. 잠시 그러고 있다가 시선을 돌렸다. 마치 도망치듯이.

"그…… 꽤 오래전부터 부모님 사이가 안 좋아서."

아사도 하루나 선배도 말을 잇지 못했다. 창밖을 바라보며 리쿠가 뜨문뜨문 말했다.

"이혼한대. 그래서 나와 누나는 아빠를 여기 남겨두고 엄마를 따라 외가가 있는 가가와로 가게 됐어."

"가가와……."

일본 지도가 문득 머리에 떠올랐다. 시코쿠 지방. 아사는 가가와는 물론 시코쿠의 어느 곳에도 가본 적이 없다.

"리쿠만 여기 남으면 안 되니?"

하루나 선배가 물었다. 물어봐주었다고 아사는 생각했다. 자신은 그런 생각을 했어도 차마 묻지 못했을 것이다. 창밖을 보고 있던 리쿠의 시선이 이쪽을 향했다. 하루나 선배가 다시 물었다.

"리쿠네 사정에 말참견하는 것 같아 미안하지만, 리쿠는 졸업까지 앞으로 1년 남았잖아. 아버지가 이바라키에 계시니 졸업까지 리쿠만 여기 있어도 괜찮지 않을까 해서."

아사도 마음만은 선배와 마찬가지라서 아무 말 없이 리쿠를 봤다. 리쿠가 조금 곤란한 듯 선배를, 그리고 아사를 봤다. 하지만…… 고개를 저었다.

"그건, 그런 생각도 해봤는데……. 아, 어디서부터 이야기를 해야 하나. 저기, 우리 집, 누나가 있는데."

조금 전보다 더 겸연쩍은 듯 리쿠의 말이 약간 빨라졌다.

"누나가 조금, 장애, 같은 게 있어서."

아사는 가만히 숨을 삼켰다. 일부러 그런 게 아니라 정말로 목 안쪽이 부은 것 같아서 그대로 호흡이 멈췄다.

문득, 그렇게 말하는 리쿠의 표정이 부드러워진 듯 보였다. 왜 그렇게 보였을까. 리쿠가 마스크 위로 오른쪽 뺨을 긁적였다.

"가가와에는 할머니와 친척도 있으니까 괜찮겠지만, 역시 엄마 혼자서 누나를 돌보는 건 힘드니까 나도 있어야 할 것 같아."

"누나가 장애라니, 어떤……."

장애, 그런 단어를 사용해서 이런 말을 해도 될까. 그런 생각이 뇌리를 스쳤다. 잘 모르는 내가 생각 없이 그런 말을 입에 담아도 될까, 하며 주저했다. 이런 마음 자체가 리쿠와 리쿠 가족에게 실례가 아닐까.

"그러니까……." 리쿠가 운을 떼더니 대답했다.

"초등학생 때 척추에 종양이 생겼는데 수술해서 지금은 건강해. 근데 하반신에 일종의…… 마비가 남았어. 지금은 아무렇지 않은 듯 살아가고 있지만 만약 누나가 코로나라도 걸리면 평범한 사람보다 여러 가지로 힘들 것 같아서 엄마가 요즘 엄청 예민해. 게다가 나나 엄마가 걸리면 누나를 돌봐줄 사람이 없어지니까. 부모님이 이혼하게 된 데에는 그런 이유도 있었어."

그러고 보니 떠오르는 게 있었다. 리쿠가 밤늦게 귀가한다고 집에서 걱정한다던 말. 그만큼 일요일에 작업을 하고 싶어했던 것.

"엄마는 여러 가지로 신경 쓰는데, 아빠는 평소와 딱히 다르지 않게 생활해서……. 재택근무를 할 수 없는 직업인 데다 야근도 잦아서, 엄마가 차에서 자라고 하기도 하고 싸움도 잦아졌어. 아빠도 엄마가 사서 걱정한다며 화내고. 하지만 일은 일이니 어쩔 수 없겠지."

"리쿠 아버지는 무슨 일을 하시는데?"

"시스템 개발을 하는데, 일에 필요한 기기가 회사에만 있어서 반드시 출근해야 해."

리쿠가 또 먼 곳을 본다. 아사와 하루나 선배를 제대로 보지 않는다.

"봄의 긴급 사태 선언 무렵에는 그래도 괜찮았어요. 온 세상이 일제히 멈췄으니까요. 아빠도 개발이 중단되어서 집에 있을 수 있었고, 엄마도 아빠가 집안일을 도와줘서 편했고.
……하지만 선언이 해제되고 이것저것 재개되면서 점점 집
안이 삐걱거리기 시작했어요."

아사는 아무 말도 못 한 채 그저 리쿠를 바라볼 수밖에 없
었다.

"하지만 제일 큰 이유는, 역시 그거였겠지." 리쿠가 중얼
거리듯 말했다. "여름방학 직전에 아빠 회사 직원 중 그……
감염자가 나왔거든요."

주위를 신경 쓰는지 리쿠가 '코로나'가 아니고 '감염자'라
는 단어를 일부러 고른 것 같았다. 놀람과 동시에 몸이 움츠
러들었다. TV에서 감염자 수를 알려주긴 해도 아사 주변에
코로나에 걸린 사람은 아직 없다.

"엄마는 아빠에게 집에 절대로 안 왔으면 좋겠다고, 잠시
어디든 집을 빌려서 살면 안 되냐고 말했지만 아빠는 그 사
람과는 그다지 가까이에서 일하지 않고 밀접 접촉자가 아니
니까 괜찮다고 했어요. 그랬더니 엄마는 우리는 그렇다 치
고, 가에데를 위험에 빠트릴 거냐고."

누나 이름이리라. 그 이름을 들으니 리쿠 집 상황이 더 선
명해졌다.

"그래서 여러 가지로 의견이 어긋난 끝에 결국 이혼하기
로……. 그래도 올해까지는 여기 있을 거니까 나스미스식
망원경은 아슬아슬하게 완성할 수 있을 거야. 다행이야. 노

로 아저씨가 약속을 지켜줘서. 오늘 오랜만에 만나서 조금 감격했달까, 기뻤어."

리쿠가 말했다. 강한 척하는 게 아니라 마음속 깊이 안도하는 표정이었다.

그 얼굴을 보고 알았다.

왜 이 타이밍에 그런 이야기를 했는지. 모르긴 해도 전학 이야기는 훨씬 전부터 나왔을 텐데. 망원경의 프레임 완성이 다가와 기쁜 마음으로 돌아가는 길, 그것도 열차 안에서 이렇게 중요한 이야기를 하는 이유를. 리쿠는 지금이기에 이야기한 것이리라.

지금, 망원경을 완성할 수 있다는 확신이 생겼으니까. 아사, 하루나 선배와 함께 완성할 수 있어서 확실히 안심했으니까 말한 것이다.

열차가 리쿠가 내리는 역에 가까워졌다. 학교가 있는 역보다 하나 전. 아사와 하루나 선배가 내리기 전에 리쿠가 먼저 내린다.

"올해까지라면, 12월까지는 아직 이바라키에 있다는 말이야?"

아사가 물었다. 묻고 싶은 것, 말하고 싶은 것이 너무나 많았다. 왜, 어째서, 왜? 머릿속에 그 의문이 사이렌처럼 계속 울려대는 것 같았다. 생각하고 싶은데 그 소리 때문에 제대로 단어를 찾을 수 없었다.

사실은 묻고 싶었다.

가장 묻고 싶은 건 따로 있었다.

……리쿠, 왜 내게 말하지 않았어?

아사는 아무것도 몰랐다. 집안 일도 누나에 대해서도 전학도. 빨리 망원경을 만들어야 한다고 리쿠가 그렇게 애태운 일도.

아무것도 몰랐다.

"응. 이사는 연말이야. 1월부터 새로운 학교에 다니도록 준비할 예정."

리쿠가 고개를 끄덕였다. 아사를 보지 않고 대답하는 그 옆얼굴을 보자 가슴이 미어질 정도로 아팠다. 그 이상 말이 나오지 않았다.

리쿠는 말할 수 없었으리라.

분했다. 의지해주길 바랐고 말해주기를 바랐지만, 방금 전 이야기를 들으니 리쿠를 비난할 수 없었다.

누나 일도 리쿠는 "장애, 같은 게 있어서", "일종의…… 마비"라고 말했다. 본래 리쿠에게 '장애'와 '마비'는 누나 이야기를 할 때 당연히 사용하는 일상 용어가 아닐까. 하지만 아사와 하루나 선배가 동요하거나 난처해할 것 같아서 그런 식으로 얼버무렸는지도 모른다. 그렇게 마음 쓰게 했다는 게 너무나도 분했다.

그리고 아사는 리쿠가 염려한 그대로 움츠러들었다. 이렇게 될 거라는 걸 알았기에 리쿠는 말하지 못했다.

한심했다. 하지만 묻는 게 두렵다. 자신이 뭔가 무신경한 말을 해서 리쿠와 그 가족이 상처 입을지도 몰라서.

잠시 침묵이 흐르고 리쿠가 말했다.

"아, 그리고 두 사람에게 부탁이 있는데."

"뭔데?"

하루카 선배가 물었다.

리쿠 집이 있는 역까지 앞으로 한 정거장. 리쿠가 말했다.

"나스미스식 망원경이 무사히 완성되면 그 관측회에 우리 누나를 불러도 될까요? 와타비키 선생님께도 전에 말씀드렸는데."

차가운 창 같은 것이 가슴 한가운데를 꿰뚫는 듯했다. 사람은 충격을 받으면 정말로 이렇게 몸에 통증이 느껴지는구나 싶어 놀랐다.

"물론이지."

하루나 선배가 대답했다. 선배 목소리도 평소와 조금 달리 긴장한 듯했다.

"다행이다." 리쿠가 말했다. 선배에게 살짝 머리를 숙였다. "고마워요."

열차 내 안내방송이 역 이름을 알렸다. 열차가 천천히 속도를 늦추더니 멈췄다.

진지한 이야기에 익숙하지 않은 리쿠가 민망한 듯, 그렇지만 드디어 하루나 선배와 아사를 똑바로 봤다.

"그럼 오늘은 이만. 갑자기 이런 무거운 이야기를 해서 죄송합니다. 아사도…… 미안."

"……괜찮아."

막을 수 없었다.

평소라면 이렇게 말했을지 모른다. "네 할 말만 하고 여기서 이렇게 가버리기야?" 멱살을 잡고 그렇게 말하는 모습이 그려지지만 몸이 얼어붙은 듯 움직이지 않는다. 리쿠가 돌아오기를 기다리는 누나와 가족이 있다고 생각하니 자신에게 그럴 수 있는 자격이 있는지도 모르겠다.

무거운 이야기. 그런 말을 하게 한 게 미안해서, 울고 싶을 정도로 스스로에게 화가 난다.

리쿠가 열차에서 내렸다. 아직 하고 싶은 말이 있고 듣고 싶은 말이 있는데. "그럼 안녕" 하며 리쿠가 손을 흔들고 플랫폼을 걸어갔다. 열차에서 내린 다른 사람들과 함께 걷기 시작한다. 아사도 하루나 선배도 그 모습이 보이지 않을 때까지 그저 플랫폼을 바라봤다.

"……아사."

지하철이 다시 움직일 무렵 하루나 선배가 말했다. 아사는 선배의 얼굴을 볼 수 없었다. 입술을 깨물고 속에서 끓어오르는 감정을 삼키는 게 고작이었다.

하루나 선배가 아사 얼굴을 들여다봤다. 선배도 분명히 리쿠에게 하고 싶은 말, 듣고 싶은 말이 잔뜩 있지만 같은 학년인 아사를 배려해서 하지 않았다는 걸 아사도 느꼈다.

선배의 손이 천천히 아사의 어깨로 다가왔다. 선배 자신도 참을 수 없다는 듯 열차 안에서 아사의 어깨를 꾹하고 한 번 강하게 잡았다가 바로 손을 거두었다.

"사회적 거리두기를 깨버렸네, 미안."

선배의 말에 긴장이 풀렸다. 꽉 깨물고 있던 입술을 열자 훗, 하는 웃음소리와 함께 어이없이 얼굴이 풀어졌다. 선배도 함께 살짝 웃었다. 어깨를 만진 선배 손의 온도와 얼굴 앞을 스친 머리카락의 좋은 냄새가 기뻤다. 이렇게 친구나 누군가에게 주저 없이 다가간 건 오랜만이다.

"학교에 들렀다 갈까?"

선배가 말했다.

"와타비키 선생님, 아직 계실 거야."

"……가고 싶어요."

아사가 대답했다.

"그렇구나. 리쿠가 이제야 말했구나."

리쿠의 전학과 집안 사정을 와타비키 선생님은 알고 있었다. 그 사실을 알고 아사 몸에 들어간 힘이 스르륵 빠졌다.

내게는 왜 이야기하지 않았을까, 왜 의논해주지 않았을까…… 여전히 그 생각이 맴도는 와중에도 아사는 어렴풋이 안도했다. 다행이야.

리쿠, 와타비키 선생님께는 말할 수 있었구나.

"선생님 궁금한 게 있어요."

"하루나, 뭔데?"

"리쿠의 누나, 혹시 휠체어 타고 있나요?"

그 말에 퍼뜩 놀랐다.

휠체어, 나스미스식 망원경. 리쿠가 찾았다는 해외 요양시설의 관측회 기사와 그걸 만들고 싶어서 와타비키 선생님이 있는 학교에 왔다는 입학 동기.

하루나 선배가 말을 이었다.

"하반신에 마비가 있다고 들었어요. 혹시나 해서요."

"그래. 리쿠가 나스미스식 망원경을 만들고 싶은 이유에는 그것도 있는 것 같아."

와타비키 선생님이 천천히 의자에서 일어났다. 우리를, 특히 아사를 똑바로 보고 말을 이었다.

"리쿠의 누나는, 실은 나도 한번 만난 적이 있어. 작년, 하나이 씨의 강연회에 갔을 때 휠체어 전용 공간에 리쿠와 누나가 함께 있는 걸 보고 잠깐 인사를 나눴지."

그랬구나.

그러고 보니 리쿠의 누나 이야기를 들은 적이 있다.

작년, 아직 여러 이벤트가 열리던 무렵. 우주 비행사 하나이 우미카 씨의 강연회가 있었던 날, 리쿠는 천문부 부원들이 아니라 누나와 함께 강연장을 찾았다. 누나도 별과 우주를 좋아하는데, 원래는 엄마와 가기로 했지만 엄마가 갈 수 없게 되어 리쿠가 함께 갔다고.

하지만 아사는 리쿠의 모습을 찾지 못했고 그날 강연장에 휠체어를 탄 사람들을 위한 공간이 있었다는 것도 전혀 몰랐다.

조금 전 열차 안에서 들었던 리쿠의 목소리가 되살아났다.

"나스미스식 망원경이 무사히 완성되면 그 관측회에 우리 누나를 불러도 될까요? 와타비키 선생님께도 전에 말씀드렸는데."

"……너무해."

아사의 입에서 목소리가 흘러나왔다.

본인이 앞에 있다면 말하지 못했을 것이다. 그러나 지금은 솔직한 마음을 감출 수 없었다.

"왜 아무 말도 안 했을까. 너무해. 정말 너무해……."

아사는 몰랐다.

리쿠가 아무 말도 안 한 건 당연하다.

"아사." 하루나 선배의 목소리에 선배가 자신을 보고 있다는 걸 알았다. 더 말했다가는 눈물이 날 것 같았다. 그런 건 싫다고 생각했다. 분하고 한심했지만, 그렇다고 울다니, 그러면 분명 리쿠에게 미안하다.

"리쿠 녀석, 담아두는 타입이니까. 아사, 미안하다."

선생님이 사과할 필요는 없는데, 그 말을 들으니 더욱더 마음 둘 곳이 없어서 아사는 고개를 세차게 저었다.

그런 말을 들어온 사람은 다름 아닌 자신이었다. 마음속에 결심을 숨기고 담아둔다. 와타비키 선생님이 있는 곳에서 공부하고 싶어서 학교를 골랐을 때도 친구들이 그런 말을 했다. 그러나 리쿠의 비밀에 비하면 그건 아무것도 아니었다. 정말로 아무것도 아니었다.

"나스미스식 망원경의 프레임은 어땠니? 노로 씨와 만났지?"

와타비키 선생님이 두 사람에게 물었다. 화제를 바꾼 게 아니라 분명 리쿠 이야기의 연장이다. 고개를 끄덕이는 아사의 옆에서 하루나 선배가 덧붙였다.

"프레임, 미세 조정은 필요하지만 너무나 예뻐요. 역시 SHINOSE 광학연구소에 부탁하길 잘한 것 같아요. 이제는 정말로 가능해진 것 같아요."

"그렇구나. 다행이다."

가능하다, 다행이다. 지금까지는 이 말이 하루나 선배의 졸업을 가리키는 것이었지만 지금은 다르다. 와타비키 선생님이 말했다.

"앞으로 코로나 상황이 더 악화되지만 않으면 좋겠는데. 관측회, 무사히 열리면 리쿠에게도 추억이 될 테니."

추억이라는 말을 듣자 어떤 감각이 선명하게 떠올랐다.

추억……. 확실히 그럴지도 모른다. 그렇지만 아직 그렇게 되지 않기를 바랐다. 여기에 있는데, 여기에 전부 남겨두고 떠나버릴지도 모른다는 말은 안 했으면 좋겠다.

"선생님."

"응?"

동요와 혼란과 충격 속에서 아사는 물었다. 답을 알고 싶어서.

"리쿠를 위해 우리는 뭘 할 수 있을까요?"

그런 걸 생각하다니 주제넘은 짓이 아닐까. 리쿠도 그렇게 생각할지도 모른다. 때문에 계속 망설였지만 다음 순간 깨끗이 사라졌다. 오늘 처음 알았다. 리쿠가 품고 있던 사정. 발을 들이지 못했고 움츠러들었다. 상처를 주는 게 두려워서 아무 말 안 하고 움직이지 않았다. 하지만…….

"리쿠와 또 뭔가 하고 싶어요."

이것이 아사의 순수한 본심이었다.

❀❀❀

어? 고하루, 어제도 쉬었던 것 같은데…….

교실 안, 어째서인지 비어 있는 고하루의 자리를 보며 마도카는 생각했다.

9월 넷째 주.

겨우 한 달 전인데 스타 캐치 콘테스트가 아주 오래전 일 같다. 그 정도로 9월의 교실은 공기가 달랐다. 그건 아마도 여름을 기점으로 무토와 고야마처럼 동아리 활동을 마친 학생이 많고, 제각기 시험과 진로를 앞두고 상황이 변했기 때문이리라.

마도카는 진학반이다. 꼭 들어가고 싶은 학과나 학교는 없지만 막연히 엄마와 아빠가 졸업한 나가사키 시내에 있는 대학교에 들어갈 거라고 어릴 때부터 생각했다. 그러기 위해 여름방학 동안에도 전보다 더 열심히 공부했다.

이런 분위기 속에서 관악부에도 커다란 변화가 있었다.

여름방학이 끝나고 오랜만에 부원 전원이 모인 첫 동아리 활동 미팅에서 고문인 우라카와 선생님이 이렇게 제안했다.

"11월, 온라인으로 연주회를 할 계획이야."

대학 입시를 향해 마음을 다잡았지만 우라카와 선생님의 그 말에 순수하게 가슴이 뛰었다. 마도카만 그런 게 아닌 듯 부원, 그중에도 3학년들 모두 서로 얼굴을 마주 봤다. 놀람과 기쁨의 표정이었다.

"연주회라고 해도 전처럼 합주는 못 합니다. 파트별로 나란히 일렬로 연주하는 모습을 영상으로 담아서 하나의 연주를 듣는 것처럼 편집할 예정이에요. 그리고 이렇게 완성한 영상을 함께 보는 상영회를 열 거예요. 교정에 스크린을 설치해서 야외 상영회를 열자고 여름방학 중에 교장 선생님과 이야기해서 정했어요. 당일 현장에 못 오는 사람이나 사람이 모이는 걸 꺼리는 사람은 인터넷을 통해 볼 수 있게 하고요."

우라카와 선생님이 간격을 두고 앉은 부원들을 둘러봤다. 환기를 위해 열어놓은 음악실 양옆의 창에서 상쾌한 바람이 불어왔다.

"실제 합주도 아니고, 실수하면 끝인 긴장감 넘치는 연주회와도 다른 형태이지만, 여러분에게는 연주하는 자신을 관객과 함께 볼 수 있는 귀중한 체험이 될 거예요. 그리고 3학년은 그 연주회가 마지막 연주가 됩니다."

선생님의 눈이 마도카와 3학년 부원들을 향했다. 그때 알았다. 마도카뿐만 아니라 모두가 알았을 것이다.

이건 자신들을 위한 연주회라는 걸.

코로나 상황 속, 관악부는 더더욱 활동이 어려운 동아리라고 봄부터 스스로에게 되뇌며 포기해왔지만, 그래도 마음속에 응어리가 있었다. 그중에서도 동아리 활동을 매듭짓지 못한다는 게 가장 큰 응어리로 남았을 것이다. 올해 콩쿠르는 취소되었다. 비록 예년과는 다른 형식이었지만, 무토와 고야마가 여름 대회를 끝내고 후련한 표정이었던 게 마도카는 내심 부러웠다.

"3학년은 이미 입시와 진로를 위해 마음을 다잡은 사람이 많겠지만 어때요? 함께하겠나요?”

“하고 싶어요.”

3학년, 부장인 유키가 손을 들고 말했다.

“선생님, 생각해주셔서서 감사합니다.”

“다행이다.”

우라카와 선생님의 표정이 부드러워졌다. 평소 감정을 드러내지 않는 유코 샘이 보여주는 최고의 미소였다.

상영회에서 선보일 동영상 제작은 10월 중에 하고, 상영회는 11월 초순, 원래라면 문화제가 예정되었던 날에 열기로 했다. 평소라면 외부 사람에게도 공개해 매점을 열고 무대에서 발표하던 문화제는 이미 취소되었지만.

그렇게 해서 이즈미 고등학교 관악부는 새로운 시작을 알렸다. 그랬는데…….

고하루가 쉰다.

봄 이후, 함께 귀가하지 않았고 교실에서도 동아리에서도 미묘하게 거리를 두었다. 그러나 쉬는 게 걱정되어서 계속 고하루 자리를 보게 된다.

감기일까. 그렇지만 오늘로 이틀째다. 그러다 쉬는 시간에 같은 동아리이자 반 친구인 리리카와 이야기를 나누다 이유를 알았다.

“고하루, 그거라며? ……코로나.”

“뭐?”

가슴이 덜컥 내려앉았다. 놀라서 소리를 지른 마도카에게 리리카가 "고하루가 아니라" 하고 작게 말했다.

"고하루의 언니가 일하는 요양시설에 드나드는 업자 한 명이 코로나에 걸렸대. 시트 같은 거 빌려주는 회사 사람."

"아⋯⋯."

"얼마 전에 하마사 지구에서 감염자 한 명이 나왔다고 뉴스에서 말한 거, 그 사람이래. 뭐더라, 후쿠오카에 놀러 갔다 온 뒤로 열이 났다고."

"그렇구나."

"고하루 언니의 남자친구래."

아무 말 없이 숨을 삼켰다. 리리카가 말없이 눈짓하고 더욱 목소리를 낮췄다.

"고하루 언니도 후쿠오카에 함께 다녀온 거 아니냐고 소문이 돌고 있어. 데이트인가, 그런 거로 놀러 간 것 같아."

"리리카는 그거 누구한테 들었어?"

"우리 엄마."

그 어머니는 누구한테 들었을까. 묻고 싶었지만 말을 삼켰다. 집 앞에서 이웃 아주머니들이 이야기하던 모습이 떠올랐다. "본토에서 오는 손님을 아직 받고 있다"고 이야기하던 그 사람들.

누구에게 들었을까의 문제가 아니다. 다들 이야기한다, 알고 있다. 봄부터 죽 그래온 것이다.

"그래서 우리, 고하루에게 물었어. 고하루가 아무렇지도 않게 학교에 오니까 그거 진짜냐고. 우리는 같은 파트라서 연습도 같이 하잖아. 후배 중에 좀 예민한 애가 있어서."

리리카는 고하루와 함께 클라리넷을 분다. 마도카가 고하루와 삐걱거리게 되면서 반에서는 리리카와 고하루가 주로 함께 움직였다. 하지만 마도카는 두 사람은 같은 파트이니 어쩔 수 없다고 생각했다.

그런데…….

"고하루는 뭐래?"

마도카는 복잡한 기분을 억누르며 물었다. 리리카가 대답했다.

"감염된 사람, 언니의 남자친구인 건 맞지만 후쿠오카는 함께 안 갔다고 했어. 하지만 언니가 일하는 시설도 지금 큰 일인가 봐. 입원자 중 그 사람과 접촉한 사람이 있고, 입원자 가족도 예민한 사람이 있는 모양이야. 이웃 중에 데이 서비스(고령자가 낮 동안 요양시설을 이용하는 것-옮긴이)를 이용하는 할머니가 있거든. 그 가족도 다들 당분간 거기에 안 간대."

"그런데 왜 고하루가 그걸로 쉬어? 언니가 밀접 접촉자라서?"

"사귀는 사이니까 그렇겠지. 신경 쓰이잖아? 분명 고하루는 밀접 접촉자의 밀접 접촉자인데 우리한테까지 알려졌을 거라고는 생각 못 한 거 아닐까? 말 안 할 생각이었는데 들켜서 당황했을지도."

"들키다니……."

마치 나쁜 일을 한 것처럼 말한다. '밀접 접촉자의 밀접 접촉자'라는 말에도 현기증이 난다. 도대체 우리는 어느 범위까지 상대를 두려워해야 할까.

"리리카, 고하루에게 학교에 오지 말라고는 안 했지?"

"설마! 그런 심한 말을 할 리가 없잖아."

리리카는 당황한 듯 고개를 저었다. 그렇다. 그런 심한 말을 입에 담다니, 우리 동아리 부원들은 그러지 않는다. 그저 소문의 당사자가 분위기에 압박을 느끼고 겁을 먹을 뿐.

"가라앉을 때까지야."

리리카가 말했다. 속으로는 아쉬워하는 듯한, 하지만 느긋한 말투였다.

"고하루는 괜찮을 거라고 생각해……. 하지만 파트 연습을 같이해야 하니까 2주 정도는 발열 같은 거 주의해야지. 마도카도 일단 조심해."

"가라앉을 때까지"라는 말에 얼마나 괴로웠는지 떠올렸다. 1학기, 동아리 활동을 잠시 쉬고 싶다고 교무실의 우라카와 선생님께 말했을 때의 그 각오도.

리리카에게 나쁜 뜻은 없으리라. 저도 모르게 두려워지는 건 다들 마찬가지다. 고하루가 정말로 '밀접 접촉자의 밀접 접촉자'라면 스스로 등교를 자제하거나 사람과의 거리를 두는 건 감염 예방 차원에서 옳을지도 모른다.

그러나 리리카의 말을 마도카는 도저히 받아들일 수가 없었다.

"오늘, 대화 가능?"

마도카는 짧은 LINE 메시지를 보냈다.

고하루와 이전에 대화를 나눈 날짜를 보니 5월이다. 긴급사태 선언이 내려졌던 무렵, 서로의 집에서 심심해하며 만화를 추천하며 나누던 가벼운 대화가 마지막에 떠 있다. 그날 이후 자신이 친구와 대화를 나누지 않았다는 사실을 복잡한 기분으로 바라봤다.

무시해도 괜찮지만, 무시하면 이번에야말로 고하루와는 절교일지도 모른다.

그렇지만 고하루는 아마도 답을 할 것이다.

읽음 표시가 뜨는 것과 동시에 아니나 다를까 화면에 메시지가 바로 떴다.

"응."

마도카는 즉시 이번에는 "잘 지내?"라고 보냈다.

"괜찮으면 밖에서 만나지 않을래? 혹시 시간 있으면."

이 "잘 지내?"가 단순한 인사말이 아니라는 걸 지금의 고하루라면 알고 있으리라. 역시 바로 답신이 왔다.

"잘 지내. 심심해."

말과 달리 울상을 짓는 토끼 이모티콘을 보냈다. 토끼 위에 달린 문자는 어째서인지 'Thank you'다.

그 이모티콘을 보니 왜 그런지 모르겠지만 가슴이 턱 막혔다. 용서하자, 그런 생각이 들었다. 지금까지 자신이 화난 것도 몰랐고 공공연히 싸운 것도 아니었는데. 그렇구나, 나는 고하루를 용서할 수 없었구나.

미워할 뻔했구나, 그래도 싫지 않아서 지금 연락하는 거구나. 그 사실을 이제야 자각했다.

용서할 수 없어도 나는 고하루를 좋아하는구나.

"우리 료칸 근처 제방으로 올래? 어릴 때 놀던 곳."

봄에 누워서 울던 모습을 무토에게 들킨 그 제방.

고하루의 이번 답은 조금 시간이 걸렸다. 하지만.

"OK."

이모티콘 안에 눈물이 글썽글썽한 캐릭터가 사과하는 듯, 기도하는 듯 손을 가슴 앞에 모으고 있다.

고하루는 티셔츠와 트레이닝 바지 차림으로 나타났다.

실내복이라는 느낌이다. LINE으로 대화했을 때는 멀쩡해 보였는데 먼저 와서 제방에 앉아 있는 마도카를 보고는 조금 떨어진 곳에서 "나, 왔어" 하고 짧게 인사한 후 좀처럼 다가오지 않는다. 고개를 조금 숙인 채다.

무슨 말을 하면 좋을지 알 수 없는 건 마도카도 마찬가지였다.

그렇지만 아마도 이곳이라면 우리 학교 학생은 아무도 오지 않는다.

"이쪽으로 와."

우뚝 서서 고하루에게 말했다. 고하루는 망설이다 이윽고 고개를 들었다. 아, 눈이 빨갛고 촉촉하다.

"울어?"

"그게." 고하루는 오른손으로 눈을 눌렀다. "으으." 고하루 입에서 소리가 흘러나왔다. 우는소리를 들으니 어쩐지 안심이 되었다. 배려하지 않고 할 말을 해도 되겠구나.

"언니의 남자친구 일, 들었어. 그…… 언니도 혹시 밀접 접촉자래?"

"아니."

고하루가 고개를 세차게 저었다.

"요즘에는 일로도 만나는 일이 줄어서……. 그 사람이 바빠서 별로 안 만났대."

"그렇구나. 그럼 고하루는 학교 왜 안 와? 아픈 데 없지?"

"하지만 소문이 났고……."

안다.

그 마음 잘 안다. 하지만 말했다.

"동아리 활동, 같이 하자. 마지막 연주회잖아."

"으앙."

감정이 북받치는 듯 아이처럼 크게 소리 내 울며 고하루가 그 자리에 주저앉았다.

"마도카, 미안해."

"……괜찮아."

　입술을 깨물었다. 고하루와 다시 마음을 터놓게 된 기쁨 반, 그랬구나, 하고 포기하는 마음 반. 역시 고하루는 나를 안 좋게 생각했구나. 아무 생각 없이 피한 게 아니라 사과할 만큼 꺼림칙한 게 있었구나.

　그래도 다행이다. 마도카도 이런 입장이 아니었다면 리리카처럼 그저 고하루를 피했을지도 모른다.

　훌쩍훌쩍 울면서 고하루가 드디어 가까이 다가왔다. 배려했는지 아닌지 모르겠지만, 마도카와 2미터 정도 거리를 두고 고하루도 앉았다.

　하늘과 바다는 오늘도 서로 다른 파란색이라 아름답다. 하고 싶은 말은 많고, 서로 생각하는 것도 많지만, 전부 말로 하지 않아도 지금은 괜찮을 것 같다는 느낌이 들었다.

　먼저 고하루가 입을 열었다.

"……연락해줘서 고마워."

　눈가가 아직 촉촉하다.

"마도카가 무토와 고야마에게 내 험담을 하는 줄 알았어."

"뭐?"

"어쩐지, 내가 모르는 곳에서 갑자기 사이가 좋아졌으니까. 둘 중 누군가와 사귀게 됐는데 나에게 알려주지 않는구나. ……새 친구가 생겨서 마도카가 이제 나 같은 건 아무래도 좋은가 보다 싶어서 너무나 외로웠어."

"뭐? 그건 너무하지 않아? 같이 집에 못 간다고 한 건 고하루고, 나야말로 네가 리리카와 내 험담을 하는 줄 알았어."

"아니야! 집에는 같이 못 가지만 학교에서는 말해도 된다고 처음부터 말했잖아. 그런데 마도카는 나를 피하고."

"그건, 고하루가 나를 피하니까."

"그러니까, 미안하다고! 처음에 그렇게 말한 거 심했다고 나중에 반성했어. 사과하잖아. 미안!"

아, 맞다. 고하루는 이렇게 짜증 나는 구석이 있는 애였지. 소리 지르듯 사과하는 모습을 보고 생각했다. 그러나 싫지 않다. 하고 싶은 말을 드디어 전부 할 수 있을 것 같다.

"당연히 충격이었지. 우리 집, 료칸이니까 어쩔 수 없잖아. 코로나 때문에 친구를 잃는 줄 알았어."

"……미안."

고하루가 사과했다. 이번에는 감정적이 아니라 머리를 숙이고 진지하게 말했다.

"마도카한테…… 그렇게 말했는데, 언니 일로 소문이 나서 어떻게 해야 하나 고민했어. 특히 요 며칠 반성했어. 미안해."

"괜찮아. 나쁜 건 코로나야. 아무도 나쁘지 않아."

아무도 나쁘지 않다.

코로나로 이런저런 일이 시작된 후로 자주 듣는 말이다. 아무도 나쁘지 않아. 그러니까 코로나만 없다면……. 불합리한 상황에 대한 분노와 슬픔이 멈추지 않는다.

"우리 언니, 불쌍해."

고하루가 조금씩 털어놓았다.

"지금 남자친구와 사귀는 거 아는 사람 별로 없는데, 이번 일로 동료와 우리 부모님한테까지 순식간에 다 퍼졌어. 나쁜 일은 아무것도 안 했는데 엄마한테도 조심성 없다고 꾸지람까지 듣고 정말 불쌍해."

"그렇구나."

"언니 남자친구도 후쿠오카에 놀러 갔다 온 거라고 소문났지만, 이직하려고 면접 보러 간 거래. 우리 언니…… 고령자 시설에서 일하니까 정말로 늘 철저히 조심하고 있어. 언니 남자친구도 애초에 후쿠오카에서 감염된 건지 아닌지도 확실하지 않고."

해변에 있는 커다란 바위에 태양 빛이 반사되었다. 이 무렵이면 바다색과 하늘색이 또다시 변하기 시작한다. 여름에 손과 발을 담그고 놀던 물이 점점 가을에서 겨울의 짙은 색으로 변해간다. 여름이 끝났다. 바다 냄새도 여름이 끝날 무렵에는 어째서 이렇게 애처롭게 느껴질까.

"다들 평범하게 행동했을 뿐인데."

"그러게."

"마도카."

"왜?"

고하루 목소리에 또 울음기가 섞였다. 울먹인다. 얼굴을 보니 고하루의 눈에서 눈물이 방울방울 흘러내린다. 야구 응원 연주 때도 그렇지만, 감정이 쉽게 드러나고 표정이 획획 바뀐다. 그런 점이 고하루의 매력이다.

"정말로 미안해. 연락해줘서 고마워."

"아니야. 나도 다시 이야기할 수 있어서 기뻐."

"……동아리 활동, 돌아가도 될까? 학교도."

"당연하지."

마도카가 말했다. 망설임 없이.

"요코 샘도 기다리고 있어. 쉽게 쉬게 해주지 않는다니까, 우리 선생님은!"

경험자라서 잘 안다. 안정될 때까지라든가, 얼마 동안 이대로도 괜찮다든가, 그런 건 선생님에게 없다. 고등학교 3학년의 1년은 올해밖에 없으니 동아리 활동에 돌아왔으면 좋겠다, 포기하지 않기를 바란다. 마도카도 그런 말을 들었다.

마도카도 지금은 요코 샘과 같은 마음이다.

내 현재는 지금밖에 없다.

"아, 그리고."

이것만은 확실히 말해야 한다는 생각에 마도카는 서둘러

말했다.

"무토와 고야마, 둘 중 누구와도 사귀지 않아."

"어, 정말? 시시해. 누구일까 궁금했는데. 마도카는 역시 무토라고 생각했어. 무토, 인기 많은데 대단하다. 그런 생각 하면서 계속 묻고 싶었다고."

"고하루는 무토가 이상형이야?"

"아니야. 굳이 말하자면 고야마일까. 지적이고, 왠지 멋있잖아."

"아, 확실히. 고하루는 고야마 쪽이지."

목소리가 밝다. 이렇게 남자 이야기를 하는 것도 정말 오랜만이다.

"어떻게 친해졌어? 역시 고야마의 기숙사가 집이랑 가까워서?"

"음, 이야기가 길어지는데."

지금이라면 기분 좋게 말할 수 있다.

천문대와 별 이야기. 이 여름을 얼마나 특별히 보냈는지. 이 여름이 나에게 얼마나 특별했는지.

❀❀❀

10월이 되었다.

충격적인, 아사에게는 너무나도 충격인 리쿠의 전학이 다른 학생들에게도 서서히 알려지기 시작했다. 아사와 하루나 선배에게 털어놓은 게 하나의 계기가 되었는지 반 친구나 다른 친구들에게도 이야기했단다. 부모의 이혼과 누나의 장애 같은 자세한 사정까지는 말 안 했지만 코로나 영향으로 가가와에 있는 외가에서 살게 되었다고 말한 모양이다. 올해까지만 여기에 있을 거라고 이별을 예고했다.

연말. 12월.

그때까지 앞으로 석 달 남았다.

리쿠는 본격적으로 이곳을 떠날 준비를 하고 있다고 아사는 생각했다.

리쿠와 뭔가 하고 싶다.

물론 첫 번째 목표는 나스미스식 망원경의 완성이다. 망원경이 완성되면 리쿠의 누나를 초청해 함께 관측회를 하고 싶다. 하지만 그것 말고도 뭔가, 좀 더…….

천문부의 합숙은 여름에 이어 겨울도 이미 취소가 결정되었다. 이런 상황이지만 아사는 연말이 되기 전 다시 한번 카시니의 공중 망원경을 조립해 관측회를 열 수 없을까 고민했다. 입학하자마자 아사와 리쿠가 토성을 본, 천문부 졸업생이 만든 그 거대한 망원경은 스나우라 3고 천문부의 유산이다.

코로나 전까지만 해도 1년에 관측회를 여러 번 열었다. 같은 동아리가 아닌 친구들에게도 부탁해서 방과 후 많은 사람이 옥상에 모여 조립했던 때를 떠올리니 굉장히 특별한 시간이었다. 해가 떠 있을 때부터 작업을 시작해 완성될 무렵, 어둠이 깔리기 시작할 때 느껴지던 그 벅찬 느낌.

작년에는 아사와 초등학교 때부터 친구인 미코토와 나나코에게도 조립을 부탁했다. 어느 날 방과 후, 아사는 큰맘 먹고 미코토와 나나코에게 물었다.

공중 망원경 관측회를 한다면 또 도와줄 수 있냐고.

"그거야 당연히 도울 건데, 학교에서 허락해줄까?"

리쿠가 전학 갈 예정이라는 사실을 두 사람은 이미 알고 있었다. 아사가 왜 물었는지도 바로 이해한 듯했다. 하지만 미코토가 선뜻 묻자 아사는 대답 대신 하아, 하고 크게 한숨을 쉬었다.

"응……. 그게 문제야."

야외 작업이라지만 부원이 아닌 사람까지 모여서 많은 인원이 하는 작업은 지금 상황에서 허가해주지 않을 것 같다. 몰래 가지고 나가서 숨어서 조립한다 해도 공중 망원경은 너무너무 크다. 게다가 마음대로 일을 벌였다가는 지난번 허락받은 옥상에서 하는 스타 캐치 콘테스트 같은 천체관측 활동 자체를 아예 금지당할지도 모른다.

"근데 역시 아사, 리쿠 좋아했었지?"

"뭐?"

"우리, 가끔 이야기했어. 너는 사귀지 않는다고 했지만 두 사람, 실은 서로 좋아하는 거 아니냐고. 그치, 나나?"

"응. 스스로도 몰랐다가 리쿠가 전학 간다는 말에 드디어 깨달은 거 아니야? 아사는 결심을 속으로 감추는 편이니까."

"그러면 도울게. 아사, 리쿠를 위해서 뭔가 아직 하고 싶은 거지?"

"으앗! 뭐야!"

큰 소리로 말을 막았다. 깊게 숨을 들이쉬고 두 사람을 차례로 봤다.

"……좋아. 그래, 내가 리쿠를 좋아한다고 쳐. 어쨌든 같이 고민하자고. 나스미스식 망원경 관측회를 어떻게든 성공시킬 방법이라든가. 정말 뭐든 좋으니까!"

아사가 어이없다는 표정으로 말하자 싱글거리던 두 사람이 동시에 웃음을 멈췄다. "미안해." 뜻밖에 마코토가 진지한 얼굴로 사과했다.

"미안해. 그…… 우리가 연애나 사귄다고 말했지만…… 아사는 그런 차원을 넘어서 리쿠를 정말로 좋아하는구나."

"그러니까 그런 대단한 게 아니고."

"놀려서 미안해!"

나나코도 얼굴 앞에 손바닥을 맞대고 사과했다. "아니, 괜찮아." 아사가 우물거리자 이야기를 찬찬히 들을 분위기가 된 미코토가 "그럼……" 하고 입을 열었다.

"우리 말고 그 사람들에게 이야기해보면 어때? 아사가 여름에 스타 캐치 콘테스트하면서 친구가 된, 나가사키와 도쿄의 사람들 말야. 그 사람들이 별에 대해 더 잘 아니까 도와달라고 하면?"

"그건 아무래도 곤란하지 않을까. 다들 바쁠 거고, 고3은 입시도 있잖아."

각지에 있는 학생들의 얼굴을 떠올리면서 아사가 고개를 저었다.

"그리고 다들 이런 때니까 우연히 함께 활동했을 뿐이고."

실은 아사도 그들 생각을 했었다. 온라인으로만 만난 그들과 직접 만나서 천체관측을 할 수 있다면 엄청 즐거울 것이고, 리쿠도 기뻐하리라. 그것이 자신들의 손으로 만든 나스미스식 망원경으로 이루어진다면 더할 나위가 없다.

하지만 나가사키는 멀다. 도쿄도 거리만 놓고 보면 비교적 가까울지 모르지만, 요즘 같은 때 경계를 넘어 타 지역으로 이동하는 일은 심리적 장벽이 높다. 학교에서 하는 공적인 활동이라도 시행은 어려우리라. 올해 각종 대회와 수학여행 같은 행사가 차례차례 취소된 것만 보아도 명백하다.

"그런가……?"

아사의 대답에 나나코와 미코토가 서로 얼굴을 마주 봤다.

"여름방학 동안 계속 함께 활동했으니까 그것뿐인 사이는 아닐 것 같은데. 그쪽도 분명히 귀찮아하지 않을 거야."

"하지만…… 연락처도 모르고."

화상 회의는 전부 선생님들이 중간에서 설정해주었다. 처음에 시부야에 있는 히바리모리 중학교의 마히로가 문의를 해서……. 그의 메일 주소는 알지만 학교 수업 중에 사용하는 거라 개인적인 연락을 해도 되는지 알 수 없다.

아사가 조심스럽게 그 이야기를 하자 "그래?" 하고 나나코가 말했다.

"괜찮아. 연락해봐."

"하지만 주소를 아는 애는 중학생이야. 갑자기 물어보면 곤란하지 않을까?"

"그럼 와타비키 선생님한테 물어보면? 그 학생들과 뭐든 또 함께 활동하고 싶은데 화상 회의를 열어주면 안 되냐고, 연결해달라고."

"아니, 그것도 좀……. 대대적으로 해서 리쿠가 신경 쓰게 하고 싶지 않은데."

리쿠와 함께 뭔가 하고 싶다. 물론 '리쿠를 위해서'지만 무엇보다 아사 자신을 위해서라는 걸 알고 있다. 이대로 끝내고 싶지 않다.

그러나 리쿠는 신경 쓰겠지. 지금 시기에 또 무슨 활동을 하고 싶다고 아사가 일부러 움직인다면 자신을 위해서라는 걸 바로 알아차릴 것이다. 집안 사정도, 누나도, 애초에 왜 나스미스식 망원경에 관심을 가졌는지 그 이유조차도 아사와 하루나 선배에게 알리지 않았던 리쿠가 대범해 보였지만, 실은 굉장히 신경을 쓴다는 걸 아사는 이제 안다.

고민하다 불현듯 말이 나왔다.

"그렇구나. 다시 한번 연말에 스타 캐치 콘테스트를 해도 괜찮을지 몰라. 리쿠가 전학 가기 전에."

여름의 스타 캐치 콘테스트는 너무나도 즐거웠다. 떨어져 있는 느낌이 들지 않을 정도로 열중해서 같은 옥상에서 시간을 보내듯 함께 별을 찾았다.

"여름의 활동은 확실히 망원경을 만든다는 중요한 일이 있었으니 시간이 걸렸지만, 이미 망원경은 완성됐잖아. 그날만 모이면 돼."

아마 나스미스식 망원경은 연말까지는 분명히 완성될 것이다. 완성된 망원경의 첫선을 보이면서 수험생들에게도 밤에만 잠깐 시간을 내달라고 하면 괜찮을지도 모른다.

다만 첫선이라도 코로나 상황은 어찌할 수 없다. 지금보다 나빠지지 않기를 바랄 뿐이다.

봄부터 여러 가지 일에 대해 '코로나 상황에 따라 달라진다'고 했고, 아사는 이제 그 일에 완전히 익숙해졌다고 생각했다. 그 의미를 이제야 새삼스레 깨달았다. 코로나만 없었으면 리쿠가 전학 갈 일도 없었을지 모른다. 부모님이 이혼하지 않았을지도 모른다.

"하루나 선배와 와타비키 선생님에게 살짝 상담해봐. 리쿠가 신경 쓸 것 같으면 몰래 물어보든가."

나나코가 말했다. "응." 아사가 고개를 끄덕였다.

"둘 다 고마워." 그렇게 인사를 했다.

원격 스타 캐치 콘테스트를 연말에 다시 할 수 없을까.

하루나 선배에게 말하려면 리쿠가 없을 때……. 그렇게 생각한 아사에게 예상하지 못한 곳에서 기회가 찾아왔다.

점심시간, 대화 자제가 완전히 정착된 식사를 마친 시간대에 천문부 1학년들이 아사를 만나러 교실에 찾아왔다.

키가 큰 후카노와 몸집이 작은 히로세 콤비가 교실 입구에 서서 아사를 향해 손을 흔드는 걸 보고 아사는 놀랐다. 후배가 찾아오다니, 다른 동아리의 학생들이 그러는 걸 본적은 있지만 자신과는 인연이 없는 일이라고 생각했다.

서둘러 복도로 나가자 두 사람이 꾸벅 인사를 했다.

"선배, 잘 지내죠?"

"잠깐 시간 괜찮아요?"

"응. 왜 그래? 무슨 일 있어?"

"저희, 선배한테 의논할 게 있어서요."

이야기라면 동아리 활동 때 해도 되는데……. 두 사람은 의외로 고민하는 눈빛으로 아사를 보고 있었다. 히로세가 말했다.

"실은…… 연내에 한 번 더 스타 캐치 같은 걸 할 수 없는지 물어봤거든요. 고토팀이랑 시부야 중학교에요."

"뭐……?"

무심결에 아사 입에서 소리가 나왔다. 두 사람 얼굴을 찬찬히 바라봤다.

"어떻게? 혹시 와타비키 선생님에게 부탁하거나……."

"아, 아니에요. 콘테스트를 준비하는 동안에 여러 이야기를 나누면서 연락처를 교환했거든요. 저는 고토의 마도카 언니와. 저도 중학교까지 관악기를 했으니 어쩐지 친밀감이 느껴져서요."

"저는 히바리모리 중학교의 아마네와 문자 메시지로 가끔 대화를 나눴어요. 좋아하는 애니메이션의 '최애'가 같거든요."

대체 어느새. 깜짝 놀랐다.

스타 캐치 콘테스트는 아사 등 상급생은 어디까지나 도울 뿐 확실히 1학년 중심으로 진행했다. 두 사람이 작업하는 옆에서 나스미스식 망원경 제작에 집중할 때도 분명히 있었지만.

아사는 이럴 줄 알았다면 처음부터 이 둘에게 이야기할걸 그랬다고 후회했다.

1학년들이 너무나 든든했다. "그래서 말인데요." 놀라는 아사에게 후카노가 담담히 말을 이었다.

"다들 또 뭔가 함께할 수 있으면 좋겠다는 마음은 있는 것 같아요. 내년에 또 스타 캐치 콘테스트를 할 수 있으면 좋겠다고도 했고요. 고토팀도 그렇고 올해 졸업하는 사람도 많고 내년 여름에는 다들 뿔뿔이 흩어지니까 한다면 시험이 끝나는 3월이 어떨까, 하는 의견이 나왔어요."

그러고는 후카노와 히로세가 서로 얼굴을 마주 봤다. 두 사람은 이미 의논을 끝낸 다음이리라. 가볍게 서로 고개를 끄덕하고 후카노가 말했다.

"그래서 저희도 말했어요. 리쿠 선배가 연말에 전학 간다고요. 여기 직접 오는 건 무리일지도 모르지만 나스미스식 망원경이 완성되면 그 첫선을 보이는 자리에 모두를 온라인으로 초대하고 싶다고요. 그랬더니……."

"히바리모리 중학교의 아마네가 스타 캐치나 관측회도 좋지만, 올해 안에 함께할 수 있는지 검토해주었으면 하는 건이 있다면서 이번에 화상 회의를 하지 않겠느냐고 물었어요. 이번에도 모든 팀이 같이요."

눈이 휘둥그레졌다. 깨달았기 때문이다. 이 아이들도 아사와 같은 마음이라는 걸.

아사와 하루나 선배보다 조금 늦게 리쿠가 전학 간다는 말을 들은 1학년 두 사람은 굉장히 놀랐고 충격을 받은 모양이었다. 두 사람은 리쿠에게 직접 전학을 가는 상세한 사정과 누나 일, 나스미스식 망원경의 관측회에 누나를 부르기로 한 것도 확실히 들은 듯하다. 아사가 리쿠를 조심스럽게 대하는 모습도 옆에서 지켜봤다.

그래서 다른 팀 학생들과 다시 연락한 게 아닐까.

"그래서 지금 동아리 분위기에서 이런 일을 제안해도 괜찮을지 물어보려고요. 하루나 선배는 수험생이니까 번거롭게 하고 싶지 않고, 선배들의 나스미스식 망원경 제작에 방해되는 것도 싫거든요."

"괜찮을 거야."

나스미스식 망원경은 접안부가 거의 완성되어서 지금은 광학연구소에서 조정을 끝낸 프레임이 도착하기를 기다리고 있다. 게다가······.

"동아리 활동 내용에 따라 다르겠지만, 너무 힘들어서 부담이 큰 작업은 내가 중심으로 하면······."

말을 하려다가 멈췄다. 고쳐 말했다.

"1학년 두 사람과 내가 중심이 되면 리쿠나 선배가 신경쓰지 않아도 될 거야."

의지하자. 후배들의 다정한 마음을 아사도 굳건히 믿고 싶었다.

"다행이다." 히로세가 웃었다.

그 옆에서 후카노가 "아, 그런데" 하고 손을 들었다.

"준비는 그렇게까지 필요하지 않을 거예요. 게다가 엄청나게 재미있을 것 같아요. 저 조금 들었거든요. 그렇지, 히로세?"

"응. 아마네가 엄청 의욕이 넘쳐요. 원래는 미사키다이 고등학교의 학생들이 제안한 것 같지만요."

"아사 선배와 리쿠 선배도 분명 관심 있을 거예요. 굉장해요. 저희가 다음에 포착할 상대가."

"뭐?"

흥분한 두 사람을 보고 궁금해졌다. 도대체 뭘 하려는 걸까. 영문을 모른 채 두 사람 얼굴을 빤히 바라보는 아사에게 히로세가 싱긋 웃으며 말했다.

"국제우주정거장. 포착하고 싶지 않아요?"

***

국제우주정거장. 통칭 ISS의 일본 실험동 '가나타'를 관측한다.

여름방학 이후 오랜만에 열린 화상 회의 화면에 고토 천문대와 시부야의 히바리모리 중학교, 미사키다이 고등학교의 이름이 표시된 걸 보고 아사의 마음이 한껏 들떴다. 두 달가량 얼굴을 보지 못했을 뿐인데……. 게다가 그 '얼굴을 본 것'도 온라인에서뿐이었지만, 그래도 반가웠다.

다른 학생들도 마찬가지로 기쁜 모양이다. 스타 캐치 콘테스트 활동이 한창일 때는 아직 조심스러웠던 대화가 지금은 처음부터 "오랜만이에요!", "잘 지냈어?", "입시 공부, 어때요?" 등 이런저런 이야기로 넘쳐흘렀다.

리쿠도 그 마음은 똑같은가 보다.

"어쩐지 잠시 안 만났을 뿐인데 엄청 '오랜만' 같아."

모두에게 그렇게 말하는 모습이 담담하지만 기뻐 보였다.

'가나타' 관측은 미사키다이 고등학교 물리부의 제안인 모양이다.

야나기가 미리 준비한 화면이 '공유합니다'라는 말과 함께 떠 있다. 별이 가득한 하늘을 배경으로 다음과 같은 문장 하나가 적혀 있다.

'가나타를 포착합시다!'

공유한 화면 옆에 세로로 늘어선 작은 창 맨 위에서 야나기가 말한다.

"ISS에 있는 일본 실험동 이름이 '가나타'인데, 조건만 갖춰지면 육안으로도 관측할 수 있습니다."

야나기가 말을 이었다.

"이치노 선생님이 먼저 제안하셨습니다. 우리 동아리는 인공위성을 만드는데, 부원들과 함께 관측하는 날을 만들면 어떻겠느냐고요. 실제로 졸업한 선배들은 그런 적도 있다고 해요. 코로나 전에는. 그래서 이번에는 여러분과 꼭 같이하고 싶어요."

화면이 스크롤되더니 아사도 책과 영상에서 본 적이 있는 ISS가 나타났다. 마치 거대한 기계 섬 같다. 사진에는 양쪽에 날개 같은 패널을 네 개씩 좌우대칭으로 펼치고 있다.

내려다본 그 모습은 연약해 보여서 저 안에서 사람이 작업하고 있다고 상상도 할 수 없지만, 안에는 각국의 우주 비행사들이 실험과 연구를 하며 지구와 우주를 관측 중이다. 사진 속 ISS 아래에 파란 지구 모습이 보인다.

"이게 ISS입니다. 그 안에 일본의 실험동 '가나타'가 있고요. 지금이라면 아마도 우주 비행사 하나이 우미카 씨가 타고 있을 거예요."

"저, 하나이 씨 강연회에 간 적 있어요. 코로나 전에 우리 현에서 이벤트가 있었거든요."

"와, 부러워요." 아사가 말하자 다른 창에서 목소리가 들렸다. 야나기도 말했다.

"부럽네요. 그런데 그런 거 보면 새삼스레 굉장하지 않나요? 평소에는 지상에서 강연을 했는데 지금은 우주에 있다니!"

그때 목소리가 들렸다.

"ISS는 얼마나 '우주'에 있는 거야?"

"네? 얼마나라니……. 체류하는 사람들이 교대하기도 하지만 ISS 자체는 계속 우주에 있어요."

"아, 그게 아니고."

목소리는 고토의 무토일 것이다.

"지구에서 얼마나 떨어진 '우주'에 있냐는 거. 거리."

"아……그러니까, 잠시만요. 아마도."

야나기가 손에 든 뭔가를 조사하는 듯하더니 읽었다.

"지상에서 약 400킬로미터, 크기는 약 108.5미터×72.8미터로 거의 축구장 크기이니까, 우리 학교를 예로 들면 운동장 정도일까."

와……. 화면 전체에서 감탄하는 소리가 들렸다. 단숨에 이미지를 잡기 쉬워졌다. 그 정도로 큰 시설이 통째로 우주에 떠 있고, 거기에서 지구를 보고 있다고 상상하니 새삼스레 대단하게 느껴졌다.

"400킬로미터면 도쿄에서 어디까지인가요? 선생님, 바로 알 수 있나요?"

마히로의 목소리가 들렸다. 모두에게 묻는다기보다 그저 자기 옆에 있는 선생님에게 물은 것 같다. 갑자기 질문을 받은 모리무라 선생님이 "그러니까, 음" 하고 스마트폰 등으로 검색하는 듯했다. 그러자 바로 다른 목소리가 들렸다.

"동쪽으로는 미야기 현의 게센누마 시, 서쪽으로는 오사카 시의 오사카성 근처."

미사키다이 고등학교 이치노 선생님이었다. "아, 그렇게나 멀어요?" 답을 들은 마히로가 말하는 소리가 들렸다. 아사바로 옆의 후카노가 "우와, 멀어!" 하고 짧게 외쳤다. 야나기의 화면에 이치노 선생님이 불쑥 얼굴을 내밀었다. 마스크를 하고 있지만 웃고 있었다.

"멀고 가까운 건 생각하기 나름이지만, 나는 의외로 가까운 것 같아. 우주라고 해도 구체적으로 상상할 수 있는 거리잖니?"

"우와, 400킬로미터나 떨어져 있는 걸 육안으로 볼 수 있구나."

후카노가 감탄했다는 듯 말했다.

"그, 그렇죠."

다시 시작하듯 야나기가 화면 중앙으로 돌아왔다. 이치노 선생님의 모습이 일단 사라졌다.

"ISS는 항상 같은 궤도를 돌고 있지만, 지구는 자전하기 때문에 매번 통과하는 위치가 조금씩 어긋납니다."

공유 화면이 바뀌더니 노란색 대각선이 그려진 지구 영상이 나타났다. 빙글빙글 도는 지구의 왼쪽 아래에서 오른쪽 위로 그려진 가는 선 위를 동그란 점이 올라간다. 그 선이 아마도 ISS의 궤도이리라.

"ISS는 적도면에서 이렇게 비스듬한 궤도를 90분에 걸쳐 한 바퀴 도는데, 그동안 지구의 자전은 22.5도예요. 지상에서 보면 ISS가 통과하는 지점은 점점 서쪽으로 어긋나게 됩니다. 그래서 ISS의 궤도와 지구의 자전을 계산하면 일본 상공에서 ISS가 언제 보이는지 예측할 수 있어요. '가나타'의 관측 예보를 알려주는 사이트도 있어서 우리는 그걸 보면서 올해 관측할 날짜를 이치노 선생님과 의논하고 있어요. 그래서 혹시 괜찮다면 고토와 이바라키도 함께 보지 않겠습니까?"

"같은 날에 볼 수 있어?"

리쿠가 물었다. 아사는 그 모습을 아무 말 없이 지켜봤다. 리쿠는 손을 턱에 대고 조금 생각하는 듯한 몸짓이었다.

"일본 전역에서 볼 수 있는 날이 있을까?"

"일본 전역까지는 아니더라도 조사해보니 고토와 이바라키에서도 볼 수 있는 날이 있어. 서쪽에서 동쪽으로 이동하는 궤도니까 처음에 보이는 곳은 고토겠지."

"거꾸로인가."

중얼거리는 목소리가 들렸다. 어느 창인가 싶어서 아사가 화면을 응시했다. 고토 천문대의 고야마인 모양이다. 야나기가 설명을 멈추고 "거꾸로?" 하고 물었다. 주목받을 줄은 몰랐는지 고야마가 조금 시간을 두었다가 모두에게 설명했다.

"고토는 서쪽에 있으니까 마지막으로 해가 저무는 장소라고 말하기도 해. 그런데 ISS는 고토 쪽에서 동쪽 하늘로 떠오르는구나 싶어서."

"아, 그렇구나. 그렇게 생각하니 재미있네."

미사키다이의 화면에서 목소리가 들렸다. 야나기가 아니라 이번에는 고시다. 고시와 고야마가 서로의 얼굴을 확인한 듯 서로 고개를 끄덕였다. 고시가 말했다.

"그런데 실제로 시차 없이 광범위하게 보이는 날에는 고토나 도쿄, 이바라키라도 국내라면 대부분 같은 시간대에 볼 수 있는 것 같아."

고야마가 물었다.

"몇 시쯤 볼 수 있는데?"

"날에 따라 다르지만, 광범위하게 딱 좋은 시간에 관측 조건이 들어맞는 경우는 역시 좀처럼 없는 것 같아. 나도 이치노 선생님과 야나기에게 듣고 이것저것 많이 알게 됐어."

고야마의 질문에 대답하는 고시가 친근하게 야나기 이름을 부른다고 아사는 알아차렸다. 옛날부터 가깝게 지내던 후배처럼 새 학교의 친구를 친밀하게 부른다. 고시가 미사키다이 고등학교에 잘 적응한 것 같아서 기뻤다. "그렇구나" 하고 대답하는 고토팀의 모두는 더 그렇겠지.

"ISS 관측은 그저 일본 상공을 지나는 것만으로는 안 된대. 지상이 밤이고 ISS가 떠오르는 조건이 아니면 볼 수 없대."

"맞아요. 애초 ISS는 스스로 빛나지 않으니까요. 달이나 금성처럼 태양 빛을 반사하니까 지상에서 볼 수 있을 뿐이에요. 그래서 지상은 밤이 아니면 당연히 그 빛을 확인할 수 없고요. 관측 조건은 지상은 밤, ISS는 태양 빛을 받는 게 기본 전제예요."

고시의 발언을 야나기가 이어받았다.

"구체적으로 말하면, ISS가 지상에서 400킬로미터 떨어져 있으니 지상에서 해가 져도 ISS는 잠시 태양 빛을 받아요. 마찬가지로 지상에 해가 뜨는 것보다 ISS 쪽이 먼저 태양 빛을 받고요. 그래서 계절에 따라 다르지만, 해가 진 후나 해가 나오기 전의 약 두 시간 동안은 지상은 밤이고 ISS는 지상 400킬로미터에 떠 있다는 조건이 성립돼요."

공유 화면이 끝났다. 다시 각 창이 보기 쉬운 크기로 나열된 화면 속에서 야나기가 모두에게 말했다.

"이런 관측 조건이 알맞게 갖춰지는 날이 12월 9일. 지금 예측대로라면 대략 저녁 6시 조금 전에 관측할 수 있을 것 같아요."

오오, 여러 명이 감탄하는 소리가 들렸다. 히바리모리의 마히로와 가마타의 목소리가 특히 확실하게 들렸다.

"평소에는 관측할 수 있다 해도 거의 새벽녘일 때가 많은데요, 이렇게 알맞은 시간대에 광범위하게 볼 수 있는 날은 거의 없어요. 다만 ISS는 세세하게 궤도를 수정하니까 정확한 시간과 볼 수 있는 방향을 직전에 다시 확인할 필요가 있어요. 그래서 혹시 같이하면 12월 들어 자주 연락하게 될 것 같아요. 그렇게까지 수시로 연락하진 않더라도 정보를 공유하는 식으로."

"하고 싶어요."

아사가 말했다. 다른 부원의 생각을 확인하지 않았지만 먼저 말하고 말았다.

12월 9일이라는 날짜에 가슴이 아렸다. 아직 먼일이라고 생각했는데, 그 무렵은 리쿠가 천문부에 있는 마지막 달이다.

"우리도 같이 할래."

"우리도!"

아사의 말을 뒤에서 밀어주듯 고토 천문대와 히바리모리 팀에서도 소리가 들렸다.

"하죠." 가까이에서 소리가 들려 얼굴을 드니 하루나 선배였다. 빙그레 웃으며 부원들을 보고 있다.

"1학년들도, 리쿠도, 모두 괜찮지?"

"네."

스나우라 3고 천문부도 의견이 모였다. 1학년보다 먼저 리쿠가 고개를 끄덕여서 아사는 입술을 깨물었다. 미사키다이 고등학교 창에서 야나기가 말했다.

"어, 그럼, 여기 네 팀, 모두 참가하는 걸로 생각해도 괜찮죠? 12월 9일 목요일, 함께 ISS 관측회를 합니다. 스타 캐치 콘테스트 때처럼 온라인으로 연결해서."

"저기, 질문이 있는데요."

고토의 창이 빛났다. 보니 무토가 손을 들고 있다. 고토는 아직 따뜻한지 10월인데도 반팔 티셔츠 차림이라 건강하다는 인상을 준다.

"그날, 후쿠오카에서도 ISS 볼 수 있어?"

"어, 지금 예측으로는 그날은 일본 전국에서 볼 수 있는 분위기예요. 오키나와 홋카이도는 지평선과 가까워서 조금 보기 힘들지도 모르지만 후쿠오카에서라면 볼 수 있을 것 같은데, 그건 왜요?"

"나 본가가 후쿠오카인데, 혹시 볼 수 있으면 여동생과 부모님에게도 알려줄까 싶어서."

"어, 너희 가족이라고? 여동생, 별 좋아해?"

야나기 옆에서 고시가 물었다. "아니, 그건 아닌데." 무토가 고개를 저었다.

"평소에 별에 흥미가 없어도 ISS는 보고 싶지 않아? 신나는 일이잖아. 안 보면 손해라고."

"아, 그건 확실히……."

"꼭 온라인으로 연결 안 해도 되니까 알려주려고."

"저기, 저도 잠깐 괜찮을까요."

아사 옆에 누군가가 오는 기척이 들어서 얼굴을 드니 리쿠였다. 오늘 처음으로 적극적인 발언을 하는 모습에 숨을 삼켰다.

"후쿠오카도 연결하면 어떨까요? 무토 형의 여동생요. 모처럼 하는 거니까 좀 더 대규모로 넓히면 어때요?"

"넓힌다고?"

"아, 네. 이런 기회가 좀처럼 없잖아요? 무토 형 말대로 보지 않으면 손해니까 다른 학교에도 말을 걸어보면 어떨까 싶어요."

리쿠의 평상시 표정이다. 즉, 전학 이야기를 듣고 아사와 부원들이 조심스레 대하기 전, '평상시'의 리쿠의 얼굴이다.

리쿠가 카메라를 바라봤다.

"여름에 처음으로 우리와 히바리모리가 스타 캐치 콘테스트를 하기로 했을 때 우리 고문 선생님이 그러셨거든요. 사실, 전국에 알려서 모든 학교가 참가하면 좋겠지만, 지금부터 시작해선 어렵다고요. 준비할 시간이 부족하다는 말이었죠, 선생님?"

"응. 그때는 여름방학까지 시간이 얼마 없었으니까."

떨어진 곳에 앉은 와타비키 선생님이 우리를 보고 고개를 끄덕였다. 느긋한 어조로 말을 덧붙였다.

"그렇지만 어디든 한 군데만이라도 말을 걸어보자고 해서 고토에 이야기했지."

"이번에는 준비 시간이 충분할 것 같아서요. 연말까지 다른 학교도 부르면 꽤 광범위하게 같은 시간에 ISS를 함께 볼 수 있잖아요."

"아, 그렇겠다. 야외 활동이고 특별한 준비도 그다지 필요 없으니까 코로나가 유행인 지금도 이 정도라면 활동을 허락받을 수 있는 곳이 있을 거야. 어때요, 선생님?"

"야간 활동 허가를 받을 수 있다면 말이지. 밤에 외출하는 일은 지금 다들 조심스러워하니까."

야나기가 화면 밖에 앉아 있는 고문 선생님에게 묻자 화면 밖에서 이치노 선생님의 목소리가 들렸다.

"그래도 6시 전이라면 아슬아슬하게 여러 가지가 허가되지 않을까요?"

야나기가 말하면서 화면으로 시선을 향했다. 리쿠를 보고 있다는 걸 알아챘다.

"확실히 다양한 학교와 이어져서 볼 수 있다면 굉장히 신나고 재미있을 것 같지만 어떻게 모아? 리쿠, 무슨 아이디어 있어?"

"아, 그건 우리 고문 선생님에게 부탁하면 될 거라고 내 마음대로 생각했는데……. 우리 선생님은 발이 엄청 넓고 놀랄 정도로 아는 사람이 많아서."

"뭐냐, 리쿠. 말도 없이 마음대로."

와타비키 선생님이 드물게 미간에 주름을 잡으며 말하자 리쿠가 "에이, 부탁해요"라고 까불거렸다. 그때 기운찬 목소리가 끼어들었다.

"저기요!"

높고 가는, 히바리모리 중학교의 아마네 목소리다. 화면을 보니 살며시 손을 들고 있다.

"야나기 오빠, 그거 '우주선 클럽' 부원들에게 말해보면 어때요?"

"아."

야나기 눈에 깨달았다는 듯한 빛이 떠올랐다. '우주선 클럽?' 스나우라 3고 천문부 신입생을 비롯해 고개를 갸웃하는 학생들에게 야나기와 아마네가 미사키다이 고등학교 물리부가 몰두하고 있는 '우주선 관측' 활동에 관해 설명했다. 센다이에 있는 대학교가 중심이 되어 시작한 활동으로, 현재 전국적으로 여러 학교가 참가하고 있다고 한다.

"우주선 클럽에 참여하는 학교라면 분명 ISS에도 다들 관심 있을 거고, 평상시 천체관측을 하는 동아리도 많을 테니까 야간 관측을 할 수 있는 학교가 있을 것 같아요. 어때요?"

"아마네, 엄청 좋은 생각이야! 우주선 클럽이라면 확실히 이야기만 꺼내면 제법 많은 학교가 참가하고 싶다고 할 거야."

대화를 들으며 아사는 크게 숨을 들이마셨다. 어쩐지 그러지 않으면 가슴이 너무나도 벅차서 이 자리에 있을 수 없을 것 같았다.

"좋아", "하자", "그럼 이번에는 미사키다이가 주최 학교지?"

점점 이야기가 정리된다.

가능한 한 광범위하게 관측회를 하고 싶다, 다른 학교도 되도록 많이 모아서 하면 좋겠다. 리쿠의 마음이 모두에게 퍼진다.

그때 작은 목소리가 들렸다.

"리쿠 형, 전학 간다는 거 정말이에요?"

마히로였다. 그쪽을 보니 히바리모리 중학교 창에 마히로, 아마네, 가마타 세 사람이 정면을 향하고 있다. 웅성거리던 화면이 그 한마디로 고요해졌다. 모든 학생들이 진지한 표정이 되었고 발언자를 표시하는 창의 노란색 빛이 없어졌다. "응." 이윽고 아사 옆에서 리쿠가 대답했다.

"아사한테 들었어?"

"아니요. 히로세 누나가 말해줬어요."

마히로가 중얼거리듯 말했다.

"나…… 내가 이 학교에서 유일한 1학년 남학생이기도 해서 멋대로 리쿠 형한테 친밀감 같은 걸 느꼈는데, 쓸쓸해질 것 같아서요. 스나우라 3고의 천문부는 리쿠 형이 중심이라는 느낌도 있고요."

"아니, 내가 중심은 아닌데. 그런데 신기해. 원래 다른 학교인데 전학 가는 걸 신경 써주다니, 고마워."

"ISS를 볼 때까지는 그쪽에 있나요?"

"응. 그건 괜찮아. 그러니 남은 건 날씨야. 맑지 않으면 관측 자체를 할 수 없을 테니까. 맑았으면 좋겠다. 우리 쪽만 말고 전국적으로 맑아야 할 텐데."

"그리고 코로나 상황요, 선배."

리쿠 뒤에서 후카노가 안경을 밀어 올리며 말했다. "제발 그랬으면 좋겠어요." 가슴 앞에서 두 손을 모았다.

"꼭 할 수 있으면 좋겠어요. 이 이상 우리에게서 아무것도 빼앗지 말기를."

농담……이어야 했다. 모두 알 것이다. 하지만 그 말에 화면이 다시 고요해졌다. 의외로 그 말이 모두의 마음에 가닿은 모양이다. 모두의 반응을 알아채고 후카노가 서둘러 "아니" 하고 손을 저었다.

"아, 죄송해요. 지금은 농담이랄까, 과장을 좀. 전……."

"그래도." 다정한 후배가 어색해하지 않게 아사가 입을 열었다. "코로나가 퍼진 해가 아니라면 분명 우리는 이렇게 만나지 못했을 거야. 어느 쪽이 좋은지 나쁜지 모르겠어. 꼭 나쁜 것만은 아닌 것 같아."

물론 간단히 결론을 내릴 수 없다. 무엇보다 리쿠가 여기를 떠난다는 사실에 코로나만 없다면, 하고 아사는 몇 번이나 생각했다. 그렇지만 지금만은 이렇게 말해도 괜찮을 것 같았다.

그저 같은 시간대에 하늘을 본다. 그러기 위한 약속을 한 것뿐인데 어째서 이렇게나 특별하게 느껴질까.

분명 다들 알고 있을 것이다.

'올해라서'라는 생각이 거기에 포함되어 있다고 확실히 느낀다.

야외 활동이고 코로나가 한창인 지금도 이 정도라면…….
야나기가 조금 전 했던 말을 되새겼다. 우리에게 이 정도는 허용해도 된다. 눈에 보이지 않는, 아무나가 아니라 '신'이라는, 명확하지 않은 뭔가 거대한 존재에게 아사는 기도했다. 간절한 마음으로.

이 정도의 사소한 특별함은…… 부탁이에요, 우리에게 주세요.

"재미있을 것 같아요."

목소리가 들렸다. 다부진, 우리 부장의 목소리다. 빙긋 웃으며 아사와 리쿠, 부원 모두의 얼굴을 보고 카메라 앞으로 다가갔다.

"미사키다이 고등학교 여러분, 정말로 감사합니다. 저는 수험생이지만 연말에 또 천문부 활동을 할 수 있다니 너무 기뻐요. 고토의 여러분도 수험생인데, 괜찮겠어요?"

"그날 밤만이라면 우리도 괜찮아요. 참가하겠습니다. 우리는 수험생이지만 기분 전환도 되고, 그날의 일을 영양분 삼아 공부도 더 열심히 할 것 같아요."

마도카가 말했다. 그 눈이 누군가를 찾는 듯 화면을 봤다.

"아, 그리고. 이렇게 된 김에, 스나우라 3고의 후카노에게 나도 뭐 하나 물어봐도 돼?"

"뭔데요?"

"다음 달, 우리 관악부에서 연주회를 해. 연주회라고 해도 그 자리에서 연주하는 게 아니라 파트별로 연주한 걸 편집해서 학교 교정에서 상영하기로 했어. 그 URL 링크 보내도 될까? 못 오는 사람들을 위해서 온라인 송출도 할 예정이거든."

"네? 엄청 보고 싶어요! 그래도 돼요?"

"응. 지금 다들 의욕에 차서 연습하고 있으니까 꼭 봐주면 좋겠어."

"파트별 연주를 편집하다니 평소에 합주하는 것보다 더 어렵지 않나요?"

"맞아. 처음에는 그 형태라면 될 거라고 가벼운 마음으로 시작했는데, 오히려 모두의 협동심을 시험하는 것 같아."

말과 반대로 마도카는 웃고 있었다.

"미팅도 하면서 맞춰가야 하니까 상상외로 힘들어. 하지만 그만큼 재미도 있고."

"어, 그 연주회 우리 중학교에서도 보고 싶어요."

"앗! 한발 늦었다. 미안, 마도카. 그거 전체 공유 안 될까? 우리도 보고 싶은데."

히바리모리 중학교의 아마네 목소리에 이어 고시의 활기찬 목소리가 들렸다. 그 목소리에 마도카가 놀란 듯 눈이 휘둥그레지더니…… 웃었다.

"아, 미안. 어쩐지 큰일이 되어버렸네. 혹시 보고 싶은 사람이 있으면 얼마든지……."

"영상으로 볼 수 있게 여기 있는 팀 모두에게 공유해줘. 모처럼이니까."

마도카 옆에서 무토 목소리가 들렸다. 마도카가 고개를 끄덕였다.

"그럼 그렇게 할게요. 관심 있는 사람은 봐주세요."

"꼭 볼게요!"

후카노가 말했다. 그 목소리에 다른 창에서도 "네!", "감사합니다" 등 목소리가 이어졌다.

"그럼 우리도 부탁 하나 할까."

갑자기 리쿠 목소리가 들렸다. 어느새 바로 옆에서 아사의 팔을 가볍게 끌었다. 컴퓨터 앞으로 가자는 신호 같아서 두 사람은 함께 카메라 앞에 섰다.

"다음 달이면 우리도 전에 이야기한 나스미스식 망원경이 완성될 것 같아. 그거, 모두에게 첫선을 보이는 날을 잡아도 될까?"

"물론! 와, 대단해요. 드디어 완성이군요."

"앗, 보여주는 거예요?"

"앗싸! 좋아요."

순식간에 또 다들 흥분한 듯 목소리가 커졌다. 말할 때 리쿠가 화면 앞에 함께 가자고 한 것이 아사는 너무나 기뻤다.

"즐기자!"

목소리가 들렸다.

야나기나 마히로, 무토 목소리로도 들리고, 누구의 목소리도 아닌 느낌도 들었다. 리쿠 목소리 같기도 했다.

즐기자.

그 울림을 아사는 음미했다.

마지막 장
너에게
닿기를

2020년 12월 2일.

스나우라 제3고등학교 지학 준비실에서 와타비키는 랩톱 컴퓨터를 켰다.

완전히 짧아진 해를 아쉬워하며 마지막 석양빛이 커튼 너머를 오렌지색으로 물들인다. 밖에서는 운동부가 동아리 활동을 끝내고 정리하는 소리가 들린다.

와타비키가 고문으로 있는 천문부는 오늘 활동이 없다. 부원들은 지난달 완성한 나스미스식 망원경을 매일같이 들여다보고 싶어하지만, 활동일에만 관측하라고 주의를 주었다.

다음 주 ISS 합동 관측회에서는 아마 이 망원경을 옥상으로 옮겨 별 관측을 하리라.

프로그램을 실행하고 다른 사람들이 들어오기를 기다리자 약속 시간에 딱 맞추어 화면이 줄줄이 나타났다. 모두 모였다. 표시된 이름을 봤다.

히바리모리 중학교 과학부 고문 '모리무라'.

미사키다이 고등학교 물리부 고문 'haruka ichino'.

고토 천문대 관장 '사이쓰 유사쿠'.

그리고 스나우라 3고 천문부 고문 'WATABIKI'의 화면.

"기다리게 해서 죄송합니다."

모리무라가 먼저 인사했다. 그 목소리에 와타비키는 고개를 저었다.

"아니요, 정각인걸요. 오늘도 시간 내주셔서 감사합니다."

이치노 하루카의 화면을 향해서 "드디어 다음 주네요" 하고 웃으며 말을 걸었다.

"이치노 선생님도 감사합니다. 미사키다이 고등학교가 때마침 건의해준 덕에 아이들이 또 함께 활동할 수 있게 됐어요."

"아니요, 전 딱히 한 게……."

이치노가 미소 지었다.

"애초에 ISS 관측 이야기를 꺼낸 건 와타비키 선생님이잖아요. 저는 그걸 부원에게 전달했을 뿐이고요."

"제안이라고 할 정도는……. 이치노 선생님이 미사키다이 고등학교에 있다는 말에 떠올랐어요. 그러고 보니 우미카 씨가 마침 ISS에 타고 있다는 사실이."

여름의 스타 캐치 콘테스트 준비를 하면서 각 학교의 고문과 고토 천문대의 관장은 빈번히 화상 회의를 가졌다. 과학부 고문은 초심자라는 모리무라가 와타비키에게 몇 번이나 질문과 상담을 하다가 어른들끼리 모이게 되었다.

본래 와타비키와 사이쓰는 젊은 시절 와타비키가 고토 천문대에 방문한 이후로 같은 별 애호가라는 이유로 지금까지 전화와 메일을 자주 주고받았다. 코로나가 닥친 올해부터 그 연락은 온라인으로 바뀌고 거기에 이치노와 모리무라가 더해진 형태로, 서로의 집에서도 가끔 연결하며 여름 이후에도 교류가 이어지고 있었다.

리쿠가 전학하게 되고 그걸 들은 아사와 하루나가 "뭐든 하고 싶다"고 의논해왔다. 아이들이 어떤 생각으로 그런 말을 했는지 와타비키는 절실히 느꼈다.

그 직후 와타비키가 각 학교 고문 선생에게 이야기했다. "분명히 내가 ISS 관측 이야기를 꺼냈지만, 쓸데없이 참견할 필요는 없었어요. 아이들은 내 도움이나 조언 없이 각자 자유롭게 움직여서 자기들끼리 단단히 이어졌으니까요."

"그렇지만 놀랐어요."

모리무라가 말했다. 비밀을 공유하는 사람들만의 희미한 미소를 짓고 있다.

"이번 일로 처음 알았습니다만…… 이치노 선생님은 우주 비행사 하나이 우미카 씨의 언니셨군요. 와타비키 선생님께 듣고 놀랐습니다!"

이치노 하루카가 입은 웃고 있지만 눈을 가늘게 뜨고 와타비키를 노려봤다.

"선생님, 말씀하셨군요."

"응. 미안해, 하루카."

와타비키가 옛날처럼 이름을 불렀다. 이치노가 어쩔 수 없다는 듯 어깨를 으쓱했다.

"결혼해서 성이 바뀌었거든요. 얼굴도 그렇게 닮지 않아서 별로 언급되는 일도 없었어요. 학교에서는 알고 있어서 덕분에 물리부 고문을 맡게 됐지만요."

"저도 처음에 뵈었을 때 궁금했어요. 이치노 선생님은 국어 선생님인데 어째서 물리부 고문일까, 하고요. 그런 이유였군요."

"우주에 푹 빠져 살던 동생 덕에 별도 잘 알게 되었고 좋아하지만요."

"모두에게 말하는 건 역시 내키지 않았나요?"

와타비키가 물었다.

"처음에 내가 이번 ISS 관측 제안을 한 이유는 선생님이 아이와 조카와 함께 집 옥상에서 관측을 한다는 이야기를 들어서였어요. 쉬는 날이면 다들 동트기 전에 일어나서 우미카 씨를 향해 손을 흔든다고."

여름이 끝났을 무렵, 이치노는 집에서 화상 회의에 참석하곤 했다. "엄마, 뭐해?" 그렇게 외치며 아이 여러 명이 어수선하게 뛰어 들어오는 모습이 화면에 보여서 "모두 하루카 씨 아이?" 하고 묻자 이치노가 그중에 조카도 있다고 대답했다.

"동생이 일하는 동안에는 우리 집에서 지내거든요"라고 덧붙였다.

이쪽을 보며 즐겁게 손을 흔들기도 하고 수줍은 듯 웃는 아이들 모습을 떠올리며 와타비키가 물었다.

"이치노 선생님의 동생은 지금 그곳에 있죠. 떨어져도 이어져 있다는 사실을 알게 되면 아사와 리쿠는 위안을 얻을 것 같은데."

"우리가 가르쳐주지 않아도 그 아이들은 분명 알 거예요. 어른들이 그런 말을 하지 않아도요."

이치노가 말했다. 천천히 고개를 저었다.

"우리 부원들은 알면 기뻐하겠지요. 야나기는 분명 엄청 흥분할 테지만. ……하지만 괜찮아요. 너무 친근하게 느끼지 않아야 동경하는 마음이 커지겠죠? 저도 소란스러워지는 건 싫고요. 우주 비행사는 제가 아니라 우미카니까요."

"그런가요. 아쉽지만 어쩔 수 없죠. 알겠습니다."

"와타비키 선생님이야말로 우리가 어렸을 적 일을 천문부 아이들에게 말 안 하신 모양이네요. 아사에게 들으니 강연회도 단순히 우미카의 팬이라서 갔다고 했다면서요?"

"응. 뭐, 그것도 하루카와 같은 이유지. 유명인과 옛날부터 아는 사이라고 우쭐거리는 건 좀 촌스럽잖아."

"촌스럽다니, 정말 와타 씨는."

고토 천문대 화면에서 사이쓰의 웃음소리가 울렸다.

그것이 와타비키의 솔직한 마음이었다.

하루카와 우미카 자매가 아직 초등학생일 때, 모리 마모루 우주 비행사가 우주에 간 일로 전국적으로 우주 붐이 일었다. 고등학교 과학 선생님이던 와타비키도 각종 이벤트를 도와주러 가곤 했다.

다른 단체가 가지고 온 고가의 망원경을 들여다보기도 했지만, 와타비키가 가지고 온 수제 망원경이 아이들에게 인기가 더 많았다. "망가뜨려도 괜찮으니까 마음대로 보렴." 그러면서 망원경을 보여주던 그곳에 그들 자매가 있었다.

"우리도 그거 만들 수 있어요?"

말을 건 쪽은 언니인 하루카였지만 그 뒤에서 호기심에 눈을 반짝이는 쪽은 동생 우미카였다. 말을 걸 용기가 없는 동생을 대신해 언니가 와타비키에게 말을 건 것이다. 와타비키가 주변에서 쉽게 구할 수 있는 물건으로 만든 망원경, 이번 스타 캐치 콘테스트에서 사용한 바로 그 염화비닐관 망원경이었다. 와타비키는 자매의 초등학교에 가서 함께 망원경을 조립했다.

"오랜만에 그 망원경을 만들어서 너무 반가웠어요. 우미카는 중학교 때까지 계속 선생님과 만든 그걸로 별을 봤으니까요."

"아이고, 나야말로 영광이죠. 그렇게 기억해주다니."

이치노의 말에 와타비키도 뭉클해져서 웃었다.

우미카의 강연회에서 질문을 하려고 일어섰을 때 그녀

가 정말로 자기를 기억해줄지 어떨지 몰랐다. 하루카는 같은 교육자이기도 해서 가끔 연락하고 지냈지만 우미카와는 오랫동안 만나지 않았기 때문이다. 하지만 얼굴을 보자마자 우미카가 "앗, 선생님" 하고 말해서 너무 기뻤다. 그래서 질문했다.

"오늘 우리 학교 천문부 학생들과 함께 왔는데, 학생들에게 한 말씀 부탁해도 될까요?"

손에 닿지 않는 존재가 되었다고 느꼈지만 그 대답을 듣고는 아, 이 아이는 그때의 흥미와 호기심을 꾸준히 키워 지금 정말로 우주에 가는 사람이 되었구나, 라는 감동이 온몸에 퍼졌다.

언니인 하루카가 이바라키에서 도쿄에 있는 대학교에 진학해 도쿄에서 교사가 되었을 때, 이제는 똑같이 어른이라는 위치에서 함께 아이들을 접하는 일을 하게 되었다는 사실에도 와타비키는 우미카가 꿈을 이뤘을 때와 마찬가지로 굉장히 기뻤다.

사이쓰가 화면 너머에서 고개를 크게 끄덕였다.

"그 망원경, 좋지. 나도 코로나가 가라앉고 천문대에 다시 학생들이 수학여행 오면 만드는 방법을 가르쳐주려고 하는데, 괜찮을까요?"

"물론이지. 마음대로 해. 고토라면 수제 망원경으로도 별이 정말 깨끗하게 보일 테니까."

"아, 사이쓰 관장님, 그때는 감사했습니다. 별을 구분하는 방법이며 도시에서 어떻게 해야 별을 보기 쉬운지 알려주신 덕분에 우리도 스타 캐치 콘테스트에서 다른 학생들과 제대로 겨룰 수 있었습니다."

"도시의 밤은 밝으니까. 그런 와중에 준우승이야. 히바리모리 중학교 아이들의 집념이지. 잘 싸웠어."

"고토팀에 이기지 못했어, 분해." 얼굴을 붉히며 1학년 아마네가 고개를 숙였다. 그 모습을 보고 사이쓰가 말했다. "언젠가 고토에 오렴. 여기서 별을 찾으면 분명히 너는 별을 포착할 수 있을 거야. 국내 최고의 결과를 거둘 테니까⋯⋯."

"네." 힘차게 대답하는 아마네를 감격한 눈으로 바라보는 모리무라가 실은 아마네 이상으로 울음이 터질 듯한 표정이었다는 걸 와타비키는 보고 있었다.

"도시에서도 별은 보인다지만 역시 불리한 건 사실이죠. 결과가 중요한 콘테스트가 아니란 건 알지만 어떻게 하면 그 아이들에게도 기회가 있을까요?"

"곤경에 빠졌다고 적을 도와주는 건 좀." 그렇게 말하면서도 와타비키와 사이쓰는 열정적으로 질문하는 모리무라에게 이것저것 조언해주었다. 도시에는 대개 비행기와 헬리콥터가 많으니 우선 그것들을 별로 잘못 보지 않도록 주의해야 한다. 다만 눈에 띄는 별이 정해져 있는 만큼 별이 많이 보이는 고토보다 어떤 의미에서는 유리할지도 모른다. 보이는 별의 이름과 시간을 확실히 외워두면 득점하기 쉽다. 알비레오 같은 건 처음에 찾는 편이 좋을지도 모른다…….

"아, 너무하는 거 아닌가요. 부럽네요!" 그 요령을 들은 이치노가 말했다.

"우리도 같은 시부야니까 참고하고 싶지만…… 우리 아이들은 고등학생이니 스스로 생각하게 할게요. 핸디캡이라 생각하고."

"이치노 선생님은 여유가 있으시군요. 죄송하지만 질 수는 없습니다."

언젠가 아사와 리쿠 그리고 천문부 부원들에게 알려주고 싶다.

너희 덕분에 어른들도 이렇게 즐겁게 지내고 있다고.

"다음 주, 잘 부탁합니다."

와타비키가 말했다. 새삼스레 화면을 정면으로 마주했다.

"12월 9일 큰 오차 없이 18시 전, 예정으로는 17시 52분부터 ISS를 관측할 수 있을 것 같습니다. 이치노 선생님, 참가 학교는 얼마나 모였나요?"

"52개 학교입니다. 남쪽으로는 오키나와에서 북쪽으로는 홋카이도까지. 전국 도도부현 모두가 참가하는 건 아니지만 골고루 참가합니다."

모리무라와 사이쓰가 숨을 삼키는 소리가 들렸다. "엄청나네요……", "어, 그렇게 많아?" 그 말을 들은 이치노가 만족스럽다는 듯 웃었다.

"맑으면 좋겠어요."

"아이들은 올해 많은 걸 참아왔으니 꼭 하게 해주고 싶어요."

"그러게."

모두 고개를 끄덕였다. 와타비키가 말했다.

"……나는 '잃어버렸다'는 말을 쓰는 게 늘 싫었어요. 특히 아이들에게."

봄부터 줄곧 생각한 일이다.

올해 아이들은 신종 코로나로 인해 여러 가지를 잃어버렸다. 빼앗겼다. 수학여행, 마지막 대회, 친구들과 책상을 붙이고 수다를 떠는 점심시간……. 원래라면 함께 졸업했을 친구와 헤어지는 일도 어쩔 수 없다고 서로에게 말하면서 다들 그걸 받아들였다. 얼굴에는 항상 마스크를 쓰고.

하지만.

"실제로 잃어버렸고 빼앗긴 것도 있죠. 그건 압니다. 하지만 그들의 시간에 아무것도 없다고 말하는 건 도무지 받아들일 수가 없어서 말이죠. 아이에게나 어른에게나 이 1년은 한 번뿐이니까. 그곳에 시간도 경험도 분명 있었죠."

화면을 바라보니 모두 진지한 표정이었다.

"나는 계속 화가 납니다."

드물게 목멘 소리가 난다.

"ISS 관측회를 하기로 정한 화상 회의에서 우리 학교의 아사가 말했죠. 코로나가 퍼진 해가 아니라면 우리는 만나지 못했을지도 모른다고요. 어느 쪽이 좋은지 나쁜지 모른다고. 나는……." 크게 숨을 들이쉬고 단숨에 말했다. "아이들이 그런 걸 선택하도록 만든 게 분합니다. 코로나가 있어서 잃어버렸다지만, 코로나가 있어서 만난 것도 있어요. 어느 쪽이 좋았는지 왜 그 아이들이 갈등해야 하는지 안타까워요. 예전 같으면 경험은 경험으로, 만남은 만남인 채로 아무 생각 없이 뛰어들었을 텐데, 그러지 못한 게."

"보여주자고요."

모리무라의 목소리였다.

"너희 스스로 생각했기에 이렇게 됐다고 저도 그 아이들에게 알려주고 싶어요."

"네, 부탁합니다."

와타비키의 말에 모두 고개를 끄덕였다.

막 완성한 나스미스식 망원경에 시선을 주었다. 그러자마자 고맙다는 마음이 한껏 솟았다.

올해, 선생으로서도 한 사람의 인간으로서도 천문부 부원들과 온라인으로 이어진 이 사람들에게 얼마나 위안받고 용기를 얻었는지 모른다. 경의를 표하는 마음으로 새삼스레 생각했다.

너희는 정말로 멋지단다.

✵✵✵

12월 9일.

ISS 관측회, 당일.

잔디로 뒤덮인 산 정상 부근에 있는 고토 천문대에서 마도카는 하늘을 올려다봤다.

"슬슬 올 때가 됐는데……."

예상으로는 오후 5시 52분에 ISS가 나타난다고 했다. 그 시간이 다가오는 걸 마도카, 무토, 고야마는 가슴을 졸이며 기다렸다.

ISS가 일본 상공에 보이기 시작하는 시간은 거의 차이가 없다. 궤도는 일본 상공을 서쪽에서 동쪽으로 움직여 간다. 스타 캐치 콘테스트에 참여한 팀 중 가장 처음 보는 곳이 고토가 된다.

겨울은 별이 깨끗한 계절이라고 들었는데, 정말로 그렇다. 별 세 개가 나란히 보이는 오리온자리 벨트를 올려다보며 하늘을 향해 내쉬는 숨이 하얗다.

산 위에 켜놓은 랩톱 화면 속 창 너머가 웅성거린다. 다들 같은 순간을 고대하고 있다.

오늘 참가 학교는 처음 만나는 사람이 대부분이다. 그러나 관측에 앞서 낮에 얼굴을 보려고 만난 모임 분위기는 이상하게도 아주 온화했다. 같은 목적이 있어서 그런지 처음 만난다는 느낌이 들지 않았다.

잘 부탁합니다, 불러주셔서 감사합니다, ○○현의 ○○고등학교입니다, 오늘 기대하고 있습니다……. 50개가 넘는 참가 학교가 한마디씩 인사를 했다. 마도카가 있는 고토 천문대에서는 무토가 인사했다.

"고토 천문대팀입니다. 저희는 학교가 아니라 천문대로 참가합니다. 오늘 전국적으로 맑다는 예보를 듣고 기적이라고 생각했습니다."

나열된 많은 창 중에서 무토가 한 군데를 가리키며 "저기, 내 동생" 하고 슬쩍 알려주었다. 후쿠오카의 무토의 여동생이 다니는 중학교에도 이야기해서 오늘은 함께 참가했다. 직접 이야기를 나눌 수는 없지만 작은 화면에 보이는 무토의 여동생은 무토와 눈이 닮았고 의젓해 보였다.

대면을 위한 화상 회의는 일단 종료하고 스타 캐치 콘테스트의 인연으로 만난 시부야팀, 이바라키팀, 고토팀만 남았다. 오늘 히바리모리 중학교와 미사키다이 고등학교는 함께 보기로 해서 미사키다이 고등학교 옥상에서 모였는지 시부야팀의 화면은 하나다.

참가하는 모든 팀이 모인 화상 회의와는 별도로 오늘은 이 세 곳만 참여하는 랩톱 컴퓨터를 한 대 더 두기로 했다.

"마도카 언니, 지난달 연주회, 감사합니다. 너무 잘 들었어요. 라이브 연주가 불가능한 건 아쉽지만 이렇게 떨어져 있어도 온라인으로도 보고 들을 수 있어서 좋았어요."

스나우라 3고의 후카노가 그렇게 마도카에게 말했다.

"나도! 나도 들었어! 연주도 그렇지만 굉장히 반가웠어. 음악실이랑 운동장 보고 아, 이즈미 고등학교다, 라고 흥분해서 연주를 듣고 울 뻔했다니까."

도쿄에서 고시도 말했다. "고마워." 마도카는 대답하면서 지난달 연주회를 떠올렸다. 파트별로 떨어진 장소에서 간격을 두고 마지막 연주를 했을 때, 그곳에는 관객도 심사위원도 없었지만 실로 만족스러웠다.

전부 세 곡을 연주했는데 그중에 홀스트의 모음곡『행성』중「목성」이 있었다.

관악기로 자주 연주하는 곡이다. 마도카는 1학년 때 동아리에서 연주한 적이 있다. 그런데 이번에 연주한 곡을 들을 때는 잘 아는 곡인데도 전혀 다르게 들렸다. 망원경을 통해 본 여름 하늘이 떠올랐다. 이렇게나 넓은 우주 속에서 나는 아직 다른 별을 거의 모른다는 사실. 평생 갈 수도 없는 저 멀리 있는 별이 지금 여기서 보인다는 사실. 그 속에서 지금 내가 여기에 있다는 게 왠지 대단하게 느껴졌다. 그리고 올해의 일도 절대로 잊지 말자고 결심했다.

"올해를 경험한 3학년은 졸업해도 언제나 1학년과 2학년의 힘이 되어주면 좋겠구나. 앞으로도 계속."

연주회 후에 요코 샘이 말했다. 그 목소리에 마도카와 관악부 부원들은 모두 "네!" 하고 입을 모아 대답했다.

"그런데 마도카는 너무 물러."

"뭐?"

지금은 5시 47분을 지난 무렵이다.

ISS가 통과하기를 이제나저제나 기다리며 밤하늘을 응시하는 마도카 바로 옆에서 무토가 말했다. 얼굴을 바라보니 무토가 말을 이었다.

"관악부에서 이런저런 일이 있었는데 그 친구도 금방 용서하고, 함께 아무 일도 없었다는 듯 동아리 활동도 하고. 나와 고야마는 그래도 되냐고 생각했어."

"뭐야 그 일, 그렇게 생각했어? 나와 고하루를⋯⋯."

"응. 나라면 절대로 용서 못 하지. 안 그래, 고야마?"

생각지도 못한 말에 고야마를 보니 고야마는 소리를 죽이고 어깨를 들썩이며 웃고 있다. 어, 뭐야, 둘 다 나와 고하루 사이에 있었던 일을 알고 있다고? ⋯⋯어리둥절해하자 웃음을 참으며 고야마가 말했다.

"무토가 제법 애태웠다고. 뭐, 나도 신경은 썼지만."

"아, 뭐야, 정말! 고하루가 어떤 아이인지는 내가 제일 잘 아는걸."

"아니, 그래도."

그때였다.

"앗!"

고야마가 머리 위를 가리켰다. 빛의 점이 북쪽 하늘에서 보인다.

ISS는 깜박이지 않는다고 들었다. 400킬로미터 떨어진 장소에서 태양 빛을 받고 같은 밝기로 지나간다.

"왔다!"

무토가 눈을 크게 떴다. 마도카도 외쳤다. 온라인 화면 너머에 있는 친구들에게 들리도록.

"왔어요! 지금, 우리 위를 지나고 있어요."

입 앞에 모은 손에 뜨거운 입김이 느껴진다. 흥분해서 그 자리에서 펄쩍 뛰어올랐다.

❋❋❋

"왔어요! 지금, 우리 위를 지나고 있어요."

모든 팀 합동으로 열려 있는 화면 너머에서 목소리가 들렸다.

그 목소리에 하늘을 응시하고 있던 마히로와 아마네와 부원들은 긴장했다.

"저건가?"

"어, 어느 거?"

"저기, 조금 오렌지색 같은……."

"아니야, 저건 깜박이잖아. 아마도 비행기겠지."

두 팀 합동으로 관측하기 위해서 마히로는 오늘 처음 미사키다이 고등학교 옥상에 왔다.

시야 꽤 멀리까지 아파트며 집, 고층 빌딩의 빛이 이어지는 도시의 하늘은 땅에 빛의 융단이 펼쳐진 듯하다. 도시의 하늘은 밝고 색이 연하다.

할머니 집이 있는 야마가타와는 전혀 다르고 고토와도 분명 다르리라. 하늘에도 별보다 비행기 불빛이 더 눈에 띈다.

하지만.

"왔다! 저거야!"

옥상 울타리에 손을 대고 있던 아마네가 갑자기 마히로의 등을 픽! 하고 때렸다. 울타리에 가슴이 부딪혀 마히로 목에서 "으윽" 하는 이상한 소리가 나왔다. 그렇지만 아마네는 신경 쓰지 않았다.

"보였어!"

빛의 점이 서쪽 하늘에 떠오른다.

깜박이지 않는 빛이 도중에 작아졌다 커졌다 하는 것처럼 보이는 이유는 별이 반짝이는 것과 같은 원리일까. 마치 ISS가 숨을 쉬는 듯하다.

저 빛의 점이 ISS이다.

400킬로미터 떨어져 있어도 확실히 보인다. 땅에 펼쳐진 따스한 야경의 융단 위를 가로지르고 있다. 생각보다 느렸다.

보였어! 있어! 어, 어디? 저기 있어. 보여! 움직인다!

열려 있는 랩톱 컴퓨터 속에서 다양한 목소리가 잔물결처럼 퍼진다. 모두의 흥분이 이어지고 고리가 점점 커진다.

내가 그 고리 안에 있다고 생각하니 짜릿했다.

"ISS에서는 여기가 보일까?"

울타리에 몸을 기대고 하늘의 점을 바라보며 야나기가 말했다. 그 말에 바로 "보여" 하고 다른 목소리가 대답했다.

"저쪽에서도 보여. 야경은 특히. ISS에서 찍은 도쿄 야경 사진을 전에 본 적이 있어."

허스키한 이치노 선생님의 목소리가 들렸다.

"도쿄의 하늘은 밝아서 별을 관측하기에는 불리하지만 우주에서는 거꾸로 우리가 있는 곳을 찾기 쉬울 거야."

이치노 선생님이 울타리에 몸을 기대고 마히로와 학생들 바로 옆에서 "어―이!" 하고 빛을 향해 손을 흔들었다.

"손을 흔들어볼까? 역시 보이지 않겠지만 마음은 닿을지도."

"아니, 안 닿겠죠. 그래도……. 어―이!"

말과는 반대로 야나기가 양손을 들고 크게 흔들었다. 고시와 다른 미사키다이 고등학교 학생들도 그들을 따라 흔들었다. 그래서 마히로와 아마네도 가마타 선배도 모리무라 선생님도 모두 함께 손을 흔들었다.

어―이, 어―이, 어―이!

"고마워!"

도중에 문득 아마네가 말했다. 왜 갑자기? 그런 생각을 하며 그 옆얼굴을 보니 이유 같은 거 없어도 마히로도 가슴이 뭉클했다.

ISS의 빛이 점점 멀어진다. 다 지나갈 때까지 4분 정도 보인다고 들었다. 빛이 사라지는 게 아쉬워서 마히로도 큰 소리로 "고마워!" 하고 외쳤다.

마히로와 도쿄 학생들의 목소리가 들렸는지 온라인 화면 너머의 학교에서도 "어—이"와 "고마워" 소리가 크게 메아리쳤다.

앗.

아마네 옆에서 정신없이 손을 흔들다가 깨달았다.

어느새 아마네보다 키가 커졌다! 입학했던 무렵에는 비슷했는데.

이렇게 가깝게 옆에 서 있던 적이 없어서 몰랐다.

실감한 순간 아마네의 얼굴이 너무나 가깝다는 걸 알아채고 갑자기 두근거렸다. 잠깐, 지금 너무 가깝잖아……. 속으로 중얼거리며 ISS를 향해 다시 열심히 손을 흔들었다. 큰 소리로 외쳤다.

"어—이!"

✿✿✿

밤이 따스하다고 느낀 건 처음이었다.

언제나 머리 위에 펼쳐진 밤하늘. 당연히 별이 빛나는 밤
하늘.

전 같으면 밤길은 좀 무서웠을 테고, 어두운 곳도 싫다. 태
양이 없는 시간은 싸늘하고 재미없다.

하지만 오늘은 다르다.

오늘만이 아니다. 이렇게 모두 함께 하늘을 바라보는 밤은
늘 처음 발을 들여놓는 별세계 같다.

"아, 이제 금방이야."

학교 옥상, 북쪽 난간에 같은 간격으로 나란히 서 있는 학
생들 사이에서 목소리가 들렸다. 긴장된 목소리다. 옥상에
펼쳐놓은 랩톱 컴퓨터 속 참가 학교 수만큼 나뉜 화면이 꼭
불 켜진 아파트나 빌딩 창문 같다. 그곳에 비친 얼굴들도 하
나같이 진지한 데다 살짝 상기되어 있다.

온라인으로 연결된 화면 중 하나에서 목소리가 들렸다.

"왔어요! 지금, 우리 위를 지나고 있어요."

고토의 마도카 목소리다. 머리 위에는 모래알을 흩뿌린 듯
별이 반짝이고 있다.

함성이 울렸다. 드디어. 마음이 들뜬다.

'아…….'

한층 더 선명하게 빛나는 빛의 점이 하늘을 오른다.

2020년.

봄까지만 해도 이런 일이 벌어질 줄은 상상도 못 했다. 여기에 있는 그 누구도. 온라인으로 이어진 아이들 또한 그랬으리라.

"온다, 준비해!"

"저건가?"

"그래! 분명 그거야!"

모두의 목소리를 들으며 아사도 하늘을 올려다봤다. 눈부신 빛의 점이 생각보다 천천히 하늘을 오른다.

저 점이 ISS.

확실히 알겠다. 찾았다.

"있어!"

"굉장해! 정말 왔어!"

"다들 보고 있어?"

"보여! 보고 있어!"

화면 속에서 흥분한 목소리가 끊임없이 들린다. 마치 지면에 후드득 강하게 떨어지는 빗방울 소리처럼. 어딘가의 창에서 모두가 손뼉 치는 소리도 들렸다.

"어—이!"

"어—이! 여기야—!"

"잘 다녀와!"

"고마워!"

다양하게 외치는 소리 사이에서 후후, 하고 웃음소리가 들렸다.

천공을 날아가는 빛의 점을 올려다보면서 휠체어에 앉아 있는 리쿠의 누나, 가에데가 하늘을 보며 웃고 있다.

지난달, 나스미스식 망원경이 첫선을 보이는 자리에서 아사와 부원들은 처음으로 가에데와 만났다. 반지르르한 검은 머리를 턱 근처에서 가지런히 자르고 기름한 눈을 한 아름다운 사람이었다. 피부가 아주 하얗고 눈빛이 리쿠와 닮았다.

실제로 만날 때까지 아사는 엄청나게 긴장했는데 "처음 뵙겠습니다" 하고 인사하는 리쿠 누나의 목소리는 차분하고 상냥했다.

리쿠와 와타비키 선생님, 다른 선생님들 몇 명의 도움으로 휠체어를 옥상까지 옮길 수 있었다. 누나가 옥상에 올라가는 걸 모두 함께 도왔다.

아사와 눈이 마주치자 가에데가 말했다.

"아사죠?"

"네."

"리쿠가 자주 이야기했어요. 그리고 이쪽이 하루나 선배?"

나이가 리쿠보다 두 살 위니까, 실제로는 하루나 선배보다 누나가 연상이다. "선배라니요……." 민망해하는 하루나 선배에게 가에데가 말했다.

"나스미스식 망원경은 두 사람이 없었다면 절대로 못 만들었을 거라고 리쿠가 말했어요. 오늘 초대해줘서 고맙습니다."

옥상에 설치한 완성된 나스미스식 망원경을 앞에 두고 가에데가 "와아" 하고 작게 감탄했다. "대단해."

스나우라 3고 천문부의 나스미스식 망원경은 팔각형 구조로 되어 있다. 휠체어에 앉은 채로도 접안부를 편하게 들여다볼 수 있도록 하자는 리쿠의 제안에 그렇게 설계했다.

약속대로 망원경의 첫선을 보이는 자리에 노로 씨를 비롯해 작업복을 입은 SHINOSE의 직원들이 함께했고, 히바리모리 중학교 과학부와 미사키다이 고등학교 물리부, 고토 천문대 사람들도 온라인으로 초대했다.

완성된 망원경을 리쿠와 아사가 중심이 되어 설명했다.

리쿠가 이 망원경을 발명한 나스미스의 경력을 19세기로 거슬러 올라가 이야기하기 시작해서 아사는 거기서부터 설명하는 거냐고 깜짝 놀랐다. 하지만 아무도 지루해하지 않고 모두 흥미진진한 표정으로 들었다. 리쿠는 설명하면서 고등학교 입학 전에 찾았다는 해외의 노인 요양시설의 관측회 기사도 소개했다.

설명을 끝내고 드디어 관측이다. 리쿠와 아사가 접안렌즈를 들여다보며 천체를 포착했다.

처음에는 토성을 포착하기로 정했다.

아사와 리쿠가 입부했을 때 공중 망원경으로 선배들이 보여주어서 감동한 그 별이다. 아사가 처음에 보고 느꼈던 것과 같은 감동이 전해졌으면 좋겠다고 기도했다.

망원경 시야에 토성을 포착한 뒤 리쿠와 아사가 관측을 기다리는 사람들에게 자리를 양보했다.

가에데가 들여다볼 때 아사는 무심결에 숨을 멈췄다.

가에데가 휠체어를 움직여 접안부를 향해 몸을 기울인다. 아사도 리쿠도 그리고 아마 다른 천문부 부원과 온라인으로 연결된 모두도 침을 삼키고 그 모습을 지켜봤을 것이다.

SHINOSE 광학연구소에서 경통 프레임이 도착한 후 리쿠는 정말로 앉은 채로도 관측을 할 수 있는지 몇 번이나 미세 조정을 되풀이했다. 처음에는 평범한 의자에 앉아서 했지만 얼마 후 와타비키 선생님이 근처 시설에서 빌려왔다며 진짜 휠체어를 준비해줘서 다들 차례대로 앉아 어떻게 해야 편안히 앉아서 관측할 수 있는지, 키가 큰 사람과 작은 사람이 이용할 때는 어떤지 등 여러 상황을 가정하면서 개선점을 찾았다.

가에데가 한쪽 눈을 감고 렌즈를 들여다봤다. 감탄하는 소리가 나왔다.

"예쁘다."

자세가 불편하지 않은 모양이다……. 소중한 걸 만지듯 가에데는 오른손을 가만히 접안부에 가져다 댔다. 예쁘다, 그 말이 또다시 들렸다.

"진짜 토성이야. 보이는구나."

"네."

아사와 부원들이 만든 나스미스식 망원경의 최저 배율은 120배로, 토성의 고리까지 확실히 보인다. 지금까지 도감 등에서만 봤던 그 고리 모양……. 1학년 때 선배들이 조립한 공중 망원경으로 토성을 본 순간, 아사와 리쿠도 감동했다.

"아름다워."

가에데가 말했다. 아름답다. 그 울림이 밤하늘에 그대로 빨려 들어가는 듯해서 그 목소리를 들으며 아사는 떠올렸다. 나스미스식 망원경을 최종 조정할 때 리쿠가 한 말.

"휠체어 농구라든가, 올림픽에도 장애인을 위한 스포츠 경기 종목이 있잖아. 활약하는 스타도 많고." 리쿠는 조금 이해할 수 없다는 듯 웃음기 없는 얼굴로 말을 이었다. "굉장하다고 생각하면서도 마음 한켠에선 늘 궁금했어. 우리 누나는 스포츠엔 영 관심이 없는데, 다른 방향으로 장점을 펼칠 수는 없을까. 그렇지 않으면 조금 이상하잖아."

"리쿠가 말했어요. ……누나는 어릴 때부터 내 '스타'였다고요."

망원경을 떠난 가에데에게 아사가 살며시 말을 걸었다. 리쿠는 1학년들과 함께 랩톱 카메라를 향해 나스미스식 망원경으로 보이는 천체 모습을 설명하고 있었다. 와타비키 선생님이 준비해준 부착용 카메라를 설치한 덕에 망원경에 보이는 광경이 커다란 모니터에도 표시된다.

리쿠가 이쪽을 보지 않는 걸 확인하고 몰래 알려주었다.

"공부도 잘하고 학교에서 가르쳐주지 않는 걸 아주 많이 아는 누나가 자랑스럽대요. 특히 누나에게서 들은 우주 이야기를 제일 좋아한다나요."

가족을 그렇게 당당하게 자랑하기는 쉽지 않다. 리쿠도 평소에는 분명 그런 말을 하지 않는다. 아사와 부원들이니까 마음 놓고 말한 것이리라. 왠지 영광이다.

"그렇구나."

아사의 말을 듣고 가에데가 미소 지었다. 동생을 보며 눈부신 듯 눈을 가늘게 떴다. 그러고는 말했다.

"아사."

"네?"

"별을 보여줘서 고마워."

가에데가 다정한 목소리로 '아사'라고 부른 게 너무 기뻐서 마음이 간질거렸다. 그래서 그날 아사가 권했다. 혹시 괜찮다면 다음 달에 ISS를 또 같이 보지 않겠냐고.

"이렇게 즐거운 일이 기다리다니, 생각지도 못했어."

하늘을 올라가는 ISS의 빛을 보면서 아사 옆에서 가에데가 말했다. 그 목소리를 듣고 어떻게 말해야 좋을지 모를 정도로 아사도 기분이 좋았다.

ISS가 하늘을 가로지른다.

흥분한 모두의 목소리를 들으며 산 저쪽으로 사라지려 한다. 빛을 아쉬워하듯 아사와 부원들은 계속 배웅했다. 고마워, 안녕.

안녕!

어딘가에서 들리는 그 말을 듣던 그때 옥상에서 누가 소리쳤다.

"아—악!"

리쿠였다. ISS 빛의 점이 완전히 시야에서 사라져 이제 겨울의 별자리와 빨갛게 점멸하는 비행기 빛만 남은 하늘을 바라보며 큰소리로 리쿠가 외쳤다.

길게 뻗은 목소리는 한동안 멈추지 않았다. 리쿠가 조금 숨쉬기가 힘든지 입가의 마스크를 만지작거리며 자세를 바로 했다. 그리고 말했다.

"전학 가고 싶지 않아!"

입술을 꽉 물었다. 그렇게 참고 있었지만…… 참지 못했다. 아사의 눈에서 눈물이 흘렀다. 완전히 허를 찔렸다. 단숨에 눈이 뜨거워졌다.

"리쿠, 그만해!" 아사도 외쳤다. "눈물 나잖아. 그만해."

"어? 정말? 아사, 울어?"

"그야……."

창피해서 서둘러 눈을 누르며 고개를 숙이자, 1학년인 후카노가 냉정한 목소리로 말했다.

"아니, 리쿠 선배도 울면서? 눈이 촉촉한데요."

"아니, 당연히 울지. 청춘이니까."

청춘이니까.

그 말에 얼굴을 드니 리쿠가 눈가를 누르고 있고 마스크가 비뚤어져 있다.

그걸 보고 놀라면서 동시에 대단하다 싶었다. 후카노, 보통 이럴 때는 지적 안 하는 게 맞는 거 같은데, 우리 후배는 하는구나. 어쩐지 굉장히 우스워져서 울면서 웃었다.

"뭐야. 아사, 웃어? 너무하지 않아?"

리쿠의 어깨가 아사의 어깨에 닿았다. 사귀지도 않는데 남자가 여자에게 닿는 건 너무 친밀한 행동이지만 그걸 놀리는 사람이 온라인을 포함해 아무도 없는 게 아사는 편했다. 모두와 만나서 다행이다.

어깨에 리쿠의 체온이 느껴졌다.

그러고 보니 계속 함께 있었지만 이렇게 가까이 있는 건 처음이다. 리쿠가 아사에게서 떨어져 스타 캐치 콘테스트에 참여했던 세 학교만 연결된 랩톱 쪽으로 다가갔다.

"고시 형, 있어?"

"있는데, 왜?"

지금까지 목소리가 이중으로 들려서 이쪽 화상 회의는 음소거를 해놓았는데, 그걸 해제한 모양이다. 화면을 들여다보면서 리쿠가 물었다.

"전학, 힘들어?"

불안한 듯 묻는 목소리에 잠깐 멎었던 아사의 눈물이 다시 차오르려 했다. 아무렇지 않아 보였지만 사실 리쿠는 계속 불안했을지도 모른다. 그걸 오늘에서야 입에 담은 걸지도 모른다. 가슴이 저려왔다.

"힘들기야 힘들지만…… 괜찮아. 어디를 가도."

리쿠의 질문을 받은 고시가 동요하는 모습도 없이 대답했다. 웃는 얼굴이었다.

"떨어져도 괜찮다고 모두가 내게 가르쳐주었으니까."

고토 천문대의 창에서 마도카와 무토, 고야마가 "물론!" 하고 손을 흔들고 있다. 고시가 웃으며 말했다.

"그래서 괜찮아. 리쿠도."

"그럴까?"

"나도 졸업이야."

리쿠 옆에 하루나 선배가 다가왔다.

"졸업하지만 다들 계속 나를 친구라고 생각할 거라고 믿어."

옥상에 서 있는 천문부 부원들을 하루나 선배가 둘러봤다. "너무 즐거워." 하루나 선배가 싱긋 웃었다. "오늘 우리, 어쩐지 청춘을 엄청 만끽하고 있는 느낌 안 들어? 리쿠 말대로. 멋져. 청춘 만세야."

"어, 뭐예요, 그게."

언제나 차분한 하루나 선배가 평소와 달리 장난기 가득한 목소리로 말하자 아사와 리쿠가 무심결에 웃었다. 마스크를 쓴 채로 겨울의 고요한 공기를 코와 입으로 들이쉬는데 미사키다이 고등학교의 야나기 목소리가 들렸다.

모든 팀과 연결된 랩톱과 스타 캐치 콘테스트를 함께한 세 곳의 랩톱, 양쪽에서 목소리가 겹쳐서 들렸다.

"여러분, 감사합니다. ISS가 무사히 통과하는 모습 보셨나요. 이것으로 오늘 프로젝트는 대성공입니다! 종료입니다. 수고 많으셨습니다!"

하늘에서 별이 반짝인다.

그 별의 반짝임에 호응하듯 여기저기에서 박수가 들렸다. 짝짝짝짝짝. 안녕. 고마워. 또 봐! 재미있었어! 많은 목소리가 메아리쳤다.

그 목소리를 온몸으로 받으며 하늘을 바라보면서 아사는 생각했다.

최고야.

에필로그

2021년 3월.

고토만 부두에 페리가 정박해 있다. 하얀 선체에 그려진 빨간 선이 또렷하다.

페리 갑판에 알록달록한 종이테이프가 걸려 있다. 졸업하고 섬을 떠나는 선배와 친구, 이동하는 선생님을 배웅하는 이 무렵의 익숙한 풍경이다. 다만 올해는 작년과 마찬가지로 배웅을 하러 온 모두의 얼굴에 마스크가 있다.

"마도카, 배웅 나와줘서 고마워."

무토와 고야마도 이 페리를 타고 섬을 떠난다.

항구에는 그들과의 이별을 아쉬워하는 동아리와 기숙사 후배들도 와 있어서 두 사람은 인사를 마친 후 마도카에게 다가왔다.

이즈미 고등학교 관악부는 새출발을 위해 떠나는 졸업생과 선생님을 위해 배웅할 때 연주를 하는 게 통례였다. 올해는 연주를 어떻게 할지 학교 측과 의논했는데, 요코 샘이 야외에서 연주자의 인원을 줄여 짧게 연주해도 된다는 허가를 받았다. 졸업생인 마도카도 오늘은 특별히 호른을 분다.

"고맙기는. 허전해지겠네."

바다가 빛을 받고 봄빛을 띠고 있다. 날개가 큰 바닷새가 해면에 스칠 듯 아슬아슬 낮게 날아가는 모습도 보인다. 아름답다. 여객선 터미널 건물 너머를 응시하니 고토 천문대가 있는 산이 간신히 보였다.

지난달 막 '산불 놓기'를 한, 아직 갈색인 산 표면에 듬성듬성 새싹이 돋기 시작했다.

2월 중순, 몇 대나 되는 소방차가 주위에서 대기하는 가운데 산에 불을 놓는 모습을 마도카는 고야마, 무토, 관장님과 함께 엄마의 친구가 경영하는 카페 테라스에서 바라봤다.

산 아래쪽부터 오렌지색 커다란 불꽃이 아른거리며 정상을 향해 올라가는 모습도 장관이었지만, 그 후 산 모습이 사라진 뒤 땅거죽이 연기에 뒤덮이고 새카맣게 눌은 광경에도 숨을 삼켰다. 잔디와 마른풀 탄 냄새가 멀리서 보고 있는 사람들에게까지 희미하게 풍기는 듯했다. 산불 놓기가 끝나고 방화복을 입은 소방수들이 산에 들어가는 모습을 바라보는데, 원래 이 산불 놓기는 작년에 하기로 한 행사였다고 관장님이 알려주었다. 2020년에 할 예정이었지만 코로나바이러스 영향으로 연기된 것이다.

"봐서 다행이야."

고야마가 눈 위를 손으로 가리며 푸른 하늘 아래에서 연기로 뒤덮인 산을 응시했다.

"우리가 고토에 있을 때 해서 다행이야."

그 무렵, 고야마와 무토는 대학 입시를 치르기 위해 자주 본토에 갔다. 산불 놓기를 하는 날도 어쩌면 섬을 비울지도 모른다고 생각했지만 두 사람은 왔다.

산불 놓기가 끝나고 몇 주 뒤에 이즈미 고등학교에서 졸업식이 열렸다.

졸업식이 끝난 섬의 고등학교는 또 단숨에 어수선해졌다. 진학이나 취직을 섬 밖에서 하기로 정한, 섬을 떠나는 학생들이 준비를 시작한다. 고베의 대학교에 붙은 고하루는 이미 지난주에 섬을 떠나서 마도카는 그때도 여기까지 배웅을 나왔다.

오늘은 마침내 고야마와 무토의 차례다. 커다란 가방을 어깨에 메고 선물이 담긴 종이 쇼핑백을 든 두 사람. 방에 있던 큰 짐들은 이미 다른 편으로 보내놓은 상태였다.

마도카는 졸업 후에도 고토에 남기로 했다.

마도카는 1지망이었던 나가사키 시내의 대학교 문학부에 붙었다. 본토에 있는 학생 기숙사에 들어가거나 혼자 자취하는 것도 생각했지만 당분간 수업은 온라인으로 한다기에 일단 이곳에 있기로 했다.

"꼭 다시 올 거지만, 우리 셋 중에 고토에서 제일 멀어지는 건 나구나."

수면을 어루만지는 바람에서 바다 냄새가 난다. 그 바람이 향하는 곳을 더듬듯 고야마가 섬의 산과 들로 시선을 향했다. 고야마로서는 드물게 감상적인 목소리로 말했다.

"또 올 거지만 아쉬워."

고야마는 홋카이도에 있는 대학교 생물학과로 진학한다. 본가가 있는 가나가와 도쿄의 대학교에도 붙었지만 굳이 그곳을 선택했다. 그 학부는 2학년까지는 생물 전반에 관해 배우지만 3학년부터 선택 과목에 진균류를 전문으로 하는 연구 과정이 있다기에 마도카는 무심결에 물었다.

"버섯 연구하려고?"

마히로와 화상 회의 때 대화하는 걸 보지 못했다면 고야마의 지망 동기는 절대로 몰랐으리라. 그렇게 묻자 고야마는 희미하게 웃으며 대답했다.

"뭐, 지금까진 그냥 막연하게 내 성적으로 갈 수 있는 대학교를 생각했는데, 어쩌면 대학교는 좀 더 자유롭게 생각할 수 있는 장소가 아닐까 싶더라고. 그 대학교에 있는 교수의 전문 분야라든가 연구 내용을 조사해봤어. 성적순이나 대학교 이름이 아니라 무엇을 하는가, 어떤 교수가 있는가, 그런 방향으로 진로를 고민했어."

고야마가 진학하는 대학교는 마히로와 함께 그날 이야기

꽃을 피웠던 《일본 버섯 대전》의 저자들 이름에도 올라 있는 교수가 예전에 재직했던 학교라고 한다.

"처음에 부모님은 균류 연구는 장래에 아무런 도움도 안 된다고 했지만, 할아버지가 편을 들어주셨어. 한 번밖에 없는 인생이니까 좋아하는 걸 하게 두라고."

"입원하셨던 할아버지? 지금은 건강하셔?"

"응. 퇴원하셨어. 홋카이도에 가기 전에 가나가와에 들러서 한번 뵙고 갈 거야."

머릿속에 일본 지도를 떠올렸다. '홋카이도'와 '가나가와'를 이제 별로 멀지 않다고 느끼는 건 아마도 ISS를 관측한 경험 때문일 것이다. 하늘을 통과하는 ISS를 마도카와 학생들은 거의 시차 없이 전국에서 관측할 수 있었다.

고야마 옆에서 무토가 말했다.

"나도 여름방학에라도 다시 올 거야. 여기 할아버지, 할머니도 보고 싶고, 전에는 페리로 이동하는 거 힘들었는데 익숙해졌고. 마도카는 여기서 대학교 수업을 듣지? 그거에 비교하면 가끔 이동하는 것쯤이야 아무것도 아니지."

"뭐, 언제까지 온라인 수업을 진행하느냐에 따라 다르겠지. 본격적인 수업이 시작되면 나도 나가사키에서 혼자 살고 싶어질지도 몰라."

무토는 도쿄의 사립대학교 체육학부 진학이 결정되었다. 1지망은 아니지만 교원 자격증을 딸 수 있는 학부인 듯 취미 활동으로 야구도 계속할 생각이라고 했다.

"무토가 체육 선생님이라니 어쩐지 어울릴 것 같아."

"그래? 선생님이 될지 어떨지는 모르지만 인체에 대해서는 이것저것 배울 수 있을 것 같아."

마도카의 말에 무토가 대답했다.

"코로나 휴교 중에 다양한 동영상을 봤는데, 집에서 할 수 있는 스트레칭이나 트레이닝을 소개하는 사람도 꽤 많았어. 나도 야구 연습 때 근력 운동을 자주 하는데, 제대로 남에게 설명할 수 있을 만큼의 지식을 갖추면 멋있지 않을까?"

몸을 움직이는 걸 좋아하니까 그런 생각을 했겠지. 그것 또한 실로 무토다웠다.

"여름에 또 할 거지? 스타 캐치 콘테스트."

문득 무토가 물었다. 천문대는 보이지 않지만 산 쪽을 보면서 말했다.

"고토에 돌아와서 천문대에서 또 참가할 수 있다면 최고지만, 무리라면 견학이라도 하고 싶으니 날짜가 가까워지면 알려줘."

"그래. 내가 관장님에게 물어서 모두에게 꼭 연락할게."

"응!"

"고마워."

두 사람이 말하면서 마도카 얼굴을 봤다. 페리를 타는 사람들이 선 줄이 앞으로 나아가기 시작했다. 두 사람이 탈 차례도 가까워졌다. 배 앞에 선 승강구 직원에게 두 사람이 각자 표를 보여주었다.

"그럼."

"또 봐."

"응."

마도카도 두 사람의 얼굴을 보며 똑똑히 말했다.

"잘 가!"

무토와 고야마가 무거운 짐을 끌 듯이 들고 페리에 타려고 했다.

그때 봄의 햇살이 기다렸다는 듯 강하게 내리쬐었다. 페리 너머에 펼쳐진 바다가 반짝였다. 눈이 부셔서 눈을 가늘게 뜨고 마도카가 양손으로 손을 흔들려고 했다. ……그때였다.

"역시, 나."

갑자기 무토가 몸을 돌려 줄을 거슬러 돌아왔다. 짐을 털썩 부두에 내려놓았다. 잊은 물건이라도 있는 걸까. 그렇게 생각하는 마도카의 눈을 보고 느닷없이 말했다.

"역시 말할래."

"뭘?"

"나, 마도카를 좋아해."

"히익."

딸꾹질 같은, 스스로도 어디서 나왔는지 모를 소리가 나왔다. 눈을 동그랗게 떴다. 무토가 말을 이었다.

"고시가 여기에 못 오는데 말하면 반칙이라고 생각했는데, 이제 나도 고토를 떠나니까 괜찮겠지."

"언제부터……."

"고시가 마도카 괜찮다고 말한 바로 뒤 같아. 그러고 보니 나도 그렇게 생각했구나, 하고. 그러니까 고시하고 그다지 시기 차이는 없어."

머릿속이 엉망진창이라 도와달라는 듯 무토를 따라 돌아온 고야마를 보니 마도카와 눈이 마주친 고야마는 고개를 절레절레 흔들고 있었다.

"나는 거기에 참전 안 해. 나는 좋아한다고 말 안 할 거니까 안심해."

알아! 그런 건!

소리를 내지 않고 속으로 안절부절못하며 외쳤다. 고백(아, 정말로 믿을 수 없지만 무토가 고백했어!)을 했는데 그 말을 들은 마도카에 비해 동요라고는 조금도 없는 듯 무토가 웃었다. 활짝 웃는, 보는 사람의 기분까지 상쾌해지는 햇살 같은 미소였다.

"고시와 달리 나는 대답 기다릴게."

"우와. 고시, 울겠네. 너, 나중에 고시에게 제대로 이야기해라."

무토 뒤에서 고야마가 어이없다는 듯 말했다. 엑, 그거, 무슨 말이야. 더욱 혼란스러워진 와중에…….

그때 뱃고동 소리가 들렸다.

출항이 다가왔다. 무토가 배를 돌아보며 직원에게 "죄송합니다" 하고 사과했다. "괜찮아요." 그렇게 대답하는 직원 얼굴에 떠오른 미소를 보고 마도카는 얼굴이 달아올랐다. "그럼 갈게." 무토가 부두에 내려놓았던 짐을 어깨에 메고 마도카에게 손을 흔들었다.

"생각해봐. 잘 부탁해!"

"무토, 너 정말 대단하다. 마도카, 그럼 또 봐!"

고야마도 그렇게 말하고 두 사람은 배 안으로 성큼성큼 걸어 사라졌다.

마지막의 마지막에…… 마치 폭풍이 한차례 불고 지나간 듯했다. 떠나는 무토와 고야마의 뒷모습을 배웅하면서 새삼스레 가슴이 두근거려서 머리에 피가 몰린 듯 어지러웠다.

뭐야, 지금! 그렇게 생각하며 마도카도 서둘러 관악부 후배들이 기다리는, 배웅하는 사람들이 있는 울타리 쪽으로 달려갔다. 연주 위치에 놓아두었던 호른을 들고 준비했다. 여기 있는 이 아이들에게는 아무것도 들리지 않았기를 기도하며 배 갑판을 올려다봤다.

배와 육지를 잇는 알록달록한 테이프. 눈이 부셔서 뜰 수가 없다. 페리에 탄 무토와 고야마의 얼굴이 갑판에 보인 순간 이유는 모르지만 눈물이 차올랐다. 나도 그들을 좋아했구나.

있는 힘껏 외친다. 다시 만날 약속의 말을.

"또 봐!"

마스크를 벗고 마우스피스를 입술에 대고 힘껏 숨을 불어넣었다.

소리가 바다를 건너간다.

❊❊❊

2021년 8월.

1년 만에 열리는 스타 캐치 콘테스트 원격 대회는 히바리모리 중학교 과학부와 스나우라 제3고등학교 천문부가 주최했다. 중심이 되어 진행한 학생은 각각 2학년이 된 마히로와 아마네, 후카노와 히로세다.

콘테스트 당일, 개시 한 시간 전에 최종 회의를 겸해 서로의 부실에서 화상 회의를 가졌다.

"안녕하세요!"

"안녕하세요. 드디어 시작이네요!"

후카노와 히로세 뒤에서 아사도 히바리모리 학생들을 향해 손을 흔들었다. 화면 너머로 보이는 아마네, 마히로의 얼굴과 하복 소매 아래로 보이는 팔이 예쁘게 햇볕에 그을려 있다. 그 옆에서 그들의 후배가 들뜬 모습으로 살짝 고개를 까딱했다.

히로세가 물었다.

"아마네, 머리 잘랐어?"

"아, 네! 기합을 넣었죠!"

이번 참가 학교는 전부 43곳.

학교에서 참가한 곳도 있고 개인이 참가하기도 했다. 그만큼의 수를 모아 콘테스트를 개최하는 건 관리하는 쪽도 쉽지 않아서 여름방학이 되기 전부터 주최하는 두 학교의 회의는 굉장히 활발했다.

스나우라 3고 천문부.

하루나 선배에 이어 부장이 된 아사는 후배들의 대화를 즐거운 듯 바라봤다.

"아, 히로세에게 연락처 정리를 부탁했는데, 오늘 아직 안 왔나요?"

1주일쯤 전에 각지의 염화비닐관 망원경이 완성되었는지 어떤지 최종 체크를 하던 중 후카노가 갑자기 물어서 아사는 "오늘 발레하는 날 아니야?"라고 되물었다.

"수요일은 분명, 매주 발레하니까 못 온다고 했었지. 히로세."

2학년이 된 4월부터 히로세는 다시 발레 학원에 다니기 시작했다. 매일 레슨을 받는 본격적인 학원은 아니지만, 히로세가 유치원 때부터 초등학생까지 다녔던, 처음 발레를 배웠던 학원이라고 한다. 히로세는 지금 주 1회, 그곳에서 수업을 받는다.

"그 정도라면 부모님도 계속하는 거 허락해주신대요."

그렇게 말하며 미소 짓는 히로세는 쑥스러운 듯했지만 그 이상으로 기뻐 보였다.

"프로가 되고 싶다든가 발레로 먹고산다든가 그런 게 아니라도, 좋아하니까 하고 싶어서요. 제 레슨 시간 바로 전에 발레를 막 시작한 아이들이 오는데 지금은 그 아이들 레슨을 도와주기도 해요. 그게 굉장히 즐거워요."

평소 말수가 많지 않은 히로세가 조금씩 자신의 마음을 이야기하기까지 혼자 얼마나 많은 생각을 했을까. 그걸 알기에 듣고 있는 아사와 후카노도 기뻤다.

그래서 수요일에 동아리 활동을 하는 날은 못 온다고 히로세가 말한 날, 후카노가 히로세를 꽉 껴안았다.

"히로세! 멋있어! 좋아해!"

"앗, 후카노. 뭐야, 그게."

장난치며 웃는 두 사람은 정말로 좋은 콤비다. 믿음직스러운 우리 2학년이다.

"아차."

히로세가 없는 걸 떠올린 후카노가 큰소리로 말했다.

"히로세, 발레구나. 깜박했어요. 아, 그럼 도호쿠 블록에 연락해서."

"저라도 괜찮으면 제가 할게요, 선배."

후카노 뒤에서 1학년 고마이가 손을 들었다. 1학년이지만 이 자리에 있는 사람 중 누구보다 키가 큰 그는 올해 스나우라 3고에 입학한 유일한 남학생으로, 천문부 신입 부원이다. 작년에 신입 부원이 좀처럼 들어오지 않아서 그렇게 한탄했던 게 거짓말처럼 올해 천문부에는 1학년이 여덟 명이나 들어왔다.

그들 대부분이 리쿠와 아사가 만든 나스미스식 망원경을 취재한 지역신문 기사를 읽고 관심이 생겼다고 했다.

'코로나가 유행이어도? 코로나가 유행이기에! —고등학생, 별에 도전하다'

그런 헤드라인이 붙은 기사는 스나우라 3고 천문부가 몰두해온 활동에 관한 내용을 다루었다. 함께 게재된 흑백 사진은 리쿠가 휠체어에 앉아 접안부의 미세 조정을 하는 모습이다. 옆에서 그 모습을 지켜보는 아사도 신문에 확실히 실려서 부모님이 잔뜩 사서 친척에게 나눠주려고 하는 걸 서둘러 막았다.

"미담으로 포장되지는 않았으면 했는데."

신문에 실렸을 무렵 리쿠가 말했다. 아사는 놀랐다. 취재할 때는 신나게 대답하는 것처럼 보였는데, 단순한 반감인가? 리쿠가 말을 이었다.

"코로나가 아니라도 망원경은 완성했을 테니 거기에 과도

하게 의미를 부여하는 건 어쩐지 아닌 것 같아서."

그 마음을 아사도 조금 알 것 같았다.

기사에는 제작에 협력해준 SHINOSE 광학연구소의 노로 씨의 인터뷰도 실렸는데 "힘이 돼줄 수 있어서 영광이었다"라고 적혀 있었다. 그 말에 역시 순수하게 기뻤다. 모두의 힘을 빌려 여기까지 왔다.

1학년들이 기사를 읽고 관심을 가져준 것도 물론 굉장히 기쁜 일이다. 그런데 입부 첫날 고마이가 안경을 밀어 올리며 말했다.

"하지만 설마 남자가 이렇게나 적은 학교일 줄은 생각지도 못했어요. 합격한 뒤 올해 1학년 남자가 저 혼자라고 들어서 전율했다고요."

아사는 아사대로 '전율'이라는 말을 일상에서 쓰는 남자가 등장해서 놀랐다. 두꺼운 안경에 덥수룩한 머리를 7:3으로 나눈 고마이는 외모에 관심이 없는 건지 고집하는 건지 알 수 없는, 어쩐지 묘한 분위기를 풍기는 남학생이다. 역시 우리 동아리에 들어오는 남자는 조금 개성이 강하구나, 하고 절실히 느꼈다.

고마이의 말을 듣고 후카노의 얼굴이 반짝 빛났다.

"앗, 고마이, 해줄 거야? 정말 다행이야. 고마워."

"간사이 블록 서쪽 지역은 히바리모리의 마히로가 정리해주는 거죠? 마히로에게도 상황을 확인할까요?"

"응. 부탁해."

남자부원이 들어왔다고 4월에 바로 리쿠에게 전했다. LINE으로 폭소하는 캐릭터 이모티콘을 보낸 리쿠는 즐거워 보였다.

"남자가 한 명뿐이라면 그 길의 선배가 있잖아. 나이는 아래지만."

그러네. 답신을 보고 생각했다. 그래서 히바리모리 중학교 과학부의 마히로와의 연락은 되도록 고마이에게 맡겼다. 오가는 대화는 자세히 모르지만 두 사람은 꽤 죽이 잘 맞는 모양이다.

그 히바리모리팀도 지금은 콘테스트를 향해 야단법석이다. 아무래도 중학생이라 고등학생들과의 대화가 힘들지 않을까 아사도 걱정했는데 든든한 답신이 왔다.

"괜찮아요. 다들 도와주니까요."

온라인으로 만난 마히로와 아마네 옆에도 지금은 이쪽과 마찬가지로 신입 부원이 있다. 남자 신입 부원도 있는데, 그들이 안도 선배, 하고 부르는 목소리에 마히로가 "응" 하고 대답하는 모습이 믿음직스러워 보인다.

시간이 흘렀구나. 그 모습을 3학년이 된 가마타가 지켜보는 것도 아주 보기 좋았다. 가마타는 올해 들어 만들었다는 청소기 로봇을 보여주는 등 히바리모리 중학교 과학부도 왕성하게 활동하는 모양이었다.

2020년 봄, 신종 코로나바이러스로 처음 긴급 사태 선언이 내려졌고, 그것이 해제된 후에도 일상은 '새로운 생활 방식'이 될 거라고들 했다. 원래대로 돌아가려면 앞으로 이삼 년이 걸린다고. 당시는 그 세월이 믿을 수 없을 정도로 길어서 망연자실했지만 그래도 시간은 흘러 1년 이상 지났다.

얼굴에는 아직 마스크를 쓴다. '원래대로'라는 그 '원래대로'의 형태도 전과는 확실히 다를 것 같지만 그래도 시간은 흐른다.

"내년 여름, 또 스타 캐치 콘테스트 안 할래요? 가능하면 이번에 함께 ISS를 본 학생들 전부 다요."

12월, ISS가 궤도에 오르는 걸 전국 각지에서 배웅한 후 어디선가 그런 말이 들렸다. 잔뜩 들뜬 마음도 있어서 여기 저기에서 찬성의 소리가 들렸다.

하자. 졸업해도. 전학해도. 그때 어디에 있어도 가능한 한 모이자.

규칙은 조금 느슨하게, 수제 망원경으로 한정하지 말고 시판 망원경으로 참가하는 부문도 만들면 어떨까. 그렇게 하면 졸업해도 개인적으로 참가할 수 있을지도 몰라. 아니, 하지만 엄격하게 하는 경쟁 부문도 확실히 남겨서. 어, 스타 캐치 콘테스트는 뭔가요? 아, 간단히 설명하면…….

올해부터 연례행사가 될지도 모르겠네.

대화 중 누가 말했다. 소리 없이 웃는 듯한 다른 목소리도 들렸다.

"코로나가 창궐한 그해 시작된, 학생들의 새로운 활동이라고 부르겠지. 분명."

그 말에 모두 동의하는 모습을 보면서 아사는 그저 모든 게 자연스럽게 흘러가면 좋겠다고 생각했다.

우리는 하고 싶을 때 하면 된다. 참가해도 하지 않아도, 연례행사가 되지 않아도 좋다. 이어지면 이어지는 대로 멋지겠지만, 어디에도 묶이지 않고 하고 싶다는 마음 하나로 시작했기에 즐거웠다.

그 마음 그대로 다른 학교나 후배들에게도 활동이 이어진다면 그 역시 영광이리라.

콘테스트 개시 시각이 다가오면서 여기저기 온라인 표시가 떴다.

이번 참가 학교는 전부 43곳. 작년 ISS를 본 팀 전부는 아니지만 그래도 상당한 수다.

12월의 그 밤과 마찬가지로 오늘도 랩톱 컴퓨터는 참가팀 전원과 관계자 전용, 이렇게 두 대로 나누었다.

해가 지고 한 시간, 머리 위의 밤하늘이 어스름에서 점점 어둑해졌다.

여름의 대삼각형도 떠 있다.

시작 전인 이 시각에 들어오는 사람들은 작년 여름, 최초

의 원격 콘테스트에 참여한 '원년 멤버'들이다. 졸업해서 지
금은 이미 대학생이거나 자택에서 개인 참가도 가능해서 실
제 경기에 참석하지 않더라도 그저 보러 와도 된다.

"오랜만이야!"

"고시 오빠, 오랜만이야. 올해도 미사키다이 고등학교 옥
상이야?"

"응. 야나기와 후배들이 하는 거 보러 왔어."

고시는 도내의 사립대학교 공학부에 진학했다. 히바리모
리의 화면에서 마히로의 목소리가 들렸다.

"고야마 형이 오늘 못 오는 건 아쉬워요. 대학교 친구들과 함
께 아슬아슬한 순간까지 참가를 검토했는데, 홋카이도는 유감스
럽게도 비가 온대요."

"응. 들었어. 새삼스레 느끼는 거지만 정말 전국적으로 여러
가지를 할 수 있었던 작년은 기적이었어."

"고야마 형네 대학교, 버섯 연구 할 수 있다면서요? 좋겠다. 부
러워요. 저도 언젠가 후배가 되고 싶어요."

"그럼 공부 많이 해야 할 텐데. 고야마네 대학교, 수준 엄청 높
으니까."

"앗! 어쩐지 그럴지도 모른다고 생각했는데, 역시 그렇군요."

마히로와 고시의 가벼운 대화가 이어지는데 바로 근처에
서 목소리가 들렸다.

"기다리게 해서 미안해. 안 늦었어?"

"하루나 선배!"

옥상에 나타난 옛 부장의 모습에 아사가 기쁜 듯 외치며 다가갔다.

"오랜만이야." 선배가 싱긋 웃었다.

지역 국립대학교에 진학한 하루나 선배는 전부터 어른스러웠지만 이제 교복이 아니라 원피스를 입고 있으니 정말로 어엿한 '어른' 같았다.

와타비키 선생님이 "왔구나, 하루나" 하고 옛 제자를 반갑게 맞아주었다.

"리쿠도 곧 올 거예요."

아사가 대답했다. 그 순간, 마치 어디선가 보고 있었다는 듯 'RIKU'라고 오른쪽 화면에 표시된 화면이 나타났다.

반짝 화면이 바뀌며 리쿠 얼굴이 비쳤다.

작년과 달리 머리가 까맣고 귀에 귀걸이도 없다. 전학한 고등학교가 스나우라 3고보다 교칙이 엄격해서 원래 머리로 바꿔야 했다고 봄에 한탄했다.

"오랜만!"

"리쿠, 거기 집이야?"

"아니, 학원. 수업 중인데 빠져나와서 지금 옥상이야. 좋은 선생님들이라서 허락해줬어."

오늘 리쿠는 스마트폰으로 참가하는 모양이다.

"보여?"

리쿠가 스마트폰을 몸에서 멀찍이 떼서 학원 옥상에서 보이는 경치를 보여주었다. 어둡지만 드문드문 보이는 전등 빛을 받은 논밭 풍경이 전해진다. 띄엄띄엄 보이는 집들도 단독 주택이 많아서 건물이 낮다.

"보여."

아사가 대답했다. 다음에는 낮 경치를 보여줬으면 좋겠다.

리쿠가 화면으로 돌아왔다. 지금 아사의 머리 위에 빛나는 것과 같은 달이 화면 속에도 있다.

리쿠가 전학 간 가가와의 고등학교는 천문부는커녕 과학 관련 동아리조차 없다고 한다. "가가와라⋯⋯." 아쉬워하는 리쿠의 말을 들은 와타비키 선생님이 중얼거리더니 "리쿠, 거기 플라네타륨을 가보렴" 하고 자신의 별 친구를 소개해 주려고 해서 아사와 부원들은 모두 웃었다.

리쿠도 웃었다.

"정말이지, 선생님은 아는 사람이 많아서 놀라워요. 소개는 감사하지만 괜찮아요. 친구라면 스스로 사귈 수 있어요!"

누나가 진학할 것 같다는 말도 그때 했다. 몸이 불편해서 포기했던 대학 입시에 다시 도전한다고. 나스미스식 망원경으로 별을 본 것도 다시 공부를 시작하게 된 계기 중 하나일 거라고 리쿠가 말했다. 누나가 우주와 물리를 공부하는 학부를 지망한다는 말에 아사와 부원들은 굉장히 기뻤다.

누나에게 지지 않도록 리쿠도 가가와의 새로운 생활 속에서 진학을 위해 학원에 다니고 있다고 한다. 그들에게 뒤처지지 않도록 자신도 열심히 해야겠다고 아사는 생각했다.

오늘의 스타 캐치 콘테스트는 승패에 구애되지 않는 형식으로 하기로 했다. 기성품 망원경도 참가 가능. 손으로 만들고 싶은 팀에게는 만드는 방법을 알려주며 함께 만들었는데, 그 경우 같은 스펙으로 겨루는 경쟁 부문에 속하게 된다. 그러므로 재미로 참가하는 것도 가능해졌다.

작년처럼 득점이 정해진 천체를 시간 내에 가능한 한 많이 점수를 겨루는 방식 대신, 주최 학교가 목표하는 별과 성단의 이름을 말하면 가장 먼저 그 천체를 포착하는 팀이 득점한다. 스피드를 겨루는 것이다.

"옮겨왔어."

아사가 랩톱 카메라의 각도를 바꿔 옥상에 설치한 나스미스식 망원경을 보였다. 아름다운 팔각형 프레임이 달빛에 반짝인다.

"와아." 리쿠가 중얼거리며 기쁜 듯 화면으로 손을 뻗었다. 그 손이 쓰다듬듯 움직였다.

"우리는 오늘 나스미스식으로 승부합니다!"

후카노가 자랑스러운 듯 가슴을 폈다. "만만치 않겠는데?", "멋있어!" 다른 팀의 탄성이 겹쳐졌다.

모든 팀이 참가하는 온라인 화면도 점점 창이 늘어나기 시작했다. 경쟁 부문이라 그런지 표정이 굳어 있는 팀도 많고 "잘 부탁합니다"라는 소리도 가냘프다.

"잘 부탁합니다." 그 말에 아사와 부원들도 인사를 하는데 고토 천문대팀이 들어왔다.

"아슬아슬하게 들어왔네. 미안!"

사과하는 마도카와 관장님 주변에 몇몇 처음 보는 얼굴이 보인다. 초등학생 같은 아이와 그 부모 같은 사람, 대학생으로 보이는 커플, 관장님 연배로 보이는 사람.

관장님이 말했다.

"손님도 참가합니다. 오늘 이런 이벤트가 있다고 말했더니 보고 싶다고 해서."

뒤에서 모두가 온화한 분위기로 "나고야에서 왔습니다!", "나가사키 사람입니다!" 하고 인사했다.

그 모습을 보고 있는데 이번에는 다른 창에서 "관장님!" 하는 큰 소리가 들렸다.

미사키다이 고등학교 창에서 "오랜만이에요" 하고 말하는 목소리는 무토다.

고시와 무토가 둘이 나란히 서서 카메라를 향해 웃고 있다.

"마도카!"

고시가 손을 흔들었다. 함께 있는 두 사람을 보고 마도카가 웃었다.

"와! 거기서 만나다니 부러워."

"응. 모처럼 도쿄에서 대학교를 다니니 오늘은 미사키다이에서 참가하는 것도 재미있을 것 같아서."

고시가 말하고 무토가 고개를 끄덕였다.

"나 진짜 감동했어. 야나기와 이치노 선생님을 봤는데 연예인을 본 느낌이라니까. 실물이다! 살아 있어, 움직여!"

농담을 할 때조차 표정이 변하지 않는 무토의 담담한 말에 야나기가 "그건 제가 할 말인데요" 하고 대답하는 소리가 들렸다.

같은 학교 동급생이었다가 '재회'하는 것, 함께 있는 것이 이렇게나 특별하게 느껴지다니. 하지만 그것보다 대단한 건, 누구에게 어떤 드라마가 있는지, 어떤 생각을 하는지 원년 멤버 모두 서로 알고 있다는 사실이 아닐까.

올해부터 참가하는 다른 학생들에게도 있을 것이다. 작년부터 올해까지 제각기 보아온 풍경들이.

그때 어수선한 화면을 진정시키듯 큰 소리가 끼어들었다.

"아직 할 말이 많겠지만 슬슬 콘테스트를 시작하려 합니다. 여러분 준비는 다 되셨나요? 각지의 선생님, 심판 준비를 잘 부탁합니다."

목표하는 별의 발표는 올해 주최 학교인 히바리모리 중학교에서 아마네가 하기로 되어 있다.

"진지한 승부가 아니니 올해는 스태프 역할에 충실하고자 해요." 그 말이 지기 싫어하는 아마네다워서 보기 좋았다. "소리 엄청 커!" 옆에서 그렇게 중얼거리는 마히로의 모습도 보기 좋다.

나열된 많은 창들이 모두 준비를 마쳤다. 스타트를 기다리며 아마네가 숨을 들이쉬는 소리가 들렸다.

단숨에 말한다.

"그럼, 스타 캐치 콘테스트 제2회 원격 대회를 시작합니다. 처음으로 포착할 천체입니다. 여름의 대삼각형 중 하나, 거문고자리의 알파성, 칠석 전설의 직녀에 해당하는 별로······."

퀴즈 게임을 하듯 목표하는 별에 관한 설명을 먼저 읽고 싶다고 아마네와 마히로가 제안했었다. 천체를 제대로 공부하면 다른 팀보다 먼저 찾기 시작할 수 있다. 규칙을 좀 더 재미있게 만들고 싶어서 고문인 모리무라 선생님에게 의논하여 함께 생각한 듯했다. 굉장히 좋은 아이디어다.

"직녀성."

무심코 작게 소리가 나왔다. 조금 늦게 아마네가 "직녀성!" 하고 외쳤다.

하늘을 향한 나스미스식 망원경을 앞에 둔 올해 1학년들이 우선 여름의 대삼각형을 시야에 담는다. 직녀성이 그 꼭짓점 중 하나에 있다는 걸 1학년들은 알고 있다. 작년에는 직접 망원경을 들여다본 후카노와 히로세는 올해 돕는 역할을 맡았다.

"있다!"

화면 속에서 리쿠의 목소리가 들렸다.

찾았다! 목소리가 들렸다. 여기저기에서 목소리가 퍼졌다. 찾았다! 있다! 맞나요? 보였다!

이 여름의 별을 향해, 모두 함께 하늘을 올려다보고 있다.

옮긴이 강영혜

피아노 전공. 소설을 좋아한다. 우연히 일본 소설을 접하고 독특함에 반해 숨은 보석 같은 작품을 찾고자 번역을 시작했다. '전달'이라는 연주자와 번역가의 공통점에 흥미를 느껴 일본어와 한국어의 어울림 화음을 찾으려 노력 중이다. 옮긴 책으로 《마이크로스파이 앙상블》, 《스키마와라시》, 《시즈카 할머니에게 맡겨 줘》, 《호무라 탐정의 사건 수첩》(공역)이 있다.

이 여름에 별을 보다

1판 1쇄 인쇄 2024년 7월 17일
1판 1쇄 발행 2024년 7월 25일

지은이 츠지무라 미즈키
펴낸이 문준식
디자인 공중정원
제작 제이오

펴낸곳 내 친구의 서재
등록 2016년 6월 7일 제2020-000039호
주소 서울시 성북구 정릉로305, 104-1109 우편번호 02719
전화 070-8800-0215 **팩스** 0505-099-0215
이메일 mytomobook@gmail.com **인스타그램** mytomobook

ISBN 979-11-91803-33-4 03830